IRENA

Małgorzata **KALICIŃSKA**

Basia **GRABOWSKA**

IRENA

wydawnictwo wab

Płaczki

Jagoda zadzwoniła do mnie, gdy byłam w sklepie i naciągałam na siebie w przymierzalni spodnie. Oczywiście za ciasne.

– Halo? – dyszę w słuchawkę po przeszukaniu dzwoniącej torby.

– Felek zmarł... – Moja córka tak ma, że żadnego „dzień dobry, mamo", „cześć i czołem", tylko z mety w konkrety.

Felek? Miała kiedyś ślimaka Felka. Duże amazońskie bydlę. Ma uczulenie na sierść, oczywiście ona – nie bydlę, i dlatego nie hoduje sierściuchów. Tłumaczyła mi, że ślimak nie ma mózgu, więc nie tęskni ani za nią, ani za wolnością, a mimo wszystko to żywina i dziewczynie jest miło, że po pracy nie wraca do pustego domu. Wraca do ślimaka bez mózgu. Obłęd.

– Felek? – dopytuję.

– Mamo! Dziadek Felek! Czy ty mnie w ogóle słuchasz? Gdzie jesteś?!

– O Jezu...

Felek. No jasne – Feliks, mąż Ireny.

Irena to taka przyszywana babcia. Ma osiemdziesiąt pięć lat. Żwawa bardzo. Wychowała moją mamę. Znały się z podwórka, po wojnie obie zostały sierotami i Irena, jako starsza, mądra i ogarnięta, zajęła się małą, nieporadną i naiwną dziewczynką. Zresztą Irena matkowała wszystkim, chyba nawet w partyzantce miała pseudonim Matka. Życiowo bardzo dobrze osadzona, pragmatyczna i odważna, zawsze znakomicie sobie radziła.

Felek to jej mąż, a oni oboje, biologicznie nam obcy, są od lat naszą rodziną. Byli, bo – jak słyszę – Felek zmarł.

Odłożyłam te spodnie. Nie! To nie jest dzień na zakupy. Już miałam wyjść z przymierzalni, gdy pomyślałam – oj, no to kiedy? Jak się postaram, to się w nie zmieszczę! Mała dietka, więcej ćwiczeń... Taki rozmiar? I fajne. Kiedy ja ostatnio w taki rozmiar właziłam? Przed wojną iracko-irańską? Dobrze, że teraz wszystko jest z lycrą. Naciągnęły się i nawet dopięły. I czarne są. Będą akurat na pogrzeb. Do tego jakaś tunika czy coś. I kapelusz! Koniecznie!

O Jezu, jaka ja jestem głupia. Myślę o spodniach i kapeluszu, a tam Felek stygnie. Dorota, weź się jakoś ogarnij! – zganiłam siebie.

Ze sklepu wyszłam ze spodniami i bardzo konkretnym planem zrzucenia kilku kilogramów – spodnie będą ładniej leżały. Zadam szyku!

Jadę do Ireny – ciotki Ireny – wdowy. Zaraz ma tam być Jaga. Tak rzadko się widzimy.

Wsiadłam do samochodu, włączyłam The Puppini Sisters. Co prawda nie bardzo to żałobne, ale... Nikt nie słyszy. A one są takie... wystylizowane na lata czterdzieste, że dziadek Felek, jak mnie teraz podgląda, to miło podryguje w rytm piosenek! Oj, był muzykalny, i czuły na kobiece wdzięki. Kochany Feluś!

Czemu ożenił się z kostyczną Ireną? A kto to wie?

Przystojny, choć pod koniec życia plecy mu wygięło, postawny, szczupły, z falą gęstych siwych włosów nad czołem. Nadskakujący, dowcipny, no, kurczę, uroczy był. Czemu mu w głowie zawróciła taka angielska guwernantka? Mary Poppins? Maryla Cuthbert? Stara Zrzęda? Mój Boże! Nieznane są motywy miłosnych podbojów. Zakochał się, ożenił i może nie wypadało mu jej zostawić? Dzieci nie mieli. Ona całe życie w harcerstwie. To była jej działalność „podziemna". Sprytnie przemycała młodzieży idee harcerstwa przedwojennego i okupacyjnego. Pracowała... Zaraz, gdzie Irena pracowała?

Ano tak, była pielęgniarką. Na ortopedii męskiej w szpitalu wojskowym na Szaserów. Nie miała i nie ma charakteru siostry miłosierdzia, raczej kaprala. I długo jeszcze na emeryturze dorabiała zastrzykami i opieką nad ludźmi. A jakże!

Niestety to piątek i muszę się jakoś przedostać przez zatłoczone miasto. Nienawidzę tego. Ale spokojnie, jak ją znam, to jest nad wyraz dzielna, nie zanosi się od płaczu i nie mdleje.

– Jaguś, a ty skąd wiesz?

– Ja tu, mamo, jestem już, bo ciotka callnęła rano na komórkę.

– Czemu dopiero teraz dzwonisz? Dzwonicie... – spytałam rozdrażniona. Poczułam się odsunięta. Jaga zawsze jest pierwsza w takich sytuacjach i pokazuje, jak to ona umie wszystko opanować.

Bo, kurczę... umie! Musiałam jej to w duchu przyznać. Skąd, po kim ona to ma? Zawsze tak doskonale zorientowana, co zrobić.

O! Kiedy jej kotka miała ciężkiego raka, to dziewczyna umiała pojechać w nocy na Grochowską, żeby zwierzaka

uśpić. Jeszcze wtedy nie była uczulona na sierść. No... pojechała sama. I kiedy nasza suka miała „żółty zanik wątroby", to
Jaga poszła z nią do znajomego weterynarza, asystowała przy
zabiegu i potem przez dwadzieścia godzin przy niej czuwała.
Suka nie dała rady i zmarła. Córcia zadzwoniła po ówczesne-
go narzeczonego i razem zakopali psa...

– Mamo... bo tak, no! Ciotka zadzwoniła do mnie rano, do
ciebie nie mogła się dodzwonić.

Prawda. Wczoraj zostawiłam telefon w samochodzie i tak
tam leżał. Wzięłam go dzisiaj, nie patrząc nawet na wyświe-
tlacz.

O, faktycznie! Jest pięć połączeń od Ireny.

– Kotek, ja już jadę! – wołam w słuchawkę.

– No to jedź – odpowiada Jaga.

– Ale co, dziadek... tam jest?

– Właśnie go zabierają.

– A gdzie był?

– Mamo, ogarnij się! – Jaga się piekli, gdy nie rozumie mojego toku myśli. – Co to znaczy „gdzie był"?

– No, jak umarł? W domu czy może na ulicy... jakoś... czy co?

– W domu, w domu, we śnie.

– Piękna śmierć – wyrywa mi się.

– Poetka... – prycha Jaga. – Niezbyt piękna. Był sztywny
i wyglądał obco. Tak... zżółkł. I nos mu się zrobił... duży.

Jak u Pinokia – przemknęło mi przez myśl. Głupio, wiem,
że głupio, ale przemknęło. Zaraz sobie wykombinowałam:
mąż Ireny skłamał, że umarł, i dlatego nos mu się... Boże, co
ja sobie roję za głupoty!

– To widziałaś go? – drążę dalej.

– Mamo, halo! No pojechałam do bezradnej Ireny, dotknęłam go, nie wyczułam tętna, wezwałam pogotowie. Potem policja.

– Jezu! A po co policja? Było podejrzenie... zabójstwa?!

– Jakiego znów zabójstwa? Mamo, jak ktoś umiera w domu, to zawsze się woła policję. To znaczy nie wiem, czy zawsze, ale lekarz zawiadomił. – Wzdycha, jakby rozmawiała z przedszkolakiem. Znam ją, pewnie wznosi teraz oczy do nieba.

– Aaa – mówię.

Jest jesień, burzowe chmury wiszą nad miastem złowróżbnie, pełne wody. Zaraz chluśnie. Samochody wloką się zatłoczoną arterią. Za chwilę skręcę w Żeromskiego i będę się wlokła do poprzecznej, na której mieszka ciotka Irena.

„Ciociu" to ja rzadko do niej mówię. Jakoś tak jest, że odkąd przestałam być dziewczątkiem, mówię „Irena". Ach! Już pamiętam. Kiedy się urodziła Jaga, to Irena cholery jasnej dostawała na hasło „babcia".

– No a kimże jesteś dla mojej wnuczki? – spytała Irenę z jawnym oburzeniem moja żyjąca wówczas mamcia. – Babcią!

– Sama jesteś babcią! Babcia Misia! Babuleńka! – szydziła Irena. – Ja nie jestem żadną „babcią"!

– No to jak Jagódka będzie do ciebie mówiła?

– Siostro – wtrącił dziadek Felek, chichocząc.

– A chcesz ścierką? – Irena zawsze tak gasiła Felka.

Kazała mówić sobie „ciociu" i Jaga tak mówi. Kiedy była maleńka, mówiła „Tota Ika", ciocia Irka. Raz, gdy już dorosła, a Irena przestała farbować siwe włosy, spróbowała do niej rzec „babciu". Irena uniosła się po aktorsku, jak to ma w zwyczaju, gdy chce ukryć prawdziwe oburzenie: „Jestem piękną młodą kobietą i nie waż się podkreślać mojego wieku! Dziuniu!".

Dziadek zanucił „młoda, młoda, jak po Marcinie jagoda" i oberwał ścierką, a Irena odgarnęła siwe włosy i zrobiła wyniosłą minę.

Jaga nienawidziła tego zdrobnienia, „Dziunią" nazywała ją Irena szczególnie wtedy, gdy chciała być złośliwa, dopiec jej, ciut podrażnić.

Nie wtrącałam się. Te dwie doskonale się rozumiały od zawsze. Gdybym ja powiedziała do Jagusi „Dziuniu", zasztyletowałaby mnie spojrzeniem albo warknęła coś niemiłego, a Irenie było wolno! Tylko jej.

Nie byłam zazdrosna! Prawie wcale.

Ja byłam ulubienicą Felusia. Zresztą on kochał wszystkich!

Mieszkali na Żoliborzu. Niewielkie domki na Hajoty uchowały się jakoś po wojnie. Zajmowali tam z Felkiem od zawsze mieszkanko na parterze. Z wyjściem do miniogródka. Pokój z kuchniosalonem. Łazienka była w korytarzu, bo po wojnie wielkie mieszkanie parterowe podzielono na dwa mniejsze. Później sąsiedzi dogadali się z Ireną i Felkiem, zrobili wielki remont i każda rodzina miała swoją niewielką łazienkę. Ogródek od początku był przedzielony niewysokim murkiem ze sztachetami na półtora metra. Sąsiad miał trawnik z klombem i hortensje po bokach, wielkie i piękne jak spadochrony – Felek drzewka owocowe, krzaczki porzeczek, trochę róż, a na końcu, pod murkiem, kiedyś hodował... kury. Irena wznosiła oczy do nieba, ale rosoły z tych kur i potrawki gotowała. Miała kurze mięso nawet w kartkowych czasach.

Nie! W kartkowych Felek hodował nutrie!

Wmawiał nam, że futerko i zęby sprzedaje, a mięso wymienia z sąsiadem z innej ulicy na zajęcze. I tak wszyscy wiedzieli, że to blaga. Irena doskonale przyrządzała tę pieczeń z nutrii à la zając. Na dziko.

Ogród to był teren Felka. Irena nie zaglądała tam wcale. Nawet po natkę czy koperek wysyłała dziadka. Feluś wracał, niosąc koperek i jakiś kwiatek zazwyczaj. Wręczał jej z uśmiechem. Irka fukała „No, no i po co to? Czy ja to mam wsiekać do rosołu? Romantyk się znalazł!" i pakowała kwiatek do wazonika. Stawiała go niedbale koło zlewu, a Felek taszczył go zaraz na stół. Obiad jedli z kwiatkiem!

Mąż Irki miał styl. Rano układał swoje falujące włosy pod wiązaną z tyłu siatką. Nie znosił tych fal, ale i tak robiła mu się taka jedna ładna nad czołem. Miał staroświeckie maniery i śpiewał, śpiewał, nucił...

– Caruso z Bożej łaski – mruczała Irena.

A teraz Felka nie ma. Dziwne.

Zajechałam na Hajoty i weszłam do mieszkania Irki. To znaczy zostałam wpuszczona, bo Jaga ma swoje klucze. Ja – nie.

Ciotka wydała mi się... normalna. Tyle że nie w podomce. W swojej szarej bluzce i plisowanej sporej spódnicy z elany. Nienawidziłam jej. Spódnicy – nie ciotki. Była stara jak świat i taka sztywna. Nie do zdarcia, cholera jasna!

– Odczep się! – mówiła Irena, kiedy chciałam ją wyrzucić. – To znakomita elana. Doskonale się pierze i szybko schnie.

– Jest taka... szara, brzydka – próbowałam jej zohydzić spódnicę.

– No, i wszystko do niej pasuje! – kończyła temat Irena.
Miała czerwony nos jak w czasie zaziębień i szkliste oczy.
Nic poza tym.

Chciałam ją objąć, jakoś tak... serdecznie, jak się powinno
obejmować wdowy w geście współczucia, ale mi się wymik-
sowała sprytnie, nadstawiając tylko suchy policzek do cmoku.
Wpuściła mnie do salonu i pokazała krzesło przy stole.

– Chcesz herbaty? – spytała jak zawsze. – Dziunia rozmawia przez telefon – dodała.

– Nie, dziękuję. Jak się czujesz? – zapytałam ciepło i jak mi
się wydawało, serdecznie.

– Jak, jak! – powtórzyła. – Nie wiem, jeszcze się nad tym nie
zastanawiałam. Zieloną?

– Co zieloną? A tak, zieloną, i nie słodź mi. Jak to się stało? –
Zamieniłam się w słuch.

Ciotka Irena popatrzyła na mnie z namysłem, poprawiła
włosy – burzę siwych włosów, które po myciu i nakręceniu
wałków wyglądały jak peruka.

Ileż ona ich ma! I jakie ładne! Mogłabym mieć choć połowę
tego! – pomyślałam. Gdy byłam dzieckiem, Irena była zjawi-
skowo piękna, a brązoworude włosy układały jej się zawsze
jak u Rity Hayworth. Jeśli miała dobry humor, pozwalała mi
się czesać, gdy z mamą i ojcem składaliśmy im wizytę. Ojciec
średnio to lubił, ale dwa, trzy razy w roku szedł potulnie na
tę „wizytę".

Iść z wizytą... Kto dzisiaj chodzi z wizytą? Nikt nie ma na to
czasu ani ochoty.

Wtedy kupowało się goździki z „asparagusem" i wstążką
w „cefalonie", a też obowiązkowo ciastka w cukierni albo

rurki z kremem i się jechało środkami miejskiej lokomocji „z wizytą". Ubierano mnie ładnie, a ja zdychałam z nudów. Chyba że dziadek pozwalał mi iść do ogródka. Tam bajdurzyłam sobie, wyobrażałam, że jestem elfem albo księżniczką tatarską, i wkładałam kwiaty we włosy. Później mnie wołano, otrzepywano z ziemi i piachu kolana i wracaliśmy.

Zimą ogród był zamknięty, a w wielkich balkonowych drzwiach tkwiły kłaki waty. I zimą, właśnie gdy nudziłam się podczas wizyty, Irena pozwalała mi się czesać. Dawała grzebienie, szpilki, wsuwki i mogłam się zabawiać jej lokami do woli.

A Felek zabawiał rozmową towarzystwo, śmiał się, żartował... Otrząsnęłam się z tego zamyślenia. O czym ja tu meandruję?! Popatrzyłam na Irenę. Jak ona teraz sama sobie poradzi? Nie płacze wcale. Dzielna jest. Mnie też jakoś nie do płaczu. Może nie całkiem zrozumiałam, że Feluś umarł?

Niepłaczki

Umarł. U m a r ł. Dziadek Felek. Umarł i go nie ma. Zgon. Koniec.

Powtarzałam to sobie w kółko, ale jakoś nie mogłam się rozpłakać. Ja to jednak robot emocjonalny jestem.

Umarł. Nie wróci. Jest siny i sztywny. Płacz, idiotko, no!!! Nic.

Sięgnęłam po papierosa. W zasadzie nie palę, chyba że się zdenerwuję. I czasem do alkoholu. Generalnie palenie mnie

nie kręci i nie wciąga, ale... nie wiem, jednak uspokaja. To chyba efekt psychologiczny. Może ręce mają co robić, więc przestają drżeć, może rozbiegane myśli mają się na czym skupić. Bo przecież nikotyna raczej podnosi ciśnienie, niż obniża. Nieważne. W każdym razie popalam, a teraz zdecydowanie jest taki moment, że można zapalić. Każdy by mnie usprawiedliwił, nie? W końcu to ja go znalazłam. To znaczy, technicznie rzecz biorąc, znalazła go Irena, chociaż nie do końca.

Zadzwoniła do mnie dziś na komórkę, a to bardzo dziwne, bo Irena, ciocia-babcia Irena, komórek nienawidzi i nie uznaje. Już wtedy powinnam była wyczuć, że coś jest nie tak, ale zamiast tego odebrałam jak showmanka skrzyżowana z buldożerem:

– Co tam, ciocia? Ktoś umarł, że dzwonisz na to szatańskie urządzenie?

A ciotkobabka Irena rzeczowo, jak to ona:

– Jaguś, dziecko... wiesz co? Właściwie to chyba Felek umarł...

Boże, jestem nienormalna i powinnam się leczyć. No jak tak można? Gryź ty się czasem w język, dziewczyno.

Ciocia powiedziała, że Felek się nie rusza i nie chce się obudzić. I nie wiedziała, co dalej, bo jak się okazało, że Felek nie wstaje, to zamknęła drzwi od pokoju, jakby fakt, że go nie widzi, mógł cokolwiek zmienić. Biedna moja! Zaćmiło ją, starą pielęgniarkę. Dobrze, że nie padła tam na zawał obok niego. Ale ja ją znam – nie padłaby. Nie ona. Irena nie płacze na filmach, nie miewa globusów i migren, nie dostaje palpitacji nad rozlanym barszczem, nie omdlewa, widząc dziewczyny w miniówkach szerokości bandaża. Kobieta ze stali to mało powiedziane. Ale nawet stal ma temperaturę topnienia – i czułam, że dziś taka temperatura nastała.

Wybiegłam z pracy i pojechałam tam do niej. Jeśli to nie jest nagły wpadek, to co nim jest?

Dobrze, że mam klucze. Dostałam je od ciotki, gdy tylko skończyłam osiemnaście lat. „Przydadzą się" mówiła. „Kiedyś będziesz chciała siku, albo jak kojfnę czy coś, wiesz. Trzymaj, Dziunia, na wszelki wypadek". Korzystałam z tych kluczy nie raz – gdy impreza była do rana i wolałam się o danej porze w danym stanie w domu nie pojawiać, gdy chciałyśmy z Werą w ogródku, przy ukrywanym skrzętnie papierosie, oplotkować wszystkie te tematy, które były absolutnie nieprzeznaczone dla rodzicielskich uszu, gdy miałam okres i plama mi się zrobiła na spodniach w drodze do kina, gdy rodzice urządzali raucik i nie chciałam słuchać nocnych śpiewów wujka Mirka nad kielichem maminej nalewki. Albo gdy miałam referat do napisania. Felek aż przebierał nogami, żeby mi pomóc. Był mistrzem historii i właściwie pisał referaty za mnie, dyktował mi zgrabne zdania, wplatając w nie ciekawostki i dykteryjki, których nie powstydziłby się sam Szymon Kobyliński. No i tak sobie miałam te klucze – na wszelki wypadek. Tyle że takiego wszelkiego wypadku to ja się nie spodziewałam.

Tylko Irena może do mnie mówić „Dziunia", to zdrobnienie od Jagody, mojego kretyńskiego imienia. Ja nie wiem, co mama brała, kiedy ją natchnęło na Jagodę – ekologiczne, neohipisowskie bzdety, przekleństwo... Na drugie mam Aneta i w sumie mogłabym się kazać tak nazywać, ale mam swoją godność i nie jestem celebrytką, żeby się bawić w pseudonimy. Wpisali mi tę całą Jagodę w dowodzie i trudno.

Ale Irena to urobiła po swojemu. Jest niesamowicie inteligentna i złośliwa, więc „Dziuniuje" mi raz na jakiś czas i obie wiemy, że to jest takie przymrużenie oka. Taka słodka szpila. Uwielbiam tę kobietę.

Zastałam ją w kuchni przy stole, przykrytym starą, lekko wypłowiałą i przetartą ceratą. Czyściutką oczywiście. W kratkę. U Ireny wszystko było wiekowe i wyeksploatowane do granic możliwości, ale zawsze nienagannie wyczyszczone, zacerowane i załatane. Dzięki temu dom nadal wyglądał tak samo jak dwadzieścia lat temu, tak jak go zapamiętałam z dzieciństwa. Pachniał bezpieczeństwem i ciepłem przemyconym w aromacie słoninki, koperku i talku kosmetycznego, który Irena stosowała zamiast psikanych dezodorantów. Pachniał też książkami, których przez te wszystkie lata nanosił do domu mój wujek-dziadek. Cały regał tytułów historycznych, politycznych, ukochanych moich mitów greckich i rzymskich, absolutnie niezrozumiałego Puszkina, Słowackiego w płóciennych oprawach; *Dziady*, atlas zwierząt, encyklopedie, albumy filatelistyczne, słowniki i setki, tysiące innych. Całe (jak mi się zdawało – brzdącowi) kilometry różnokolorowych grzbietów, poustawianych w Felkowi tylko znanym porządku.

Zapatrzyłam się chwilę na biblioteczkę, a Irena siedziała. Tak po prostu siedziała i patrzyła na mnie jakoś... prosząco chyba. Potem spojrzała oskarżycielsko na drzwi sypialni i dalej już wszystko potoczyło się mechanicznie. Weszłam do środka. Spojrzałam. Sprawdziłam nadgarstek i szyję – nic, żadnego tętna. Wyszłam. Nalałam Irenie waleriany. Wypiłam jej porcję. Nalałam jej koniaku – łyknęła. Potem drugi kieliszek. Wyjęłam komórkę. Zadzwoniłam – policja, pogotowie, mama.

Właśnie – mama.

Jak zwykle ogarnięta jak podwórze miotłą. Tak mawiał dziadek Felek.

Jak ona mnie wkurza w takich chwilach! Ja jej tu o śmierci, a ona, że spodnie mierzy. Widziałam oczami wyobraźni, jak trzyma telefon brodą, jedną ręką próbuje dopiąć jakieś stretchowe cholera wie co, a drugą zasłania wejście przymierzalni, bo oczywiście nie zrobiła tego, wchodząc; gdyby miała trzecią, poprawiałaby te swoje gigantyczne chińskie badziewie, które uparcie wciska w uszy sobie i wszystkim kobietom spotykanym na jej krętej drodze życiowej. Oszaleję. Czasem naprawdę ciężko mi uwierzyć, że mam jej geny, to chyba jednak jakaś pomyłka. No, ale nic. Jedzie tu.

Zrobiłam Irenie herbatę, bo nic nie chce jeść. Ostentacyjnie chyba, żeby nie okazać słabości, jaką w jej mniemaniu jest zaspokojenie głodu kanapką z serem. To by było poniżej godności Ireny.

No i siedzimy tak... Dwa roboty. Dwie statuy. Kariatydy. I rozmawiamy – a jakże, o mojej pracy.

– Co, zwolniłaś się?

– Nie, pracuję tam, gdzie zawsze.

– Dzisiaj czy się zwolniłaś – uściśla Irena.

– A, dzisiaj? Nie, nic nie powiedziałam, wyszłam po prostu. Firma przez to nie upadnie.

– Nie wywalą cię? – pyta. I dodaje idiotycznie: – Ale dobrze sprawdziłaś? Umarł? Na co on mógł umrzeć? Zdrowy był...

Irena zawsze była twardą kobietą – nie dała się sprowokować czemuś tak banalnemu jak śmierć. Uczesana, odprasowana, godna i dumna panowała nad sytuacją. W prostej popielatej czy w sumie szarej spódnicy, popielatej bluzce z broszką pod szyją, z siwymi, ale wciąż gęstymi włosami zebranymi spinką w „zamotek" nad karkiem. Kiedy ją zapewniłam, że na pewno umarł, na amen, poszła do niego na chwilę. Weszła do sypialni i zamknęła za sobą drzwi. Nie wiem, co robiła.

Czekałam na to pogotowie, mamę i policję, zastanawiając się, czemu, do cholery, wciąż nie płaczę, co jest ze mną nie tak? Felka kochałam tak, jak tylko potrafi wpatrzony w dziadka dzieciak – bezwarunkowo i z uwielbieniem. Cierpliwy, uśmiechnięty jak chiński mandaryn, ze szparkami w miejscu, gdzie inni mają oczy, ciepły i dobrotliwy, pachniał wodą kolońską i znał masę bajek. A może po prostu plótł trzy po trzy? Jeśli nawet, to w jakim stylu! Mogłam słuchać jego opowieści godzinami – o myszach kanapowych, o lodowych muchach, niewidzialnych, bo są przezroczyste jak lód właśnie, o obrażających się neonach, które gasną, kiedy się na nie nie patrzy wystarczająco długo. O tym, jak poznał kiedyś w sklepie Kalinę Jędrusik, bo jej rzęsa wpadła do oka i za Boga nie dawała się wyjąć, a on wyłowił ją swoją chusteczką, długa była ta rzęsa jak cały palec („Mówię ci Jagódko! Jak ten palec!"). Kocopołki takie, ale dla dzieciaka absolutna magia.

On i Irena to jak ogień i woda, różnili się chyba we wszystkim, a tymczasem, proszę, pięćdziesiąt lat związku – dobre, nie? Szacun...

Mama pojawiła się jakieś czterdzieści minut i dwa papierosy później. „Pojawiła się" to jedyne w miarę adekwatne określenie – ona nigdy po prostu nie przyjedzie, nie wejdzie, nie odwiedzi. Ona się pojawia i opanowuje swoją osobą całe pomieszczenie plus wszystkie sąsiednie, a także piwnicę. Kobieta chaos, do cholery! Włazi, nie wie jeszcze, o co chodzi, ale już gada, miota się, chwyta pięć rzeczy naraz, parzy herbatę, zdejmując buty, szuka telefonu w torebce, chociaż trzyma go w drugiej ręce, opowiada coś o tych spodniach.

Spokój. Tylko spokojnie. Nie dać się sprowokować. Załatwmy to wszystko i wracam do biura, żeby skończyć raport, bo mnie rozszarpią. Ale najpierw muszę załatwić pogrzeb, bo przecież nikt inny na to nie wpadnie.

—

U Ireny

Irena wróciła z kubkiem herbaty i jak zwykle rozkazała mi:
– No, siadaj!
Jagoda rozmawiała z szefem przez komórkę, usprawiedliwiając swoje wyjście z biura, i pomachała mi na dzień dobry.
Irena usiadła i zaczęła niechętnie:
– Wczoraj kwękał, że mu słabo, i taki w ogóle był zdechły – wypaliła i zmieszała się jak nie ona. – A w nocy wstawał po wodę. Pić mu się chciało, a ja mu na to: „nie pij, bo będziesz sikał". Wiesz, on nie lubił wstawać nocą, bo mu nogi marzły, jak tak stał i sikał, a do nocnika to nie chciał za nic! Bo on miał prostatę, rozumiesz, wolniej mu szło. I mówię, żeby nie pił. To może dlatego umarł, że miał za mało wody w sobie – co?

– Ciociu... – Staram się być łagodna i miła i nie wiem, co dalej powiedzieć, więc pytam: – A gdzie... ciało?

– Zabrali już. Pogotowie było, stwierdzili śmierć, i policja, że nie ma znamion przestępstwa. No wiesz! Przestępstwa? Jakbym chciała, to już dawno bym go udusiła, ostatnio tak mnie denerwował...

– Czym?!

– A, wszystkim, powtarzał się i tak chrząkał jakoś i w ogóle zestarzał się, mówię ci, strasznie. Starość nie jest fajna. – Irena popatrzyła w okno.

Patrzę na ciotkę Irenę. Zawsze taka poważna, taka kostyczna, zimna, kpiąca, a teraz jednak smutna. Patrzy na drzwi sypialni.

– I co teraz? – pytam.

– Psińco – odpowiada najpoważniej, jak to ona, i wzrusza ramionami. – Już Jagusia coś wymyśli.

Moja córka przemierza pokój na swoich obcasach i trzepie przez komórkę:

– Panie Marku? – Wychodzi do sypialni i gada, i gada...

Nieelegancko tak odwalać jakieś prywaty, gdy tu takie nieszczęście, więc gdy wraca, patrzę na nią wzrokiem, który mówi, że nie jestem zadowolona.

– No co? – Nachyla się do szybkiego buziaka, na powitanie, i powtarza buńczucznie, jak to ona: – Co?

– Może odłóż te rozmówki na potem. – Staram się być najłagodniejsza na świecie, bo nie jest to ani miejsce, ani czas na wychowywanie jej.

– Jakie potem? Potem to dziadek zaśmiardnie – sorry, ciociu. Załatwiłam firmę pogrzebową. Tę samą, co chowała babcię Misię. Pan Marek, pamiętasz? Teraz już mamy u niego kartę stałego klienta.

– A skąd masz namiar?! – Zdumiewa mnie ta moja Jaga.

– Mamo, no a kto, jak myślisz, załatwiał pogrzeb babci Misi? Takie rzeczy trzeba mieć pod ręką.

– Coś ty taka nerwowa? – Kończę tę rozmowę, bo czuję, że się zaraz pokłócimy. O nic. Jak zwykle.

Irena siedzi obojętna i zamyślona. Żal mi jej. Zawsze taka dziarska, ogarnięta. Takie to zawsze było *house commando*, a teraz milczy. Okropne!

– Irena, co ci jest? – pytam idiotycznie.

Patrzy na mnie niewidzącym wzrokiem i mówi powoli:

– Słuchajcie no, to ja jestem... wdowa?!

Milczymy. Jaga siedzi (nareszcie) i majta nogą, a ja nie mam pojęcia, co robić.

– Wdowa... – powtarza Irena. – Wdówka. Felek to lubił operetkę! Na *Wesołej wdówce* byliśmy z tysiąc razy. No patrzcie... Wdowa.

Nagle wstaje i mówi swoim normalnym, skrzeczącym głosem:

– Cholera jasna! Jako wdowa powinnam w kir się wbić, a ja nie mam zamiaru chodzić w czerni, bo wtedy strasznie staro wyglądam! Idźcie już! Muszę zmienić pościel, zrobić pranie, ogarnąć to jakoś. No idźcie!

Wyrzuciła nas! Normalnie wyrzuciła. Taka jest Irena.

Przed jej domem stałyśmy niezdecydowane.

– Jak myślisz – pytam Jagę – poradzi sobie? Widziałaś, jaka ona jest? Twarda jak kamień.

– A my inne? – Jaga patrzy na mnie, odgarniając włosy. –

Jakoś łzami się nie zalewamy. Czy to znaczy, że nie kochałam dziadka?! Jak myślisz?...

– Nie... My chyba mamy opóźniony ten, no... reakcje mamy opóźnioną. Pamiętasz, jak sobie rozwaliłaś brodę na trzepaku, to się poryczałaś dopiero po godzinie, po wyjściu ze szpitala.

– Tak? – Jaga zamyśla się. – Nie pamiętam. A ty pewnie konfabulujesz jak zawsze, mamo. Jadę, bo mnie szef powiesi. Pa! Callnę wieczorem.

Wsiada do swojego samochodu i macha mi zamyślona już, odpływająca w swoje myśli. Nie callnie. Zapomni, zaganiana bizneswoman. Pani menago z korporacji. Moja odległa córka. Piękna, odważna, poukładana i taka oddalona! Od dawna żyje okopana w swoim świecie.

Wsiadłam do swojego samochodu. Włączyłam radio, moją kochaną Dwójkę, usłyszałam nokturn Szopena i jak nie ryknę! Tak mną szarpnęło, te dźwięki smutne i deszczowe uświadomiły mi to, co się stało. Felek, uroczy starszy pan, poszedł sobie w zaświaty. Zostawił nas, Irenę... Już się do niego nie przytulę, nie poczuję jego ciepłej dłoni na policzku. W pewien sposób zastępował mi ojca, którego wcześnie straciłam. Ryczałam jak wół wreszcie, wywalając z siebie żal i łzy za nim.

To dobrze. O, jak ja lubię czasem sobie popłakać.

Jadąc, pomyślałam, że Irena jest podejrzanie twarda. Z pewnością ma odsuniętą w czasie reakcję, za szybko dałam wiarę, że wszystko w porządku.

Zadzwoniłam.

– Halo – odezwała się i już wiedziałam, że płacze.

– Ciociu, może ja... wrócę, co? Tak mi się źle zrobiło, że Felka nie ma...

– Daj spokój, Dorotko. Masz dobre intencje, ale ja sama muszę. W końcu spędziłam pół wieku z tym moim przystojniakiem, a on tak bez pożegnania. – Ewidentnie chlipała. Puściło jej. To dobrze.

– Ale ja... Nie mam teraz wiele zajęć, to mogę wrócić, popłaczemy sobie razem, co?

– Nie, Dorotko. Jedź do domu, zajmij się Jankiem, domem, ja chcę pobyć sama. Ma wpaść Nawrocka, ta z góry, pójdziemy do kościoła. Może dam radę... Wiesz, że ja z Panem Bogiem miałam prywatną linię, a tu trzeba z księdzem pogadać. Ona jest lepsza w te klocki. Jadziunia załatwia wszystko inne. Jakie ty masz dobre dziecko! Pa, Dorota, jedź ostrożnie, sto razy ci mówiłam, nie gadaj, jak jedziesz! Pa.

Dobrze, że jej puściło. Łzy muszą wypłynąć, żałoba się wyżałobić. A to dopiero początek. Do Jagody nie mogłam się dodzwonić – zajęte i zajęte.

Bizneswoman

Wróciłam do biura. Jeśli liczyłam na to, że nikt nie zauważy mojej nieobecności, to byłam bardzo naiwna. W skrzynce trzydzieści cztery maile, w poczcie głosowej pięć wiadomości, a na ekranie laptopa dwa post-ity: „Zadzwoń pilnie na numer..." i „Spotkanie w Sali Żółtej 15.00!".

Czyli codzienność w korporacji.

Marzyłam o tym, od kiedy wróciłam z Holandii i obroniłam dyplom. Po to poszłam na studia, po to robiłam dodatkowe kursy i tylko na takie ogłoszenia zwracałam uwagę na portalach rekrutacyjnych. Moja korporacja. Globalny, dumny producent wszystkiego. Casusy z jego historii analizowałam na zajęciach z zarządzania, elementy jego strategii są opisywane w artykułach zatytułowanych wdzięcznie „Tytan FMCG penetruje rynek sosów w słoikach". Tak, właśnie tego chciałam.

I tak – jestem dumna, że tu pracuję. Walczyłam o tę robotę ze wszystkich sił i zasłużyłam na nią. W zamian mogę się poszczycić stanowiskiem w firmie, która nie uznaje polskiego chałturnictwa i jakoś-to-będziostwa. Światowe standardy, wypracowane procesy i mechanizmy. Wszystko solidne, porządne i mocne – tak jak powinno być w biznesie. Wszyscy wiemy, po co tu jesteśmy i jak zrobić to, czego się od nas oczekuje. Dobrze nam z tym.

Jedyne, czego nie lubię, to te coroczne spędy integracyjne, które stanowią zaprzeczenie światowych standardów – cholerny festyn na sto i coś osób, jarmarczne „gry i zabawy towarzyskie", koncert przebrzmiałej gwiazdy, kiełbasa z grilla, gumowate sushi i rozgazowane „piwo dla wszystkich gratis".

Nienawidzę. Ale muszę – jeśli nie pojedziesz, to znaczy, że nie utożsamiasz się z firmą i jej wartościami, nie jesteś godny zaufania, bo nie zaśpiewałeś z prezesem *We are the champions* w konkursie karaoke i nie wspiąłeś się na ściankę wspinaczkową, by z jej szczytu z dumą zerwać firmowy proporczyk. Więc jeżdżę.

Na upartego udaje mi się tam znaleźć coś dla siebie – z alkoholi wybieram wódkę z sokiem, bo przynajmniej udaje normalnego drinka, a z gier i zabaw – siatkówkę, bule czy badmintona, bo sporty zawsze przychodziły mi dość łatwo.

Poza tym pamiętam, że uczestnictwo w grach zespołowych jest dobrze widziane przez Zarząd – jestem team playerem, a właściwie team leaderem, czy w biurze, czy poza nim.

W tym roku znów nas wywożą, jak bydło na rzeź. Autokary pobiorą nas w piątek spod biura i zawiozą do Jachranki. Z tej okazji możemy wszyscy skończyć wcześniej, bo już o czternastej, o ile bieżące zadania i status projektów na to zezwolą. Ci, którzy się nie wyrobią, dojadą na wieczór samochodami. Wolałabym tę drugą opcję, bo połowa kolegów jest pijana już o dwunastej i do autokaru są wnoszeni po kryjomu przez tych, którym nie udało się wcześniej wpaść do programistów i załapać na „karniaczka" z ciepłej żołądkowej czystej.

Miejmy nadzieję, że w tym roku nikt nie zarzyga foteli.

Trzy lata temu, kiedy jechaliśmy do Giżycka, wydarzyła się sytuacja, która do dziś odbija się anegdotą po korytarzach. „Zajeżdża, rozumiesz, autokar, otwierają się, rozumiesz, drzwi i najpierw wypada paw, a za nim, rozumiesz, Krzychu z handlowego. Wóda czterdzieści zeta, kanapka trzy pięćdziesiąt, mina portiera – bezcenna, eeehehehe". Wszyscy rżą, ubawieni po pachy, a mnie się zbiera na mdłości z zażenowania.

– Jago, integracja, uuuhuhuhu! – rechocze Agnieszka.

Siedzimy biurko w biurko, więc codziennie oglądam jej wyszczerzone oblicze. Lubię Agę, jest pracowita i przyjacielska. Ale, na litość boską, nie wiem, co ona bierze, że tyle w niej entuzjazmu do wszystkiego. „O, super, kanapki!", „Iiiii! Dostałam maila od Marcinka!", „Rany, ale pogoda!", „Kurde, ale masz fryzurę!", „Eeeeekstramuza, pogłośnij!". Dosłownie widzę te wykrzykniki, duże i pękate, jak latają po pokoju i rozbijają się o naszą jukę i półki z segregatorami jak jakieś zasrane bańki mydlane. Bardzo, bardzo głośne bańki.

Trochę jej zazdroszczę, że tak bez skrępowania wyraża swoje emocje. Jest jak czołg albo jak moja matka – niezrażona niczym. Czy się śmieje, czy płacze, czy wścieka, zawsze robi to na sto procent, całym ciałem, twarzą, rękami, nogami, włosami i uszami. Fryzura jej się czochra, a o to łatwo, bo, skubana, ma strzechę boskich rudoblond loków; na dekolcie dostaje wysypki, uszy jej czerwienieją, oczy się rozszerzają, ręce drżą, usta zmieniają kształt z prędkością błyskawicy – a to dopiero początek pokazu jej ekspresji. Nawet nie wiedziałam, że człowiek ma tyle mięśni. Czytałam na forum, że tacy ludzie żyją spokojniej, bo pozwalają swojej energii swobodnie cyrkulować między ich ciałem a światem, nie kumulują jej niepotrzebnie, więc nie robią im się wrzody. Ale ja jakoś nie potrafię. Od dziecka jestem oazą spokoju i opanowania – właściwie nie płaczę, ciężko mnie wyprowadzić z równowagi, nie jestem kłótliwa, nie miewam ataków śmiechu. Asertywność to ja. Nie musiałam się tego uczyć.

Jednak choćby ze względów poznawczych chciałabym się czasem tak zaśmiać, zobaczyć, jak to jest, kiedy się śmiejesz głośnym „ha! ha! ha!" jak w komiksie, a nie tak pod nosem jak ja. Mój śmiech przypomina raczej głośniejsze wypuszczanie powietrza, „hhhhyy, hhhhhhyy, hhh...". Szczerze mówiąc, kiedy widziałam w filmach ludzi śmiejących się „do rozpuku" (tyle razy obiecywałam sobie sprawdzić w słowniku, co to, do cholery, jest „rozpuk"), to zawsze miałam wrażenie sztuczności. Przecież nikt poważny tak nie robi – może tylko moja matka, ale jej za poważną uznać raczej nie mogę...

No a potem poznałam Agę. Wariatka w biurowym kamuflażu – rewelacyjnie dobrane kostiumy, dobrze skrojone garnitury, apaszka pod szyją, lekko ekstrawagancka biżuteria. I zawsze szaleńczo wyzywające pantofle – zwykle na szpilce, w lecie z cieniutkich sznureczków, jesienią z lakierowanej skóry. Uważam, że chodzenie w nich jest absolutnie niewykonalne, i wyję z zazdrości, bo ona potrafi i w dodatku wygląda w nich fantastycznie. No i te loki... Nie jakieś piękne pukle, bo nieco matowe i ze zniszczonymi końcówkami, ale cokolwiek by z nimi zrobiła, wyglądają dobrze. Może je spiąć ołówkiem w nonszalancki kok, zebrać gumką recepturką w kuc, zaczesując samymi palcami, roztrzepać ręką zaraz po wstaniu z łóżka i jest świetnie – jak na czternastej stronie magazynu „Fryzury na Sezon Wiosenno-Letni". Ja jestem posiadaczką włosów pięknie, acz kłamliwie nazywanych przez fryzjerów „układającymi się", co znaczy, precyzyjnie rzecz ujmując, że są to włosy cholera-wie-jakie. Ani kręcone, ani proste, lekko falujące, ale w każdym miejscu fala jest inna. Dlatego pogodziłam się już z codziennym rytuałem prostowania – wystarczy pół godziny przed lustrem i mam piękne, proste jak druty włosy godne Kleopatry, ku rozpaczy mamy, która tak bardzo chciała, żebym była jak Farrah Fawcett, nie jak Anna Wintour. Cóż poradzę, mamo – sama sobie kręć loki.

– Impraaa! – wyje Aga, a ja wlepiam wzrok w komputer, żeby jej bardziej nie prowokować.

– Czego się drzesz, przecież jesteśmy już całkiem dobrze zintegrowani – rzucam.

– Oesu, Jago. Integracja-sracja – grunt, że nas puszczą z pracy wcześniej i można będzie pomelanżować na koszt firmy. Należy się nam, i już. Tylko nie mów, że nie jedziesz, bo...

– No właśnie miałam... – próbuję się wtrącić.

– ...przed chwilą napisałam kadrówce maila, żeby zabukowała dla nas dwójkę gdzieś na końcu korytarza.

Jak zwykle mi się nie udało.

Tak, mogłabym się postawić ostrzej. Dla zasady. Bo mogę. Ale jak wiadomo, i tak pojadę. Firma wygospodarowała budżet na prezent dla nas, a prezentów się nie odmawia.

– No dobra, spoko – mówię. I myślę, że faktycznie będzie spoko. Aga szybko się upija i nie jest uciążliwa.

– Wiesz, ja to tylko mam nadzieję, że nie zorganizują znowu jakichś z dupy zabaw w plenerze – gada wciąż, patrząc w sufit, a ja myślę już gniewnie „weź się do roboty, kobieto". – Nienawidzę tych wszystkich paintballi i innych quadów. Masakra, tylko siniaki się robią, a i tak mam od siłki, o, zobacz – mówi, podciągając spodnie do kolana i pokazując okazałą plamę fioletu. I znów ma boskie buty, a jakże. Cieliste, na zgrabnej szpileczce i lekkim koturnie, zamszowe z pomarańczową wstawką na pięcie.

– Nie wiem, Aga. Coś na pewno będzie, jakiś mechanizm do budowania więzi w zespole, inaczej to się mija z celem – rzucam, odwracając wzrok od butów i siniaka.

Aga patrzy na mnie z uniesioną brwią, potem wzrusza ramionami i bierze się do pisania maili. Pewnie do księgowych w sprawie wyjazdu, one zawsze z nami dobrze żyją. Ze mną, bo dostarczam wszystkie faktury kosztowe na czas i odpowiednio opisane. Z Agą, bo przynosi najlepsze ploty. No i zwykle zgadujemy się przed imprezami.

Mail: „Wiesz już, który masz pokój? Jakie buty bierzesz? Chodź na fajka, to obgadamy! Jolka".

Jezu, dajcie wy mi wszyscy święty spokój!

Wkładam słuchawki i biorę się do raportu z promocji sprzedażowej.

—

Ogarniam sprawy

Jaga pojechała do pracy, a ja do domu, pomyśleć, ogarnąć to wszystko, bo wpadłam w jakiś chaos. Ja w ogóle życie odbieram jako chaos. Jest tyle spraw do opanowania i jakoś wszystkim zająć się nie umiem. Nie jestem omnibusem i zazwyczaj potrafiłam się skupić tylko na jednej czynności, druga musiała lekko ucierpieć, o trzeciej nie było już mowy. Mówi się, że kobieta potrafi robić trzy rzeczy naraz? Nie ja! Zawsze byłam spokojna, powolna i skupiona. Nie wiem, czemu Jagoda mówi, że jestem roztrzepana. Rozkręciłam się późno, ale nie na tyle, żeby połapać się we wszystkim. Na przykład naszego sprzętu do grania i nagrywania, i jeszcze czegoś tam kompletnie nie umiem rozpracować. Na szczęście pralkę opanowałam i mikrofalę – tyle o ile. Fakt – z komputerem jakoś mi idzie.

Nagle nie mogłam się uwolnić od myśli, że coś się rozpadło, a ja tego nie umiem ogarnąć. Dobrze, że Jaga wszystko już załatwiła, chybabym się zapłakała, jeżdżąc z Ireną po papiery, do zakładu pogrzebowego i tak dalej, bo oczywiście nie przyszłoby mi do głowy, że można to załatwić przez telefon. Gdy zmarła moja mama, nasza Misia, to Jaga z ojcem wszystko załatwili. Gubię się w urzędach, na dworcach i lotniskach, ale... mam wiele innych zalet. Janek tak uważa.

Na szczęście dom to dom, i od wejścia poczułam ulgę.

Na dole, w garażu, gdzie prowadzę swoją działalność, siedzi Jusia, moja pracownica, i przygotowuje wysyłkę.

– Cześć, jestem już, jak leci?

– Pani Doroto, dzwoniła pani z pretensjami, że przesyłki jeszcze nie dostała, ale ją uspokoiłam. Odebrałam na poczcie polecony i kończę wczorajsze zamówienia. Dzwonił pan Janek i mówił, że wracając, kupi wodę, a potem pójdzie z psem na szczepienie.

– Dziękuję. – Usiadłam. – Jak z magazynem?

– A, tak. Dzwonił ten pan i mówił, że odnajmie, ale cenę to pani sama musi z nim obgadać.

Oesssuuu! Nie znoszę negocjować!

– To pani córkę napuści, ona wynegocjuje. – Justyna wie, że Jaga jest twarda i potrafi robić interesy.

Zadzwoniłam.

– Jaguś? Jak tam?

– Co „jak tam"? Dopierośmy się widziały. Coś pilnego? Bo mam tu masakrę. Aha, pogrzeb to będzie musiał być po niedzieli, bo ja mam wyjazd firmowy.

– Musisz jechać?!

– Mamo, prawie dwieście osób będzie. Chcesz mi napisać usprawiedliwienie w dzienniczku, że zmarł dziadek? Co za różnica, czy pochowamy go w sobotę, czy w poniedziałek? Dla emerytów żadna, ty masz nienormowany czas, tatko jest sam sobie szefem, więc o co chodzi?

– Wpadłabyś do nas po pogrzebie? Bo chyba weźmiesz wolne na poniedziałek?

– A co?

Muszę to rozegrać inteligentnie, jeśli zacznę od tego, że boję się negocjować cenę za wynajem magazynu, to mnie zwyczajnie ochrzani. A magazyn fajny, bo blisko, po sąsiedzku, tylko właściciel taki ostry i surowy, że „bez kija nie przystąp", jakby powiedziała Irena. I czuję, że jeśli na mnie naskoczy, to się poddam, a Jaga mnie wyśmieje.

– A, chciałam się ciebie poradzić w sprawie magazynu. Muszę wynająć, bo rozszerzyłam działalność, a w naszym ledwo się biżuteria mieści, a gdzie reszta? U Iwony też nie mogę wiecznie trzymać, to jednak daleko.

– Rozszerzasz? Nie, no zaskakujesz mnie! Brawo, mamo! Co oprócz szali?

– Buty chyba...

– Buty?! W życiu! Mamo, buty to wtopa, bo jak kupuje się je bez mierzenia, to potem zwroty i wymiany, daj spokój!

– Iwona sugerowała dodatki mieszkaniowe, ale wydawało mi się, że skoro mam szale, to buty...

– Nie, dodatki tak, mniej zwrotów. Iwona sprzeda kanapę, a ty będziesz miała kompatybilną lampę, gazetnik czy co tam. A ten pomysł z artystkami? Żeby u ciebie sprzedawały, a robiły u siebie? Wiesz, to też dobry układ. Dobrze, to wpadnę. Ile on chce?

– Nie wiem nawet, ile się płaci za wynajem...

– Wiedziałam, że nie wiesz. Co z ciebie za przedsiębiorca? Dobra, dowiem się i wpadnę po pogrzebie. Po konsolacji.

– Po czym?!

31

– Ciotka Irena chce konsolacji u siebie w domu. Uparła się.

– Stypy?

– No przecież mówię.

– Ale to normalne...

– Mamo, teraz to się robi w restauracji, a pan Marek ma na-wet specjalną salę na ten cel, zamawiasz catering i po japkach, ale ona nie chce. Pogadaj z nią, bo ja chwilowo nie mam siły. Pa, biznesówko od siedmiu boleści! Wpadnę.

Bo ja od niedawna jestem przedsiębiorca. Niechcący. Jaga mnie namówiła po tym, jak musiałam zrezygnować z pracy charakteryzatorki w telewizji. Snułam się bez sensu tygo-dniami, więc Jaga się wkurzyła i skrzyczała mnie, że jestem fujara z Mościsk, że umiem, tylko mi się nie chce.

– Co mam umieć?

– Załóż własną działalność! Wymyśl coś, ale nie załamuj rąk!

– Ale co? Kosmetyka? Tu, w garażu?

– Nie wiem, kombinuj, każdy teraz kombinuje, mamo! Dasz radę! Zadzwoń może do Iwony – ona jest przedsiębiorcza.

Iwona to moja koleżanka z liceum jeszcze. Prowadziła kie-dyś sklep z rzeczami z Indii, a teraz przerzuciła się na hindu-skie meble i nie tylko.

Kawa z nią... i wracałam z pomysłem! Internetowy sklep z dodatkami. Biżuteria, szale, drobiazgi. To od Iwony dowie-działam się, jakie to proste, bo córce jakoś nie dowierzałam. Ona jako dwulatka umiała obsłużyć nasze wideo! Ma jakiś gen techniczny, a podejrzewam, że i biznesowy.

Od kiedy mam ten swój mały biznes, nie czuję się pewnie, bo kompletnie nie umiem opanować papierologii, ale pieniądze jakieś mam, więc wygląda na to, że działam. Na szczęście Jusia opanowała papierki, segreguje je i ich pilnuje, a księgowa Iwony robi resztę.

Ja wybieram wzory, zamawiam i sprowadzam, to już umiem. Z Chin przychodzą teraz śliczne rzeczy. Jaga wybrzydza, a mnie się podobają. I ważne, że idą.

Pamiętam, jak wróciłam od Iwony. Jasiek właśnie przyjechał z pracy.

– Cześć. – Nadstawił się do rutynowego buziaka. – Jak dziś?

– Cześć, dzisiaj masz mielaki i kapuchę z ziemniaczkami. I jeszcze ci zrobiłam marchewkę z masłem.

– Za co taka frajda? – pyta mój Jasiek i uśmiecha się, bo od dziecka kocha mielaki z marchewką.

– Bo mam pomysł! Umyj się i siadaj, zaraz ci wszystko wyjaśnię.

I oznajmiłam Jankowi, że otwieram własny biznes. Iwona właśnie jedzie do Indii i stawia mi wyjazd, żebym tam nawiązała sobie kontakty potrzebne do prowadzenia sklepu z biżuterią. Nie był zachwycony, czarno widział cały zamysł i nie bardzo wierzył w sklep internetowy.

– Jasiek, bo ty całe życie w warsztacie, a teraz masz tę swoją stację diagnostyczną, ale zrozum, że się da! Jaga kupuje nawet buty w internecie – palnęłam.

To go jakoś przekonało i po rozmowie z Jagą nawet się zaparł, że mi da garść dolarów na rozpęd.

Zbudowanie jego stacji diagnostycznej na bazie warsztatu samochodowego kosztowało nas cały majątek. „Ma się zwrócić", ale na razie jesteśmy mocno pod kreską.

– Nie marudź! Jedź! Kręć te swoje biznesy – zadecydował. I dodał: – Dorka, tylko błagam, bądź ostrożna, no i wiesz, bez egzaltacji!

I pojechałam z Iwoną w podróż życia do Indii. Byłam bardzo skupiona i starałam się z całych sił wszystko ogarnąć, choć Indie są nie do ogarnięcia. Nie wiem, jak Iwona się w tym orientuje, ale zaprowadziła mnie w kilka miejsc, w których anglojęzycznie dogadałam się co do importu towaru. Wybierałam bardzo starannie i długo.

Nawiązałam kontakty, a Iwona dała mi możliwość zaimportowania pierwszej dostawy biżuterii i innych drobiazgów na swoje konto. Później, kiedy ruszyłam z działalnością, miałam już własne.

Potem doszły kontakty z Chinami i tak jakoś ciągnę to od roku. Nie dawałam sobie rady sama, więc przyjęłam do pracy Jusię, dziewczątko, które przychodziło do sąsiadki sprzątać. U mnie też zaczęło się od sprzątania, ale że było go mało, a ona w potrzebie, to gdy zaczęłam zarabiać na siebie i na nią – zatrudniłam ją i mam spokój. Jusia jest po technikum ekonomicznym, prosta, uczciwa, pracowita i poukładana. Ja niestety nie. Ale, jak mówi Iwona, mam genialne wyczucie trendów i ściągam naprawdę ładne rzeczy. Mimo uprzedzeń Jagody zaczynam rozmowy na temat butów. Zobaczymy.

Skoro Jusia pracuje, ja mogę zająć się kuchnią. Wypoczywam, gotując. I lubię, kiedy potem zjadają – Jusia i Jasiek. I nasz pies Heros – jamnik obojętny na świat, lizus kochający Jaśka bezwzględną rozmerdaną miłością.

Jaga rzadko wpada, mało je, za to chętnie zabiera zamrożone albo popakowane jedzenie. Domowy catering. „Jak ci padnie ta biżuteria, to możesz robić catering" – rzuciła kiedyś, pochłaniając kapuśniak.

Ja wszystko załatwię

Mama to mnie kiedyś wykończy – obserwuję, jak prowadzi ten swój sklep z bibelotami, i nie mogę uwierzyć, że on w ogóle działa. Znów zadzwoniła do mnie, żebym jej w czymś pomogła. Magazyn czy coś.

Całą papierkową robotę zwaliła na Justynę, a kiedy trzeba sobie ubabrać ręce jakąś trudniejszą pracą, to wysyła mnie: reklamacja z pogróżkami, negocjacje cenowe, windykacja... Matka swojej matki, jak babcię kocham. No nic. Załatwię jej, co tam będzie chciała, chociaż nie wiem kiedy, już mi się wpisy w kalendarzu nie mieszczą. Najpierw ta nieszczęsna integracja, potem pogrzeb Felka, stypa, wniosek o refundację pogrzebu z ubezpieczenia, wizyta w banku, żeby zamknąć dziadka konto, no i przeprawa z testamentem, bo przecież nie zostawię Ireny z tym samej. Ubaw po pachy. Jagoda Maliszewska – koordynatorka wszystkiego.

Zawsze byłam dobrze zorganizowana. Pamiętam, jak na którąś Gwiazdkę dostałam piękny organiser, w beżowej skórzanej oprawie, z miejscem na długopis, wizytówki i milion innych rzeczy. Uwielbiałam ten kalendarz – trafiało tam wszystko: spotkania towarzyskie, wizyty lekarskie, terminy egzaminów, daty urodzin przyjaciół i znajomych... Internet był wtedy w powijakach, o komórkach nikt jeszcze nie słyszał, więc co roku pierwszego albo drugiego stycznia siadałam do kalendarza i zapełniałam go datami urodzin, żeby o nikim ważnym nie zapomnieć. Co rok! „Tymi rękami". Do dziś mam zresztą wszystkie te kalendarze schowane w pawlaczu. O matko! – chyba z piętnastu lat. Po co je trzymam? Na wszelki wypadek. Może kiedyś będę musiała coś sprawdzić? Czuję się pewniej, wiedząc, że są. Każdy ma swoje dziwactwa, proszę się mnie nie czepiać

Do dziś wolę analogowy kalendarz. Komórka już nie raz mi się psuła i wpisy znikały, a nie zawsze można mieć przy sobie komputer. Noszę więc mały ozdobny kalendarzyk formatu A6 i robię w nim wpisy drobnym maczkiem, żeby zmieścić wszystkie moje plany. Bywa ciężko, zwłaszcza kiedy coś się zmienia i trzeba kreślić.

– Naprawdę jesteś nienormalna – powiedziała Wera, kiedy zobaczyła ten mój terminarz. – Co to w ogóle jest?

– Moje życie – odpowiedziałam.

—

Jasiek

Zginęłabym bez Jaśka!

Jest moją zdobyczą ze studiów, których przez niego nie skończyłam, bo zaszłam w pierwszą ciążę. Potem, kiedy już Jaga miała pięć lat i poszła do przedszkola, ja poszłam na kurs kosmetyczny i załapałam się jako charakteryzatorka do telewizji.

Mój poukładany i skalibrowany mąż jest jedynym mężczyzną, którego nie przeraża bycie ze mną. Poprzedni narzeczeni szukający kobiety, która by o nich dbała, była żoną i matką, nie utrzymywali się długo. Nie spełniałam wymogów. Zawsze potrzebowałam faceta, który by po mnie posprzątał. Starałam się opanować tę moją skłonność do bałaganienia i udało mi się dopiero w macierzyństwie.

Jasiek jest tak niezwykle opanowany, spokojny i racjonalny, że nie sposób go wytrącić z rytmu, zachwiać nim, wstrząsnąć. I nie ma żadnego problemu z tym, że zostawiłam coś niepozmywane czy nieposkładane. Poskłada, umyje, odkurzy i nigdy z tego nie robi sprawy. To zasługa mojej teściowej, tak go wychowała. To nie znaczy, że Jasiek jest pierdoła!

Ma poczucie humoru, doskonale jeździ na nartach, chodzi z przyjacielem na squasha i z Jagą do kina na wszystko. Ja nie chadzam, chyba że na *Shreka*. Nie lubię kina – za wielki ekran, za blisko wszystko i za głośno, potem głowa mnie boli. Czekam, aż się film ukaże na DVD, i wtedy w skarpetkach i moich ukochanych flanelowych spodniach siedzę wsparta o Jaśka i oglądam to, co on już z Jagą zaliczył jako nówkę.

On i Jagusia to nałogowi kinoholicy, a ja domatorka.

Postanowiłam usmażyć naleśniki. On tak je lubi! Jak zwykle za mało zrobiłam ciasta i musiałam w połowie dobełtać jajko z mąką, ale za to jak nigdy wyszły mi cienkie i nieporwane. Miał być do nich ser rozciapkany z cukrem waniliowym i ze śmietaną, ale okazało się, że Juśka była głodna i zrobiła sobie kanapkę z resztką tego sera, więc otworzyłam dżem. Mogłam kupić ser i jajko, i śmietanę, bo śmietany... też nie ma. Zapomniałam, że wczoraj „wyszła mi" do pomidorówki. Jest jogurt stracciatella, będzie super!

Wzięłam się szybko do sprzątania, bo jakoś tak jest, że przy robieniu czegokolwiek z mąki ona zawsze się usypie, białko uleje się z jajka i mikser trzeba umyć, i łyżki dwie, i talerzyk, i kubek po jajku. Nie wiem, jak mama robiła naleśniki bezstresowo i nie brudząc. Mnie jednak stresują, bo się robią albo z grudkami, albo za grube, albo za cienkie... ale Janek lubi, więc robię.

– Cześć, słońce! – Jasiek wszedł do kuchni już w kapciach i bez marynarki. Zawija rękawy, będzie mył ręce albo pozmywa. – Jak Irena?

– Cześć. Trzyma się, jak to ona. Wiesz, że nie płakała?! Nic! Kompletnie!

– Tak? A jak znam ciebie, to ty jak fontanna.

– Ja też nie. Tak mi szkoda Felusia, ciągle do mnie nie dochodzi, że zmarł... Przytul mnie.

Janek mnie przytula i całuje w czoło, zakręcając za mną wodę w kranie. Oszczędny.

– I co to się stało? Serce? Starość? Czy co? – pyta.

– Starość. Po prostu umarł. Irena twierdzi, że może ostatnio pił za mało wody i usechł.

– Głupstwa. – Janek prycha. I dodaje: – Mam siadać?

Podaję mu wczorajszą pomidorówkę, naleśniki, dżem i jogurt. Siadam przy nim na taborecie, bo lubię mu wszystko opowiedzieć, kiedy je.

– To nie głupstwa, trzeba się nawadniać, a Felek miał prostatę i wolno sikał, więc unikał picia. I wiesz.

– Co wiem?

– Krew za gęsta, może nie dopłynęła gdzie trzeba i umarł. Pogrzeb będzie... nie wiem kiedy, bo jeszcze Jaga nie dzwoniła ani Irena. Ja myślę, że trzeba go skremować. Nie chcesz jogurtu? To nie. Bo to oszczędność miejsca i ekologiczniej.

– A Felek jak, chciał kremacji?

– Nie wiem. Irena poszła rozmawiać z księdzem.

– No nie wiem. – Jasiek starannie kroi naleśnik i tłumaczy mi: – Starzy ludzie nie lubią kremacji, to dla nich zbyt nowoczesne. Wiem, bo Marian chciał skremować ojca, ale matka się nie zgodziła.

– O, racja! To może być problem, pogadam z Ireną. I wiesz co? Zrobię może więcej gołąbków i jej zawiozę, przecież ona nie będzie miała głowy do gotowania.

Janek wzniósł oczy do nieba.

– Dorociu, proszę cię! Irena? Jakbyś jej nie znała! To ładnie, że się troszczysz, ale spytaj najpierw, bo znów będziesz uszczęśliwiać kogoś na siłę.

Wie, że mnie tym wkurza. Nikogo nie uszczęśliwiam na siłę, tylko jestem pomocna. Po prostu pomocna! Mężczyźni w ogóle nie przywiązują do tego wagi, a potem są wdzięczni.

Jasiek zabrał Herosa na szczepienie, a ja rozmroziłam mielone mięso i liście kapusty, które mi zostały ostatnio. Obieram zawsze całą głowę kapuścianą i zamrażam to, co zostanie. Potem jak znalazł. Lubię zawijać gołąbki. Wolę to niż robienie schabowych, bo przy nich mi się zaraz pół kuchni upaprze, a gołąbki fik-myk i już są!

– Wiesz – mówiłam wieczorem do Jaśka, nacierając stopy kremem – w ogóle nie płakałyśmy, ani Jaga, ani Irka, ani ja. Może jesteśmy nieczułe? Może stwardniałyśmy? To jakaś znieczulica? Jak myślisz?

39

Jasiek czytał, ale zsunął okulary na czubek nosa i popatrzył na mnie.

– Mówiłaś to już. Nie pleć bzdur, Dorociu, płacz nie jest oznaką niczego. Rozpacza się w różny sposób.

– Ale ja nie rozpaczam. Ja nie czuję... Jasiek, ja to tak normalnie jakoś przyjęłam, a jednak zmarł mój jakby dziadek. No, wujo, choć był dla mnie jak ojciec. I Irena nie płakała, i Jaga też. Coś z nami jest nie tak?

– No... – odpowiada zdawkowo, bo czyta.

– I wiesz, dopiero w samochodzie, jak wracałam, Dwójka zagrała Szopena i tak mnie wzięło, że się wyryczałam jak bóbr. Strasznie mnie wzięło, ale dopiero wtedy.

– No, to jednak sobie popłakałaś. I co, ulżyło? – Mój mąż starał się bardzo, ale widziałam, że woli Deana Koontza niż moje filozofie.

– Nie. Nie ulżyło. Brak mi będzie Felka... Może zadzwonię do Ireny?

– Zwariowałaś? O jedenastej w nocy? Dorota, kładź się, jutro rano zadzwonisz.

– Jaś... Tęsknię już za nim. Dopiero teraz do mnie dociera, że go więcej nie zobaczę. Biedna Irena...

W łóżku przytuliłam się do mojego Miśka i wiem, dokładnie wiem, po co ja go mam! Potrafi mnie zrozumieć, jest zawsze ciepły, pachnie spokojem i... To przecież nic takiego, że nas wzięło. Żałoba nic nie mówi o współżyciu – prawda? A mnie taka żałość ogarnęła z powodu śmierci Felka, że z tego tulenia i głaskania wyszło nam całkiem miłe bzykanko. Troszkę było mi głupio, bo skoro Felunio stoi u bram niebieskich albo już u Piotra, w każdym razie jest duchem,

to mógł tu wpaść, żeby zobaczyć, jak ja po nim rozpaczam,
a tu... Zasnęłam spokojna.

W nocy

Obudziłam się nie wiem o której, za oknem było ciemno i panowała cisza. Nie głucha i niczym niezmącona, choć ta lepiej
pasowałaby do sytuacji – to była cisza miejska, wypełniona
oddechem miasta. Ulicą przejechał nocny autobus, ktoś upu-
ścił butelkę, która potoczyła się po chodniku, w kuchni bu-
czała lodówka. Słyszałam swój oddech.

Leżąc i słuchając nocy, uświadomiłam sobie, że Felek już
naprawdę nie wróci. A przecież nie zrobiłam nawet połowy
rzeczy, które miałam z nim zrobić. Zawsze chciał iść ze mną
na Noc Muzeów, zwłaszcza do Muzeum Powstania War-
szawskiego i do Centrum Nauki Kopernik. Obiecałam zabrać go samochodem do Oświęcimia. Marzył nam się wspól-
ny wyjazd na Dni Grunwaldu, by zobaczyć rekonstrukcję
bitwy i zapaleńców szwendających się po okolicy w strojach
z epoki. Na Koło mieliśmy jechać, kupić jakieś starocie, płyty
analogowe...

Nigdy nie miałam czasu. A teraz nie ma Felka.

Dzień jak co dzień

Jednak zawiozłam Irenie te gołąbki. Otworzyła mi w podomce – ubierze się pewnie dopiero, gdy wyjdzie do sklepu.

– Cześć – przywitała mnie jak zawsze, a może tak mi się tylko wydawało.

– Cześć. I jak się czujesz?

– Marnie. Ciśnienie mi skacze...

– To normalne, nerwy. Przyniosłam ci gołąbki.

– Nerwy? Nerwy to ja mam stalowe. Gołąbki? O, fajnie. Postaw na kuchence. Jak mam iść do kościoła, to mi skacze. Mój Boże, co to za urzędas jakiś ten ksiądz tutejszy! Wiesz, jak już, to ja chadzałam do Wizytek, czasem jeździłam do Lasek, naszego kościoła nie lubię, a ten mi wyjeżdża, że ze mnie zła parafianka! Bo on mnie na liście obecności nie ma.

– Sprawdzają w kościele listę?

– Nie, ale mają kajet i tam, wiesz, kto ile dał na kościół, wizyty po kolędzie. A Felek nie wpuszczał księdza, bo się z nim zwyczajnie skłócił. I zaraz fochy z pochówkiem, zawzięty ten proboszcz. A ksiądz Wacław taki młody, fajny, nie ma głosu.

– Żartujesz? – Zmartwiałam. – I co będzie?

– Psińco. – Uśmiechnęła się szelmowsko. – Dziunia załatwiła z panem Markiem, wiesz, tym od pogrzebów, a on z księdzem Wacławem. Ona jest jednak świetna!

Wkurza mnie to jej „psińco". Nauczyła się kiedyś i powtarza, moim zdaniem nie wypada starszej pani. No ale przecież jej tego nie powiem!

– Co załatwiła?

– Innego księdza, inny kościół. Jak ten proboszcz taki, to nie będzie tutaj mszy! Zaoszczędzimy na autokarze. Bo miała być tutaj msza i dopiero wyjazd na Powązki. Mnie się te powązkowskie msze nie podobały, bo takie, wiesz... Przecież tamtejszy ksiądz nas nie znał, a chować powinien ktoś znajomy. Do grobu odprowadzi ksiądz Wacław!

– Aaa. Okej. No a reszta?

– Jaka reszta?

Nie wiem, jak zacząć, chciałabym przekonać ją do kremacji. Ale czy to ma sens? Jak się uprze? W grobowcu, zdaje się, mają tylko jedno miejsce.

– Ciociu... – zaczynam i Irena już wie, że czegoś chcę.

– O co ci chodzi, dziecko? Pojedziesz ze mną na kremację? Pojutrze jest, o dwunastej na Wólce. Nie wiem, jak tam dojechać.

Zatkało mnie.

– Ciociu!... Chcesz kremacji?! A co Felek na to?

– Dorota, czyś ty zwariowała? Jak to „co Felek na to?".

– No, czy za życia chciał?!

– Za życia to się nie rozmawia o takich rzeczach, ale rozmawiałam z Jagą, ona jest racjonalistka. O, Felkowi by się podobało tak, jak ona to przedstawiła! Jaga uważa, że to oszczędność miejsca i że to bardzo higieniczne. Bo ty u matki to się nie zmieścisz, prawda – tam w grobie już pełno? A jak się u nas wymuruje ładnie ostatnie pięterko, to nie tylko ja i Felek w pudełkach, ale i wy wszyscy się pomieścicie!

– Naprawdę tak uważasz? Bo ja chciałam cię do tego przekonać...

– Mnie nie trzeba przekonywać! Ja chcę tak samo, na proszek, jak kawa instant. I w ładne pudełko. Wiesz, Dorotko,

43

myśmy z Felkiem strasznie nie lubili wilgoci, a te pudełka są podobno szczelne. Zresztą czy proszek może narzekać? Jadziunia opowiadała, że Amerykanie to potrafią ten proszek spiec pod ciśnieniem na kamień. No ale babka w pierścionku to dla mnie za wielka ekstrawagancja!

– Więc kremacja – tak? W sobotę? Pojadę z tobą. Będę o jedenastej trzydzieści.

– Bądź. Mam się jakoś specjalnie ubrać? A może pojedź sama... Mam patrzeć, jak wkładają Felka do pieca? – Zająknęła się, niepewna, czy sytuacja jej nie przerośnie.

Ma rację. Wątpię, żeby to dobrze zniosła.

– Oczywiście pojadę, nawet jak ty zrezygnujesz. Pa!

– No, pa, pa – powiedziała jakby roztargniona.

Kiedy wyszłam, zadzwoniłam do mojej córki.

– Jaga? Cześć, kochanie. Namówiłaś Irenę na kremację?

– No mamo, a jak inaczej?

– Mądrze, bałam się, że nie będzie chciała. A powiedz mi, na kremację to powinna jechać, co?

– Nie wiem, mamo. To jej sprawa.

– Ale to okropne jest! Może tego nie znieść, może ja sama pojadę, bo ty masz tę integrację?

– No, niestety.

– Okej. Pojadę sama. Oszczędzę jej cierpienia.

– Mamo, nie uszczęśliwiaj na siłę, będzie chciała, niech jedzie, zemdleje, to ją złap. Popłacze się, zeszlocha, tym lepiej.

– Czemu lepiej?

– Ekspresja jest uzdrawiająca, mamo. Muszę kończyć.

– Okej. Pa.

W biurze i poza biurem

Niestety, nikt mi nie uwierzy, że się nie wyrobiłam do tej czternastej. To do mnie niepodobne.

„Młoda, bierz dziewczyny i marsz na dół" – usłyszę zaraz od Karola. Spróbuję się wykręcić, powiem, że muszę jeszcze dokończyć raport i przesłać status. I nie uda mi się, bo usłyszę: „Nie pierd... Jago, najwyżej pchniesz maila bezprzewodówką na trasie". Z Karolem nie ma dyskusji. Uwielbiam go jako szefa, naprawdę, uwielbiam, cenię i szanuję. Zresztą zawsze wolałam facetów jako szefów, bo są konkretni, nie kierują się emocjami i nie mają uprzedzeń. Ale Karol zawsze jest taki sam – trzyma nas silną ręką, gdy rozdaje zadania na poniedziałkowym trafficu, gdy opierdziela nas za źle zrealizowany budżet i kiedy polewa wódkę na imprezach. Jak Karol zarządzi, to nie ma przebacz.

Z początku strasznie mnie to irytowało i postanowiłam sobie, że się nie dam, nikt nie będzie mną dyrygował po godzinach pracy. Z czasem jednak uświadomiłam sobie, że wyjazd integracyjny to też godziny pracy. Pracy nad swoim wizerunkiem, nad „relacjami w zespole" i nad swoją pozycją. Nikt mi nie wmówi, że potrafi w stu procentach oddzielić życie prywatne od służbowego. To, niestety, tak nie działa. Jeśli ograsz szefa w bilard, nabluzgasz mu za łapanie cię za tyłek na parkiecie albo nie wypijesz z nim, kiedy tego chce, prędzej czy później odczujesz to w pracy. Nie, nie powie ci „to za to, że się nie napiłeś", bo to nieprofesjonalne. Nawet on sam będzie wierzył, że chodzi mu wyłącznie o względy merytoryczne. Ale prawda jest taka, że tego dnia, przy tej wódce, straciłeś zaufanie albo szacunek, i to jest nie do odzyskania. Aż do kolejnego bankietu.

Nie, nie jestem cyniczna, jak czasem mi zarzucają. Jestem realistką. Obserwuję i wyciągam wnioski. To jest wszystko naprawdę bardzo proste.

Autokary podjechały. Wysłałam swój raport już o jedenastej i zdążyłam jeszcze sprawdzić prywatną pocztę i zamówić ręczniki na Allegro. Piękne – kremowe, z egipskiej bawełny. Ach, jak ja lubię czasem szarpnąć się na coś luksusowego, mmm... Aż chce się żyć! Oczywiście pensja stopnieje mi w tym miesiącu szybciej, niż planowałam, ale cóż. Felek mawiał, że pracuje się, aby żyć, a nie żyje, aby pracować. Byłbyś ze mnie dumny, dziadek – pomyślałam. Tak sądzę...

Właśnie. Dziadek Felek idzie na wieczne sproszkowanie, podczas gdy ja jadę na firmowe picie. Mogłam się wymigać, powiedzieć, że mam pogrzeb. Tylko, niestety, kremacja to jeszcze nie pogrzeb, przyszywany wujek to nie rodzony dziadek, alibi to nie powód, a ja nie umiem kłamać. Zresztą szlag mnie już trafia – wychodzę z pracy w ciągu dnia, ogarniam ciotkę, bo się miota, ogarniam zwłoki, bo leżą, załatwiam pogrzeb, bo trzeba, załatwiam zmianę kościoła, bo ksiądz, wszystko, kurna, załatwiam, a mama wpada na gotowe, szczebiocze jakieś pierdoły, robi wokół siebie zamęt i wychodzi na bohaterkę. Skoro jest taka świetna, to niech jedzie na tę kremację i „przeżywa wzniosłość chwili". To nie dla mnie. Ja swoje zrobiłam, tak?

Wsiadamy do autokarów w miarę punktualnie i jedziemy do tej Jachranki. Porywać się na wyjazd z Warszawy w ostatni ciepły piątek września o czternastej! Chyba tu kogoś moc opuściła. To, co się dzieje na ulicach, przypomina strajk okupacyjny kierowców. W godzinę przejechaliśmy jakieś dwa kilometry. Fantastycznie. Dzięki ci, losie, za multimedialne telefony – przynajmniej mogę posłuchać książki. Ale nie za długo, bo oczywiście muszę się odwrócić i „strzelić po jednym" z tymi nieszczęsnymi programistami. Chlory. Jest ich trzech i tak naprawdę nie wiem, za co są w firmie odpowiedzialni, ale lubię chłopaków. I strasznie im zazdroszczę. Po pierwsze, nikt do końca nie rozumie, co robią. Spytani o bieżące zadania odpowiadają coś o optymalizacji procesów i integracji systemów, a pytający odchodzi zadowolony, że uzyskał odpowiedź. Po drugie, nikt nie sprawdza im czasówek – przychodzą do pracy nieraz i na jedenastą, bo przecież do nich sfochowany kierownik o dziewiątej zero jeden nie zadzwoni. Owszem – siedzą za to po nocach, ale jak się sama przekonałam, zwykle z powodu Warcrafta czy innej strzelanki. Po trzecie, są absolutnie słodko naiwni i nie widzą, jak wypluwam całą tę ich wódeczkę do mojej butelki z pomarańczową popitką, krzywiąc się teatralnie, „jakież to diabelstwo mooocneee"! Oskar dla mnie za rolę pierwszoplanową. „Jago to potrafi pić!" – cieszą się jak dzieci. Ech, jacy ci faceci są łatwi.

Legionowo. Jeszcze chwila i wysiadamy z tej bimbrowni na kółkach.

– Jaggooo, pij! – Uwala się przy mnie rumiany i spocony Paweł. Dokładnie tak – rumiany. Nie czerwony. Nie zaróżowiony. Do tego ma śmieszne pulchne policzki, które nabierają koloru tylko na środku, jak u Jagny z *Chłopów*. W ogóle cały jest pulchny i misiowaty. I wielki jak strongman. Gdzie on ciuchy kupuje, chyba szyją mu na zamówienie?

– Pij, lala! Za tatusia i za premię! – Jezu, czemu on tak pluje przy każdym „p". Wycieram się dyskretnie ze skrzętnie kamuflowanym obrzydzeniem. Nadmiar ciała przekłada się chyba na nadprodukcję śliny... Bleh...

– Paweł, zmiłuj się, chłopaku. Toć poszło już ze trzy czwarte tej flaszki... – Liczę na to, że jednak mi odpuści.

– Nie wstanę, póki nie wypijesz! – oznajmia dumny, że taki fantastyczny fortel umyślił. Znów dwa „p" i dwie fontanny śliny. Zen, Jago... To nie jego wina, to fizjologia.

– To siedź. Tylko cicho, bo słucham książki.

– Oj, Jagooo...! – Uuuf, obyło się bez „p".

– Dobra, daj... – Biorę i piję, tym razem bez oszukiwania. Muszę się znieczulić, jeśli mam to jakoś przeżyć.

– Nooo, Jago, ty to potrafisz pić! – Ojeja, jeja, jak się dzieciak ucieszył. No już. Spadaj z mojego fotela.

– A w ogóle, Jago – chyba jednak się go nie pozbędę tak łatwo – to co tam?

– Nico, dziękuję. – Jeśli czegoś na tym świecie n i e n a w i d z ę, to pytania „co tam?". Najbzdurniejsze pytanie świata. Wata konwersacyjna! Nic nieznacząca zbitka dwóch słów, która przerzuca ciężar rozmowy na drugą osobę, zostawiając pierwszą w błogim, czyszczącym sumienie poczuciu, że „wykazała zainteresowanie". Czy naprawdę musimy przejmować od Amerykańców wszystko, łącznie z tym durnowatym *what's up?*

– No jak to, ej, no weź się. – Mistrz elokwencji, jak zwykle. Kto cię zatrudnił, człowieku? Patrzę na to rumiane, podpite oblicze i głupio mi się robi.

– Nie, no w porządku, Pawełek. Dziadek mi umarł, więc trochę taka wyciszona jestem.

– Ooo, przykro mi – mówi Paweł i twarz mu się marszczy, brwi zjeżdżają nisko nad oczy, a cała głowa lekko przechyla się w geście współczucia i zrozumienia. – Jak?

Jak to „jak?" Srak. Szybko, cicho i dyskretnie. Nie twoja brocha, więc nie udawaj, że się interesujesz – myślę, zezłoszczona już, że wciąż nie chce zostawić mnie samej. Widzę jednak, że bardzo się chłopak stara, więc mówię grzecznie:

– A na starość. We śnie. Nie cierpiał.

– Oj, biedna – mówi Paweł i (o matko, tylko nie to!) przytula mnie. Właściwie to dusi, bo ma bary wielkie jak materac dmuchany i kiedy mnie obejmuje, miażdży mi grdykę.

Z ostatniego rzędu unosi głowę Radek i patrzy na nas dłuższą chwilę. Po chwili jego wzrok znów wędruje za szybę. A może mi się zdawało.

– Dzięki – rzucam, łapiąc oddech. – Wiesz, w sumie to dobrze się stało, że nie na jakąś straszną chorobę. Szkoda mi tylko Ireny. Babci. Cioci. No, żony jego.

– To ta ciotka od prezerwatyw? – pyta Paweł i robi minę jak emotikon. Ten, co wyraża skrzyżowanie podejrzliwości z zainteresowaniem.

Popełniłam kiedyś błąd i opowiedziałam w pracy anegdotę, jak to ciocia Irena robiła mnie i moim koleżankom partyzancką edukację seksualną. Mówiła, że od pigułek rosną włosy w dziwnych miejscach i kobieta tyje jak wieloryb, więc najlepsze są prezerwatywy, „tylko zawsze, dziewczynki, sprawdzajcie, czy nie jest sparciała i czy dobrze natalkowana".

Mamy dwudziesty pierwszy wiek, od pigułek już dawno nic nie rośnie poza kasą firm farmaceutycznych, ludzie nie pamiętają, co znaczy „sparciały", a talku używa się tylko do panierowania niemowląt. Ale coś mi w głowie zostało – do dziś uważam kondomy za najlepszą metodę. Po pierwsze, nie będę się faszerować chemią bez powodu, po drugie... jakoś tak higieniczniej mi się wydaje. A bo wiadomo, co facet wyczyniał, zanim wylądował w moim łóżku? I z kim? Już raz miałam taką przygodę. Ginekolog zrobił wdech, wydech, pomyślał chwilę i oznajmił: „Wie pani, niektóre choroby rozwijają się tylko u kobiet, partner jest wyłącznie nosicielem. Możliwe więc, że ta infekcja pochodzi od poprzedniej partnerki pani narzeczonego". Poczułam się wtedy jak w cudzych butach. Czy może nawet w majtkach. Coś obrzydliwego. Poza tym zdecydowanie nie był to mój narzeczony. Nie, nie, nie.

– Tak, Pawciu, ta od prezerwatyw.

– Żeby sparciałe nie były, eeehehehehee. – Śmieje się. A ja wiem, że to nie radość, tylko alkohol. Przynajmniej przestał pluć. I przytulać.

Dojeżdżamy. Nareszcie...

Zalogowałam się jeszcze szybko na Szklarni. Kiedyś Szklarnia Dusz to był blog, chyba studentki czy absolwentki psychologii, potem w odpowiedzi na coraz większe zainteresowanie i zapędy konwersacyjno-społecznościowe czytających przerodził się w forum i skrócił nazwę, bo poprzednia przyciągała zbyt wiele histerycznych nastolatek. Rozmawiamy tam ze sobą, wyrzucamy z siebie emocje, szukamy podłoża naszych problemów, sięgając do wiedzy z zakresu psychologii i psychiatrii. Takie moje bezpieczne miejsce.

Zrobiłam wpis: „Wyjazd integracyjny. Nisko czasem trzeba upaść dla dobra ogółu...".

Mery78 odpisała błyskawicznie – ona chyba siedzi na Szklarni non stop.

„Bądź ponad to. Ludzie są jak bydło – pamiętaj. Czystość jest w Tobie".

Czasem mi przeszkadza jej wzniosły sposób wyrażania się, rodem z *Sali samobójców*, ale zwykle trafia celnie. Pomogło. Jestem ponad to.

Ośrodek jest idealną wypadkową oczekiwań naszej kadrówki – „coś pod Warszawą, na jakieś sto pięćdziesiąt osób, nie za drogie, bez basenu (bo to się zwykle źle kończy, próbowaliśmy – czyszczenie zbiornika z tłuczonego szkła i petów to podobno bardzo duży koszt) i z dobrym jedzeniem (bo na to zwykle najbardziej narzekamy)".

Tarabanimy się do pokoi. Na łóżkach jak zwykle smycz z identyfikatorem, agenda i alka seltzer. To ostatnie to żart naszego prezesa, dowód tak zwanego luzu i wyrozumiałości. Tabletka ma oczywiście naklejkę z logo firmy i napis: „Trzeźwość musowa". Przezabawne.

Aga wpatruje się w agendę i nagle wykrzykuje:

– Czaaad! Karaoke!!! Dżagoda, zaśpiewamy którąś klasyczną Chylińską, koniecznie jako pierwsze. Pierwsi mają najlepiej, bo jeszcze wszyscy słuchają. Chylińska nam zawsze wychodzi. Będzie zajebiście!

– Nie ma mowy, Aga. Ja nie śpiewam nic poza *Sto lat*, a i to niechętnie. Dobrze o tym wiesz.

– Nie no, nie zrobisz mi tego! – Patrzy na mnie, a foch gramoli się na powierzchnię jej ładnej, wyrazistej twarzy.

– Aga, nie śpiewam. – Asertywnie!

– A ja z tobą poszłam na narty w Zakopcu. – Foch się pogłębia i przechodzi w fazę ostrą, opatrzony chmurnym spojrzeniem i obniżonym o ton głosem. Mistrzyni szantażu emocjonalnego. Niestety, ma rację. Poszła ze mną na te narty, choć nie lubi. Szlag...

– No poszłaś...

– No? – Patrzy.

Wciąż patrzy.

Patrzy. Twarda jest. Szlag, szlaaag!

– No dobra, zobaczę... – mówię, by zyskać na czasie. Mam nadzieję, że do rozpoczęcia imprezy uda mi się znaleźć dla niej innego partnera.

– Nie zobaczysz, tylko zaśpiewasz ze mną. Znam ja to twoje „zobaczę". Możesz co najwyżej wybrać inną piosenkę.

Osiągnęła swoje i zabrała się spokojnie do wypakowywania rzeczy. Jak ona to robi? Zarządzam zespołem, radzę sobie z nerwami pracowników i pracodawców, przyciskam kontrahentów, negocjuję twardo z dostawcami, nie mam problemu z odesłaniem potrawy w restauracji albo zwrotem spodni, które przestały mi się po jednym dniu podobać, a ona kręci mną jak Kęstowicz Pankracym. Czasem przypomina mi moją matkę – tak samo roztrzepana, tak samo głośna i tak samo wchodzi mi na głowę. Poczytam o tym – musi być jakiś powód, że tak im się podkładam.

Moja córka? Nie moja?

Faceci mogą mieć wątpliwości co do ojcostwa, my co do naszego macierzyństwa – nie. Ojciec może patrzeć na swoje wybitnie inne, odmienne jak cholera dziecko z rozterkami. Gdy dziecko mamy drastycznie rude, podczas gdy on jest ognistym brunetem, albo flegmatyczne, gdy on ma temperament węgierskiego huzara, to może budzić podejrzenia. Tatuś ma prawo ściągać brwi, gdy potomek bardziej przypomina mleczarza, listonosza lub kuzyna z Białegostoku niż jego samego, ale my, matki, zazwyczaj nie mamy takich rozterek, wiemy dokładnie, kto był dawcą połowy kompletu chromosomów.

Ja nie mam wątpliwości, że moja Jaga jest utkana z moich i Jaśkowych genów. Ale wiem też, że kiedy się te małe zygoty tworzą po zapłodnieniu, to są brane do obróbki nie tylko geny rodziców, ale też dziadków. Jaga musiała sobie wybrać wszystkie nie nasze – to znaczy, nie moje i nie Jaśka. Wygrzebała coś z babek, dziadków i oto mam córkę tak dziwaczną, tak niepasującą do nas, że czasem się zastanawiam, czy nam jej w szpitalu nie podmienili. Na szczęście z buziaka to jednak podobna do Jasia.

Od początku nie była to słodka panieneczka! Już jako berbeć zbratała się z naszym psem, starym kundlem Baranem. Pokochała go z wzajemnością i z nim najskuteczniej zasypiała. Może zastępował jej pluszaka? Ona w beciku na tapczanie, a on kładzie śmierdzącą mordę tuż obok niej i czeka, aż Jagusia zaśnie. Gdy odchodził – wyła, więc cierpliwie czekał. Wąchał ją, czasem popiskiwał miłośnie. Kochał ją.

Później, gdy zasypiała w swoim łóżeczku, też lubiła, gdy był obok. Wsadzał nos między pręty. Starałam się, żeby był czysty, prałam go często, czego nie lubił. Kiedyś zastałam ją leżącą na boczku i gmerającą mu czule paluszkiem w sierści, w okolicy oka. I tak jej zostało, długo lubiła zasypiać nie z misiem, lalką, zajączkiem, ale ze starym, stetryczałym, cuchnącym kundlem.

Gusia – tak na nią mówiliśmy, kiedy była maleńka – lubiła wyjadać psu z miski. Ogromnie ją to bawiło, więc miałam obsesję na tle odrobaczania Barana, bo to był powsinoga, i dbałam o to, żeby w jego misce były rzeczy smaczne i pożywne. Kiedy się uparła, to jadła tylko z Baranem. Raczkowała do jego miski, siadała i raczyli się twarogiem, krupnikiem...

Chyba wyczuwała moją nerwowość i jej nie lubiła, wolała rubasznego, leniwego Barana ode mnie. Dzisiaj tak to widzę.

I Janka wolała. Ona zawsze z ojcem! Córeczka tatusia, siedząca mu na ramionach. Bałam się, że spadnie. Nasze pierwsze dziecko zmarło śmiercią łóżeczkową, więc miałam traumę i byłam nadopiekuńcza. Trudno to tłumaczyć samej sobie, a jeszcze trudniej małemu dzieciakowi. Wyluzowałam znacznie później, chyba za późno, bo moja córka zdążyła się nauczyć, że mama to wiecznie się o coś trzęsie i niczego nie rozumie.

Chroniłam ją.

Kiedy urodziłam naszego synka, Kubusia, miałam nie zawalać studiów, bo urodził się pod koniec maja. Oj tam! Nadrobię! Jesienna sesja poprawkowa, dwa egzaminy! Nic to!

Minął miesiąc. On po jedzeniu tak długo spał! Ładnie! Cztery godziny! Ja pozmywałam, nastawiłam pranie, sprawdziłam, jak śpi – spał ładnie, chrapki mu się tak delikatnie unosiły. Położyłam się obok i też zasnęłam, bo w nocy nie spałam prawie wcale, Kubunio marudził do rana. Janka nie było, poszedł na pocztę. Kiedy wrócił – obudził mnie. Kubuś był zimny...

Nie pamiętam, jak trafiliśmy do szpitala na Niekłańską, jakieś przepytywanki, milicjanci, sekcja, byłam bliska zwariowania, a może zwariowałam?

Aldona, moja koleżanka z organizacji działającej na rzecz biednych dzieci, zabrała mnie jako wolontariuszkę na wakacje na wieś, w Bieszczady. Zawsze latem prowadziła tam letnie kolonie dla miejscowych dzieciaków.

Napracowała się nade mną! Pojechałam. Gotowałam w kuchni obiady – zupy. Przez pierwszy tydzień beczałam, zdychałam, rozpaczałam sobie do woli, siekając, smażąc i mieszając. Po tygodniu zaczęła mnie tam odwiedzać... Jagusia, malutka blond dziewczyneczka, cichutka i nieśmiała jak własny cień. Nie umiała się bawić z dziećmi, utykała na nóżkę i miała sporą czerwoną plamę na buzi. Mówili na to „ognipiór", że niby matka, będąc w ciąży, zapatrzyła się na łunę pożaru, co podobno było prawdą – gdy wracała od rodziców, zobaczyła płonącą stodołę sąsiadów.

Jagusia unikała świata, ludzi. Jej matka zmarła niedawno, na zapalenie płuc, ojciec tyrał na lichej gospodarce i choć dobry był chłop, to nie miał czasu dla córki. A dzieci ją wyśmiewały.

Jagusia weszła cicho do kuchni, w której stercząc nad garnkiem wody, zastanawiałam się, w jaką zupę by ją zamienić? Stanęła pod ścianą, koło wiadra z ziemniakami i szepnęła:

– Obiore moze...

Odwróciłam się. Oczywiście byłam szara ze smutku, pół-przytomna, zaniedbana.

– Co mówiłaś, dziecko?

– Obiore ziemniaków...

– No co ty, malutka! Do dzieci idź, pobaw się!

– Nie kcom mie. Obiore... – Wzięła nożyk, nasypała sobie ziemniaków do koszyka i usiadła na zydelku koło drzwi. – Pani da miske z wodo...

Coś mnie ścisnęło w środku i podeszłam bliżej.

– Poobieram z tobą, co? Też mi się tu samej ckni...

– Pani? Pani dorosła, to cemu ckni?

– Bo mi synek umarł... Maluśki był.

– Malutkie dzieci nie umierajo, tylko Pambóg ich w aniołki bieze – powiedziała to, nie przerywając obierania i nie patrząc na mnie. Tak jakby to był pewnik.

Nie jestem wierząca, ale nie chciałam jej tego mówić. Ta mała przecież robiła mi psychoterapię! Usiadłam obok z no-żykiem. Skrobałam ziemniaki i rozmawiałyśmy sobie, wrzu-cając obrane kartofle do miski z wodą z głośnym „chlup!".

– Nam tes kilka dzieciów umarło, to wiem, Pambóg ich za-brał, mama mówiła. Bo fajne byli. Tylko ja zostałam – zająk-nęła się. Po chwili dokończyła: – Zeby mamie i tacie poma-gać, bo ja wsysko umiem!

– Jak ci na imię?

– Jagusia. Mama mówiła Jagódka... – dodała ciszej.

Takie chucherko! Taka śliczna, tylko z tym ognipiórem na buzi. Taka drobinka! Obiera te ziemniaki zgrabnie, szybko, ile ona może mieć lat?

– Jagódka, a ile ty masz lat?

– Osiem! Do drugiej klasy posłam. W domu to świniom dam, zupe ugotuje, do zniw pójde, tylko teraz nie, bo pani Aldona nie pozwala, ze dzieciom nie wolno... Znacy takim małym. Starse chodzo, do kazdego koloniści chodzo, to sie ojce nie gniewajo, ze młodse tu sie bawio. Co jesce zrobić? Jako zupe pani robi dzisiaj?

– Nie wiem.

– Pani zrobi zacierke z koprem i kminkiem, ja pani pomoge, to kazdy lubi. Ma słonine?

– Mam, tylko kminku chyba nie ma...

Jagódka wyskoczyła z kuchni. Zabrałam się do krojenia ziemniaków w kostkę. Może faktycznie taka prosta zupa? Wczoraj była pomidorówka. Mogłaby być codziennie, tak dzieciaki z Bieszczad ją lubiły! Ja robiłam pomidorówkę co drugi dzień, raz z zielonym groszkiem i makaronem, raz z lanym ciastem, raz z ryżem i parówkami, jeśli były, a raz z makaronem świderki, na gęsinie, jak kto dał. Inne zupy też dzieciaki jadły, pod warunkiem że było w nich dużo kartofli i śmietany. Kalafiorówkę jadły pierwszy raz i bardzo się śmiały, kiedy Aldona uprzedziła ich, że potem będą bąki puszczać. Nikt tu kalafiorów nie miał w ogródku.

Jagusia wpadła, kuśtykając, do kuchni i położyła na stole wiązkę zielonego kopru, a z kieszonki wysypała garść kminku. Nasionka przylepiły się do jej wilgotnych paluszków, więc je otrzepała dokładnie.

– Ma pani! Wsypie do zupy! I skwarków z cebulo niech zrobi. I niech ciasta zamiesi na zacierki, to uskubiem zara.

Pokrojone ziemniaki wstawiłam na kuchnię, wsypałam kminek, sól i nakryłam. W misce zamiesiłam proste ciasto z mąki, soli i wody. Pod dyktando Jagusi – półtwarde. Potem znów siadłyśmy na zydlach, każda z talerzem z garścią mąki, szarpałyśmy ciasto i zwijałyśmy je w małe wrzecionka. Jagusi wychodziło to ładnie, a mnie nie.

– Się nie psejmuje! – mówiła. – Zjedzo! Głodne, to zjedzo!

– A gdzie jest dzisiaj cała grupa?

– U mojego taty na polu. A jutro u Rozmusa, potem u Zawiślaka. Mówiłam, ze do zniw tes jezdzo. Jakby pani ze mno posła do księdza, zeby mirabelek dał, to kompotu by my ugotowały...

Jagódka szła obok mnie dziarsko w stronę plebanii, klapiąc bosymi stópkami o kamienie drogi. Tam stary miły proboszcz dał nam kosz mirabelek. Jakie to proste!

– Jaguś, a u was to biednie jest, prawda?

– Eee. Tylko troche. Inne dzieci majo biedniej, bo ich ojce pijo, a mój nie. Ja buty mam, a tylko bosa chodze latem, bo wsyskie tak chodzo. W niedziele do kościoła sandały obuje! Zobacy! Dobze, jak kto nie pije... Picie niedobre jest, bo dzieci potem nie majo... a twój mąs pije?

– Mój? Nie! Dobry jest.

– To dobze! Zróbta se drugiego dziecka, bo co tak płakać stale po jednym?

Czasem wchodziła do kuchni, kiedy ja akurat siedziałam w ciemnym kącie i beczałam bezgłośnie. Podchodziła do mnie spokojnie i stała, nic nie mówiąc. Patrzyła tylko i czekała, aż przestanę, obetrę łzy, a potem pytała, co robimy.

Pokochałam tę małą, zapomniałam o moim nieszczęściu, ufając, że faktycznie Kubuś jest gdzieś z innymi dziećmi w niebie. Z rodzeństwem Jagusi, które też umarło...

Przed wyjazdem do Warszawy zapytałam Aldony, czy nie mogłabym adoptować Jagusi, bo ją kocham. Ta zmyła mi głowę, ale poklepała też po twarzy z radością. „Na życie ci poszło, wariatko! Jagusia ma tu dobrego ojca, daj jej spokój! Nie budź w niej nadziei, których nie spełnisz".

Wróciłam do domu z jasnym planem – chcę mieć dziecko, córeczkę Jagusię! Zaciągnęłam Jaśka do łóżka stęskniona i pełna głębokiego przeświadczenia, że tak właśnie będzie, że będzie następna ciąża i... była! Ciąża na życzenie. Koniec ze studiami!

Urodziłam Jagnę! Tyle że po urodzeniu nie ma już nic na życzenie. Moja córka jakby się zorientowała, że pragnęłam kopii bieszczadzkiej dziewczynki, i zwyczajnie się wściekła. No nie była potworem oczywiście. Była znakomitym dzieckiem do jakiegoś dwunastego roku życia. Ale nie takim słodkim i miłym jak Jagusia z gór. I żadne tam falbanki, laleczki.

Moja Jagusia wolała kalosze od sandałków, trzepaki i drzewa od lalek i koralików, zawsze przewodziła wszystkim dzieciom na podwórku i niczego się nie bała. Gdy jeszcze mieszkaliśmy na Gocławiu, przyszli fachowcy, żeby wymienić pod blokiem stary, wygięty trzepak. Moja córka uznała, że nowy, leżący w trawie, będzie kompletnie nieprzydatny.

– Jak to? – spytał pan Andrzej, chodzący w granatowych ogrodniczkach pracownik administracji. Mieszkał w naszym bloku na czwartym piętrze. – A co ci się w nim nie podoba?

– Bo te rury som kwadratowe! I jak na nich fikać?! – spytała rezolutnie, rozkładając rączki, sześcioletnia wówczas Jaga.

Pan Andrzej, stojąc obok windy, opowiadał mi to jak najlepszy dowcip.

– I co pan zrobił? – spytałam.

– To pani nie wie? Pójdzie pani, pójdzie. – I pociągnął mnie do drzwi na zewnątrz.

Wskazał mi nasz nowy trzepak. Z... okrągłych rur!

– Wymieniłem! Skoro nasza Jagusia kazała! Tamten zamontowałem na Orlego Lotu, mieli okrągły, to go dałem tu. O kochana pani! Nam tu rośnie Rumcajs w spódnicy!

Trzepak był na jej zgubę, bo Jagusia wcale nie była biegła w fikołkach, choć o tym marzyła. Kiedy jeździliśmy na niedzielne obiadki do ciotki Ireny na Żoliborz, Jagusia wychodziła na ulicę i zaglądała na okoliczne podwórka. Tam zaczarowała ją dziewczynka na trzepaku. Jak już doprowadziła do zamontowania odpowiedniego sprzętu na naszym podwórku i uwaga... podrosła na tyle, że mogła na niego wleźć, zdarzyło się...

Byłam akurat w domu. Na szczęście. Dzwonek do drzwi. Otwieram, a tam stoi syn pana Andrzeja, Jacek, lat czternaście, i trzyma na rękach moją cyrkówkę zalaną krwią. Zanim zemdlałam, moja córka zawołała do mnie normalnym głosem:

– Spadłam z cepaka! – Chyba nie miała wtedy górnej jedynki i sepleniła.

Jacek mówił nerwowo:

– Nic jej nie jest, nic...

Widziałam! Ocean krwi! I „nic jej nie jest"! Odebrałam dziecko i popatrzyłam na główkę – cała. Jacek wskazał miejsce pod brodą:

– O, tam jej pękło...

Zaniosłam ją do łazienki i wstawiłam do wanny. Jagusia nie ryczy. Ma tylko wielkie oczy i nachyla się, wysuwając szczękę, bo wie, że to z niej kapią wielkie krople krwi. Mówi, zaciskając szczękę:

– Pac tam...

Obmyłam ją letnią wodą z tej krwi. Widzę rozcięcie jak cholera. Miękko mi w kolanach. Czerwona szczelina! Ale krew już nie leci. Widocznie panna wydzieliła taką ilość adrenaliny, że sama zahamowała krwotok.

– I co? – ponagla mnie.

– No... – mówię spokojnie, a nawet staram się być dowcipna. – Masz tam aparat wrzutowy na pięciozłotówki. Chodź, trza do szpitala, zaszyć tę dziurę.

I nic! Żadnego płaczu!

Wsadziłam ją do swojego malucha, dałam ręczniczek na ranę i pojechałyśmy.

Cały czas była dzielna, przy zastrzyku tylko syknęła. Potem leżała spokojnie, opowiadając, że fikała do przodu zamiast do tyłu i dlatego zleciała na pysk.

– Jaguś, nie mówi się „na pysk".

– Pseprasam...

Pan Andrzej drapał się potem w łysinę: co go podkusiło, żeby słuchać się Jagusi? Ale ona już nigdy więcej nie spadła. A fikała na potęgę!

Później taka się zrobiła odległa, szukała siebie, to normalne. A na studiach odskoczyła ode mnie jeszcze dalej.

Obiecałam sobie, że kiedyś o tym pomyślę, bo tymczasem tyle się wydarzyło.

Życie – jak to się mówi...

A teraz ona jest dorosła.

Baw się

Jestem jednak mistrzem strategii. Po wypiciu kilku drinków i wlaniu kilku w Agę udało mi się sprawić, by uwierzyła, że naprawdę namówiła mnie na to śpiewanie. Wykazałam dobrze odegrany entuzjazm i wybrałam hymn wszystkich kobiet świata *I will survive*, tłumacząc Adze, że będzie „przezajebiście", jeśli zaśpiewamy to w silnym składzie, no bo *girl power* i „pokażmy facetom".

Nie wiem czemu, mimo równouprawnienia, mimo pewnego jednak zrównania płac, statusu społecznego i nieograniczonej wolności osobistej wiele z nas ma ciągle potrzebę wykrzyczenia facetom, jak to doskonale damy sobie bez nich radę. Po co o tym gadać? Nie lepiej po prostu robić? Wszak krowa, która dużo ryczy... No ale nie mnie oceniać. Sama w końcu, wybierając ten koszmarny stereotypowy szlagier, zasiliłam szeregi stereotypowych bab. I kogo to interesuje, że zrobiłam to z przekąsem...

I tak oto stoimy sobie na scenie, ja, Aga, pijana już księgowość oraz Klaudia z recepcji, i wyjemy do mikrofonu o przetrwaniu i honorze kobiety. To znaczy, dziewczyny wyją, ja tylko ruszam ustami, chichoczę i udaję, że mam już od śpiewu zadyszkę. Kłaniamy się, uśmiechamy zalotnie, wznosimy kieliszki w górę, spełniamy toast za „wszystkie kobietyyy, uuuhhhuuu!!!". I siadamy, wesołe, zdyszane i „porządnie po babsku zintegrowane".

Voilà. Tak to się robi.

– Brawooo! – wrzeszczy ktoś pijany z głębi sali, klaszcząc przy tym zawzięcie.

To nawet miłe, ale mnie na tym zupełnie nie zależy, po prostu odbębniłam obowiązek. A niech klaszcze – dzięki, dzięki, fajnie było.

Siadam już na dobre przy stoliku i zamyślam się na chwilę nad Felkiem. Ciekawa jestem, czy on za młodu chadzał na imprezy integracyjne. Pewnie ich jeszcze wtedy nie było. Za czasów Felka chadzało się na rauty, bankiety lub „wódeczki". I Felek zapewne nigdy nie stosował forteli godnych Napoleona, żeby gładko rozegrać potyczkę o pozycję towarzysko-zawodową. Nie musiał. Robi mi się smutno. Cholera jasna, jak mi go brakuje, no! Kurde! Zadzwoniłabym teraz do niego i obśmiała tę całą akcję pod sztandarem Glorii Gaynor. Uśmiałby się pewnie i powiedział: „ot, przecherka moja!" albo: „ty mój lisku chytrusku kochany". Felek zawsze używał słów, o których istnieniu świat już zapomniał, zakurzonych i pachnących naftaliną – cwaniura, przechera, konweniencja, azali... To nadawało mu takiego szlachetnego szlifu, który w połączeniu z siwiutką skronią i mądrym spojrzeniem tych jego oczu-szparek przywodził mi na myśl starego Rzeckiego z *Lalki*. Nie, nie ze względu na podobieństwo charakterów, ale właśnie słownictwa, klasy, kindersztuby... To przez tatę i Felka mam takie wyśrubowane do sufitu wymogi wobec mężczyzn i ich kultury. Felek nigdy nie powiedziałby kobiecie: „chciałaś równouprawnienia, to je masz", pchając się przodem do wyjścia. O nie! On przytrzymałby drzwi i jeszcze skinął głową przechodzącej pani, czy miałaby lat siedem i brak górnej jedynki, czy siedemdziesiąt i kapelusz z wypchanym ptaszkiem na rondzie.

Patrz, wuju, co to się porobiło z tą kulturą. *O tempora, o mores!*, tak byś powiedział, co? – mruczę do siebie, patrząc z niesmakiem na moje pokolenie, bezczeszczące każdym słowem i gestem zasady kultury osobistej i dobrego smaku. Zapalam papierosa. Nic więcej nie mogę zrobić.

Impreza toczyła się ustalonym rytmem – picie, śpiewanie, picie, tańce, picie, krzyki, picie... Stopniowo wykruszały się kolejne osoby, które szły wtulać się w muszle klozetowe, obściskiwać się na spacerach po ośrodku lub po prostu spać. Było już grubo po drugiej, kiedy mnie także zmęczył alkohol i wymuszone gadki szmatki, więc zaszyłam się na tarasie, na leżaku za jakąś wielką donicą, z dużą szklanką red bulla i resztką papierosów. Leżałam tak sobie, patrząc w nocne ponure niebo, i nie chciało mi się już nic. Stupor, stokroć przyjemniejszy niż tocząca się za plecami libacja. Zamknęłam oczy, bo szczypały mnie od dymu i zmęczenia, i chyba na chwilę usnęłam. Kiedy ocucił mnie chłód, liżąc mnie po stopach swoim paskudnym, wilgotnym jęzorem, postanowiłam iść w końcu na górę. Mam tylko nadzieję, że Aga dotarła i śpi, a nie sprosiła do siebie ludzi na afterek, bo chyba ją rozszarpię.

Na schodach spotkałam Radka.

– Cześć, piękna. – Rzadko używa mojego imienia. Chyba go nie lubi.

– Cześć, chłopaku – odparłam. Nie jestem przesadną fanką słowa Radosław.

Nie jesteśmy razem. Nie kocham go ani on mnie. Nie sypiamy ze sobą wyłącznie dla sportu i rozrywki, bo to nie do końca w naszym stylu, więc naprawdę trudno mi wyjaśnić, dlaczego regularnie lądujemy razem w łóżku.

Myślę, że w pewien sposób spełniamy swoje potrzeby, z jakiegoś powodu sobie ufamy, i to wystarcza. Radek jest przeciętnym z urody absolwentem polibudy i nie ma w sobie za grosz pewności siebie ani instynktu zdobywcy. Ja, liderka zespołu, dziewczyna z dobrej dzielnicy i po świetnej szkole, jestem dla niego „zdobyczą z wyższej ligi". Powiedział mi to kiedyś w przypływie niespotykanej u niego szczerości, gdy wypił znaczący zapas mojego najlepszego wina.

Ja z kolei czuję się przy nim bezpiecznie, bo wiem, że Radek nigdy nie zrobi mi żadnego świństwa – nie skrzywdzi, nie wypapla o nas kumplom z pracy i nie będzie stawiał absurdalnych żądań.

– Do ciebie może pójdziemy? – Zapomniałam dodać: Radek jest absolutnie nieromantyczny i nie ma pojęcia o uwodzeniu. Ale mnie to nawet odpowiada. Gdyby spróbował mnie czarować, obawiam się, że zaczęłabym się śmiać.

– U mnie zalega Agnieszka. Sen, skubana, ma raczej lekki, za to jęzor długi.

– No to może do mnie. Paweł i tak jeszcze baluje, jak zamknę drzwi od środka, to pomyśli, że mnie nie ma, i pójdzie kimać gdzie indziej. Może nawet uzna, że pomylił pokoje.

– Okej, może być. Ale, błagam, powiedz, że nie piliście w pokoju, bo od zapachu ciepłego piwa mogę się porzygać.

– Nie, nie, luzik. – Uśmiechnął się do mnie i odsunął lekko, żebym mogła przejść. Puścił mnie przodem. Zawsze o tym pamięta.

Weszłam do pokoju i stanęłam spokojnie przy stole. Wiedziałam dokładnie, co się wydarzy, bo zawsze to wyglądało podobnie. Radek podszedł, pocałował mnie w szyję, potem w usta, ja go objęłam i tak całowaliśmy się przez chwilę. Potem zdjęłam bluzkę, a on bluzę, położyliśmy się na łóżku.

Radek wstał i zgasił światło. Rozebrał mnie ze spodni i bielizny. Sam zdjął spodnie. Trochę niepewnie całował moje ciało, kierując się w stronę brzucha i dalej, ale w ostatniej chwili – jak zawsze – wycofał się i wrócił do ust. Potem kochaliśmy się spokojnie i miarowo, Radek wtulony twarzą w moje włosy, ja z zamkniętymi oczami. Po piętnastu minutach usiadłam i zapaliłam papierosa.

– Jak tam w pracy? – spytał, opierając się na łokciu i głaszcząc mnie nieśmiało po plecach. To jego metoda na ukrycie zakłopotania i pokazanie, że on nie jest z tych, którzy po numerku idą bezczelnie spać. Śmieszy mnie to, jak bardzo stara się nie być stereotypowym macho, nie widząc, że powinien się starać być nim choć trochę. Radek jest z kategorii facetów, których dziewczyny określają mianem „poczciwy". To dla mężczyzny ponoć gorsze niż policzek, bo znaczy tyle, co bezpieczny, nudny, przewidywalny, może słodki, ale na pewno nie *sexy*. Poczciwy cię nie podnieci, nie sprawi jednym esemesem, że poczujesz dreszcz na karku, dotknięcie jego ręki jest ci równie obojętne, co dotknięcie kanapki z baleronem. Poczciwy nie będzie gościł w twojej głowie, kiedy leżysz w sobotni poranek i myślisz o świństwach. No, taki Radzio poczciwina.

Czemu więc z nim sypiam? Bo poczciwi mają jedną zasadniczą zaletę – wiedząc, że nie są spełnieniem marzeń o ognistym kochanku, nadrabiają staraniami. I dlatego lubię seks z nim – zawsze mi było dobrze, chociaż nie było trzęsienia ziemi. Zresztą ja w trzęsienia nie wierzę. Już nie. Jest albo orgazm, albo brak orgazmu. Czasem może być przyjemniej, czasem mniej, ale opowieści o „obezwładniającej rozkoszy" napawają mnie pustym śmiechem. Drogie panie, dla kogo te bajki – ma być przyjemnie, i tyle.

– No? – dopytał. – Czemu nic nie mówisz?

– Mmm, rozleniwiłam się i śpiąca jestem – odparłam. Strasznie nie chciało mi się z nim gadać, za to naprawdę zachciało mi się spać. – Idę do pokoju.

Zawsze mam lekki niesmak po naszych spotkaniach... Nie tak to wszystko powinno wyglądać, nie tego oczekuję od życia i na pewno nie tak wyobrażam sobie związek czy nawet romans. Z drugiej strony jednak mam swoje potrzeby, a seks z Radkiem to najefektywniejszy i najbezpieczniejszy sposób na ich zaspokojenie. O właśnie.

Wstałam, ubrałam się, posłałam mu buziaka w powietrzu i poszłam, zrelaksowana i wyciszona.

Voilà. Tak to się robi.

—

Kremacja Felka

W dniu kremacji Janek stanowczo postanowił pojechać z nami. Zawiadomiłam Irenę, że niedługo u niej będziemy. Ubrałam się stosownie, choć oczywiście kostiumy i obcasiki to nie jest moja domena. Od lat noszę się luźno i zwiewnie, niekrępująco. Jaga twierdzi, że to u mnie posthipisowskie – zamiłowanie do sklepów z indyjskimi szmatkami, skłonność do patchworków, koronek itp.

– Kochanie, ale ja nie byłam hipiską!

– Ale masz tę tęsknotę w podświadomości. Cała ta twoja filozofia życia zgodnie z naturą, eko i tak dalej, to jest, mamo, *neo-hippie.*

Może i tak, nie analizowałam tego. Długa ciemnoszara suknia z weluru i wielki owijany wokół ciała sweter z ozdobnym kwiatem były w sam raz! Janek ubrał się jak to on, konserwatywnie. Koszula, krawat, garnitur... Jest niereformowalny!

– Jesteśmy! – zakomunikowałam Irenie. – Janek czeka w samochodzie.

– Wiesz co... – Irena elegancka, nawet w kapeluszu, wciągnęła mnie do mieszkania. – Ja się jakoś źle czuję. Powiem ci wprost, nie wyobrażam sobie tego!

– Czego?

– No tego... spalania! Mam stać i gapić się, jak ktoś Felka wsadza do pieca? Dorotko, proszę, zrozum mnie. Wiem, że to higieniczne i rozsądne, ale czy ja to muszę oglądać? Jak mu robili operację na powrózku, to mnie nie wpuścili, tak? A tu jestem narażona na bardzo trudne... widowisko. Zrozum mnie! Ja bym chciała już go mieć w pudełku. Jagusia takie ładne wybrała...

Trzyma mnie za rękę i ma proszącą minę, zupełnie jak nie ona, twarda Irena. Wzruszyła mnie.

– Weź ten bukiecik. On bardzo lubił stokrotki. Zawsze mi kupował, jak wracał z brydża od Sosnowskich... Wrzuć mu... – Miała szklisty wzrok. Zdjęła kapelusz z widoczną ulgą.

Poszłam do samochodu sama.

– I co, czekamy? – spytał Janek.

– Nie, jedziemy, Irena nie ma w sobie dość siły na ten spektakl...

– Mówiłem...

– Ale, Jaśku, co „mówiłem"! Chciała. Przemyślała to i wyraziła zgodę, nawet założyła kapelusz. A jednak dla starych to nie takie łatwe.

– No przecież mówiłem!

– Ach! Ty swoje. Taka była wystraszona... Biedna Irena. Załatwimy to za nią!

Odnaleźliśmy to miejsce, w którym kremują zwłoki. Schodkami w dół, korytarz, salki z zasłonami. Janek poszedł zawiadomić, że jesteśmy, przyszła pani wyglądająca jak woźna ze szkoły i zaprowadzono nas do małego pomieszczenia. Kilka krzesełek w rządku, wielki bukiet kwiatów, skomponowany zbyt bogato i bez gustu, żaluzje wertykalne zaciągnięte.

Czekaliśmy.

Przyszedł pan w szarym uniformie i spytał, czy jeszcze ktoś będzie. Zaprzeczyłam. Pan wskazał nam krzesełka i zniknął za jakimiś drzwiami. Od drugiej strony rozsunął wertikale i zobaczyliśmy pomieszczenie z szynami. Każde biegły do metalowych drzwi. Przy jednych, na wózku, stała trumna z Felkiem. Pan w uniformie wykonywał jeszcze jakieś czynności, sprawdzał papiery... Poczułam się nieswojo, dziwnie, i nagle sobie przypomniałam. Zapukałam w szybę.

– Dorota, co ty wyprawiasz? – syknął Jasiek.

– Halo! – zawołałam. – Proszę pana! Proszę pana!!!

Wyszedł zdziwiony z pomieszczenia i spytał niemiło:

– Słucham?!

– To kwiatki, ciocia by nie darowała. Proszę włożyć je wujowi, ja pana bardzo proszę! Bardzo.

Z kamienną miną wziął te stokrotki i westchnął.

– Może pani chciałaby sama?

– A mogłabym?

– Proszszsz...

Podeszłam do trumny, on uniósł wieko, a ja nachyliłam się i szepnęłam:

– Wujku, ciocia ci kazała powiedzieć, że... Masz. – I wsunęłam mu te kwiatki. Chciałam powiedzieć, „że cię kocha", ale to z pewnością nie byłoby w stylu Ireny. Wujek wiedziałby z mety, że kłamię. No, konfabuluję!

Dopiero teraz, w miarę uspokojona, mogłam usiąść i czekać. Wszedł drugi pan, coś szepnęli, tamten wyszedł i... zabrzmiała muzyka. Facet ustawił się za wózkiem, to znaczy, że zaczynamy. Janek wstał. On jest jednak świetnie wychowany! Ja też zerwałam się z miejsca, bo to jednak Felkowe ostatnie chwile...

Wózek z trumną ruszył, a ja dostałam ataku płaczu. Z głębi duszy popłynęły ze mnie wielkie łzy żalu, żałoby – tego wszystkiego, co powinno towarzyszyć śmierci bliskiej osoby. Jasiek tulił mnie i sam miał wilgotne oczy.

Kiedy wracaliśmy do domu, włączył Dwójkę. Akurat był nadawany koncert Wieniawskiego. Milcząc, weszliśmy do domu. Ufff! Po wszystkim!

– Dorciu, to ja pojadę, dobrze? – powiedział Janek i pojechał do pracy.

W pokoju zapaliłam kadzidełko i świeczkę, nastawiłam sobie herbaty. I właśnie wtedy okazało się, że jestem Justynie bardzo potrzebna, bo mamy pilną reklamację.

Ot, życie!

Się integruję przecież

Rano obudziła mnie – a jakże! – Aga. Wstała o dziewiątej i włączyła radio. Jak ona to robi? Piła do północy, do trzeciej jeszcze plotkowała z fajkiem w dłoni (wiem, bo gdy wróciłam, to dopiero zmywała makijaż, a przepełniona puszka po pepsi nadal dymiła mentolowym slimem), a punkt dziewiąta zerwała się z łóżka, jakby miała casting do pierwszoplanowej roli w wysokobudżetowym filmie. I jeszcze śpiewa. O Chryste... Zabiję ją.

– Dżago, śpisz? Nie śpij, bo mi się nudzi.

Jak mnie to wkurza. Nudzi jej się. Jakbym była animatorką zabaw i rozrywek. Aga potrafi być niesłychanie egocentryczna – świat istnieje tylko po to, żeby jej dogadzać, a ludzie są od tego, żeby się nie nudziła. Wielkie przedszkole, w którym ona jest królową balu.

W sumie to fajnie ma... Tylko jak ona to robi?!! Jestem już ostro wkurzona, ale wciąż udaję, że śpię, choć nie jest to łatwe przy tylu decybelach (mówię o Adze, nie o radiu).

– Jaaagooo, no chodź na śniadanie. Pobuda! No wstawaj, no!

Noż kur...

– Wstaję – mówię, ale wiem, że dzień mam już zrujnowany. Gdy się obudzę wkurzona, to nie ma przebacz. Do południa będę tajfunem z gradobiciem – znam się pod tym względem doskonale.

– Ty, zajebiście się śpiewało, co? Musimy to powtórzyć. A wiesz, że Natalia nie wróci z macierzyńskiego? Wyobrażasz to sobie, wydymali ją! A miała obiecane. Wiem od Jolki. No zachowali się jak skończone buraki. Nie wyobrażam sobie, co dziewczyna teraz... Masakra... Traktują ludzi... śmieci...

Kiedy zamknęłam drzwi łazienki, słowa w końcu stały się cudownie niezrozumiałe i przycichły. Pomógł też szum wody i elektrycznej szczoteczki do zębów. Jeszcze chwila względnej ciszy, błagam...

– Te, Jago, a gdzie ty w ogóle wczoraj byłaś? Bo o północy, jak wjechało risotto, to już cię nie widziałam, a do pokoju dotarłaś dopiero koło trzeciej. – Znów pojawiły się wokół mnie słowa wypadające z nadpobudliwej głowy Agi. Wtargnęła do łazienki przez uchylone drzwi.

– Szwendałam się.

– Co „szwendałam"! Sama? Czy znowu nękałaś biednego Radosława? Jak on cię kocha, rany, a ty go traktujesz jak psa. Cholerny Sherlock.

– Aga, wyjdź, proszę, myję się.

– Jezu, Jago, wzięłabyś czasem coś opowiedziała. Ja wszystko rozumiem. Ty jesteś Szeherezada i lubisz trzymać w napięciu, ale nawet ona w końcu dotarła do puenty. No jak było?

– Nie byłam z Radkiem, oszalałaś? – kłamię jak zwykle. – Dajże mi się umyć.

– A myj się. – Nie wywęszywszy ploty, Aga szybko straciła zainteresowanie Radkiem, usiadła z komórką w ręku i nucąc, czekała na mnie, by pójść na śniadanie.

Cisza.

Na śniadaniu byłyśmy pierwsze, nie licząc Dagmary – głównej księgowej, najstarszej osoby w naszej firmie. Siedziała samotnie pod oknem, jadła musli z jogurtem i czytała książkę. Daga, przyszła teściowa Karola, mojego szefa, to najbardziej stonowana osoba, jaką znam. Bardzo ją szanuję, ale nie lubię przebywać w jej towarzystwie zbyt długo. Dagmara waży każde słowo, mówi niewiele i zawsze na temat, nie plotkuje, nie lubi dywagacji, a kiedy na ciebie patrzy, to masz wrażenie, że znajdujący się w jej mózgu superkomputer właśnie zeskanował twoją twarz i sylwetkę i zaraz dokona szczegółowej analizy twoich intencji, zachowań oraz pH skóry i moczu. Jej wzrok mnie deprymuje i nie umiem znaleźć na to metody. Czasem przychodziłam specjalnie do Dagmary, żeby poćwiczyć – moim celem było sprawienie, by pierwsza spuściła wzrok. Nie udało mi się ani razu.

Jej po prostu nie sposób na niczym złapać, nie miała słabego punktu. Jej asertywność i opanowanie były wrodzone, nie wyuczone, i to była jej siła. Marzyłam, żeby być taka jak ona, ale żaden trening nie zastąpi genów – mogłam ćwiczyć do usranej śmierci. Nie dawało mi to spokoju – jej równowaga wyprowadzała mnie z równowagi.

– Chodź tu. – Aga szybko pociągnęła mnie do stolika w kącie. Chyba podzielała mój wątpliwy entuzjazm do siadania pod oknem.

– Co jemy? – spytałam bez sensu, bo jakie to ma znaczenie, co ona odpowie.

– Ja to bym jajka może... Hmm... – Aga marszczy teatralnie nos, usta składa w dzióbek i wyciąga szyję w stronę stołu ze szwedzkim bufetem. Na sobie ma wyjątkowo nie garsonkę, ale dres Nike. Oczywiście bosko skrojony, czarny – i wygląda w nim jak gwiazda filmowa. Tylko podpuchnięta i szarawa od braku snu cera zdradza jej plebejskie pochodzenie i dodaje mi otuchy.

– Stąd to raczej nie zobaczysz, musisz ruszyć tyłek – warczę. Odzywa się mój poranny wściek. Na szczęście publika przyzwyczajona.

– No to cho. – Wstaje dziarsko i leci do stołu, a ja idę za nią, no bo co mam robić. Kawy. Może kawa pomoże...

Naładowałyśmy sobie na talerze twarożku ze szczypiorkiem, jajecznicy na szynce, sałatki owocowej, pasztetu z gęsi lokalnego wyrobu z ćwikłą (rzekomo również lokalną), ogórków, pomidorów i pieczarek w occie. A – i sernika.

Nie zjemy tego. Nie ma takiej opcji. Ale fajnie jest popatrzeć, że to wszystko tu jest i możemy wziąć, ile nam się podoba. Taki plus wczesnego wstawania. Leszcze, którym przekrwione oka odemkną się koło południa, zastaną zimną rynienkę z resztką jajek, żółtego sera i razowca, którego nikt nie ruszał, bo wszyscy się rzucają na chrupiące bułki „dupki" (te z jednym wcięciem przez środek). Znajdą też resztki plasterkowanego pomidora, te z brzegu, których nikt nigdy nie chce. No i kawę – obsługa litościwie donosi ją na bieżąco w dużych termosach.

– Aesieobżałłam – mówi Aga. No ja się nie dziwię. Wchłonęła trzy czwarte naszego zestawu. A i tak jest chuda. Świnia. Ja chyba zawsze pozostanę w górnych stanach rozmiaru trzydzieści osiem. I ani odrobiny niżej. W sumie grunt, żeby nie wyżej, choć dwie pary spodni numer czterdzieści w szafie są. Wycięłam im metki, żeby nie patrzeć. Jak głupia jakaś.

– Ja też – mówię, bo faktycznie twarożek z warzywami, a potem sernik przyjemnie zapełniły mi żołądek.

– No rzeczywiście! – Aga patrzy na mnie z wyrzutem.

– Ale co?

– Nic przecież nie zjadłaś!

– Ojezu, Aga, musimy znów prowadzić tę rozmowę? Ja mam gorszy metabolizm niż ty, i kropka. Rozmawiałyśmy o tym milion pięćset razy.

– Srolizm. Ty po prostu jesteś cyborg, żyjesz kawą i powietrzem. A i kawę pewnie dyskretnie zwracasz zaraz po wyjściu z kuchni.

– Jesteś obleśna.

– Nie jestem obleśna, tylko tak jest. Ciebie napędza energia pracownicza oraz czysta, niczym nieskażona miłość do naszej wspaniałej korporachy.

– Tak, jasne, rób ze mnie korposzczura.

– Nie muszę, sama robisz.

Ona tak serio czy chce mnie jeszcze bardziej wkurzyć? Powoli czuję działanie kawy. Zawsze dziwiło mnie, że kawa kogokolwiek pobudza. Mnie uspokaja – mocny aromat kojarzy mi się z ciężkimi perfumami Ireny, którymi skrapiała wyjściowy szal przed ważniejszymi rodzinnymi imprezami. Ten zapach koi, a gorący napar rozlewa się po wnętrznościach, grzejąc i otulając każdą komórkę ciała. Przyda mi się to uspokojenie, bo przed nami dzień wypełniony wątpliwej jakości atrakcjami. Wysiłek fizyczny i zmęczeni wczorajszą zabawą koledzy, którzy będą pachnieć przetrawionym alkoholem i szczypiorem sypanym szczodrze na jajecznicę, wszak „trzeba uzupełnić witaminy”.

Wprost nie mogę się doczekać... Ale jak to mawiał Felek, „ku chwale Ojczyzny, moja droga”. Jestem ponad to, jestem ponad to, jestem ponad to...

Na szczęście zabawa integracyjna minęła szybko i w miarę bezboleśnie – w tym roku Zarząd postawił na zajęcia rodem z ZPT, nakazał nam budowanie pałaców z kartonów, folii aluminiowej i makaronu spożywczego, do tego klej Wikol, rolki Power Tape i flamastry. Następnie mieliśmy przygotować marketingową broszurę reklamową i sprzedać naszą wspaniałą nieruchomość właścicielce ośrodka za możliwie wysoką pulę dóbr spożywczych, ile kto wynegocjuje. „Dla śmiechu" pozamieniano nas rolami. I tak marketing był w dziale produkcji, produkcja w dziale sprzedaży, a sprzedaż w dziale marketingu. No ubaw po pachy, zaiste.

Jako szef zespołu działu marketingu dostałam zaszczytną rolę inżyniera produkcji odpowiedzialnego za inkrustowania naszej nieruchomości makaronem typu muszelka średnia, więc siedziałam sobie w ciszy i przyklejałam te muszelki do fasady, babrząc palce wikolem. Na początku szlag mnie trafiał z powodu jałowości tego zajęcia. Owszem, rozumiałam cel ćwiczenia – zamiana ról, zrozumienie pracy innych, wzbudzanie szacunku dla niej i temu podobne – ale wszyscy tak olewają cele szkoleniowe, że integracyjne ZPT-y szybko zaczęły przypominać te z podstawówki: było rzucanie przedmiotami i rysowanie penisów na budynkach konkurencji. Z czasem jednak udało mi się znaleźć w tym zajęciu kojącą systematyczność i powtarzalność, która pozwoliła mi zdystansować się do sprawy i podryfować myślami w stronę milszych tematów. Konkurs wygrała ekipa Agi. Nie ma to dla mnie żadnego znaczenia.

Wieczorem mieliśmy ognisko z kiełbaskami, resztkami alkoholu z wczoraj i z piosenkami, bo programiści – o dziwo –

są szalenie muzykalni i wzięli ze sobą gitarę. Najtwardsi pili do rana, większość jednak, zmęczona piątkową zabawą, poszła spać około północy. Dźwięki *Krajki* (a może to było *Yesterday*, nie pamiętam, bo repertuar zmieniał się jak w kalejdoskopie) umilkły około pierwszej.

W niedzielę, względnie już odespani i oczywiście bliżsi sobie niż kiedykolwiek, wpakowaliśmy się w autokary – i do Warszawy. Wolę już powroty niż wyjazdy. W drodze powrotnej jest cisza, wszyscy kimają albo czytają gazety, więc mogę w końcu odpocząć i pogadać z trzeźwą już i filozoficznie nastawioną do życia Agą. To jest naprawdę fajna, mądra dziewczyna – trzeba tylko trafić na dobry moment. Opowiedziałam jej o Felku, o Irenie, o kremacji, złośliwym księdzu i stypie. Aga, o dziwo, nie komentowała, ale naprawdę słuchała. Zrobiło mi się lepiej. Jestem gotowa na pogrzeb.

Pogrzeb i stypa

Nie lubię pogrzebów. Tych naszych, nieco rozmemłanych, czasem w pośpiechu. A już msze to mnie przerażają.

Nie dalej jak pół roku temu chowaliśmy koleżankę z roku. Młoda kobieta zjedzona przez raka, za trumną dwójka dorastających zaryczanych dzieci, omdlewająca matka i ledwo żywy mąż, a księżowidło weszło do kościoła już naburmuszone.

– Wiesz, Jasiek, że miałam ochotę nawrzeszczeć na niego! Ona tam leży na katafalku, Nataszka nasza kochana! Taka ciepła, miła, dobra dusza i tak się nacierpiała ostatnio, zresztą wiesz. A tam... Najpierw ksiądz zły jakiś, z mety zapytał, rycząc na cały kościół, ilu jest tu wierzących. Już myślałam, że nam każe wstawać czy podnosić rękę. I co ja powiem? A jak wyjdzie, że nie jestem, to co – wygoni mnie?! W końcu zaczął mszę i nawet wspomniał, że to za Nataszkę, ale modlić się nam kazał za wszystkich hierarchów kościoła, za Jana Pawła, za Benedykta i za tych, co ostatnio zmarli. Cała msza właściwie była o nich i o wierze, o tym, że jesteśmy hipokrytami i przez nas Jezus cierpi na krzyżu.

– Żartujesz, trzeba go było jakoś...

– Tak, już cię widzę, jak wstajesz i grzecznie go pouczasz: „Do rzeczy, księże! To pogrzeb, nie awantura".

– Może bym i wstał. Daj spokój!

– Ale to nie koniec! Wybiegła zakonnica i z zaciętą miną potrząsała przed każdym nosem tacą. Księżowidło zaś krzyczało, że oto śmierć jest tu, i wskazał na katafalk. I jak nie wierzymy, otumanieni telewizją, to możemy podejść i dotknąć, sprawdzić! I przekonamy się, że każdy umrze i że życie, wołał w stronę dzieci Nataszki, to nie gra komputerowa. No po prostu zatkało nas! Ja już byłam na granicy wściekłości.

– Szkoda, że nie dałaś temu wyrazu. A inni?

– Nic, rozglądali się po sobie z pytającym wzrokiem. Wtedy zawołał, że pora do Pańskiego Stołu, i znów, jak już zrobił swoje, sarknął, jak to nas mało przystąpiło i że to gniewa Pana Boga. Wtedy już nie wytrzymałam, podniosłam się i kiwnęłam na dziewczyny, co siedziały w ławkach. Bo ja, wiesz, jako niepraktykująca siedziałam gdzieś pod ścianą.

– Co zrobiłaś?

– No, podeszłam do nich i powiedziałam: „Dość tego, ja wychodzę". I one też wstały i wyszły. Za nami powoli kolejni ludzie.

– A ksiądz?

Zrobił pauzę, ale zaraz przybrał wyniosłą minę i udawał, że nic się nie stało. A jak już wychodził, to powiedział do męża Nataszy, spłakanego jak cholera: „Słyszałem w zakrystii, że podobno była dobrą kobietą, a umarła w męczarniach". No wiesz... Zaiste delikatność Kaliguli!

– Straszne – powiedział Jasiek. I dodał: – Dlatego żadnych księży, a pochówek cichy, cywilny. Obiecujesz?

– No wiesz! Masz wątpliwości?

I uściskałam go. A jak będzie teraz?

Z wielką wiązanką pojechaliśmy na pogrzeb. Jagusia dojechała z pracy ze swoją wiązanką.

– Mogłaś dać spokój – syknęłam do niej. – Przecież mamy wiązankę od nas.

– Tak! – odsyknęła. – Będę oszczędzać na kwiatkach! A tak w ogóle w coś ty się ubrała?!

Jaga nie lubi mojego stylu i zawsze mi dopieka. Na tę samą szarostalową suknię założyłam piękny płaszcz z jedwabnej czarnej krepy, kupiony w Zurychu, gdy byłam tam z Jaśkiem... Znalazłam ten płaszcz w second handzie. Ma wielkie czarne guziki, rękaw siedem ósmych i metkę, że szyty w 1957 roku!!!

– Cudny, nie? Vintage! – wyjaśniłam jej. – Pięćdziesiąty siódmy rok! Boski jest, prawda?

Jagoda tylko westchnęła i wzniosła oczy do nieba.

– Irena i urna już są? – spytała.

– Tak, już w środku. Irena jest pod opieką sąsiadki i koleżanki z pracy. Bardzo ją wspierają.

– I wkurzają – dodała moja córka.

Stanowczo nie chciałam wejść do kościoła w obawie przed powtórką. Jagoda mnie ofuknęła, że chyba zwariowałam, jesteśmy najbliższa rodzina i musimy. Janek spokojnie wziął mnie pod rękę i weszliśmy, zajmując miejsca tuż za katafalkiem! Będziemy pod obstrzałem księdza i całego kościoła, nie znoszę tego. Nie praktykuję! Co mam robić w takiej sytuacji?! Udawać?

Rozmawiałyśmy już kiedyś o tym z Jagodą.

– Ja wchodzę i robię to, co ogół – mówiła mi.

– A mnie to wkurza – broniłam swoich racji. – Jestem niepraktykująca, a właściwie... neopoganka, i...

– Co ty jesteś? – dopytuje mnie Jagoda. – Znów coś sobie wymyśliłaś?

Czytałam o tym niedawno. Przecież moja dusza nie jest pusta, mam swój wizerunek Boga, ale inny ciut niż chrześcijanie, więc nie jestem ateistką ani agnostyczką, ani poganką. Odkryłam, że ja jestem neopoganką!

– Dasz wykładnię? – spytała moja córka z ustami pełnymi żurku. Była wtedy u nas na obiedzie. – Może i ja się podłączę.

– E, chyba nie. To system wierzeń bliskich naturze, energia słońca, wiesz, takie sprawy. Ja wierzę w Matkę Naturę. A ty jesteś realistką.

Jaga wzniosła oczy do nieba i zamilkła.

Nie wiem czemu, ale ostatnio kłócimy się koncertowo. Przeczytałam gdzieś, że to normalne. Skoro nie ujawniło się wcześniej, to musi wybrzmieć teraz jako „nieunikniony konflikt pokoleń". Nieunikniony? Może i tak? Ja też mamie pyskowałam...

Podczas mszy Irena zachowywała się spokojnie i godnie. Wycierała łzy i była zamyślona, czasem jej twarz wyrażała ból, czasem jakby nieobecność. Bałam się, że będzie bardziej podłamana.

Po pogrzebie pojechaliśmy do niej, wszystko już było przygotowane. Wcześniej zaofiarowałam się, że wpadnę i zrobię minikanapeczki, paszteciki jakieś czy coś, ale odmówiła kategorycznie. Sąsiadki i koleżanki z pracy wczuły się w rolę i postanowiły zrobić taką stypę, jaka by się podobała Felusiowi! Zimne zakąski, wódeczka, te rzeczy...

– Subretki też? – spytałam Irenę.

– Wszystkie subretki z jego czasów mają reumatyzm, noszą ciepłe majty i zamiast machać nogami w kabarecie, klepią pacierze! – Ciotka się zaśmiała. – A ty wiesz, że i pozmywać zostaną?

– Kto? Subretki?

– Nie, moje kumy! Takie przejęte, bo powiedziałam, że sił nie mam. Mówię ci, ile w nich jeszcze energii! Dorota! Na co dzień kwękają, wiesz, a jak zaproponowałam catering, to się żachnęły i tak zawzięły, że dym szedł! Wypłaciłam z banku pieniądze i zaraz pognały na bazarek po zakupy.

Małe mieszkanie cioci Ireny okazało się pojemne. Pomieściło masę nieznanych mi ludzi. Oczywiście trochę rodziny, z którą widujemy się rzadko, ale przede wszystkim rówieśnicy Felusia i Ireny. Przy kuchni urzędowała pani Stenia. O, faktycznie, panie się pięknie postarały! Jednak o zasiadaniu do stołu nie ma mowy, bo nas za dużo. Wszędzie stoją ludzie z talerzykiem w ręku i rozmawiają. Nie jest wygodnie, zimne nóżki się ześlizgują, wędliny nie ma jak pokroić i trzeba by mieć trzecią rękę, żeby się napić. Jednak robimy dobrą minę do złej gry i przede wszystkim rozmawiamy.

Lubię

Lubię pogrzeby. Ja wiem, to dziwnie brzmi, ale ja naprawdę lubię. Na cmentarzu wszyscy potrafią się zmobilizować i w końcu zachować z klasą i rozsądkiem. Najwięksi luzacy wyciągają z szafy elegancką marynarkę, najgłośniejsi cichną, najwyrazistsi blakną, a kontrowersyjni przeciętnieją. Nie przestaje mnie zadziwiać, że okazujemy szacunek tym, którzy odeszli, choć zupełnie nie braliśmy ich pod uwagę, gdy żyli, że staramy się wyglądać godnie dla tych, którzy już tego nie widzą, zachowywać się z klasą przy tych, którym już nie zależy, stawić się tłumnie przy tych, których już nie ma.

Moje pokolenie charakteryzuje się całkowitym brakiem szacunku dla czegokolwiek, absencją zasad i wyczucia. Wręcz fizyczną agresję budzą we mnie zachowania moich kolegów i koleżanek, które dla nich są zupełnie normalne, a dla mnie – między innymi dzięki Felkowi! – absolutnie nie do zaakceptowania.

Dlaczego nie szanujemy aktora w teatrze i zanim opuści scenę, wychodzimy z sali, żeby tylko zdążyć odebrać kurtkę z szatni przed innymi? Dlaczego ignorujemy prośbę organizatora gali, który na zaproszeniu pisze „Wymagany strój wieczorowy", i wkładamy trampki i dizajnerską bluzę z kieszenią typu kangur? Czemu nie dostrzegamy sensu ciszy w poczekalniach, odbieramy telefon i oznajmiamy radośnie: „nie, nie, spoko, mogę gadać"? Czemu nie widzimy rozczarowania w oczach gospodyni, przynosząc na imprezę domową paczkę czipsów paprykowych, które po chwili sami zjadamy przy zafundowanym przez gospodarzy alkoholu?

Żywi ludzie są dla nas widownią, której trzeba pokazać, jak bardzo nie ruszają nas oczekiwania, wymogi, standardy i wytyczne, jacy jesteśmy wyzwoleni, kreatywni i odważni w łamaniu zasad. I jacy z nas straszni hipokryci.

A na cmentarzu my, młodzi gniewni, odważni i zdolni, nagle stoimy do ostatniej chwili na baczność, czekamy, aż główny Aktor zejdzie po raz ostatni ze sceny, bez bisów, przysypany ziemią, zamurowany i obłożony kwieciem. Stoimy, i to dzielnie, w naszych czarnych garniturach, marynarkach, kapeluszach z woalką i stonowanych płaszczach – mamy je w szafach, wiszą obok bluzy! – ze wzrokiem skromnie wbitym w ziemię, miętosząc w rękach naszą codzienną pychę i zastanawiając się, gdzie ją schować, bo nagle zaczyna boleśnie uwierać. Wyciszamy smartfony, wyłączamy empetrójki, a nawet warczymy z oburzeniem na tych, którzy o tym zapomnieli, by nic nie zmąciło tej pełnej zadumy ciszy. Niesiemy naręcza kwiatów, na które nie poskąpiliśmy ani złotówki, wybierając orchidee, kalie i lilie, bo przecież chryzantemy są takie peerelowskie i tanie aż wstyd.

Na pogrzebach jestem spokojna, czuję, że wszystko jest w końcu tak, jak powinno. Pogrzeby są ostatnim bastionem normalności, ostatnim filarem, który jest w stanie utrzymać naszą godność i klasę. Ożywiają w ludziach to, co niestety powoli umiera śmiercią naturalną – kulturę osobistą.

Dziadek nigdy nie był jakoś szczególnie religijny, ale przed pogrzebem msza musiała być. Mnie to nie przeszkadza, traktuję kościół jako swoje własne drzwi do Stwórcy i zebrani w nim ludzie, z przedstawicielami kleru włącznie, są mi całkowicie obojętni. Było mi wszystko jedno, kto mszę poprowadzi i kto bierze w niej udział, ale mama oczywiście podniosła bunt „w imię ideałów". Czy ona nie mogłaby choć raz nie myśleć o sobie, tylko wejść tam, gdzie trzeba, i się zachowywać jak człowiek?

Na szczęście po krótkiej dyskusji wszyscy zasiedliśmy w ławkach.

Ja nie chciałam z przodu, ale mama zaraz mnie wepchnęła:

– No, siadaj obok nas, co to, same mamy tu kwitnąć?

– Ale ja nie znam liturgii – odszepnęłam.

– Ja też. No i co, wygonią nas? – Mama syczała ciut za głośno, jak to ona. Byłaby nawet skłonna zrobić jakiś perfomance. Skąd jej się to bierze? Usiadłam, żeby nie robić wsi.

– Kupa ludzi, ciociu – szepnęłam do siedzącej obok Ireny, co miało znaczyć, że Felek był szanowany i to jest fajne. Kiwnęła głową i odszepnęła:

– Ponad połowy nie znam. Pewnie przyszli przez pomyłkę albo co... Ty widziałaś tam, w środku po lewej, cała grupa takich młodych kobiet w kapeluszach. Kto oprócz starych babek nosi dzisiaj kapelusze? Jakieś wariatki! Widziałaś ten z rajerem?! Na wyścigi w Ascot to może i dobry, ale na pogrzeb?! Może to jakieś aktorki z filmu, co kręcą gdzieś w pobliżu, co?

– Nie, ciociu, to dziewczyny z mojego liceum. Znały Felka, bo był u nas na lekcji historii i opowiadał o powstaniu.

Irena była poruszona. Zrobiła wielkie oczy.

– Co ty powiesz?! I pamiętają to? – Sięgnęła po chusteczkę. – Ale... skąd te kapelusze? Bo że ty, to rozumiem, masz taki styl jak mama czasem...

– Zawsze chodzimy z mamą na śluby i pogrzeby w kapeluszach. To jej pomysł, akurat dobry – odpowiadam.

Ciotka jest zaintrygowana i z czułością odwraca się do moich bab z liceum – Marty, Magdy i Igi. Macha im dłonią w czarnej rękawiczce w geście uznania.

Kiedyś żenił się kumpel mojej matki – wariat, harleyowiec, panna też harleyówa. Ślub ekstrawagancki i nietypowy, więc moja matka wpadła na pomysł, żeby zaznaczyć jakoś wariackość tej imprezki i założyć kapelusze. Najpierw się krzywiłam, ale młodsze koleżanki mamy, a jednocześnie moje, podchwyciły, więc w to weszłam. Dałyśmy popis! Mamie tak się spodobało, że od tamtej pory na śluby i pogrzeby chodzi w kapeluszach. I to jest jedyne, co nas łączy w modzie, bo jak już powiedziałam Irenie, ja też to robię. Na śluby rzadziej, ale na pogrzeby mam dwa dyżurne – letni i zimowy. Mama ma sześć. Ciotka Irena jeden, od wczoraj. Poszły z mamą kupić. Mówiła, że nie założy, a jeśli zacznie kropić, to ma chusteczkę... Zwariuję z nią! Mama mało nie padła podobno. „Chusteczkę?! Irena! Sama mówiłaś, że dama, kapelusz...". Ciotka tak naprawdę ma w szafie kilka kapeluszy, ale nie czarnych. Nie lubi czarnego, i już. Ten nowy jest piękny, czarny, ale z fioletową wstążką.

Siedzi teraz moja ciotunia taka elegancka, bieluchne włosy pięknie upięte, kapelusz, ona jest przedwojenna, umie je nosić! Kościół już pełny jak autobus w godzinach szczytu. Wszedł ten nasz umówiony ksiądz. Ufff. Udało się! Nie będzie bezdusznej mszy z politycznymi pohukiwaniami.

– Mamo. – Nachylam się. – Kto wybrał urnę?

– A co?

– Nico. Ładna.

– Jaga, gdzie jest ojciec, msza się zaczyna...

– Poszedł przeparkować samochód, bo zastawił kogoś, jak cię przywiózł, nie pamiętasz?

– A, prawda – mówi nieobecnym głosem, bo już patrzy gdzieś w bok i do kogoś macha.

Wreszcie jest tata. Opowiada zdyszany, że nigdzie nie było miejsca. Uciszam go, bo ksiądz patrzy na nas błagalnie. My to jesteśmy jednak mistrzami zamieszania.

W krótkich słowach odprawia mszę, jakby ją zbywał, aż się dziwię. Ale nic nie mówię. Robię to, co wszyscy – wstaję, klękam, wstaję, siadam, klękam, wstaję, kiwam głową na boki. Lepsze to niż kolejna afera z wkurzoną mamą. Ciotka Irena, mama i ojciec to samo, jak na aerobiku – *up and down, up and down*, i powtórz...

Ksiądz w wieku dziadka, a tak odwala tę mszę...

I nagle zaczęłam go słuchać, bo przemówił ludzkim głosem. Mówił o swoim serdecznym koledze ze szkoły, później z harcerstwa, opowiadał o powstaniu i o tym, jak odbudowywali Starówkę. W kościele cisza jak makiem zasiał, jeśli nie liczyć siąkania w chusteczki. Teatr jednego aktora. W życiu nie byłam na takim pogrzebie. Super!

Po mszy polecieliśmy na stypę – tego już fanką nie jestem – żeby przy śledziu powspominać, jaki to z Felka był supergość.

– Dzień dobry wszystkim – powiedziałam w drzwiach, bo nie widzę powodu, żeby się obcałowywać z każdą ciotką z osobna, zwłaszcza że przed chwilą widzieliśmy się na cmentarzu.

– Jagódko, jak ty ślicznie wyglądasz! – Pani Stenia, sąsiadka Ireny, moja kolejna przyszywana ciotka, rozczuliła się. Od czego, u licha, zdrobnieniem jest Stenia? To chyba na zawsze pozostanie tajemnicą epoki gierkowskiej. Od Stefanii chyba? I, na litość boską, tylko nie Jagódko... Zaraz mnie złapie za policzek i wytarmosi, jak zawsze... O, złapała i szarpie. Rany, puść, babo, bo boli i ścierasz mi podkład za dwie stówy! Zaraz powie, że wyglądam mizernie, pewnie nic nie jem, choć ja ważę od lat tyle samo.

– Dziecko drogie, toż ty sama skóra i kości! Czy ty w ogóle coś jesz?

A teraz wspomni o swojej promiennej młodości i męskich preferencjach co do kobiecych kształtów.

– Za moich czasów to było nie do pomyślenia, żeby dziewczyny takie anemiczne po ulicy chodziły! Kobita musi jeść, żeby chłop miał za co złapać, oni to lubią! – Tu znacząco klepie mnie po biodrze.

Czy w czasach pani Steni nie istniało coś takiego jak bariera intymności, której się nie przekracza? Starsi ludzie uwielbiają wszelkie formy dotyku – przytulasy na dzień dobry, buziaki, trzymanie rozmówcy za rękę przy co ważniejszych zdaniach, poklepywanie, ściskanie i miętolenie. Nie wiem, może im to potrzebne dla podtrzymania wątłej nitki łączącej ich ze światem żywych, ale dlaczego się nie zastanowią, czy druga strona jest ku temu równie entuzjastycznie nastawiona. Zostawżeż mnie, kobieto, i puść moje biodro! – myślę ze złością, bo pani Stenia wciąż dzierży w dłoni jawny dowód na moją postępującą anemię i niedożywienie.

Rany, Jago, uspokój się – ganię się w myślach. Nie ma co się denerwować, to tylko pani Stenia, chce dobrze i się martwi. No już, spokój. Raz, dwa, trzy... wdech.

Kawy!

– Ciociu kochana, czy zaparzyłaby mi ciocia kawusi? Wypiłabym do ciasta. – Przemycam zmyślnie wątek żywieniowy dla wyciszenia konfliktu. – A ja się pójdę przywitać z resztą.

– Laboga, Jagusiu, tak na pusty żołądek? Toż wrzodów dostaniesz, dziecko, ja ci rosołku najpierw naleję i galaretkę na nóżce dam, potem możesz pić kawę. Wy, młodzi, w ogóle o siebie nie dbacie. – Patrzy na mnie. Jej twarz wyraża więcej niż miny Agi z całego tygodnia. Troskę, smutek, refleksję nad trudną sytuacją dzisiejszej młodzieży, ponure spojrzenie w mroczną przyszłość wychudzonego narodu polskiego, dezaprobatę dla spożywania kofeiny z ciastem bez uprzedniego uformowania podkładu z rosołu i innego rodzaju garmażu.... Eeech, ciotka Stenia. Zakochałaby człowieka na śmierć. I zapasła. Że też Irena się z nią przyjaźni...

Po kuchni krzątają się jeszcze trzy sąsiadki, a dalej w salonie jakaś grupa zupełnie nieznanych mi osób. Dostrzegam kątem oka kapelusz mamy i gawędzącego z kimś tatę, postanawiam jednak na razie do nich nie podchodzić. Daję sobie natomiast wcisnąć żółty, tłusty rosół i obleśną świńską galaretę. Wciągam szybko rosół przy kuchennym stole, a z galaretą uciekam do ogródka. Tak, zgadza się – mam zamiar ukryć ją w krzaczorach. Jak w dzieciństwie, kiedy mama karmiła mnie namiętnie bobem, którego nie cierpiałam, ale z niewiadomych przyczyn brałam go całe garście. Po czym udawałam się na podwórko czy do ogródka Ireny i go zakopywałam, na niewielkiej, niestety, głębokości. Czemu po prostu nie powiedziałam, że nie lubię? Chyba nie chciałam robić mamie przykrości, nie pamiętam zresztą...

Któregoś dnia, przy przesadzaniu róż, Irena dogrzebała się do tego bobu. A że pomagałam jej w pracy, jak umiałam, swoją łopatką i grabkami, to świadoma nieuchronnej konfrontacji spłonęłam soczystą czerwienią i odjęło mi mowę. Znacie to uczucie? Wiadomo już, że stało się najgorsze, i nie możecie z drętwego gardła wydobyć słowa. Pamiętam jak dziś płonące policzki, dławiącą kulkę w gardle, pamiętam, że kopałam zapamiętale w ziemi łopatką z poczuciem, że oto zostałam zdemaskowana i czeka mnie kara.

– Gotowany nam nie zakiełkuje – wymruczała wtedy Irena i odgarnęła dowód rzeczowy na bok. I już. Nic więcej nie powiedziała.

Od tego momentu kocham ją najdzikszą i najprawdziwszą miłością. Każdy, kto jako dziecko doświadczył milczącej sztamy z dorosłym, wie, o czym mówię. Irenie mogłam odtąd ufać bezgranicznie i powierzać jej nawet najwstydliwsze sekrety, bo byłam pewna, że mnie nie wyda. Był to bób milowy w moim życiu.

– A, tu żeś się schowała – słyszę zza pleców. – A myślałam, że sama chwilę odetchnę od tego harmidru – mówi Irena, zdreptując żwawo schodkami z mieszkania do ogródka, otulona szalem, szara i zmęczona.

– Chcesz, to cię zostawię.

– Nie bądź niedorzeczna, Dziuniu. Postój tu ze mną. Paskudne te nóżki, co?

– Obleśne – przytakuję.

– Bądź tak miła i zakop też moje – mówi z kamienną twarzą, podając mi talerzyk, choć ja nadal mam w ręku swój. Zamyśliłam się nad bobem i zapomniałam, po co tu przyszłam. Nawet jej powieka nie drgnęła, kąciki ust nie uniosły się ani o milimetr. Uważnie przyglądała się liściom hortensji. Chwyciłam talerzyk i przełożyłam jej porcję na swój. Uwielbiam ją.

– Wiesz – zaczęła nagle – miałam tyle lat, co ty wtedy, mieszkaliśmy w majątku, ja miałam swój pokoik z wielką szafą. Bo ze mną mieszkała Niusia, moja siostra, i nasza guwernantka. Kiedy przyjeżdżał do nas dziadek, tak raz na miesiąc, to zazwyczaj przywoził kawior. I kiedy dorośli dostawali zakąski, my byliśmy sprowadzani do stołowego, by przywitać się z dziadkiem, i on wtedy pańskim gestem częstował nas tartinkami z kawiorem. Dla mnie było to ohydne jak cholera, nie byłam w stanie tego przełknąć i cofało mi się. Więc dygałam w pąsach, szłam grzecznie do pokoju, stawałam na krzesełko i kładłam tartinkę na szafę.

Kilka lat później musiałam się przenieść do innego pokoju, bo ten miał być odnawiany. Ojciec zdecydował, że przesuną tę szafę, i jak ją ruszyli, tacie na głowę poleciały zbierane tam latami tartinki z zeschłym kawiorem. Ojciec zdębiał i wściekł się, bo to już były chude lata, skrzyczał mnie nieludzko, że marnowałam jedzenie. Ganiał mnie po całym domu z pasem w ręku i wtedy moja mama, ganiając z kolei nas, dopadła mnie wreszcie, zasłoniła swoim ciałem i wrzasnęła: „Ja też tego rybiego gówna nie znosiłam, ale jadłam, żeby ojcu zrobić przyjemność. Dziecko nie musiało!".

Uśmiechnęłam się.

– No proszę, po kimś to mam. Trzymasz się jakoś, ciocia?

– Trzymać to się, dziecko, można słupa, jak się człowiek upije do nieprzytomności. Ja po prostu żyję dalej. Ty lepiej opowiadaj, jak było na tej twojej integracji.

– E tam, nie ma o czym. Nic się nie działo nietypowego – ot, picie, jedzenie i słoma z butów.

– I nic przyjemnego w tym nie ma?

– Niewiele.

– To po co pojechałaś? – Punkt dla Ireny.

– Bo trzeba, ciociu. Wiesz, budowanie swojej pozycji w firmie to bardzo złożona sprawa.

– No ale skoro ty się tam męczysz?... Zresztą nie moja rzecz. A twój chłopiec tam był? Robert?

– Radek. On nie jest moim chłopcem, ciocia, no proszę cię. On jest kolegą tylko.

– Ale przecież mówiłaś...

– Wiem, ale to nic poważnego. – Przerywam jej szybko, bo nie chcę tego usłyszeć. Nie chcę jasno i wprost zmierzyć się ze słowami „przecież ze sobą sypiacie". Zawsze mi się wydawało, że gdy się czegoś nie powie na głos, to tego jakby nie było. Ot, mały sekrecik, o którym świat nie wie i się nie dowie. Ale Irena wie, cholera... Kiedyś się jej wysypałam przy nalewce i nie mogę już tego cofnąć. Zresztą nawet jakbym jej nie powiedziała, to i tak by się domyśliła. Jestem dla niej jak otwarta książka. A nawet jak komiks – jeden rzut oka i już zna całą fabułę. Zero głębi. Nic.

– Też tak kiedyś powiedziałam o Felku, wiesz? Nic poważnego. Bo przecież nawet mnie za rękę nie trzymał, tylko kwiatki mi przynosił. Stał z tymi kwiatkami pod szkołą i czekał na mnie, nieraz godzinami, jak głupi jakiś...

Irena na chwilę przerywa i bierze głębszy wdech. Nie patrzę na nią. Wiem, że nie chce, żebym widziała jej wzruszenie i łzy w kąciku zmęczonego oka.

– Ależ mnie irytował! Stał tak codziennie, piątek świątek, deszcz i słota, a on z tymi wymiędlonymi stokrotkami. Wstyd mi robił przy koleżankach.

Znów chwila przerwy i ciężki drżący wdech.

– Ale któregoś dnia, Dziuniaczku, wyobraź sobie, nie przyszedł. Wyszłam z bramy, gotowa przyspieszyć kroku i pędzić w stronę Starówki, zostawiając natręta za plecami, a natręta nie było. Nie przyszedł, wyobrażasz sobie? Po prawie pięciu tygodniach nagle siup – i nie było. Tak mnie tym rozsierdził, wiesz, że bez mojej zgody nagle przestał przychodzić... Okazało się potem, że miał zapalenie opon mózgowych i leżał z gorączką na płask jak naleśnik.

– I? – Wciągnęłam się. Lubię, jak Irena opowiada.

– Co „i"? No i potem znów przychodził. A ja już nie uciekałam, tylko brałam te kwiatki, nawet parę razy na ciastko się dałam zaprosić.

Zawiesiła głos.

– Nie można tak ludzi traktować, Dziuniaczku. Trzymać na dystans to tak, ale nie lekceważyć. Bo jak któregoś dnia znikają, to strasznie serce boli...

Nie wiem, czy mówi o tej przerwie w kwiatkach, czy o śmierci Felka. To znaczy, chyba wiem, ale czy to ma znaczenie...

Porządki

Kilka dni później pojechałam do Ireny sprawdzić, jak się miewa, czy coś je, czy gotuje, bo teraz, kiedy nie ma Felka, to i motywacji nie ma.

– Dzień dobry, ciociu – witam ją z troską.

– Cześć, Dorotko, dobrze, że jesteś. Musisz mi pomóc, bo nie chcę zawracać głowy Dziuni.

– Tak?

– Wiesz, muszę coś zrobić z rzeczami po Felku. On się bardzo porządnie nosił, wszystko czyste i eleganckie, pomożesz mi?

– Dobrze, ja się tym zajmę! – palnęłam bez zastanowienia.

– I co? Wywieziesz gdzieś, klnąc mnie, że ci narobiłam kłopotu? Ja tylko proszę o pomoc w wyniesieniu! Garnitury już spakowałam, swetry i bluzy też, buty są w tamtym pudle. W tym worku koszule, a w tym bielizna.

– Mam to zawieźć do Czerwonego Krzyża? Bo chyba nie wyrzucisz na śmietnik!

– Zaufaj mi, proszę! – powiedziała Irena z lisim uśmiechem.

Nie chciałam się z nią kłócić, ale moja ekologiczna dusza nie pozwalała mi niczego, ot tak, wywalać. Sortuję śmieci i uznaję obieg używanej odzieży. Koleżanka ma second hand, a co jej tam nie pójdzie, wiozę do PCK.

Paczki z rzeczami po Felku zaniosłam z Ireną do śmietnika stojącego po drugiej stronie ulicy. Kiedy już zaniosłyśmy ostatnią paczkę, Irena zerknęła na zegar i zawołała mnie do drugiego pokoju. Oparła się o parapet i patrzyła na ulicę.

– I co? – pytam.

– Nic, zobaczysz, jak u nas wygląda recykling! Przyjdą pan Heniutek i pan Zyguś, wszyściutko im się przyda! Ja tam wczoraj, korzystając z uprzejmości sąsiada, zatargałam zbiór czasopism i trzy paczki książek Felka, stary żyrandol, co mi go naprawiał piętnaście lat, i radio. Rano dorzuciłam słoiki i butelki. Tak przy okazji, za tydzień zajmę się antresolą. Tam będą skarby!!!

– O, to mnie zaproś! Lubię takie akcje ze staroćkami.

– Bardzo proszę! A wiesz, że do piwnicy nie zaglądałam z dziesięć lat?! Patrz, jak mnie naszło... Nie żebym po śmierci Felka pozbywała się wspomnień, ale skoro jestem na fali, to porobię porządki i jak kojfnę, będziecie miały czysto!

– Irena, nie mów tak! – powiedziałam groźnie.

– A, daj spokój! Każdy kojfnie. Patrz, idą już, z wózeczkiem. Wszystkiego naraz nie wezmą. Porządne chłopaki. No chodź, zrobimy herbaty.

Przy herbacie wspominałyśmy ciepło Felka. Głównie ja. Tak mnie naszło na wspominki o nim. Irena westchnęła.

– Brakuje mi go, wiesz?

– Domyślam się...

– Nawet tych jego wyjść na brydża... A może zwłaszcza tego?

– Wolałaś, jak go nie było?

– Dorociu, jego tu było aż nadto! My oboje przecież na emeryturze. Latem to jeszcze bawił się w ogrodnika, a zimą... W piątki Sosnowska zawsze jeździ do córki, do Milanówka, i wraca w niedzielę. Zostaje z wnukami, a córka z mężem, wiesz, na kominy, do znajomych czy gdzieś. Chłopaki się skrzyknęli i jak ona do córki, to robili sobie sesyjkę brydżyka. To bardzo zdrowo i dobrze, bo się przyjaźnią od małego, mają tyle wspomnień. No i z domu się ruszył, kości rozprostował, wiesz... Żeby dotrzeć do Sosnowskich, to trzeba z pół Warszawy przejechać. Tyle że ostatnio...

– Co?

– Słuchaj, Sosnowska zaczęła rok temu podejrzewać, że z tym brydżem jest coś nie tak, że panowie sobie nieźle folgują!

– No nie powiesz mi, że kobitki sprowadzali! Sosnowską wyobraźnia musiał ponieść. Takie stare zgredy?

– Wcale nie mówię. Słuchaj dalej! Raz, jak jechała do córki, to im schowała wszystkie asy z talii! Wraca i pyta, jak było, a mąż jej klekocze, ile ugrał z Mietkiem, a ile Felek z Ryśkiem. No to ona do szuflady, a tam asy leżą! Zrobiła małe śledztwo i okazało się, że Sosnowski do sprawy jeszcze wnuka wciągnął. Młody na życzenie chłopaków nauczył ich obsługiwać wideo!

– Pornoski oglądali?!

– Aj tam, ty to zaraz pornoski! To kulturalni panowie! Może i jakiego tam obejrzeli, nie wiem, ale Grześ, wnuczek Sosnowskiego, dostał listę filmów i polecenie – zdobyć je dla panów.

– Sosnowska ci powiedziała?

– No coś ty, ja to od początku wiedziałam, bo Felek, jak wracał, to zaraz mi wszystko opowiadał, a wiesz, jaki on był zbytnik! Każdy film mi opowiadał tak, że umieraliśmy tu ze śmiechu!

– I co oni tak sobie oglądali?

– A, różne! Westerny z dawnych czasów i Tarzana tego najstarszego, z Weissmullerem. Zaczął mi tu robić Tarzana, a jak małpę zrobił, to się posiusiałam ze śmiechu! Ale najbardziej sobie dogadzali filmami z Bardotką, Marilyn Monroe, Anitą Ekberg i młodą Fondą.

– Ekberg?

– Takie miała piękne piersi! W *Słodkim życiu* wchodziła do fontanny...

– A! Już wiem!

– *Barbarellę* z Fondą to oglądali ze trzy razy! I wino pili! Jak szczeniaki! Potem butelki wynosili po cichutku do dalszych śmietników, żeby śladu nie było. Ział tym winem, jak wracał, mimo że zęby mył.

– Nie złościłaś się?

– Dorociu... Od lat miał cukrzycę i, sama wiesz, starszy był od węgla, jak to mówi Dziunia. Tak na czczo miał umrzeć? Pozbawiony wszelkich radości? Co tam wino, miało im zaszkodzić? Ach... teraz ich tylko trzech do tego brydża... Pewnie mówią Sosnowskiej, że będą grali „z dziadkiem".

Babski wieczór

Sobota. Przyjeżdża dziś do mnie Weronika na babski wieczór. Luuubię to. Znamy się ze studiów, więc już będzie siedem, osiem... jedenaście lat! Kawałek czasu. Mamy wypracowane rytuały – spotykamy się u mnie lub u niej, kupujemy dwie butelki wina i masę węglowodanów, na które na co dzień nie wolno nam nawet patrzeć ze względów estetyczno-dietetycznych. Na naszych wieczorach jedziemy na bogato – penne cztery sery, sałatka tuńczykowa z wielką kupą majonezu, bruschetty z pszennej ciabatty, słone paluszki, nachosy z sosem serowym, popcorn z masłem – pełna dyspensa! Do tego jakieś filmidło i grzebanie się w bieżących sprawach życiowych. Tak, wiem – mało to oryginalne, pewnie co druga dziewczyna tak robi, ale dla mnie te wieczory są bardzo ważne. Prędzej zrezygnowałabym z rodzinnej Wielkanocy. Babskie soboty z Weroną dają mi poczucie, hmm... bezpieczeństwa chyba. Są cykliczne, spokojne, zawsze podobne do siebie, wypełnione szczerymi rozmowami i autentyczną bliskością. Tylko wtedy czuję, że ktoś naprawdę mnie słucha i że kogoś naprawdę interesuję. Werona wie o mnie rzeczy, o których sama wolałabym zapomnieć. A ja o niej.

Tym razem zdecydowałam się na martini dry – do tego potrzebne kilo cytryn i torba lodu w kostkach. Mam ochotę porządnie się zresetować, chociaż wino relaksuje tylko przez pierwsze kilka łyków – potem wypuszcza mgłę do mózgu, obciąża powieki i zaciska gardło nieprzyjemnymi mdłościami. Nie lubię tego uczucia, kiedy tracę kontrolę nad moim ciałem, język zaczyna się plątać, wzrok traci ostrość, a ciało pion. Nie pozwalam sobie na to. Alkohol ma rozluźnić mięśnie i pozwolić myślom popłynąć w jakąś przyjemną stronę. Czasem w klubie alkohol daje niezbędnego kopa do zabawy, ale też tylko do momentu, w którym zaczyna osłabiać koordynację. Po przekroczeniu tej ilości po prostu idę spać, zabawa na bani nigdy nie była moją mocną stroną. Nie wiem, co jest fajnego w bełkotaniu, słanianiu się na nogach i rzyganiu gdzie popadnie.

Żenują mnie takie zachowania. Tak, na studiach bywałam na imprezach, na których wódka schodziła w ilościach hurtowych, padaliśmy pokotem i spaliśmy, gdzie kto padł, skręta zapijało się wódką, a wódkę piwem. Ale to było dawno. Taki widok u studentów wywołuje u mnie pobłażliwy uśmiech. U rówieśników już tylko niesmak. Dorośli, trzydziestoletni ludzie – o czym tak bardzo chcą zapomnieć? Co tak bardzo muszą z siebie wyrzucić? Słynną „presję", stresy i emocje? Jakie? Wszyscy przecież żyjemy i pracujemy – nie ma co się zasłaniać presją, to najczęściej zmyślana dolegliwość od czasów dysleksji. Nie ma presji – jest tylko słaba psychika i idiotyczne alibi dla uzależnienia od weekendowego ciągu alkoholowego.

Dziś widzimy się u mnie, więc szykuję mieszkanie – poduchy na podłodze, jedzenie na stoliku kawowym (musi być na wyciągnięcie ręki), film w odtwarzaczu. Świeczka waniliowa wypełnia mieszkanie przyjemną ciepłą słodyczą, laptop czeka włączony – zawsze coś nam się pomyli albo przypomni, no i „po prostu musimy to sprawdzić, bo nie zaśniemy". Kiedyś do drugiej w nocy siedziałyśmy zahipnotyzowane teledyskami na MTV i w którymś momencie Wera zagaiła:

– A ten... pamiętasz tę piosenkę, którą śpiewała ta laska...

– Która?

– No ta, wiesz, co w teledysku potem jeździła na desce z tym kolesiem, takim wysoookim, który grał tego takiego rapera?

Zawiesiła głos. Czekała widocznie, aż potwierdzę, ale się nie doczekała.

– No wiesz, nooo... On miał romans z tą panną, która tańczyła na rozdaniu EMA w takim lateksie, w tym roku, kiedy prowadziła ta parka...

– Jaka parka? Rany, kobieto, nie pij już.

– No ci, ta blondynka i ten łysy, co się poznali na planie tego filmu... no kurde, wiesz przecież.

Wera tak się plątała, że w końcu musiałam jej przerwać, bo doszłaby do Wałęsy, Mieszka i Dobrawy. Poza tym zaczęła mnie przerażać, bo z jej ust płynęły słowa, ale oczy miała jak pijany manekin martwo wbite w telewizor. Usiadłam do netu i krok po kroku odtworzyłam wszystkie te osoby metodą dedukcji i powiązań. Zajęło nam to z godzinę, ale ile dało satysfakcji! No i mogłyśmy wreszcie zasnąć.

Dziś pewnie nie będzie inaczej i już się nie mogę doczekać! O dwudziestej pierwszej Wera wysłała mi esemesa.

„KupieMentoleNieMaNaczosówZarazBede".

Zawsze tak pisze, bez spacji, czego nie mogę zrozumieć. Telefon przecież spacje ma, a język polski jest wystarczająco okaleczony przez internet, niekompetentnych copywriterów i masową – a jakże – dysleksję. Ja, kiedy mogę, staram się przestrzegać reguł i zasad językowych. Do dziś oglądam programy Miodka – to jeden z niewielu autorytetów, jakie mogę wskazać w całym moim życiu. Kurczę, chyba się czepiam...

„Zaraz będzie". No to mam jeszcze jakieś czterdzieści minut na odkurzenie, zsiekanie sałatki i sprawdzenie maili.

Odkurzam niezbyt gorliwie, bo i tak robię to dwa razy w tygodniu, a że nie mieszka ze mną żaden sierściuch, to niewiele się zdążyło na tej podłodze zebrać. Zresztą moje mieszkanie ma trzydzieści dwa metry kwadratowe – jestem je w stanie odkurzyć w siedemnaście sekund.

– Eeelllooo...

Werona wlazła, o dziwo, już pięć minut później, obładowana zakupami. Ma klucze, więc nie musiałam nawet wstawać, żeby ją wpuścić, chociaż klamkę mam na wyciagnięcie dowolnej kończyny, nawet spod wejścia na moją parodię balkonu. (Metr kwadratowy. Metr! Jeden. To już wolałabym piwnicę.) Tak – ma moje klucze. To chyba nic dziwnego? Przecież ktoś je musi mieć na wypadek, gdybym trafiła do szpitala. Albo gdy wyjadę. Mamie nie dam, boby zaraz zgubiła, a tata zacząłby dokręcać wszystkie śruby i może nawet zmontowałby mi budkę dla ptaków z resztki klepek podłogowych. Ten człowiek nie umie odwiedzić mnie tak zwyczajnie, zaraz się bierze do prac konstrukcyjno-naprawczych – kocham go strasznie, ale on nie rozumie, że to już nie te czasy, kiedy zepsute meble naprawiało się kawałkiem listewki i blaszką ze śrubką. Teraz się wyrzuca i kupuje nowe. Stać nas na to. Nie cierpię naprawiania „na ślinę i zapałkę", nie lubię ręcznie robionych serwetek, taboretów i antresol. Nie czuję „magii PRL-u". Nie, i już. Czuję Ikeę i galerię z meblami na dole w moim bloku. Mają piękne kinkiety.

– E, pobuda. Wstaw to do lodówki. – Wera podaje mi pudło horrendalnie drogich lodów o smaku sernika z truskawkami. Milion pięćset kalorii w łyżeczce.

– Nienawidzę cię – informuję, biorąc pudełko.

– Cicho, wiem – mówi Wera i ściąga kozaki.

Zasiadamy na poduszkach jak dwie arabskie księżniczki – wokół kaloryczne, delikatesowe smakołyki oraz mocne drinki z lodem – i oddajemy swoje skupienie jakiejś komedii romantycznej z Jennifer Lopez, ale długo nam się tego skupienia utrzymać nie udaje.

– Ty, no weź zobacz ją – zaczyna Wera. – Zna gościa może z cztery godziny, a już miłość na zabój. Nie wierzę w t o. – Wera mówi do telewizora, głośno i wyraźnie artykułując każdą głoskę bolesnej prawdy. – No przecież bzdura, no. I pasą nas tym, i pasą, że poznasz go, rozumiesz, spojrzysz w głębię jego ócz lazurowych i zapadniesz się w nie jak w tę morską otchłań przeszywana dreszczami rozkoszy. A tu zonk, drogie panie. Romeo jest pracoholikiem, poznajesz go przy barze w klubie, gdy sączy taniego whiskacza, a przy odrobinie szczęścia może się okaże, że nie ma jeszcze żony i dwojga blondwłosych dzieci i na pierwszą randkę stawi się względnie trzeźwy i na czas.

– A żeś podsumowała... – mruczę znad sernikowej bomby tłuszczowej, bo nie bardzo chce mi się to komentować. Wera zawsze wkurza się przy komediach romantycznych, bo jest, jak jej się zdaje, pragmatyczką i antyromantyczką. Chociaż tak naprawdę obie marzymy o zapadnięciu się w lazurowe oczy, co wyryczałyśmy sobie kiedyś podczas szczególnie dołującego i łzawego wieczoru. A następnie poprzysięgłyśmy sobie natychmiast o tym zapomnieć.

– Ideał, pffff... – fuka Werona. – A ten... no, Jago, ty to masz w sumie jakiś taki ideał z dzieciństwa? Żeby brunet wysoki albo blondyn w stylu surfera?

O rany, czyli ciągniemy ten temat...

– Nie mam, Wera, przecież już ci mówiłam – próbuję uciąć. – Ale wiesz co? – Mam przebłysk geniuszu. – Sprawdźmy coś. Na Szklarni jest teraz taki quiz osobowościowy, który analizuje potrzebę partnerstwa z uwzględnieniem czynników dziedzicznych i wychowawczych. Już wczoraj chciałam to wypełnić, bo ciekawa jestem, czy się zgadza z tym, do czego doszłam sama.

Wera patrzy na mnie w skupieniu, a w jej mózgu mozolnie łączą się fakty.

– Znaczy, chcesz mi zrobić psychotest na swoim portalu dla hipochondryków?

– Wera, jak rany, ależ ty mnie wkurzasz!

– Dobra, dobra, już nie dec... der... d e p r e c j o n u j ę. – Ha, alkohol zaczął działać.

– Ja myślę. – Mogłabym się obrazić, ale wiem od lat, że Wera jako domniemana pragmatyczka nie uznaje psychologii i koniec. Nie mam na to wpływu. Szkoda, bo mogłaby się sporo dowiedzieć o swoich blokadach i ostudzeniu emocjonalnym oraz nieco irytującej skłonności do krytykowania cudzych wyborów. No nic.

– Dobra, Wera, lecim. Pytanie pierwsze...

Martini wchodziło nam bardzo dobrze, bo po dwóch dolewkach byłyśmy dopiero przy pytaniu piątym.

– Zesikam się! – wyje Wera, skulona na podłodze. Nawet już nie wiem, z czego się śmieje. Chyba z „neoromantyzmu ojców w kontekście kompleksu Edypa", do którego oddryfowałyśmy podczas dywagacji nad pytaniem o nasze wczesnodziecięce relacje z tatą.

– No i czego rży? – Patrzę na nią z pobłażaniem, a wzrok pływa mi lekko na boki, zmącony buzującymi promilami.

– Neoromantyzm!! Haahaaa... Mój tata. Neoro... aaahhhaaa, yyy... – Wije się dalej. Co to używki robią z ludźmi – myślę z lekkim zażenowaniem.

– Skończyłaś? Bo jeszcze dwadzieścia dwa pytania.

– Idzie się – wykrztusza Wera, podczołgując się do mnie i kładąc mi głowę na kolanach. – Analizuj, pani psycholko.

– Pytanie szóste: „Czy z perspektywy osoby dorosłej stwierdzasz, że jako dziecko zbudowałaś model mężczyzny na fundamencie osoby ojca?"

Wera patrzy w dywan i myśli albo się zawiesiła, a ja rozważam. Czy ja kiedyś uważałam tatę za model mężczyzny? Tatę? Tatka? No jak... Ojciec zawsze był super, zawsze obecny, kochany i pomocny, ale że mężczyzna? Był moją opiekunką i zajmował się mną, kiedy matka w szale nowego hobby zapominała o całym świecie, nie tylko o konieczności interakcji z własnym dzieckiem, o jakichkolwiek rozrywkach edukacyjnych nie wspominając. Tata zawsze miał cierpliwość do gry w „a dlaczego?". Rysował mi schematy działania zapadek zamka do drzwi, tłumaczył zasadę prądu stałego i zmiennego na przykładzie starych, śmiesznych baterii, które wyglądały jak elektroniczne mydło, strugał mi łódki z kory, składał parowce z papieru i gotował żurek. Zawsze żurek. I nie mogłam zrozumieć, dlaczego kiedy tata mi powiedział „A", to zaraz wpadała mama ze swoim „B" – i potem to „B" już obowiązywało. Nie raz chciałam spytać: „Tato, ale czemu jej pozwalasz? Mnie mówiłeś inaczej!". Ale się bałam. Nie chciałam, żeby na mnie nakrzyczał albo żeby się mama obraziła. W każdym razie przywykłam, że mama ma zawsze rację i nie ma co z tym walczyć. Tata robi to, co trzeba zrobić, a mama steruje wydarzeniami, jak chce, bo tata na wszystko się zgadza. Z takim wzorcem powinnam pewnie sobie szukać równie uległego kapciocha, ale tak nie jest. Szukam partnera, bo wiem, że się da, że można podejmować decyzje razem.

Dobra, nawet niech mnie ten facet lekko zdominuje, ale niech będzie jakiś!

Jakież było moje zdumienie, gdy w którymś momencie życia odkryłam, że większość facetów lubi, gdy się nimi rządzi. Lubią mieć wszystko załatwione, pozwalają sobą sterować, a wręcz twierdzą, że „silne kobiety im imponują" i że „nie boją się dominujących kobiet, bo one stanowią wyzwanie". Tyle że na dominacji się kończy, żaden wyzwania nie podejmuje. Byłam zszokowana, kiedy mój pierwszy poważny chłopak spojrzał na mnie ponaglająco w restauracji, ewidentnie czekając, aż zamówię jedzenie dla nas obojga. Nie spytał, na co mam ochotę, powiedział tylko: „ja to kurczaka". Kelner podszedł do naszego stolika i złożyłam zamówienie. Jeszcze go spytałam, czego by się napił. Ale już absolutną wisienką na torcie było zakończenie wieczoru. Kelner przyniósł rachunek i położył go na stole, a mój ówczesny zapytał tylko: „ile za kurę?". Mit macho ciągnącego za włosy do jaskini upadł z hukiem i nigdy już się nie podniósł. No ale coś mnie skłoniło, żeby się z tym chłopakiem umówić, widać podświadomy radar na pierdołę.

– Jagodzino? Jakaż twoja odpowiedź? – Wera odwiesiła się i postanowiła kontynuować test.

– Tak, zdecydowanie tak. Niestety.

– Tak? No w sumie ten twój cały Radzio to prawie jak pan Janek. Tylko nie gotuje. Ale tak samo cichy i pokornego serca, biedaczysko.

– Żaden, kurna, mój. Nie gadamy o nim.

– Tia, zapomniałam. No ale sama właśnie przyznałaś, że...

– Wera, ostrzegam!

– Oho, obudziłam potwora – mamrocze Wera i zaznacza odpowiedzi w tekście. – Jadziem dalej. Siódme.

Dobrnęłyśmy do końca testu. Odpowiedzi zostały przeanalizowane i przeliczone przez mechanizm testu, by wygenerować dopasowaną do użytkownika odpowiedź.

– Ty, no w sumie się zajebiście zgadza ta moja analiza, wiesz? – mówi Wera, nadal z głową na moich kolanach.

– A tobie co wyszło?

– No że pozorna podległość partnera... I że... Nie pamiętam, ale się zgadza. W stu procentach się zgadza, wiesz?

No i pięknie. Półtorej godziny wypełniania testu, bolesne przemyślenia, mnóstwo zdań wielokrotnie złożonych, z trudem złożonych, ledwo złożonych i wyszła nam odpowiedź, która „zajebiście się zgadza". Tyle że nie daje się zapamiętać. „Tu wlata, tam wylata, *aqua destilata*", jak mawiał dziadek Felek. Kochany. Mistrz ciętej riposty to przy nim cienki drut.

– Wiesz co, Weroniks? – mówię całkiem jeszcze składnie. – Ja to bym chciała, żeby ktoś się mną czasami po prostu zainteresował, wiesz? Ale nie tak, że „co u ciebie słychać", tylko naprawdę. Co myślę, czego chcę... Tak porządnie. Bo zobacz – tata się interesował, czy jestem najedzona, umyta i czy się nie nudzę. A facetów mojego żałosnego życia interesuje tylko, czy mam ochotę na seks albo zakupy. Nikogo nie obchodzi w ogóle, kim ja jestem... i coś więcej... jakoś...

No i się rozkleiłam. Jąkam się i ręce mi się trzęsą, chociaż łzy nie płyną. Na szczęście przy Werze mogę – przy niej jednej. Bo ona zrozumie, nie spłyci tego do „będzie dobrze", tylko naprawdę zrozumie. Zna mnie już tyle lat i pewnie milion razy już to ode mnie słyszała. Patrzy na mnie tymi swoimi lekko już mętnymi, ale współczującymi oczami i kiwa głową. Potem podnosi się z moich kolan i zarządza:

– Zamiana. Chono tu, babo.

Teraz ja leżę na jej kolanach, a ona głaszcze mnie po głowie.

– Żeby się chociaż ktoś zastanowił, jaka ja jestem, czego potrzebuję, czy coś. Bo ja sama chyba nie wiem, czego potrzebuję! I nie mówię o stabilizacji czy czymś takim, tylko o prostych rzeczach! – mękolę dalej. – Nie wiem, czy potrzebuję jakiejś nowej książki czy butów, czy smalcu. Wszystko niby mam, ale nic mi przyjemności nie sprawia. Nawet nie wiem, czy na randkę bym chciała iść. Jakaś taka jestem pusta chyba, wiesz, Wera?

– Wiem, niunia, wiem. Bo ty pracą żyjesz głównie i dokonaniami, kochanie. I za bardzo się na każdym kroku pilnujesz.

– W dupie mam pracę! – Nosi mnie już porządnie i broda mi się trzęsie. – Ja chcę żyć życiem, nie pracą...

– Jago, bredzisz trochę. – Całuje mnie w czoło. Wie, że mnie to uspokaja. – Znajdziesz to, czego szukasz, niunia, obiecuję. Tylko mi tu nie rycz.

– Nie umiem, choćbym chciała – buczę. – Dawaj ten film. – Ocieram nos obleśnie już mokrą i lepką serwetką i odwracam się w stronę telewizora.

Patrzymy, jak Jennifer Lopez pokonuje przeszkody losu i oddaje serce miłości swojego życia. Żadna z nas już nic nie mówi.

Na Szklarni pojawiła się bezgłośnie wiadomość od Mery78: „Jesteś swoim własnym sanktuarium. Niech nic nie stoi Ci na przeszkodzie do odnalezienia spokoju i szczęścia. Nawet inni ludzie. Zwłaszcza oni".

Serce matki

Wieczorem siedzę na łóżku i przeglądam nasze zdjęcia z młodości.

– Janek? Pamiętasz, jak my wcześnie zaczęliśmy?

Mój mąż, ten sam od lat, niby taki safanduła, ale taki jednak... kochany. Mój Jasiek, który zniósł najróżniejsze moje „jazdy", jak to teraz mówi młodsze pokolenie. Siedzi teraz obok mnie na łóżku i naprawia wtyczkę do radia. Na ściereczce ma rozłożone jakieś małe wkręciki, izolację, czujnik. Porządnicki taki. Dłubie i stara się mieć jak my, kobiety, podzielną uwagę.

– A... co cię naszło, Dorociu? Ty sądzisz, że co, że Jagusia?

– Nie no, ja wiem, że ona doskonale wie, co to jest seks, ale mi chodzi o... dzieci, rodzinę, wiesz. Ona kompletnie nie ma w tym kierunku ciągot! Jasiek!

Milczy i mierzy napięcie na druciku. Mężczyźni są okropni z tą niepodzielną uwagą!

– Jasiek!

– Ale że co... – mruczy. I dam sobie uciąć głowę, że nie słyszy.

– No, że myśmy w jej wieku to już ją mieli. I ona chodziła już.

– I...?

O Jezu! Palnęłabym go... Teraz sprawdza napięcie w drugim druciku, a ja mam napięcie w moim systemie MATKA.

– Ona nawet nie ma faceta, gniazda, a już, wiesz, w lata poszła... Ona jest taka... Jasiek, co ja zrobiłam nie tak?!

Dokręca wierzchnią klapkę. Może pogada? Odwraca się i wiem, że nie wie, co mówiłam. Drucik jest najważniejszy!

– Przepraszam, co mówiłaś?

Patrzę na niego i już wie, że jestem wściekła, więc nagle, w trybie HELP!, odtwarza sobie w głowie taśmę z nagraniem naszej rozmowy.

– Dorciu! – mówi dobrotliwie jak do debila. – Nie możemy jej popędzać!

– Mnie nie chodzi o popędzanie, kochany, wiesz? Mnie chodzi o jakąś jej skazę. Ona nawet nie myśli o rodzinie, dziecku, miłości. Jakby się tego bała. Gdzie ja popełniłam błąd?!

– Dlaczego ty?! – Janek jest zaniepokojony emocjonalnością rozmowy. On jest prostym, fajnym Jankiem. Znakomicie zna się na samochodach, geografii, budownictwie, realiach, ekonomii, matematyce, ale gubi się w poezji, kolorach, emocjach i pytaniach retorycznych.

– Jasiek, ja ostatnio robiłam sobie taką psychoanalizę, poczekaj! Posłuchaj! – Łapię go za łokieć. – Pamiętasz beskidzką Jagódkę? Tę, która mi życie uratowała po odejściu Kubusia?

– No tak, mówiłaś mi o niej. Co ona ma do naszej córki dzisiaj?

– Bo, widzisz, ja chciałam urodzić dokładnie taką Jagunię, a wyszła inna. Może ona całe życie czuła jakąś moją dezaprobatę? Może ja byłam złą matką?! Nie dałam jej ciepła i dlatego ona jest taka... szklista, kostropata, taka... zimna?

– Dorota, co ty gadasz? Na miłość boską? Co cię znów?!

Janek zakłada okulary i gapi się na mnie poważnie przestraszony. No tak, różne pierdoły słyszał ode mnie, bo ja mam

różne napady i jemu pierwszemu się zwierzam z moich pomysłów, ale tym razem, jak widzę, przesadziłam.

– Janek... Ona mnie nie lubi. Ona nikogo nie kocha, to znaczy, mężczyzny nie ma, dziecka nie ma, może ona jest nieszczęśliwa? A może... Jesssu, ja już nie wiem... Moje koleżanki
to mają normalnie: córeczkę, ślub, wnuki, a ja mam kłótliwą
córkę singielkę.

Janek, stale potakując i udając, że mnie słucha, poczłapał
do łazienki i przebrał się w piżamę.

– Połóż się spać, Dorotko, co? Przytul się, no chodź! Wzię-
łaś pastyleczki?

Jasiek wie, że moje hormony niejednokrotnie dyktują mi
nastroje. Ale nie tym razem!

On nie chce o tym rozmawiać, to rozbija jego już posklejan-
ny świat. Okej. Przytulam się do niego. Zasypia, a ja tłukę się
jeszcze pół nocy.

Pojechałam z tym problemem do ciotki.

– Cześć, Irena. Wpadłam do ciebie, żeby nie zamordować
męża.

– Cześć. – Ciotka otworzyła mi drzwi zdziwiona. – Jesteś
pewna, że chodzi o męża? A może jesteś nadopiekuńcza
i sprawdzasz, czy żyję?

– Przestań, ja mam autentyczny problem!

Opowiedziałam jej, w czym rzecz. Irena patrzy na mnie
spokojna, opanowana. Kilka razy już przerabiałyśmy temat
mojego życia. Z moją mamą nie dawałam rady. Ona wszystko
bagatelizowała: „ułoży się – zobaczysz", a tak naprawdę bała
się życia. Wolałam Irenę.

– Ty poważnie chciałaś mieć dokładnie taką dziewczynkę jak ta w Bieszczadach? – Ciotka zna tę historię aż za dobrze, ale rozmawia ze mną jak rasowy psycholog. Może powinna jak psychiatra.

Pierwszy raz, przed laty, ta rozmowa przebiegała chyba tak:

– Ciociu, ona, ta dziewczyneczka, zaczarowała mnie, a właściwie odczarowała z rozpaczy.

– A Jagusia wie?

– O niej?

– Nie, o Kubusiu.

– Nie wie. Jak i kiedy miałam jej powiedzieć? Ona jest malutka! Chciałam, zbierałam się, ale jakoś nie było ku temu stosownej chwili. Zresztą nie chcę. To zamknięty temat!

Irena stała i patrzyła na mnie z politowaniem. Żyjący wówczas Felek milczał, patrząc na mnie boleśnie. Miął nerwowo jakąś kopertę czy coś.

– Nie powiedziałaś... – mówiła Irena z namysłem, jakby mnie osądzała.

– Nie miałam jak... Ty wiesz, ja sądziłam, że dzieje się cud. Wchodzi ta mała do kuchni w tych Bieszczadach i zdejmuje mi z serca rozpacz. Sączy we mnie taką miłość, że jadę do domu i wiem: za chwilę Jasiek mnie obejmie, pójdziemy do łóżka i zajdę w ciążę. I tak się stało! Cud! Przez całą ciążę wiedziałam, że to dziewczynka – Jaga, Jagusia. Wiedziałam, jaka to będzie córeczka. I jako niemowlę, i dzieciaczek ona była, wiesz, bez zarzutu...

– A jakie masz do niej zarzuty teraz?! – Irena wytrzeszczyła na mnie oczy.

– Nie mam, ciociu, ale Jagusia... sama wiesz, jest kompletnie inna!

– Rozczarowała cię?

Dzisiaj kontynuujemy tę rozmowę sprzed lat.

– Rozczarowuje cię Dziunia?

– Nie no, ale jest inna, zaskakująca, sama wiesz. Irena,
a może ja byłam rozczarowana jakoś podświadomie po jej
urodzeniu, a zwłaszcza po tych nastu latach, i do Jagi to dotarło? Czuję, że z nią się coś dzieje... serce matki to wie.

– No ale co czujesz? Że nie ma męża? Dzisiaj co druga nie
ma męża. Żyją bez ślubu, zmieniają chłopaków, dzieci nie
chcą. Czucie tu niepotrzebne. Co jeszcze?

– Nie wiem, czy ona umie kochać? Mnie się zdaje, że ona
się boi miłości.

Irena posmutniała.

– Taki program oglądałam, Dorociu. Sporo jest dzisiaj podobnych kobiet w jej wieku, ostre, agresywne, mówią, że nie
potrzebują tego całego obciążenia w postaci domu-rodziny-
-dzieci. – Rzuciła to jednym tchem. – Obciążenia! Ty to rozumiesz? Kariera, praca, co tam jeszcze było? Rozwój osobisty. To co one mają z życia? I kto im zabrania rozwoju? One
o rodzinie mówiły tak, jakby to był jakiś jasyr, niewola. Kto
im nawciskał takich pierdół? O kogo się mają troszczyć, kogo
kochać? Do kogo one pójdą się wypłakać, jak im będzie źle?

– Do siebie nawzajem. I do terapeutów... – powiedziałam,
tak samo zasmucona jak Irena.

– Dorota, a może to pokolenie ma inaczej?

– Ale co inaczej? A co z dziećmi, kto je urodzi, wychowa,
wyprzytula? Przeczytałam wypowiedź takiej jednej idiotki,

że cała ta zadyma z karmieniem piersią to jest zniewolenie kobiet. No wiesz! A potem tak na zimno, bez piersi wychowane neurasteniczki piszą *Pianistkę*...

– Co piszą?

– *Pianistkę*, taka powieść Elfriede Jelinek, noblistki. Neurasteniczna, dorosła już kobieta, zdominowana przez matkę, nacina sobie narządy rodne żyletką, żeby głębiej czuć ciernie życia czy coś takiego...

– To się powinno leczyć psychiatrycznie. Za dużo wolnego czasu, za mało realnego życia. – Irena wstaje i zamyka okno. – Nie przewijają, nie karmią, nie biegają do sklepu po trampki na wuef, nie myślą po nocy, czy zda maturę, to się im głupoty we łbach lęgną. A u ciebie wszystko w porządku?

– Ale że co? W ogóle to w porządku. Pójdę już. Przepraszam, że cię tak zatruwam. Pa.

– A kogo masz zatruwać, dziecko? No pa.

Wracam do domu i mam wyrzuty sumienia. Irena właśnie pochowała męża, a ja jej zawracam głowę sprawami moimi i Jagusi. A może dobrze? Przynajmniej Irena nie rozpamiętuje...

Kac niemoralny

Wera, jak się dowiedziałam, zwlokła się około dziesiątej i poleciała na jogę w parku. Z kacem! W październiku! Respekt dla niej i szacunek...

Ja przebudziłam się około południa na swojej dość wygodnej rozkładanej kanapie i pomyślałam o naszej rozmowie.

Czego ja potrzebuję? Potrzebuję... ja... chyba... czegoś... na przykład... no... Nawet myślenie o własnych potrzebach sprawia mi trudność. Świetnie.

Leżałam tak jeszcze, miętosząc w ręku popielatą, pasującą do kanapy kołdrę, a myśli się krystalizowały. Siku? Jeszcze nie. Dobrze, bo nie chce mi się wstawać. Punkt pierwszy odhaczony. Jeść? Zdecydowanie nie. Pić? Może za chwilę. Idę dalej, głębiej zaglądam w siebie. Przynajmniej się staram. Czekam na olśnienie – czego ja chcę? Jednocześnie pamiętam, że nie można przesadzać z oczekiwaniami, bo zbyt duże tylko zniechęcają.

I wtedy...

Tak! Proste!

Chciałabym zrobić coś przyjemnego! Ot tak. Coś dla siebie, coś, co sprawi mi czystą radość. O!

Nawet nie wiecie – i może lepiej, żebyście nie wiedzieli – jak niesamowicie smutno jest stwierdzić, że czegoś takiego nie ma. Przysięgam, że nie wiem, czym mogłabym sprawić sobie przyjemność. Nie mam żadnego konkretnego hobby, nie tańczę, nie śpiewam – w ogóle nie oddaję się żadnym czynnościom artystycznym. Zakupy robiłam dwa dni temu i nawet już nie pamiętam, co kupiłam. Do kina nie ma na co iść. Teatry w weekend nieczynne.

– Jesteś żałosna – powiedziałam do siebie. Ale cicho, jakbym się bała, że ktoś usłyszy. – Smutna, gorzka i żałosna.

Postanowiłam podejść do sprawy metodycznie i zaczęłam się zastanawiać, co lubiłam jako dziecko. To musi zadziałać – czar przeszłości, beztroskie wspomnienia. Wrotki, trzepak i gra w gumę niestety odpadły w przedbiegach. Od fikołków robi mi się niedobrze, nikt już nie grywa w gumę i nie produkują już wrotek. Nie, nie chodzi o rolki. Wrotki – cztery kółka w ułożeniu prostokątnym. Figurowe, sznurowane jak łyżwy. Białe na różowych kauczukowych kółeczkach. Z hamulcem w kształcie korka od butelki na czubkach. Boże, jak ja je kochałam! Jeździłam w kółko po osiedlu, udając, że jestem Super Girl i „pokonywuję przestępców".

Potrafiłam tak jeździć trzy godziny. Co ja wtedy myślałam? Jak „pokonywałam"? Dramaturgia, dekoracje i didaskalia – wszystko było w mojej małej głowie. Przystawałam na przykład przed blokiem na rogu osiedla, dużym, jedenastopiętrowym blokiem typu Rama H, z żółtymi balkonami, i wyobrażałam sobie, że po ścianie schodzi złodziej. A ja go łapię, odbieram mu to, co ukradł, i zwracam właścicielom. Związuję złodzieja, knebluję, oddaję w ręce policji i odlatuję. A peleryna powiewa mi na wietrze, hej!

Uśmiechnęłam się z czułością do tego dziecka, które wypełzło ze mnie pierwszy raz od nie pamiętam już kiedy. Ciekawe, czy dziś też bym tak umiała? Pewnie nie... Teraz moja wyobraźnia zatrudniana jest do wizualizacji kampanii reklamowej albo wybierania koloru do ściany w kuchni. Czy potrafiłabym znowu być Super Girl? Zarysować drobiazgowo scenariusz starcia ze złem? A mówią, że człowiek z wiekiem rozwija swoją wyobraźnię. Że książki, gry, nawet przedmioty, którymi się otacza, stymulują jego kreatywność. Gdzie tam... Nie dorastamy do pięt sobie samym sprzed dwudziestu czy trzydziestu lat.

Ot, paradoks dorastania – wydaje nam się, że dzieci mają potencjał, który należy rozwinąć w umiejętność, katując je zajęciami z malowania na szkle czy nauką gry na skrzypcach. Staramy się nie zauważać, że prawdziwy potencjał często gęsto idzie na zmarnowanie, wrodzona wyobraźnia, odwaga, otwartość, ciekawość odkrywcy zostają stłamszone przez rutynę i żyją już tylko we wspomnieniach. Wczoraj widziałam plakat reklamowy szkoły tańca – dziewczynka w stroju baletnicy, obok dumna mamusia i napis: „Kiedyś będzie ci za to wdzięczna". Zmroziło mnie do samej kości. Oto szkoła rozwijania potencjału. Znajdą w biednym dzieciaku potencjał i rozwiną, choćby je to miało zabić. A dziecko niech podziękuje. Szkole i mamusi z jej cholernymi oczekiwaniami.

„Nie zgadzam się na przeciętność", hasło naszych czasów. Usłyszałam je kiedyś na szkoleniu *Effective management – achieving excellence*. Pokłóciłam się wtedy z wykładowcą, bo zapomniałam, że formułka „mile widziana kreatywna dyskusja" *de facto* oznacza zadawanie pytań, które pomogą wykładowcy podbudować autorytet i popisać się przemyśleniami. Udowadnianie, że istnieją inne prawdy niż prawda szkoleniowca, zaburza ten schemat i do niczego dobrego nie prowadzi.

– Przeciętność zabija! Pierwsza zasada biznesu to „bądź pierwszy lub zgiń". Nie zapominajcie o tym – mówił z emfazą w iście amerykańskim stylu, podkreślając każde słowo odpowiednim gestem lub skinieniem głowy.

– Mamy tu pewien kanibalizm efektu, bo przecież jeśli wszystkie jednostki będą wybitne, to siłą rzeczy wybitność sprzeciętnieje i stanie się normą, czyż nie? – miałam czelność spytać. – Czy nie lepiej dywersyfikować strategie i pozostawić liderowanie wybitnym jednostkom, a przewagę zyskać dzięki precyzyjnie wypracowanym standardom? Mówię o dobrym rzemieślniku w zestawieniu z wynalazcą – brnęłam, nie zważając na kamienną twarz „uważnie mnie słuchającego" wykładowcy. – Na koniec dnia to rzemieślnik ma stałe dochody i kreuje rynek, który przecież nie rozwijałby się prawidłowo, gdyby byli na nim sami wynalazcy. Weźmy przemysł spożywczy...

Niestety, nie było mi dane skończyć, bo wykładowca uniósł rękę w irytującym geście z gatunku „wystarczy już, moja panno" i poczęstował mnie kolejną gładką formułką o szlifowaniu przewagi konkurencyjnej dzięki pionierskim rozwiązaniom. Gadał dziad do obrazu, co nie, wuju Felku?

I tak hodujemy rzesze „wybitnych jednostek", które koniecznie muszą znaleźć w sobie to coś, co je wyróżni. I najlepiej, oczywiście, żeby ktoś to coś zauważył, wylansował i pomógł im wspiąć się na szczyt.

Może dlatego wspomnienia z dzieciństwa są takie przyjemne. Na podwórku wszyscy byliśmy przeciętni, a mama nigdy nie mówiła: „Ćwicz te fikołki, musisz być najlepsza! Wymyk masz niezły, ale nad odmykiem musisz porządnie popracować". „Mam nadzieję, że tym razem udało ci się wygrać w klasy? Nie? No przecież miałaś trenować!", „Kochanie, czas porzucać kamieniem – nadal nie trafiasz dalej niż do płotu, a to zdecydowanie za mało!". Uśmiecham się do siebie kwaśno.

Kwaśno... dobre słowo, zważywszy na kapcia, którego mam w ustach. Wynik mieszanki martini z cytryną, mentolowych slimów i krakersów z majonezem. Fuj. Muszę umyć zęby.

Zadzwonię do ciotki, może mnie natchnie...

Umyłam zęby, wpisałam na Szklarni: „Niedziela – w poszukiwaniu czaru dzieciństwa" i sięgam po telefon.

– Halo?

– Cześć, ciociu. Sprawę taką mam...

– Dzień dobry, Jagusiu. Co się stało, moje dziecko kochane? W czym ci pomóc? – W jej głosie wyczuwam nutkę ekscytacji.

Odwieczny, głupi mechanizm – my, dzieci i wnuki, im taka ciotka starsza, tym bardziej ją chcemy odciążać, a ona tym bardziej chce być obciążana, bo nie chce się czuć jak relikt przeszłości, przeznaczony do bujania się w fotelu i oglądania *Teleexpressu*. Staram się o tym pamiętać, więc od czasu do czasu dzwonię do Ireny z „trudną sprawą". Lubi to, choć za nic w świecie nie dałaby po sobie tego poznać.

– Ty mi przypomnij... Mmm, ciociu... Co ja lubiłam robić, jak byłam mała? U was jak bywałam?

– Siać roślinność lubiłaś. Przetworzoną. – Złośliwa wiedźma! Kocham ją!

– Cieszę się, ciociu, żeś w formie, ale ja pytam poważnie.

– Zwykle, Dziuniu, zajmowałaś się głupotami, jak to dziecko. Męczyłaś Felka, żeby ci czytał mity greckie, albo siadałaś z Dorotką i wycinałyście lalki.

– Eee, z mamą to pewnie sporadycznie, a mnie chodzi o to, co robiłam zazwyczaj...

– Co ty opowiadasz, Dziuniu. Toż ja mam całą szufladę tych lalek. Składałyście kartkę w harmonijkę, rysowałyście człowieczka, wycinałyście i robił się taki rządek trzymających się za ręce ludzików. Pamiętasz?

– Oczywiście, że pamiętam, ale niemożliwe, żeby to było zbyt często. – Coś Irena chyba pomieszała. – A poza tym?

– Pokażę ci te lalki, kochanie, tylko wpadnij na kawę. – Ignoruje moje pytanie, jestem dziwnie pewna, że z rozmy-

słem. – To sobie przypomnisz. Godzinami nad tym siedzia-
łyście z Dorotką. Ty robiłaś szablony i kazałaś jej projektować
potem te stroje – sukienki, korale. Dorocia tak się cieszyła,
że ci może zaimponować, bo ty zawsze byłaś takim małym
prymuskiem, Zosią Samosią.

– Wiesz co, ja to tego w ogóle nie pamiętam... – Zmar-
kotniałam. Nie wiem czemu, ale zezłościła mnie ta opo-
wiastka. Chciałam dziecięcego wspomnienia, nieskażonego
dorosłością, a Irena mi tu o relacji matka–dziecko. No nie!

– To wpadnij dziś na tę kawę – oznajmia Irena – a ja po-
szperam w szufladach. Czekam o piętnastej. – Irena nigdy nie
mówiła „o trzeciej", ale właśnie „o piętnastej" z wyraźnym „ę".
Uwielbiam to u niej. Nie ma być łatwiej, tylko wykwintniej.
Czad! – No już, Dziuniu, do widzenia.

Stawiłam się u Ireny „o piętnastej", tak jak zarządziła. Weszłam i od progu poczułam to, co tak u niej lubię – zapach
spokoju i ciepła. Domowego jedzenia. Zaraz, pomidorówka?
Tak, z normalnych pomidorów, nie z przecieru, nie z pulpy.
Z pomidorów sparzonych we wrzątku, oskórowanych, star-
tych na tarce albo zmiksowanych mikserem. Rewelacja. Kiedy byłam dzieckiem, do pomidorówy obowiązkowe były lane
kluski, ale Irena już chyba nie ma na to siły, bo na miseczce
zobaczyłam „makaron babuni", standardowy produkt skle-
powy. Zdrada.

– Lanych nie robiłam – czyta mi w myślach – bo dla mnie
jednej nie warto, a rano nie wiedziałam, że przyjedziesz.

– Zjem sklepowe. Wiesz, że to nasze?

– Ale co wasze?

– No ten makaron, to naszej firmy. Ciekawą ma strategię promocyjną, wiesz? Nawiązuje do tradycyjnych, rodzinnych wartości, a trafia głównie do młodych...

– Nie wiem, co w tym takiego dziwnego, Dziuniu, przecież babcie gotują właśnie dla młodych.

Mądrala. Niczym jej nie zaimponuję, a marketingiem zwłaszcza. Nie wiem, co mnie podkusiło...

– Te laleczki znalazłam. Proszę. – Kładzie przede mną sporą teczkę z marmurkowej tektury, wiązaną sznurkiem, który przez te lata stał się pęczkiem kłaczków. Felek trzymał w takich teczkach rachunki za prąd i laurki ode mnie.

Lalki! Jezu, faktycznie! Przebłysk, nagle otwarte drzwi do zakamarka pamięci: tu, u ciotki, siadywałyśmy obie z mamą nad tymi wycinankami, pamiętam... Mama robiła to z wielkim zapałem. Ma artystyczny dar, który gdzieś zaprzepaściła w cholerę. O, proszę, są dowody.

Balowa, kosmiczna, podwodna, działkowa, leśna, „zwierzątkowa” – co tydzień robiłyśmy inną kolekcję. Ja i mama. Godzinami. Papier był żółtawy, cienki z brązowym logo jakiegoś Społem czy czegoś. Miałam do tego pudełko drewnianych kredek, które Felek ostrzył mi nożykiem.

Nie! Nie nożykiem! Temperówką. Taką gruszką z żyletką w środku. Kredki rzeźbiły się na niej w graniastosłupy, ale były niezawodne i prawie się nie łamały. Szablony strojów wycinałam zbyt dużymi dla mnie krawieckimi nożyczkami. Ciężkie były, metalowe, jedno oko miały okrągłe, drugie owalne.

– I ty je trzymasz ciągle? – pytam Irenę.

– Oczywiście, kochanie. Prosiłaś, żebym schowała, to schowałam.

Łzy mi się zakręciły w oczach. Pamiętam, jak kiedyś siedziałam u Ireny i rysowałam laurkę dla taty – chyba z godzinę dziubdziałam kolorowe kwiatuszki w środku wielkiego serca, które pomogła mi narysować Irena. Po kilku dniach znalazłam tę laurkę w koszu na śmieci razem z innymi papierzyskami zgarniętymi z tatowego biurka. Ja wiem, że mama nie zrobiła tego specjalnie... Ale zabolało. Pierwsze zderzenie z rzeczywistością – pierwsze poczucie odrzucenia, pierwszy żal i rozgoryczenie. Zostało gdzieś głęboko, niestety. A tu, proszę, Irena zachowała, bo poprosiłam.

Szablony leżą przede mną na stole. Małe uśmiechnięte laleczki w różnych sukienkach. Jawne dowody na to, że kiedyś się z mamą całkiem zgrabnie dogadywałyśmy, a nasza wspólna praca dawała na tyle fajne efekty, że warto je było przez lata trzymać w szufladzie obok muszelkowych podkładek z Chorwacji i szyszkowo-korowych rzeźb montowanych każdej jesieni przez Felka.

– Ciociu, my jesteśmy z mamą takie różne. Czasem jako dzieciak myślałam, że mnie podmienili w szpitalu. Albo że mama wolałaby mnie wymienić na jakąś inną.

– Ależ co ty opowiadasz, Jagoda!

Uuu, „Jagoda". To znaczy, że Irena naprawdę się zdenerwowała. Może słusznie – właśnie poinformowałam ją, że matka się mnie wypierała. Tylko że ja jakoś tego aż tak nie przeżywam. Oswoiłam się już z tą myślą.

– No wiesz... Ona zawsze uzdolniona, wesoła, towarzyska, kolorowa. A ja kujon, cicha, nie wychylałam się, na kółko teatralne nie chciałam, na plastykę nie chciałam, gotować nie lubiłam. Jaka to frajda robić zacierki? Ja tego nie rozumiem po prostu. Ale widziałam po niej rozczarowanie.

– Zbyt surowo ją oceniasz, kochanie. To nie jest takie proste.

Irena bierze krótki wdech i widzę, że chce coś dodać, ale z niewiadomych przyczyn milknie, wstaje i nastawia wodę. Szanuję to – nie chce, to nie musi mi nic mówić. Umiem z ludzi wyciągać informacje, kiedy chcę, jestem dobrym negocjatorem i researcherem, ale zbyt Irenę szanuję, by stosować na niej swoje sztuczki.

– Wiesz, Dorota jest taką... klasyczną matką. Miała jakieś swoje wyobrażenie o tobie, chciała być może wykazać się w macierzyństwie jakąś troską, a ty właściwie zdrowa, nie trzeba było nad tobą skakać, niuniać cię. Zawsze byłaś taki racjonalny, mały człowieczek!

– Może mama powinna mieć czwórkę?

– Czego, dzieci?

– No, dlaczego jestem tylko ja? Nie wiesz?

Irena milknie. Wzrusza ramionami. Nie wie.

– A wiesz, że jak miałaś kiedyś atak gorączki, to twój ojciec szalał, wydzwaniał tu do mnie, rwąc włosy z głowy, ale poradził sobie, a ona mało nie umarła? To była zwykła trzydniówka.

– Jaka trzydniówka?

– Dzieci mają taki napad gorączki, trwa trzy dni, i szlus. Ale ciebie naprawdę nieźle wzięło i Dorota mało nie zwariowała. Kazałam schłodzić cię i Janek to robił, a ona siedziała na dywanie i wyła.

– Jak to wyła? Ona nie wyje, tylko zabiera do szpitala.

– Tobie się tylko tak wydaje. Wyła ze strachu, nie miała pojęcia, co robić. Pogotowie odmówiło, bo była wtedy epidemia grypy i nie nadążali z karetkami. Ale zanim ja do was dojechałam, to już byłaś w wannie!

– Po co?

– Tłumaczę ci, miałaś trzydzieści dziewięć, a u malucha to dramat. Więc kazałam Jankowi napuścić do wanny wody o temperaturze około czterdziestu stopni i włożyć cię do niej, a potem powolutku dolewać zimnej, żebyś się schłodziła. Jak weszłam do was, to on ci śpiewał, ty już miałaś przytomne oczka i bawiłaś się tym swoim smokiem, a Dorota w dygotach cała. Jak poszłaś spać, to rzygała z nerwów.

– Mama?!

– No przecież mówię. Ona każde twoje zawirowanie tak przeżywała.

– Aj tam, moja matka to twardzielka. Jak się rozwaliłam na trzepaku, to bez histerii zawiozła mnie do szpitala na szycie, pamiętasz?

– A mnie przez telefon opowiadała, płacząc, jaka byłaś dzielna...

No ładnie. Czego się jeszcze dowiem o naszej przeszłości?

Pogadałyśmy z Ireną jeszcze chwilę, przechodząc na temat seriali i bieżących wydarzeń, po czym pojechałam do domu. W głowie miałam absolutny bałagan, mieszankę rozczarowania, że nie znalazłam przepisu na odgrzanie dziecięcej radości, i nostalgii za utraconym czasem, kiedy tyle mnie łączyło z mamą.

Szklarnia. Mery78. „Dzieciństwo jest przereklamowane –
rodzice robią nam sieczkę z mózgu i psują nas na lata. Znajdź
czar w dniu dzisiejszym. Tylko to się liczy".

No nie wiem. Może.

——

Pawlacz

Pawlacz to takie miejsce w domu, gdzie trzyma się wszelkie „przydasie", to znaczy rzeczy, które niby mogą być kiedyś potrzebne, ale i tak wiadomo, że nie będą. Kiedyś to była
drewutnia, strych, piwnica. O, strychy i piwnice to potrafiły
przechować prawdziwe cacka, zabytki rodzinne, można tam
było znaleźć skarby. Zostały wyczyszczone, kiedy się pojawiła moda na starocie, pusto tam dzisiaj, tylko pająki buszują
i myszy. W bloku trzymałam jeszcze w piwnicy jakieś dobra
użyteczne. Przetwory, gdy je robiłam, stary stół po ciotce
Magdalenie, narty, rower...

Od kiedy jednak okradli nam tę piwnicę, trzymałam tylko
drobne „przydasie" w pawlaczu nad drzwiami wejściowymi.
Wiedziałam, że mam skłonności do gromadzenia rzeczy, i Janek to wiedział, więc nasz nowy dom nie ma strychu, no nie
ma! Taka konstrukcja. A w półpiwnicy jest teraz zamiast garażu – moje biuro.

Ile ja tego umiałam zgromadzić! I po cholerę?

W naszym niewielkim mieszkaniu w kamienicy, tam, gdzie
urodził się Kubuś, nie miałam nic! Jak wszyscy! Po odejściu

Kubusia szybko wymazałam to mieszkanie z pamięci. Tak się akurat złożyło, że dostaliśmy nowe w wymarzonym bloku. Ładne! Ustawne! Zagraciłam je w mig, gromadząc po tych wszystkich stanach wojennych i biedach różne duperele. Człowiek miał w sobie coś z dzikuski – kiedy już pojawiły się pieniądze i nie trzeba było tak ścibolić, to oczywiście najpierw ubrałam siebie, Janka i Jagusię. Ale też pozwalałam sobie na jakiś wazonik czy obrazek. Po transformacji ustrojowej Janek zaczął mile zarabiać, szarpnęliśmy się po wielu latach na dom, piętrowy, niebrzydki, i on to wszystko wchłonął. Obrazki, patery, stoidełka i co tam jeszcze.

Tu jest znacznie więcej miejsca, więc rozpełzło się to, co kupowałam w odruchu serca. Aż któregoś dnia Jaga, studentka, która przyjechała odwiedzić stęsknionych rodziców, mówi nagle po kapuśniaczku na żeberkach:

– Zwariować tu można!

– Bo co? – pytam buńczucznie.

Myślałam, że będzie miło, a ona już taka kolczasta się wtedy zrobiła. No, studentka... Niby normalne, ale gdy ktoś studiuje poza domem, to chyba wpada do tego domu.

– Mamo, jak ty to wytrzymujesz? Tyle tu tego, już nie ma miejsca, zobacz, wszędzie te durnostojki!

– Ale które? Czepiasz się.

– Kurzołapacze. Stoidła, mamidła, mamo, to jest jakaś paranoja. Po co ci to? I to, i to? – Dotykała porcelanowych kotów, niby secesyjnej popielniczki, laleczki w kimonie, którą dostałam od znajomego Japończyka, rżniętej karafki jeszcze z Czechosłowacji, od ciotki Wandy (sądziłam, że będę w niej trzymać bourbona, bo kiedyś piłam go namiętnie, ale mi

przeszło). Jaga przedefilowała tak przez cały pokój i odwró-
ciła się do mnie:

– Naprawdę to wszystko jest takie ważne, śliczne czy coś
sobie tym rekompensowałaś?

– Nie rozumiem, kupowałam albo ktoś mi dawał i stawia-
łam, bo lubię...

– Pokaż mi, co lubisz tak bardzo, że nie oddasz za cholerę.
No pokaż!

Milczałam. Właściwie nie było takiej rzeczy. Nawet popiel-
niczka mnie rozczarowała. Brzydka, udawała secesję, nabra-
łam się.

I nie wiem, co we mnie wstąpiło. Chciałam zrobić coś
wspólnie z Jagą, jak kiedyś wycinanki, żeby nie była taka
obca. Chciałam znów być w teamie, więc powiedziałam:

– Racja, to tylko siedlisko kurzu. Chodź, przesegregujemy
to, pomożesz mi?

To było chyba nasze ostatnie wspólne działanie. Pakowałyś-
my wszystkie te pierdulety do kartonów po makaronie, po
które poszłyśmy razem do spożywczego. Bez żalu rozstawa-
łam się z gadżetami, ozdóbkami, nawet obrazkami, które niby
lubiłam, ale były tandetne – jakieś żałosne reprodukcje van
Gogha, bukiet kwiecia w dzbanku namalowany przez pana
Kazika, malarza pokojowego, straszne doprawdy kiczowidło.

– Po co ty to trzymasz? – Jaga nie mogła się nadziwić.

– Bo wmówiłam sobie, że to piękny kicz, pan Kazio był taki
natchniony, kiedy mi to dawał. Chciałam mu zrobić przyjemność.

– No i zawsze się podśmiewałaś, kiedy ktoś na to popatrzył.
To nielojalne i głupie.

– Racja, do kosza!

Dom przejaśniał! Jaga była z siebie dumna, kiedy jej podziękowałam. Sama bym się nie zebrała. Ja też byłam z siebie dumna, bo wywaliłam to wszystko bez żadnego żalu! To po jakie licho stało? Tylko dlatego, że ktoś dał? Że przyciągnęło moją uwagę na straganie czy w sklepie? Bo miałam kasę, żeby kupić? „Za grosze" – tłumaczyłam sobie.

– Jak podliczysz, to zobaczysz, że starczyłoby na jakiś autentyk. – Jaga znowu ma rację! Nie pozwoliła mi tych pudeł postawić w garażu. – Znam cię, przejrzysz i powyciągasz z powrotem jakieś szpargały. – Poszłyśmy z tym do samochodu i Jaga wywiozła na jakąś loterię fantową. I nie żal mi niczego! Może porcelanowego kota, bo dzisiaj to modny dizajn... ale czy mój styl?

Taka wspólna akcja już się nam więcej nie zdarzyła. Jeszcze tylko raz było fajnie, kiedy Jaga po przyjeździe zastała mnie w psychicznym proszku.

– Co się stało? Mamo, no co jest?

– Byłam w sklepie z ciuchami, wiesz, w tym obok Media Marktu, z różowym logo. Chciałam sobie kupić kilka czarnych bluzek do spódnic.

– I co?

– Ojciec poszedł oglądać drukarki, to skorzystałam. Niby nie mój sklep, nigdy tam nie kupuję, ale były niebrzydkie bluzeczki. Więc pokazuję jedną i mówię do ekspedientki, taka młoda siksa tam stała, że chciałabym taką, tylko numer czterdzieści dwa. A ona na to nabzdyczona: „Mamy tylko rozmiary młodzieżowe!". Zrobiło mi się głupio i wyszłam...

Jaga wytrzeszczyła na mnie oczy, a po obiedzie powiedziała, że potrzebuje ryzę papieru do drukarki i chce obejrzeć depilatory. „Chodź, mamo". Pojechałam z nią, zadowolona, że w ogóle chce ze mną gdzieś pojechać. Zanim jednak weszła do Media Marktu, wstąpiłyśmy do sklepu z różowym logo i kazała sobie pokazać bluzeczkę.

– Mówiłam tej pani wczoraj, że nie mamy czterdzieści dwa, tylko mniejsze – zaczęła ekspedientka... i została zmielona przez moją córkę na drobne

– Wiem! Młodzieżowe! Raczy mi pani wyjaśnić, co to znaczy „rozmiar młodzieżowy"?! Nie sądzi pani chyba, że S i XS? Bo obecnie oprócz anorektyczek są też spasione hamburgerami i chipsami panny o rozmiarach XXXL. Proszę mi powiedzieć, dlaczego swoim niewybrednym komentarzem poniża pani klientkę? Moja mama chciała kupić te bluzki, a pani potraktowała ją bezczelnie i niegrzecznie, przydałoby się pani szkolenie. Mama już nigdy nie będzie waszą klientką. Ja też nie! I nie ma czegoś takiego jak „rozmiar młodzieżowy", a nawet „wzór młodzieżowy", bo jeśli moja mama zechce się wystroić jak małolata, to ma do tego prawo! – Jagusia rzuciła bluzeczki na wieszak i ciągnąc mnie do wyjścia, poczęstowała pannę hasłem z reklamy: – ...bo ma fantazję i pieniądze!

Na parkingu, kiedy już z niej opadła furia, spytała:

– Naprawdę chciałaś te bluzki?

– Pasowałyby mi do spódnicy, mam na niej takie same róże – tłumaczyłam się.

– Badziewie! Kup zwyczajne, proszę cię, to jest obciach!

– Ale ta róża jest na plecach, z przodu nie widać! – Ratowałam się, ale czułam, że ona ma rację. Znów z nudów oglądałam badziewie i znów kupiłabym coś, do czego nie byłam do końca przekonana. Moja racjonalistka!

Dzisiaj już nie mam pawlacza, piwnicy ani strychu, nie zbieram niczego, co nie jest mi potrzebne. Nawet pocztówki czy ręcznie robione łabądki od dzieci sąsiadów wywalam po miesiącu, gdy mi się opatrzą. Nie gromadzę, jako i Jaga nie gromadzi. Nauczyła mnie.

Dlatego szanuję Irenę za jej akcję wywalania, a raczej recyklingu Felkowych garniturów. Bo, niestety, im człowiek starszy, tym większy ciułacz.

Opowiadała mi niedawno przez telefon:

– Pamiętasz Pelaśkę? Pelagia i Romek, tacy moi znajomi z Powiśla, opowiadałam ci ich historię, no! Ona nawiedzona śpiewaczka, a on filozof.

– A tak! I co z nimi?

– Dowiedzieli się, że Felek zmarł, i zaprosili mnie na obiad. Po latach się im przypomniało, bo tak to tylko przez telefon. Może pomyśleli, że głoduję? No to pojechałam i wiesz co? W życiu czegoś takiego nie widziałam, chyba że w *Ekspresie Reporterów* albo w podobnych...

– Programach interwencyjnych?

– No właśnie! Otwiera mi Pelaśka drzwi i już czuję, że będzie kiepsko, bo rozczochrana jakaś, jakby ją gonili. Zaprasza mnie do środka, ale tego środka nie ma!

– Jak to nie ma?

– No nie ma. Po sufity zastawiony stertami pism i książek! Między tym jakieś tylko wąskie przejście do kuchni, pokoju i łazienki. Labirynt. W kuchni miejsce koło stołu. Siadłam.

Ona, że ma kartoflankę i bitki, no miło, i że zaraz Romek przyjdzie. Myślałam, że z miasta czy co, a on z pokoju raczył się wyłonić po piętnastu minutach! „Przepraszam cię – mówi – ale się zaczytałem, fascynujący artykuł".

– No przecież filozof.

– Daj spokój, oboje zwariowali! On studiował artykuł sprzed dwudziestu lat z pisma „Problemy", a ona gadała coś o wychodzeniu poza własne ciało. Ona to trenuje, to się nazywa, czekaj, eks...

– Eksterioryzacja.

– A ty skąd wiesz?

– No wiem. I co dalej?

– Ta wariatka twierdzi, że ona tak podróżuje, bo jest taniej, a oni mają niskie emerytury. I że to jest cudowne.

– Niskie emerytury?

– Nie, ta podróż duszy! Podobno wynajmowali kiedyś pokój jakiemuś dziwakowi i on ją nauczył, zamiast zapłaty oczywiście. Boże, jak ludzie głupieją na stare lata! Dorota, wyszłam od nich dosłownie jak na wolność. Jak ja zgłupieję, to weź jaki szpadel i mnie dobij albo zastrzel, eutanazję mi zrób zamiast tej eksterioryzacji. Obiecujesz?

– Obiecuję. Otruję cię grzybkami! Powiem, że niechcący. Irena... – spróbowałam zmienić temat. – Czy Jaga często bywa u ciebie ostatnio?

– Raczej dzwoni. Czasem wpada jak po ogień. No właśnie, ja chcę z tobą o niej pogadać, Dorotko. Przyjedziesz do mnie?

– Przyjadę. Ona mnie niepokoi. Rozpaliła się, nie paliła nigdy!

– Nigdy? Popala od lat! No dobrze, wpadnij, kochanie, u mnie jest przestrzeń. Ja w przeciwieństwie do Pelaśki wynoszę rzeczy z domu. No pa.

Gromadzenie niepotrzebnych rzeczy to jakiś psychiczny fiś. Może próba stłumienia lęku, że czegoś zabraknie? Koniecznie się zabezpieczyć, zgromadzić na czarną godzinę...

A jeśli ta czarna godzina już była? Jestem wdzięczna Jagodzie, że mi pomogła uporać się z moim bałaganem. Czuję się od tamtej pory taka wolna.

Wieczorem znów zanudzałam Jaśka moimi filozofiami.

– Jasiek, jak sądzisz, dlaczego Jagusia tak rzadko wpada?

Janek słucha audiobooka. Pogorszył mu się wzrok i zamiast okularów sprawił sobie odtwarzacz MP3. Zdejmuje słuchawki, włączając pauzę.

– Co mówiłaś, kochanie?

– Jasiek, to poważna sprawa. Jagna popala, wiedziałeś o tym? I samotna jest...

– Wiem, nie ma męża i dziecka. Panikujesz, Dorotko, zaszczujesz ją. Byłem z nią w kinie i wydaje mi się, że jest wszystko w porządku. Opowiadała mi o pracy...

– I co ci mówiła?

– Na filmie śmialiśmy się bardzo. Potem poszliśmy na sushi, żeby pogadać. Ona ma takie poczucie humoru! Złośliwa jest, a to znaczy inteligentna! Mówiła o tej swojej firmie, o pracy. Nic specjalnego.

I on to nazywa rozmową!

Myślę

Spotkałam się wczoraj z tatą. Poszliśmy do kina – lubię to od dziecka. Miałam może ze cztery lata, kiedy ojciec zabrał mnie i mamę na *Crittersy*. To były czasy bez internetu i chyba recenzje w gazetach rzadko się pojawiały albo tata nie doczytał. Zobaczył włochate stwory na plakacie i uznał, że to film familijny. Mama się wściekła i wyszła w połowie, tata ciężko westchnął i chciał iść za nią, ale ja wczepiłam się w fotel. Do mojego czteroletniego móżdżku nie docierała groza filmu, ale turlające się włochacze docierały i bawiłam się świetnie. Tata rozdarty między dwiema kobietami wybrał mnie, a mamę, która czekała czterdzieści minut pod kinem, ugłaskał już w domu. Od tego czasu chodzimy na filmy we dwójkę. Pamiętam jak dziś rozkładane fotele w kinach – byłam za mała, żeby dobrze widzieć, więc siadałam na złożonym. Tata cały seans nachylał się nade mną i czytał mi szeptem napisy, bo nie nadążałam. Obejrzeliśmy tak obie części *Pogromców duchów*, *Gremliny*, pierwszą *Szklaną pułapkę*, *Wodne dzieci* i milion innych hitów. Kochany tatko...

Staramy się o tym pamiętać i wychodzić razem do kina chociaż raz na miesiąc, dwa. Wybieramy filmy, których żadne z nas samo by nie obejrzało – ekranizacje komiksów, durnowate *science fiction*, a czasami polskie superprodukcje historyczne, które tata uwielbia, a ja oglądam z sentymentu do Felka i z szacunku dla taty. On tak rzadko robi coś dla siebie...

Wczoraj wybraliśmy się na kolejnego *Obcego*, tym razem w starciu z Predatorem – część szósta czy ósma. Pożarliśmy kilogram popcornu, aż nas zemdliło, ale i tak poszliśmy na kolację do Zorby. To też rytuał – Zorba na Ursynowie, wino, pikilia i tzatziki.

– No i co tam, córcia? – Tacie jestem w stanie to „co tam" wybaczyć. Wiem, jak mu ciężko zacząć ze mną rozmowę, kiedy już omówimy wątpliwe walory obejrzanego filmu. On nie jest mistrzem konwersacji, najlepiej słucha.

– A dobrze, tatku, mieliśmy tę imprezę integracyjną ostatnio w Jachrance, wiesz? Oczywiście wszyscy się spili, a ja udawałam Glorię Gaynor, bo mnie Agnieszka zmusiła do karaoke.

– Pozdrów Agusię ode mnie koniecznie. Czyli w pracy dobrze?

– Dobrze, tatuś. Nie narzekam.

Wymiana bieżących informacji, bez zbędnych emocji i drążenia. Tata jadł i patrzył częściej w talerz niż na mnie. Widziałam, że coś jest nie tak.

– A u ciebie wszystko dobrze? Spłaciłeś w końcu ten podnośnik?

– Taaak, nic się nie martw. – Tata w życiu by mi się nie przyznał, że ma problemy z pieniędzmi. – Z pieniędzmi to ja sobie radzę, córciu.

– No to co się dzieje? Mirek znów pije? – Mirek to pracownik taty. Dobry chłopak, robotny, ale ma feler i jak zapije, to zawala, a tata nie ma serca ani odwagi, żeby z tym zrobić porządek. Zresztą traktuje Mirka niemal po ojcowsku i chyba chce go wyprowadzić na ludzi. Tyle że Mirek ma już trzydzieści siedem lat, trochę późno na wychowywanie. Poza tym doskonale wie, że „Pan Jasio" zawsze mu wybaczy. Baluje bez umiaru, nie martwiąc się o konsekwencje, bo ich w życiu nie zaznał. Szczęściarz.

– Wiesz co, kochanie, a może ty byś porozmawiała z mamą? Łooo, jaka zmiana pasa bez kierunkowskazu! Wbiło mnie w krzesło.

– Ale o czym?

– Bo, wiesz, ona taka podenerwowana jest ostatnio. Chyba powinnaś się do niej odezwać.

– „Powinnam" – prycham. Nie lubię tego słowa. – Przecież dopiero się widziałyśmy na pogrzebie. A co, mówiła coś?

– No że się martwi o ciebie...

– To niech się nie martwi – ucinam. – U mnie wszystko w porządku.

Tata spojrzał na mnie i chyba chciał coś jeszcze powiedzieć, ale widocznie nie znalazł odpowiednich słów. Przywykłam. Jak już mówiłam, tatko lepiej słucha. Niech wraca do domu i wysłucha mamy. Ja nie wnikam w jej nerwówki.

Mama zawsze „się o mnie martwi". I to się za każdym razem zamienia w wykład o tym, jaka to ja jestem, jaka nie jestem, a jaka powinnam być. I kończy się awanturą. Nie mam najmniejszej ochoty. Najpierw sama ze sobą muszę dojść do ładu.

Wróciliśmy do kwestii podnośnika, pośmialiśmy się ze wspomnień o *Crittersach* i rozjechaliśmy do domów.

Po drodze kupiłam – jak nigdy – białą oranżadę, bułki i pastę jajeczną (nie chce mi się samej robić) i przejrzałam półki z gazetami. Nie robią już „Świerszczyka", szkoda, przejrzałabym z sentymentu. W samochodzie myślałam o dzieciństwie. Co mnie ukształtowało, a co nie miało kompletnie znaczenia, co było kamieniem milowym albo przełomem, a co zwykłą błahostką. Czy rzeczy zapamiętane wyraźnie są wyjątkowo ważne, czy po prostu wryły się w moją pamięć z powodu jakiegoś detalu, koloru czy zapachu, który im towarzyszył? Tak jak te *Crittersy*.

Pamiętam na przykład taką scenę – miałam ze trzy lata, bawiłam się na podłodze klockami i patrzyłam na mamę, która robiła sobie makijaż. Siedziała przy stole z małym pękniętym lusterkiem w ręku i tuszowała rzęsy szczoteczką. Kiedyś tylko takie tusze były – w mokrym kamieniu ze szczoteczką. Firmy Celia. Mama robiła przy tym śmieszną minę, jak prawie każda kobieta przy tuszowaniu dolnych rzęs, krótkich i kłopotliwych, przy których zawsze robią się kropki i rozmazy z tuszu. Miała rozchylone usta z kącikami skierowanymi w dół i wybałuszone oczy, jej twarz była nienaturalnie wyciągnięta i napięta. Śmiałam się, choć wyglądała dość strasznie.

Czemu to zapamiętałam? Czy ze względu na dystans, który nas wtedy dzielił? Ona z kosmetykami dla dorosłych, a ja z plastikowymi atrybutami dzieciństwa? Ona na górze, przy stole, nieobecna, wpatrzona w siebie przez niewielki wizjer lusterka, a ja nisko, na podłodze, wpatrzona w nią z mieszanką strachu i podziwu? A może dlatego, że po raz pierwszy zobaczyłam mamę jako śmieszną osóbkę z wykręconą twarzą? Albo dlatego, że mój dziecięcy móżdżek obserwował nową, nieznaną czynność i magazynował skrzętnie tę świeżo nabytą wiedzę w odległych warstwach pamięci? Naprawdę nie wiem.

Myśli krążyły luźno wokół wspomnień, pozwalałam im swobodnie meandrować, aż natkną się na coś ciekawego.

I proszę! Przypomniał mi się mój pierwszy wzorzec mężczyzny! Oj, szkoda, że dopiero teraz, byłaby kupa śmiechu przy teście, który rozwiązywałyśmy z Werą.

Wzorzec nazywał się Jareth Król Goblinów, umiał absolutnie po mistrzowsku obracać w dłoni szklane kulki i chodzić po suficie. Grał go David Bowie w filmie *Labirynt*, rok był 1986, a ja miałam dokładnie pięć lat. Oczywiście na film zabrał mnie tata, mama nie chciała nawet o tym słyszeć. Śmiesznie, jak z wiekiem zmienia się człowiekowi percepcja – jako szkrab uwielbiałam ten film i marzyłam, żeby i mnie Jareth porwał jakiegoś członka rodziny. Siedząc z latarką pod kołdrą, tworzyłam sobie magiczne wizje pielgrzymki po labiryncie do mrocznego zamczyska. Dziś zaś poważnie się zastanawiam, jak bym zareagowała jako rodzic na „film dla dzieci", w którym czterdziestoletni już wówczas Bowie szepcze do trzynastoletniej Connelly: „Bój się mnie, kochaj mnie, rób co, ci każę, a będę twoim niewolnikiem". Pomijając jawną paradoksalność tego zdania (rób, co ci każę, a będę twoim niewolnikiem?), uważam je za jedną z najbardziej romantycznych i przy okazji erotycznych kwestii w znanej mi kinematografii. David był władczy, mroczny, tajemniczy i przerażający (głównie przerażała jego fryzura i makijaż – lata osiemdziesiąte, wiadomo), ale był zdecydowanie przykładem mężczyzny romantycznego. Wszak cierpiał z powodu niespełnionej miłości do tej nieszczęsnej małoletniej, szklistookiej Connelly. Cierpiał jak prawdziwy Werter, smętnie patrzył w dal i ponuro łypał spod grzywy, ale nie omieszkał też po męsku ruszyć świat z posad, żeby dziewczynę do siebie doprowadzić – jak jakiś Zeus czy inny archetyp męskiego dominatora. Czysta poezja! No i teraz ciekawe – jaki wpływ na moje postrzeganie mężczyzn miał Jareth Król Goblinów? Chyba zadzwonię do Wery...

Weronka jak zwykle odebrała po ósmym dzwonku, zdążyłam już do tego przywyknąć. Jej torba mieściła co najmniej trzy kilogramy różnej maści szmelcu, oczywiście „bardzo jej potrzebnego". W takim gąszczu odnalezienie nawet dzwoniącej, wibrującej i migającej komórki zajmowało Werce sporo czasu, więc czekałam cierpliwie.

– Olaaa – wita się z hiszpańska Wera.

– A, to przepraszam, pomyłka. – Tak wiem, nieśmieszne, ale już taka nasza procedura powitalna.

– Imion ci ja mam wiele – odparowuje moja wariatka.

– Dobra, my tu gadu-gadu, a ja pytanie mam do ciebie, babo.

– No?

– *Labirynt* pani pamięta?

– Ten, gdzie Bowie grał nastroszonego Limahla? No pamiętam.

– Czy ty się w nim kochałaś za dzieciaka? Bo ja strasznie.

– Eeee, nie bardzo. Słabe to było. Ja kochałam Bridgesa z *Trona* i chciałam mieć kombinezon z mikroprocesorem.

– Przecież to nie było dla dzieci.

– Oj tam, nie dla dzieci. Jak się ma starszego brata, to nawet *Top Gun* jest dla dzieci.

– I ja się dziwię, czemu ty masz taki przeryty mózg...

– Nie, no jasne, Bowie w stylizacji na *drag queen* jest lepszy. Jak szukasz odpowiednika, to polecam Tokio Hotel – widać jawne inspiracje, tylko chyba zbyt młodzi są dla ciebie.

– Ależ ty larwa jesteś. Ja poważnie pytam, a ty się natrząsasz.

– Kochasz mnie za to. Muszę lecieć, kochana, bo do metra wsiadam. Baaajooo!

I po rozmowie. Jak to Werona. Kończy, kiedy ma ochotę, i to bez żadnych wyrzutów, że ktoś może mieć jeszcze coś do dodania. Zazdroszczę luzu. Larwa. Moja kochana larwa. Ale że Bridges w lycrze z procesorem? Rany...

Znów się uśmiecham do tych idiotycznych wspomnień. W kim myśmy się kochały! I jakie to było przyjemne i proste. Wszystko działo się w wyobraźni. Nie wiedziałyśmy, że facet to też człowiek, który ma swoje wady, przyzwyczajenia, oczekiwania, słabości. Nie obchodziło nas to. Miał być piękny i kochać nas bezgranicznie. A dziś? Dziś już nie musi być piękny. Wystarczy zadbany. Stylowy może – byłoby miło. I nie musi kochać bezgranicznie – niech kocha normalnie. I szanuje. I toleruje nasze słabości, bo nikt nie jest przecież doskonały. I rozumie. I żeby miał charakter, męski. I żeby nam czymś imponował. No i żeby był ambitny. To w sumie niewiele. Niewiele, prawda?

Uparłam się, że wyparłam

Sporo czasu spędzam teraz z Jusią. Wysyłamy zamówienia, aż furczy, bo rzeczy ściągnięte ostatnio z Indii są naprawdę ładne, wyroby kilku artystek – spore kolekcje z lnu i skóry – też znalazły amatorki. Ja pakuję, zawożę na pocztę, Jusia obrabia papiery – jest w tym doskonała. Czyli niby jest tak, że to ja odwalam czarną robotę, ale kiedy tak pakuję i naklejam nalepki, Jusia siedzi obok i podaje mi te nalepki już wypełnione. Idzie nam sprawnie ten walczyk na cztery ręce.

– Jusia, a jak tam twoje sprawy sercowe?

Rumieni się, uśmiecha i mówi otwarcie:

– A, na dobrej drodze! Łukasz teraz robi kurs autobusowy, a na inne maszyny cięższe już ma. U nas budują węzeł, zrobią dużą stację autobusową i Łukasz będzie kierowcą. To pewniejsze niż urzędniczenie, no tak?

– No tak. A mógłby też urzędniczyć?

– Mógłby, bo ma po technikum maturę, też ekonomiczne zrobił, jak ja, ale jego żadna praca nie kłuje, a jeździć lubi. Najpierw skończył zawodówkę mechaniczną, ale zdolny i mądry, to do technikum poszedł.

– Wyjdziesz za niego?

– Jasne! Tylko nie bardzo mamy gdzie mieszkać. Może się pobudujemy.

– O! Ale masz plan! A kasa?

– Ojce pomogą. Weźmiemy jakiś kredyt, rodzice sobie poradzili, to i my poradzimy, no tak?

Lubi kończyć zdanie tym swoim „no tak". Ma wszystko zaplanowane, wie dokładnie kiedy i co. Młodziutka jest, studiować nie chce. Każdy pieniądz odkłada. Przyglądam się jej pilnie... chyba sobie wychowuję konkurencję.

– Jusia, zostaniesz dzisiaj sama? Spotkanie mam, koleżanka po latach się do mnie odezwała.

– Z Naszej Klasy?

– Tak jakby – nie chcę się tłumaczyć. Dawno się z Gośką nie widziałyśmy. Teraz poczułam, że muszę pogadać z fachowcem, a ona nim jest. Terapeutka. Po odejściu Kubusia próbowała mnie ratować. Starała się, rozmawiała, analizowała, wiele jej zawdzięczam.

Wymyśliłam sobie, że takie małe dzieci nie umierają, one przestają istnieć. To różnica. Nie poszłam na pogrzeb, nie chodzę na cmentarz, bo mój Kubuś nie umarł – on nie gnije w trumnie! Pamiętam jego wiotkie ciałko, ale potem, kiedy go zabrano, przestał istnieć, i już. I tak jest do dzisiaj. Tak jest dobrze. Z nikim o tym nie rozmawiałam, tylko z Gośką tuż po jego odejściu, nawet z Jankiem prawie nie.

– Dorota, nie byłaś na pogrzebie?

– Nie. Po co pogrzeb? Po co ta szopka? Oni nie mają pojęcia, co się stało, poszli tam dla taniej sensacji! Kubuś przestał istnieć, odfrunął, nie mogłabym patrzeć, jak coś, co niby zawiera jego ciałko, zakopują w ziemi! Żeby gniło?!

– Dorotko. To jest właśnie śmierć. To jest niebyt. Kiedy nie uczestniczysz w pochówku Kubusia, to jakbyś mu nie dała odejść.

– Dałam! On się bawi gdzieś na łączkach... tylko mnie przy nim nie ma. – Beczę, zapłakuję się, bo każde takie stwierdzenie rozwalało mnie na strzępy.

– Powinnaś się pogodzić z jego śmiercią, zaakceptować ją, wtedy i twoje serce się uspokoi. – Mówiła to łagodnie, a ja nawrzeszczałam na nią:

– Gówno wiesz!

Od tamtej pory prawie nie rozmawiałyśmy.

Z Jaśkiem o Kubusiu też niewiele mówiłam. Opłakiwaliśmy go w domu, ale bez słów. Wieczorami leżałam na ramieniu męża i popłakiwałam, czasem milczałam. Aż do wyciszenia. A któregoś dnia Janek wszedł i powiedział, że dostaliśmy nowe mieszkanie, w blokach na Gocławiu. Uznałam to za omen. Wyjechałam na te wakacje w Bieszczady, a on nas przeprowadził. A z Bieszczad wróciłam z myślą o nowym życiu, nowym dziecku – córeczce.

Nie chciałam nękać Ireny, bo czułam, że sprawa jest poważniejsza. Więc przeprosiłam się z Gośką.

– No, coś ty, Dorota, nie gniewam się! Z maili wiem, co u ciebie. Co się stało, że potrzebujesz porady cioci Gosi? – zażartowała.

– Gośka, coś mi się źle dzieje.

Opowiedziałam jej długą historię Jaguśki. Oczywiście z mojego punktu widzenia. Ona słuchała i milczała. Umie słuchać, prowokuje do mówienia! W końcu zadała pierwsze pytanie:

– Czy ty ją lubisz?

Żachnęłam się.

– Dorota, poczekaj. Czy lubisz? Bo że kochasz, to pewne. Lubisz? – powtórzyła.

Czy lubię? No jak to? Co prawda wkurza mnie czasem, bo jej nie rozumiem, bo popala, bo działa szybko, a ja muszę pomyśleć, zastanowić się. I zawsze wszystko wie! Skąd? I taka jest Zosia Samosia.

– A... – Gośka popatrzyła na mnie badawczo. – Ona wie o Kubusiu?

– Nie! – powiedziałam zdecydowanie. – Nie. I tak jest dobrze!

– Dlaczego?

– Gosiu, tak wyszło. Nie umiałam latami o tym mówić, a potem nie dałam rady. No jak? Miałam któregoś dnia nagle wypalić mojemu dziecku, że miało braciszka, tylko zmarł? Gośka milczała. Czekała chyba na mój dalszy ciąg.

– A Jasiek? – spytała w końcu.

– Jasiek też jej nie mówi. Taki mamy układ.

– Czyli związałaś całą rodzinę przysięgą milczenia? A nie pomyślałaś, że może to niedobre? Że to powinno wreszcie wyjść? Może powinniście o tym...

– Nie. – Byłam zdecydowana. Nie! Tak sobie to ułożyliśmy.

– Nie chodzisz na cmentarz?

– Nie.

– A Janek?

– Nie wiem, chyba chodzi. To jego sprawa.

– Jego sprawa?! Dorota, jego?!

Westchnęła. Patrzy na mnie spokojnie, łagodnie. Chyba nie nakrzyczy?

– Dorciu, między wami cały czas jest, wybacz, że to powiem, kadłubek, zwłoki waszego dziecka. Ty się nimi naznaczyłaś i odgrodziłaś. I wszyscy cierpią. A głównie twoja córka, bo ona chciałaby być kochana tak po całości, jako ona, a ty ją postrzegałaś zawsze przez pryzmat Kubusia i tej dziewczynki z Bieszczad. Przez jakieś twoje projekcje. To jest tak jak z ambitnymi rodzicami, którzy wiecznie chcą dla dziecka jak najlepiej i przez to je niszczą. Zapominają, że mają takie dziecko, jakie im się urodziło, a nie takie, jakiego pragnęli. Jesteś nieszczęśliwa, bo nie rozumiesz Jagi, ona jest chyba nieszczęśliwa, bo nie rozumie ciebie, Jasiek chyba też nie jest do końca szczęśliwy, bo nie kuma, dlaczego te tajemnice. Rozmawiajcie!

O, tak. Jaka łatwa diagnoza!

Wracałam z tego spotkania rozczarowana. Co to było?! Tak ma wyglądać terapia? Rozwalenie czegoś, co zbudowałam i co działało tyle lat? I co dalej? Wszyscy legniemy pod tymi gruzami! Terapia. Też coś!

– Gdzie byłaś tak długo? – Janek burczy z kanapy.

– Na spotkaniu z koleżanką. Jadłeś coś?

O mamo, jaka wymiana zdań! Tragedia. Stereotyp, sztampa sztamp! Nie! Nie pozwalam! Ja tak nie chcę. Jesteśmy właściwie jedyną parą, która trwa od lat w związku nienaruszalnym. Nie zniszczy nas rutyna, jak zniszczyła na przykład małżeństwo Ewy.

– Myślałam, że oszaleję, Dorota, te codzienne rutynowe słowa, zachowania, po prostu obrzydlistwo! „Cześć, jadłeś coś?" „Jadłem". „A byłaś z psem?" „Byłam". Cisza do wieczora. „To co oglądamy, bo ja bym chciał mecz". „A ja film na TVN-ie". On ogląda w salonie mecz, a ja w sypialni film. Dorota, to koniec.

– A seks? – pytam, bo u nas z Jaśkiem jest w porządku.

– Od lat osobno, mówi to pani coś?

– I co, sądzisz, że on już odwiesił sprzęt na haczyk? Przecież ma dopiero pięćdziesiąt sześć lat.

– Pewnie coś bzyka, ale ja mam to gdzieś, ważne, że nie mnie. Miałam już dość tego jego sapania.

Rozwód, podział majątku. I żyją teraz każde osobno, z kim – nie wiem. Z nim nie mam kontaktu, a Ewa, zdaje się, poromansowała i teraz pości. Wnuka chowa.

Inni podobnie. Mniej lub bardziej dramatycznie, ale osobno. Niektórzy wciąż razem, ale też jakby osobno. Mnie się wydaje, że tylko ja i Jasiek jesteśmy w bliskim kontakcie. Patrzę na niego, stojąc w drzwiach. Łysieje na czubku głowy. Posiwiał na skroniach, dość szczupły, nie tyje, za młodu był chudziakiem. Był kiedyś taki aktor Stanisław Jasiukiewicz, porucznik West z Pancernych. Kiedyś wydawał mi się stary, a dzisiaj Jasiek go przypomina i wcale mi się stary nie wydaje. Patrzy na mnie ciepłym okiem i wyciąga dłoń. Mój Jasiek! Siadam obok niego i od razu wielkie kłopoty zamieniają się w małe kaczki i kwaczą śmiesznie. Z nim świat jest jakiś lepszy. Boże, jaka ja jestem zmęczona...

—

Szkoła teatralna

Rano w biurze senna atmosfera. Wszyscy ziewają, marudzą, w kuchni przy ekspresie do kawy ustawia się kolejka. Każdy woli postać trochę w tej kolejce, niż wrócić do biurka i zmierzyć się z pracą. Za oknem szaro, jakby poranna mżawka spłukała wszystkie kolory, co nie ułatwia pobudzenia organizmu do wysiłku – czy to fizycznego, czy psychicznego. Siedzę przy biurku z kawą bez wyrazu i patrzę smętnie w ekran komputera. Od pewnego czasu jestem spięta i... gorzka chyba. Jak ta kawa. Niewiele mnie cieszy, za to wszystko drażni, i jakoś nie potrafię znaleźć przyczyny. Czy to od śmierci Felka? Chyba nie zdawałam sobie sprawy, jaki był dla mnie ważny. Myślałam, że spłynęło po mnie jak po bezdusznej kaczce, przecież nawet nie zapłakałam na pogrzebie, nie trzęsły mi się ręce ani broda, kiedy wkładali go na nosze i wynosili z mieszkania jak niepotrzebny mebel. A jednak od tamtego dnia jestem nieswoja, jakby coś ciężkiego usiadło mi na ramionach, jakby jakaś oślizgła mgła wdarła mi się do głowy, jakby stado karaluchów rozpełzło mi się po żołądku. Straszne uczucie. Nigdy nie myślałam tyle o dzieciństwie, nie tęskniłam za czymś nieuchwytnym... Co jest, do cholery??

Nie mogę się skupić na pracy. Nie jestem w stanie po prostu. Jest dopiero za piętnaście dziewiąta...

– Jagoda, gotowa? – Karol stoi w progu, wyprostowany, elegancki, w popielatym garniturze, rozpiętej pod szyją koszuli Feruzzi, z jedną ręką w kieszeni, drugą na klamce. Stoi jak model z katalogu i patrzy na mnie, jakby to było oczywiste, na co mam być gotowa. Co on się tak wystroił? Nie widziałam go w marynarce od miesięcy. I czemu tak patrzy?

Nasz Yossarian ze strategii nauczył mnie kiedyś, że gdy nie wiesz do końca, o co chodzi, a nie chcesz się ośmieszyć, to zadawaj dużo pytań. Ludzie, którzy pytają, postrzegani są jako inteligentni i żądni wiedzy.

– Czy powinnam mieć przygotowane coś poza otwartym umysłem i notatnikiem? – pytam błyskotliwie, acz nonszalancko, bo przecież „doskonale wiem, o co chodzi".

– Brief, Jago. Przecież oni tu przyszli na debriefing.

Szlag! Szlag! Agencja eventowa. Debrief. No przecież. Jak ja mogłam zapomnieć? Nowa agencja wybrana na drodze przetargu po aferze, jaką zafundowała nam nasza zaprzyjaźniona i zakontraktowana na lata firma pana Roberta. Te hostessy były naprawdę straszne, nadal nie rozumiem, jak można było tak tę akcję spaprać... No i wybraliśmy nową agencję i widzę, że Karol chce zacząć negocjacje z wysokiego pułapu – marynarka, punktualność, no, no... Będzie poważnie.

– No wiem przecież. – Uśmiecham się profesjonalnie, to znaczy ciepło, cierpliwie i ze zrozumieniem. – Już idę.

Brief gdzieś tu musi być... Drukowałam go i notowałam na nim przecież w piątek przed wyjściem. Cholera, gdzie on jest! Grzebię nerwowo, ale na razie w pamięci, nie na biurku. Karol nie może zobaczyć, że nawalam. Przecież ja nie gubię rzeczy.

– Wezmę tylko laptopa. – Ha! Deska ratunkowa. Brief mam w mailu, a swoje uwagi jakoś odtworzę z pamięci. Spokój. Uspokój się. Ogarniaj.

– Idziemy? – pytam, łapiąc komputer i kubek z kawą.

– Tak jest. Tylko, Jagoda, pamiętaj, ten ich kosztorys musi zejść o co najmniej dwadzieścia procent, więc nie popuszczaj. Koszt obsługi miesięcznej dali absurdalnie wysoki i nic mnie nie interesuje, czy to będzie obsługiwał Exec, Manager, czy sam prezes.

Wchodzimy do sali. Z agencji trzy osoby. Jedna „żyleta", piękne ciemne włosy jak z reklamy szamponu, spięte w obłędny koński ogon, spódnica do kolan, kozaki na płaskim obcasie, świetnie skrojona błękitna koszula, delikatny makijaż. Profesjonalistka, na pewno zna fachowe słownictwo, a w czasie rozmowy patrzy prosto w oczy. Nie z takimi sobie radziłam, skarbie – myślę. Druga chłopczyca, stereotypowa eventówka – dżinsy (szkoda że nie bojówki na oficjalne spotkanie, cholerny *casual style*!), męskie buty, bawełniana bluzka z rękawami trzy czwarte i płytkim dekoltem tuż pod szyją, włosy na pieczarkę, zero makijażu.

I prezes.

Mariusz jakiśtam. Wysoki chłop, widać, że z doświadczeniem i w branży, i w relacjach biznesowych w ogóle. Zachowuje się bardzo swobodnie, ubrał się z klasą, ale bez szaleństw, półsportowa koszula w prążki i spodnie z kantem, markowe mokasyny. No dobrze. To już widzę, z kim mamy do czynienia.

Wszyscy usiedli wokół stołu. Eventowcy wybrali krzesła stojące prostopadle do wejścia – wszak siadanie naprzeciwko drzwi jak gospodarze byłoby pychą, a plecami do drzwi stawiałoby ich na pozycji zdominowanej. My siadamy naprzeciwko, lekko odsunięci od siebie – wszak „nie potrzebujemy swojego wsparcia". Jesteśmy odchyleni do tyłu – żeby nie dawać z siebie za dużo, ale ochoczo przyjmować to, co dostawca ma do zaoferowania.

Rany boskie, myślę korporacyjnymi schematami! Aga ma rację, stałam się maszyną do pracowania. Mam wkodowane procedury i szablony zachowań. To już nie instynkt – to zaprogramowane mechanizmy. Oceniam sytuację na podstawie ustawienia mebli i kodu ubioru. Po raz pierwszy to u siebie zauważyłam. I nie jestem zachwycona.

– Zebraliśmy się tu dziś... – zaczyna Karol.

...aby się rozejść – dodaję w duchu i uśmiecham się. Tak mawiał Felek, czym zawsze doprowadzał mnie do spazmów dziecięcego rechotu.

– ...żeby omówić państwa kosztorys i zakres prac.

Spotkanie trwa, Karol przejął negocjacje, choć zazwyczaj ja jestem jego psem gończym. Widocznie chce sam rozpracować temat. Albo tę brunetkę w koszuli. Ja z kolei nie mogę oderwać wzroku od pana Mariusza i jego spokojnej, dojrzałej twarzy. Przypomina mi kogoś... Bardzo przypomina. Kogoś, kto miał na imię Dariusz. Zbieżność imion drażni mnie jeszcze bardziej niż fizyczne podobieństwo, jakby byli jakimiś cholernymi bliźniakami albo niezbyt precyzyjnie wykonanymi klonami. Darek był w podobnym wieku, też nosił mokasyny – nie cierpiałam ich szczerze – wyprasowane koszule i lekki, stonowany uśmiech, który doprowadzał mnie do euforii. I też był naszym kontrahentem.

Darek uwiódł mnie tą klasą, której zawsze bezskutecznie szukałam w mężczyźnie, tą staromodną kindersztubą, całowaniem w rękę, otwieraniem drzwi, wstawaniem od stołu, kiedy ja wychodziłam to toalety, lekkim podtrzymywaniem mojego łokcia, gdy szłam po schodach. Miał to wszystko w sobie, robił to tak naturalnie i lekko, jak naturalnie i lekko parzył poranną kawę z cynamonem w metalowym czajniczku. Albo jak wiązał krawat, nie patrząc nawet w lustro. Jak zbiegał rano po schodach, spiesząc się na któreś ze swoich ważnych spotkań. Zawsze wstawał wcześniej niż ja, choć ja przecież wstaję punkt siódma.

Nie, nie byłam druga. Nie byłam nawet szósta czy siódma. Darek miał w swoim życiu wiele miłości, którym poświęcał czas i energię, ale ja nie byłam żadną z nich. Miał córkę, śliczną i absorbującą sześciolatkę. Miał swoją firmę, która wymagała przecież nadzoru i ciężkiej pracy. Miał swoje rajdy – w terenowych autach przemierzali z kolegami coraz to dziksze i bardziej bagniste tereny. Chyba nawet przy tym polowali. Miał swój wychuchany samochód z alufelgami i skórzaną tapicerką. Miał swoją giełdę. Swój aparat z drogimi obiektywami. No i swoją Julię, która, o dziwo, nigdy nie zadawała niewygodnych pytań i rzekomo mieszkała bardziej u niego niż z nim. A ja byłam jakimś błędem w procedurze i zaburzeniem harmonii. Pojawiłam się, zabrałam cenny czas, który można było przeznaczyć na córkę, pracę albo hobby, i śmiałam mieć marzenia, w zamian dając swoje ciało i ślepe uwielbienie. Ależ to było idiotyczne. Jałowe. Stereotypowa idiotka. Nigdy mi nic nie obiecał, nigdy nie wpuścił do swojego życia – nie zapraszał w ulubione miejsca, nie mówił o ulubionych potrawach, filmach czy zapachach, nie próbował znaleźć dla mnie czasu w święta, nigdy nie dał więcej, niż musiał. Doskonale znałam swoje miejsce w szeregu i doskonale wiedziałam, kim jestem. Straciłam na niego rok. Rok życia. Ale nie potrafiłam mu tego wygarnąć, nie mogłam, bo przecież on był fair. To nie jego wina, tylko moich babskich urojeń. „Jagoda, przecież wiesz, jak wygląda moje życie. Myślałem, że się rozumiemy". Rozumiałam. Racjonalnie rozumiałam. Ale w środku aż drżałam z emocji, z oczekiwania na ten moment, kiedy on zrozumie, że oto ma w rękach istny skarb i że warto może... Nie! Koniec! Kurde!

Pan Mariusz tracił w moich oczach z każdą sekundą. Wiedziałam już, że go nie polubię, niech nawet nie próbuje mnie czarować. Prędzej polubię tę biurwę w koszuli – solidnego partnera do merytorycznej rozmowy, który nie próbuje mnie omamić negocjacyjnym bełkotem. A ten cholerny Mariusz to robi.

– Pani Jagodo, nie wchodźmy tu w szczegóły, zapewniam, że będzie pani zadowolona. – I uśmiecha się z bezczelną, protekcjonalną pewnością siebie, wypracowaną przez lata bajerowania innych pań. O nie, mój drogi.

– Obawiam się, że bez wejścia w szczegóły się nie obejdzie, bo zadowolona będę dopiero po zapoznaniu się z dokładnym harmonogramem i specyfikacją prac przygotowawczych – odparłam najbardziej lodowatym tonem z mojego repertuaru.

Karol uśmiecha się. Lubi, gdy jestem nieprzejednana, bo wtedy koszty lecą w dół. Nie wie tylko, że moje nieprzejednanie nie jest podyktowane kwestiami biznesowymi. Jedyne, czego w tej chwili chcę, to zetrzeć temu bezczelnemu kolesiowi uśmiech z twarzy. Chcę, żeby wiedział, kto jest tu górą. Żeby prosił o moją zgodę. Żeby łasił się o moją przychylność. Dupek.

– Pani Jagodo, wydaje mi się po prostu, że nie ma potrzeby zaprzątać pani głowy zbędnymi detalami. Nasze doświadczenie...

– Proszę pana, przypominam, że to jest przetarg. Przykro mi, ale bez pełnej dokumentacji nie podejmiemy decyzji, chyba że zrezygnują państwo z zaliczki i wydłużą termin płatności do dziewięćdziesięciu dni – ucinam dyskusję.

Powieka mu nie drgnęła, ale uśmiech zelżał.

– Oczywiście, myślę, że...

Nie wiem, czy odpuścił, bo mu się już nie chciało, czy dlatego, że i tak mieli przewidzianą rezerwę, czy autentycznie się speszył. Miałam szczerą nadzieję, że to ostatnie.

Dalej rozmowa toczyła się już po mojej myśli, czyli ja żądałam, a oni notowali. Karol rozsiadł się wygodnie i słuchał, widząc, że weszłam w rolę i robię dokładnie to, czego ode mnie oczekiwał. Pan Mariusz przycichł, jednak do końca spotkania irytująco i pysznie patrzył mi prosto w oczy.

Dostaną to zlecenie. Wydamy na nich nasz bieżący budżet. I nie będą mieli ze mną lekko. Będą na mnie kląć i życzyć mi jak najgorzej. I dobrze. Taka praca. Nie można się przejmować opinią innych. Ja się nie przejmuję.

– Zniszczyłaś gościa – mówi Karol, odprowadzając mnie do pokoju. – A już myślał, że cię zbajeruje, biedaczysko!

Zaciekawiona Aga podniosła wzrok znad komputera.

– Szkoda, że tego nie widziałaś, Aga. Gość się zakochał w Jago jak szczeniak w nauczycielce, a ona mu dała linijką po łapach. Piękna scena...

– Karol, proszę cię.

– Dobrze rozegrane, Jaga. Gratulacje. Tylko niech teraz przyślą poprawiony kosztorys, bo jak nie, to znów cię na nich naślę – rzucił wesoło. I poszedł.

Dałam mu linijką po łapach?

No dałam. Za bezczelność. Za uśmiech. Za Darka. Za cholernego Darka i za wszystkich pewnych siebie facetów tego świata. Boże, jakie to nieprofesjonalne, gówniarskie i głupie.

Krystalizuje mi się w głowie kolczasta myśl, że mam w sobie parę niezamkniętych spraw. Kilka rozjątrzonych ran, o których uparcie próbuję zapomnieć, zamiast dać im się wykrwawić i zagoić. Punkt pierwszy – mama i jej wiecznie niespełnione oczekiwania. Punkt drugi – Dariusz. Radek. Faceci w ogóle. Czas na porządki.

Zadzwonił telefon.

– Wpadniesz do mnie? Muszę zrobić porządki.

Mama.

Eksplozja

Nie mam pojęcia, dlaczego to się stało. Nie chciałam! Na fali odgracania mieszkania i tego fajnego nastroju, jaki nam wtedy towarzyszył, poprosiłam Jagę, żeby wpadła i pomogła mi z ciuchami. Nigdy za dużo takich wspólnych akcji, bo się naprawdę od siebie oddaliłyśmy, a Irena tak jakoś dziwnie mnie sonduje w kwestii mojego stosunku do własnego dziecka. Coś nie tak?! Nie lubię takich pytań, czy ja się zawiodłam na Jagusi, czy ona mnie zawiodła, czy ja się czuję zawiedziona... Skąd u Ireny takie myśli? Może Jaga się skarżyła? Chyba nie, przecież Irena dopiero co pochowała Felka, Jaga nie zawracałaby jej teraz głowy naszymi sprawami.

No ale wierci mnie to, wwierca się w głowę, a Jasiek uważa, że powinnam pogadać z Jagusią. Może ona po prostu ma jakieś kłopoty?

Może ma, ale wiem, że prędzej powie Jaśkowi niż mnie. Od dawna nie lubi mi się zwierzać. Ma wpaść w piątek po pracy, bo kończą wcześniej z powodu konserwacji klimatyzacji czy czegoś podobnego. Zrobiłam jej ukochaną ogórkową na cielęcym wywarze i racuszki z jabłkiem.

Przyjechała spóźniona, klnąc na zakorkowane miasto.

– Cześć, mamo, jest tata?

– Nie, jest we Wrocławiu.

– A po co tam pojechał? Beze mnie?

– Pojechał z Leszkiem, nie wiem po co. To znaczy, mówił, ale mi wypadło z głowy. A poza tym po co ci tata, skoro masz mi pomóc w szmatkach? Zjesz coś? Mam ogórkową!

Zero reakcji. Przykro mi się robi. Na racuszki też nie ma ochoty!

– Nie jestem głodna, może potem.

– Jak to? Jest już późno, jadłaś obiad? Czy wy tam macie jakiś bufet?

– Mamo, proszę cię. Jak masz na myśli stołówkę zakładową, to nie mamy, dzwonimy po coś, i już.

– Co dzisiaj jadłaś? Kochanie, to niezdrowo tak nic nie jeść albo jeść byle jak!

– A kto ci powiedział, że byle jak? Zamawiamy różne tam... Polską kuchnię albo meksykańską, albo sushi. Dzisiaj akurat nic, bo rano było spotkanie, na którym się wkurzyłam, i mi ścisnęło żołądek. No dobrze, o co chodzi z tymi ciuchami?

– Jaguś, strasznie mi się wylewa z szaf. Ty masz taki dryg do porządkowania, a ja, sama wiesz...

– Wiem, gromadzisz rzeczy na jakieś inne czasy, tylko jakie, mamo? No chodź! Czekaj, zdejmę buty.

– I wyłącz komórkę, błagam cię! – Proszę ją o to, bo zazwyczaj ta komórka dzwoni w najważniejszych momentach, jakby podsłuchiwała. Jakby była zazdrosnym kochankiem! Drrr i już moja córka wisi na telefonie, a ja jestem nieważna!

W pokoju z szafą mam kolekcję aniołów. Aniołki – dzieci. Wiem, że to przesłodzony kicz, ale po śmierci Kubusia raz do roku kupowałam aniołka. Nigdy nie pozwalałam Jadze się nimi bawić. Ona ich nie lubi i teraz mi proponuje:

– Mamo, a może już dojrzałaś do likwidacji Aniołkowa? No prrroszę cię. Dorosła jesteś, po co ci to koczowisko? Zbiórka kurzu. Odpust taki. To koszmarki!

– Anioły zostaw, proszę. Naprawdę potrzebuję cię do ciuchów!

Jagna wzdycha ciężko, wznosi oczy do sufitu i podchodzi do szafy.

Otwieram ją. Zaczynamy od bluzek.

– Mamo, ale ja nie będę ci słodzić, dobrze? Te rzeczy są już od dawna niemodne i w niektórych nie wyglądasz dobrze. Mam nadzieję, że jesteś nastawiona na straty i nie będzie bitwy o jakieś starocie, bo wiesz...

– Wiem, chcę złapać jakiś nowy wiatr w żagle albo co. Patrz, ile tego?! Masz tu bluzki.

Jaga zabiera się do pracy metodycznie. Każdą bluzkę ogląda, przykłada do mnie i albo odkłada złożoną na półkę (na razie jedną), albo wyrzuca do wielkiego kosza na brudną bieliznę. Jest bezlitosna! Oczywiście chcę ratować moje ukochane łaszki, ale wiem, że ją to wkurzy, więc zgadzam się milcząco na te ostre cięcia. Przecież powyciągam sobie moje ulubione, kiedy pojedzie! Jaga komentuje i krytykuje:

– Zobacz tylko! Powyciągana jak guma od majtek, co to jest! Wywalamy! A to, no proszę cię, w rudym ci nie do twarzy, milion razy ci mówiłam! Won z tym! Pokaż się, to na ciebie wchodzi?

– No, jest troszkę opięta...

– Troszkę? Specjalnie kupiłaś taką ciasną, czy nie było twojego rozmiaru? Każda fałda ci tu... O, to co?

W ten sposób pozbawia mnie całej garderoby, ale już widzę, że jest zadowolona, wpadła w swój trans. Jak dwa lata temu, kiedy mi przeszukała kuchnię i wyrzuciła wszystkie napoczęte torebki z przyprawami, słoiki bez napisu, pojemniczki z Bóg wie czym. Albo wiosną, kiedy przyjechała z bólem głowy i zeźliła się stanem naszej apteczki. Na śmietniku wylądowało trzy czwarte leków, bo przeczytała, że straciły ważność. Nakrzyczała na mnie, że to trucizna. „Po co to trzymasz? Nie wolno, chyba że chcesz uśmiercić ojca albo psa sąsiadów!" Miała rację, ale teraz chyba przesadza. No nic, połowa wróci, a dla mnie ważne, że jesteśmy razem i sobie pogadamy.

– Jaga, co u ciebie?

– Nic, mamo, wszystko pod kontrolą. Miałam dzisiaj trudny dzień, przyszli ludzie od eventówki i zrobili spektakl, żeby wyszarpnąć od nas czterdziestoprocentowe zaliczkowanie i absurdalnie wysokie prowizje. A wszystko takimi tanimi metodami, że niedobrze mi się robiło. No jak tak można! Przylezie ci taki ulizany laluś z wylansowaną asystentką i płać mu na piękne oczy najlepiej sto procent wartości projektu. Bajerują, bełkoczą coś o swoich referencjach i spektakularnych sukcesach, a dokumentacja przygotowana tak po łebkach, że szympans by lepiej zrobił. Koleś tylko się szczerzy i „się pani nie martwi, będzie dobrze", ale na pytanie o marżę wynikową i projekcję budżetową już mu jakoś uśmiech z gęby spełzł i zapadła przepełniona amatorszczyzną cisza. No mówię ci, paranoja!

– Nie denerwuj się już – wtrącam, bo nic nie rozumiem z tych jej wywodów. Nie rozumiem pojęć „projekcja", „eventówka" i tych emocji, które ją tak rozszarpują.

– Staram się nie zabierać pracy do domu, ale sama spytałaś – mityguje mnie. – Ta sukienka to dla kogo?

– Schudnę do niej – odpowiadam. – Zamierzam zrzucić trochę.

– Teraz, jesienią?! Mamo, to wisi u ciebie od ponad dwóch lat, a ty zamierzasz schudnąć od dziesięciu, to albo faktycznie schudnij, albo nie wyrzucaj pieniędzy na coś, co nie przechodzi ci nawet przez biodra.

Jest mi przykro, ale ma rację. Nie umiem się zabrać do tego chudnięcia. Kupiłam sukienkę jako zachętę. I nic.

– Jaguś – zaczynam znów. – Ale wiesz, ja pytam o twoje życie osobiste.

– Ale że co? – Odwraca się i ogląda pod światło kolejną szmatkę.

– Kochanie, zbliżasz się do trzydziestki, jesteś sama albo w jakiś dziwnych związkach i rozwiązkach. Ja nawet nie znam tych twoich...

– Mówisz jakbym ich stadami przepuszczała przez łóżko – odpowiada, ale na mnie nie patrzy. Ogląda kolejną ofiarę i wrzuca ją do kosza.

– No ale jak wygląda twoje życie? Jesteś w jakiejś wiecznej tymczasowości, nie masz niczego stałego.

– Ale co ty masz na myśli? – Odwraca się do mnie z moją wiśniową spódnicą w rękach, wrzuca ją do kosza i sięga do włosów. Ściąga gumkę i potrząsa głową, żeby je znów związać.

Ładna jest! Ma piękne włosy, regularne rysy, choć na brodzie ta mała szrama od trzepaka została. Długo mówiła, że gdy dorośnie, to sobie zrobi operację kosmetyczną, ale ostatnio przestała. Wie, że to dodaje jej urodzie czegoś wytrawnego. Nie chodzi o dysonans! Ta mała blizna lekko ściąga jej usta podczas uśmiechu i on jest wtedy taki... ciekawy, jakby ciut kpiący, nieśmiały.

– Córeńko, nie czujesz się samotna? Mam wrażenie, że się stale spieszysz, że życie zawodowe pożarło cię i nie masz czasu na to zwyczajne!

– A jak wygląda to „zwyczajne", mamo? Mąż, dzieci, pieluchy? Bo już czas? Bo każda ma to wpisane w swój biologiczny rodowód?

– A co w tym złego?

– Nic, ale ja nie czuję potrzeby! Nie chcę być kurą domową.

– Ale tu nie chodzi, Jaguś, o kurę, czemu zaraz kura? Życie rodzinne nie jest kurnikiem. Nie jest dobrze być stale samemu... Czemu u ciebie to takie trudne, te twoje związki?

– Mamo, błagam, o co ci chodzi? Jest mi dobrze w moim świecie, a ty koniecznie chcesz mi narzucić swój. Nie spotkałam na razie księcia i nie uwiłam domowego gniazdka, ale czy przez to jestem gorsza? Mam swoją pracę, jestem dobra w tym, co robię, mam znajomych, rozrywki i to jest dla mnie wartość i satysfakcja.

– I czy przez to jesteś lepsza? Czy to, co robisz, faktycznie zapełnia ci życie w sposób satysfakcjonujący? – brnę dalej i wiem już, że niepotrzebnie.

Jaga milknie i wzrusza ramionami.

– Nic nie rozumiesz... Ja żyję inaczej niż ty i tata.

– Ale czy to wszystko? Nie czujesz, że w korporacji jesteś trybikiem?

– Ale ważnym.

– Jagusiu, oni wam wmawiają, że ważnym, żeby z was wyssać siły. Poświęcasz najlepsze lata na krwiodawstwo dla korporacji, która oprócz pensji nie da ci niczego. Wiesz, że ta korporacyjna niby-wspólnota to sztuczny miód, jesteście wysysani ze zdolności, pomysłów, uciekają wam lata na tym dawstwie i co? W zamian coraz lepszy samochód, coraz lepsze mieszkanie, coraz bardziej wyczesane meble i coraz wyższe obcasy, od których boli cię kręgosłup. Pełna dyspozycyjność, jak wobec zazdrosnego męża. Musiałam cię poprosić o wyłączenie telefonu, bo zadzwoniłby już pewnie ze sto razy. Co masz w zamian?

Jaga wybucha i wiem, że to koniec naszego porozumienia.

– Co ty wiesz?! Ty sobie całe życie szukałaś metody na siebie, bo tata przynosił pensję, płacił rachunki i inwestował w twoje fanaberie. Dziergasz sobie te koraliki, bo w sumie co ci za różnica, czy to się uda, czy nie? Cała ty! „Jakoś to będzie". W życiu nie byłaś częścią czegoś solidnego, nie miałaś porządnej, satysfakcjonującej roboty, w której byś się odnalazła!

– Ja tylko... Jagna, życie jest, jakie jest, i nie ma nic ważniejszego niż rodzina, choćby najmniejsza. Bycie razem, rozmowa z kimś, jakiś spokój i ciepło, miłość. Korporacja ma ci to dać?

– No chyba muszę sobie stworzyć jakąś bazę, zanim zacznę żyć dalej, prawda? To już nie te czasy, że młode małżeństwo się tłucze po kawalerce z dziesięcioma współlokatorami!

– I tacy są – przerywam jej. – I bywają szczęśliwi w tej ciasnocie, zapewniam cię. Jaga, czas leci, masz być stale taka... uciekająca?

– Jezu! Co uciekająca? Gdzie uciekam? Ja po prostu układam sobie życie po swojemu! No przepraszam, że nie mam zadatków na kwokę!

– Według ciebie jestem kwoką?

– Oj, nie czepiaj się słówek! Ty po prostu nigdy się na nic porządnie nie odważyłaś. Zawsze na pół gwizdka, zawsze zostawiona furtka. Spaprałaś swoje szanse i schowałaś się za ojca, a macierzyństwo było doskonałą przykrywką dla faktu, że coś w życiu zawaliłaś. Nieprawda?

– Skąd takie przypuszczenie? Co ty mówisz?

– Bo wiem, że zawaliłaś w życiu niejedno. Nie te studia, co chciałaś, odpuszczona magisterka, praca w nielubianym zawodzie, ucieczka w dom i pieluchy zamiast walki o siebie, swój zawód, prestiż jakiś, honor. A na domiar złego ja też okazałam się mocno niedoskonała. Więc snułaś się rozczarowana przez życie, łapiąc się czegokolwiek – prawda, mamo? No proszę cię, skoro już ma być szczerze. Ja przynajmniej z mojej pracy mam pieniądze i świadomość, że jestem w czymś dobra!

– To nie jest prawda! – krzyknęłam przez łzy. Nie wiem, czemu jej słowa mnie tak boleśnie chlasnęły.

– Tak, oczywiście. Zaraz mi wyjedziesz z trudnymi czasami, stanem wojennym i tak dalej...

– Mówię o tobie, córeńko. Niedoskonała? Czemu tak powiedziałaś?

– Bo zawsze miałaś do mnie jakiś żal, nigdy nie byłam w stanie cię zadowolić. Choćbym stawała na uszach, choćbym nie wiem jak się starała, to zawsze było „no bardzo ładnie, Jagusiu", jak do psa, który przyniesie kapcie. „Bardzo ładnie", poklepać po główce i znów wzrok gdzieś w ścianę. A ja wiedziałam, że to jest co prawda bardzo ładnie, ale nie tak ładnie jak ktośtam. Bo co, mamo? Bo sukienek nie nosiłam? Bo wierszyków nie recytowałam? Wiesz, jak ciężko żyć, wiedząc, że nie dorastasz do oczekiwań własnej matki?

– To nieprawda!

– No ja nic nie poradzę, tak się czułam przez pół życia. I nic się nie zmieniło. Co mam dziś? Wyrzuty, że nie spełniam twoich oczekiwań! Nie rodzę różowego dzieciaka, nie jestem czyjąś żoną... bo to jest według ciebie idealne życie, do którego ja, jak widać, nadal nie dorosłam. Przecież jestem taka beznadziejna!

– Ale, no powiedz, co w tym nienormalnego? Jagna?

– Ciotka Irena jakoś nie miała dzieci! I żyje!

– Ale miała Felka, a dzieci nie miała, bo nie mogła. Spytaj ją dlaczego... A mnie chodzi tylko o to, że życie w takim sztucznym układzie jak twój... Dziecko! Przecież ty się zamieniasz w cyborga, tylko praca, kariera, biznes. Ty mówisz już coraz mniej zrozumiałym językiem, a jak rozmawiasz przez telefon i sądzisz, że ja nie słyszę, to jesteś taka... ostra, wulgarna. Dlaczego tak?!

– Ale jak? Co ci, do cholery, nie odpowiada? – Jaga wchodzi na coraz wyższe obroty. Głos ma mocny i głośny, oczy zimne i pełne furii. – Taki jest mój świat, taka praca, takie życie. Mam się kajać, że nie jestem uroczą panną na wydaniu? Czego ty chcesz ode mnie, do cholery!

Jaga wrzuca do kosza cały stos moich ciuchów i wychodzi. Wołam za nią, becząc, bo widzę, że źle to poszło, nie tak miało być!

– Jaga! Jaga, wracaj! No daj spokój!

Słyszę trzask drzwi i widzę, jak wsiada do samochodu. Albo mi się wydaje, albo i ona płacze. Jasna cholera! No narobiłam! Dlaczego to tak jest?! Dlaczego się aż tak mijamy? Czy to ja jej nie rozumiem, czy ona mnie? Jestem rozdygotana. Z garażu wychodzi Jusia i patrzy na mnie zdumiona.

– Co się stało?

– Nic... Pokłóciłam się z córką.

– A! To nic, ja z mamą to się wydzieramy na siebie jak głupie, mama czasem mi ścierką przeleci po plecach, a jak krzyczę: „nie lej mnie, bo ja już dorosła jestem!". Mama na to: „gówniara, a nie dorosła!". Jak to matka z córką! I zaraz nam mija, wycałujemy się i jest dobrze. Pani się nie martwi!

Jusia nie wie, że u nas jest inaczej.

Ja już widzę, że bardzo inaczej. Usypujemy jakiś wał, okopujemy się, nie rozumiemy, co jedna do drugiej mówi. Jestem wystraszona i jest mi źle. Chciałabym, żeby był Jasiek. Nie dopuściłby do takiej awantury! Potrzebuję oparcia! A on wróci dopiero w niedzielę wieczorem! Cholera jasna, no!

Jest mi gorzko, beznadziejnie. Chciałam dobrze...

Złość

Wypadłam z domu, trzaskając drzwiami, i wsiadłam do samochodu. Znowu to samo. Rany, jaka ja głupia jestem! Myślałam, że spędzimy razem popołudnie, porozmawiamy sobie o pierdołach. Wprowadzimy trochę ładu w tym chaotycznym domu, zbliżymy się może do siebie, wspominając te wycinanki i Felka. Ale nie. Matka oczywiście musiała mi przypomnieć, jaką straszną jestem porażką. W końcu to prawdziwa tragedia, że nie mam chłopa i nie jestem w ciąży, a to, że kocham moją pracę, to doprawdy skandal, z którego powinnam się wyspowiadać, i w ramach pokuty pobiczować się w kącie pokrzywami! Idiotka! Po co ja tam w ogóle poszłam? Weź tu gadaj o pracy z kimś, kto nigdy żadnej porządnej pracy nie tylko nie potrafił utrzymać, ale nawet podjąć, o facetach z kimś, kto swojego poznał jeszcze chyba w przedszkolu, i o dzieciach z kimś, kto swojego pewnie nawet nie chciał.

Trzęsę się, dosłownie. Jestem wściekła, czuję się niekochana i poniżona.

I wstyd mi, że tak się wydarłam na mamę. Przegięłam, wiem. Ale nie przeproszę, bo nie umiem. W naszym domu się nie przepraszało – wszystko w końcu rozchodziło się po kościach, przysychało, i było dobrze. Zresztą nie było za co przepraszać, bo ojciec to wzór dobrego wychowania, matce wolno było wszystko, a ja chodziłam jak w zegarku i z zasady nie rozrabiałam. Słowo „przepraszam" nie przechodzi mi przez usta, mam na nie blokadę, jak niektórzy na przekleństwa albo słowa związane z seksem. Poza tym za co? To ona zaczęła! Zawsze te wyrzuty! Że niby o nic jej nie chodzi, że to z troski, a ja wiem, że znów dałam ciała. Że znów, czy raczej nadal, czegoś mi brakuje, żeby być taką córką, jaką ona chce mieć. Prawdziwą „Dziunią" – rozgadaną, uhahaną, radośnie przywożącą jej pucołowatego wnuka do niańczenia i lepiącą z nią pierogi. Czy ona myśli, że moje życie to taka frajda? Ja jestem naprawdę boleśnie świadoma, że żyję jak stereotypowa cosmoidiotka, poślubiona swojemu stanowisku pracy i statusowi społecznemu. Ale jej się wydaje, że ja z uśmiechem na ustach wstąpiłam do zakonu Praca i złożyłam śluby czystości. To nie takie proste, do cholery! Czy ja nie próbuję? Czy ja nie byłam zakochana, nie planowałam, nie starałam się?

– Otóż, wyobraź sobie, mamo, że próbowałam, ale mi się nie udało! Możesz być dumna: urodziłaś chodzącą porażkę! – To ostatnie mówię do siebie na głos, z trudem przeciskając głoski przez zablokowane złością gardło. Zapalam papierosa.

– Kolejny kamyczek do twojego ogródka, mamusiu: nie dość, że beznadziejna, to jeszcze pali – mówię gorzko, choć przecież mnie nie słyszy.

Dzwoni komórka. Mama. Czego ona chce!?

– Co! – mówię wściekle.

– Jaguś... Nie powinnyśmy tak. Ja nie powinnam, bo to twoje życie, ale przecież nie chciałam nic złego. Może to ty jednak przesadzasz? Taka się zrobiłaś nerwowa.

– Co „przesadzam"!? Co przesadzam!? Mamo, ja już mam dosyć takiego traktowania! Ile można! Jak długo masz zamiar mi udowadniać, że wszystko robię źle! Złe życie, złe wybory, zła praca. Ja cała jestem zła po prostu! No, powiedz to wreszcie, będziemy miały z głowy! Jezu!

– Jaguś. To nie tak, ja cię podziwiam, że jesteś taka silna, świadoma tego, czego chcesz, ale... – Milknie. – Nie, nie „ale". Wiem też, córeczko, że między nami coś jest nie tak. – Jakie odkrycie! – Jakbyś jednak posłuchała, co mówię. Przecież mnie tylko chodzi o to, że ty żyjesz strasznie nerwowo, niezdrowo. Fakt, trochę mnie smuci twój model życia, ale skoro ci z tym dobrze... Wiesz, że ja jestem z innej bajki. Prawda, odsunęłam wszystko na bok, żeby Janek i ty, żeby dom był, żeby... Wiesz, dziecko, rodzina daje człowiekowi wielkie oparcie, a ty jakby uciekasz, od swojej rodziny, od nas, ode mnie. Ja...

– Tak, jasne. Zagadaj mnie teraz. Wiesz co, mamo, mam dosyć tego, że wszystko się zawsze kręci wokół ciebie. Zawsze święta pani Dorotka, matka narodów! A ja jestem takie coś, co to średnio wyszło, ale niech sobie będzie. Ty nie masz pojęcia, jak ja się czuję! Nie masz! Żyjesz sobie w tym swoim świecie kolczyków, importowanej filozofii i wiecznego bałaganu i nawet się nie zastanowisz, co się ze mną dzieje!

– Jak to „się nie zastanowisz"?! Właśnie po to się spotkałam z tobą, bo się zastanawiam! Troszczę, martwię!

– Nie! Ty się pytasz, kiedy przyjadę, czy mam kogoś albo czemu znów ta praca. A czy zainteresowałaś się kiedyś, jak się czuję? Czego chcę albo potrzebuję? O czym marzę? No? Ciekawa jestem bardzo, czy masz o tym jakiekolwiek pojęcie!

W słuchawce zapadła cisza. Słyszę, że mama szlocha.

Ciągnie się ta cisza, ale mnie to już nawet nie wkurza.

– Jagna – mama mówi cicho – takie rozmowy bywają bardzo trudne, ale są konieczne. Oczyszczają, coś komunikują...

– No właśnie, mamo, ale czy nie jest tak, że komunikujesz tylko ty? Rozmawiasz „do mnie", zamiast „ze mną", zawsze tak było. To, co ja mówię, kwitujesz słowami „tak, ale...". Jak ja tego nienawidzę! To znaczy, że mnie nie słuchasz! Że czekasz na to swoje wymądrzające się „ale"! Mamo, czy bierzesz pod uwagę fakt, że możesz się mylić? Że twoje diagnozy mogą być kompletnie nietrafione? No, sorry, ale zazwyczaj są po prostu głupie i kompletnie... „kurą w płot" (tak mówiłam jako dziecko i nie mogę się pozbyć tego głupiego nawyku).

Mama milczy, więc mogę mówić dalej.

– No wybacz, ale skoro już jedziemy po bandzie, to odrób taką lekcję, bo ja jej za ciebie nie odrobię: za co mnie nie lubisz?

– Jagna! – mama się żachnęła. Ale ją gaszę:

– Kochasz, wiem, biologiczne dziecko zazwyczaj się kocha, a że jestem twoim biologicznym dzieckiem, to widać, skóra zdjęta z ojca. Ale czy ty mnie lubisz?

Mama milczy. Za trudne widać.

– Dobra, mamo, wystarczy. Musimy ochłonąć.

– Jagusiu... – Ona już nie może mówić, bo szlocha, a ja coraz bardziej dygoczę: broda, ręce, struny głosowe, mięśnie ud, łydek, wszystko drży. Jest mi strasznie, przeraźliwie źle! Odkładam słuchawkę.

Siedzę, palę i zaraz wybuchnę. Nie płaczę, bo nie mogę, a tak bardzo bym chciała. Ulżyłoby mi, wylałabym ten dygot. Jestem bombą nuklearną na trzy sekundy przed eksplozją. Chciałabym w coś przywalić, wrzasnąć, gdzieś pobiec... Nie mogę. Zawsze mi się wydawało, że wszystko mam poukładane. Że życie miałam, ogólnie rzecz biorąc, fajne, bez spektakularnych traum, a jeśli nawet jakieś były, to zostały zaleczone. A teraz nagle widzę, jak to się wszystko rozpada i sypie kawałek po kawałku. Jakby piłeczki, którymi żonglowałam, jedna po drugiej wymykały mi się z rąk. I to strasznie boli. Uwiera. Wkurza mnie mama, każdego dnia bardziej. Może dlatego, że przez pół życia ja drażniłam ją – bo nie chciałam nosić tych jej dziewczęcych sukienek, bo nie znosiłam fryzury na dwa kucyki, nie umiałam śpiewać ani tańczyć, byłam nie taka, jaka miałam być. Strasznie bym chciała, żebyśmy się jakoś dogadywały, ale żyjemy w dwóch różnych światach. Każda próba poważniejszej rozmowy kończy się niezręczną ciszą albo wrzaskami. Nie mam już na to siły. Pewnie dlatego zaczęłam jej unikać, nie dzwonię, nie przyjeżdżam. A chciałabym, cholera! Chciałabym przyjechać do domu, przytulić się do rodziców, zjeść domowy obiad i powspominać przy kominku – jak na łzawym amerykańskim filmie. Co z nas za rodzina!

Wypaliłam papierosa do samego filtra, wrzuciłam jedynkę i ruszyłam z mocnym buksowaniem opon. Jadę do Ireny. Albo do siebie. Albo do Wery. Nie wiem, gdzie jadę...

Jazda samochodem uspokaja i pomaga się skupić. Włączam radio na cały regulator, otwieram okno i jadę. Przed siebie. Szybko. Za szybko. Zjechałam z mostu na Wybrzeże Szczecińskie, wjechałam na Wał Miedzeszyński, minęłam Falenicę i gnam dalej. Bo mogę, bo wszystko mi jedno, bo muszę ochłonąć. Jadę i czuję się taka dorosła, wolna i nieuwiązana. Pojadę sobie, gdzie oczy poniosą, bo mam taką ochotę!

Wdycham chłodne powietrze, które przy takiej prędkości nieprzyjemnie mocno bije mnie po policzkach, ale studzi ten piekący gorąc adrenaliny, śpiewam razem z radiem, głośno, z całej siły. Tylko tak umiem krzyczeć. Nie umiem w powietrze, nawet w poduszkę – krępuje mnie to, głos więźnie w gardle i głupio mi, bo może ktoś usłyszy. A radio jest głośniejsze ode mnie, drę się więc, wywalam z siebie złość cudzymi, zgrabnie dopasowanymi do melodii słowami. Oddycham głęboko, a dygot powoli ustępuje.

Za Karczewem skręcam na Mińsk. Myśli zaczynają się klarować i zastanawiam się, w którym momencie zawrócić w stronę Warszawy – nie wypalę przecież całego baku dlatego, że się zdenerwowałam. Szkoda pieniędzy.

Zatrzymuję się na stacji benzynowej, żeby zrobić siusiu i kupić nową paczkę papierosów. I palę. To już czwarty, odkąd wybiegłam z domu rodziców – płuca mi się buntują, w gardle czuję drapanie, a w ustach niesmak, ale palę. Ręka sama unosi papierosa do twarzy.

Chryste, i co ja mam teraz robić! Nie chcę dzwonić do Wery – nie mam ochoty zwierzać jej się z porażki, jaką są moje relacje z rodzoną matką, zwłaszcza że Wera ma ze swoją naprawdę świetne stosunki i nie rozumie, jak można toczyć z rodzicem wojnę podjazdową. Poza tym nie chcę znów tego przeżywać, cytować słów mamy i moich odpowiedzi. Chcę zapomnieć...

Ale nie mogę. Czemu ona taka jest? Co ja mam zrobić, żeby w końcu zaczęła szanować moje wybory? Kiedy opowiadam jej o pracy, nawet nie próbuje słuchać. „Ty ciągle o pracy, porozmawiajmy o czymś przyjemniejszym". W ogóle nie zwraca uwagi na wysiłek, który wkładam w to, żeby coś osiągnąć, że chcę się doskonalić, być kimś wartościowym. Dla mojej ekologicznej Matki Polki wszystko, co robię, jest „korporacyjne", „współczesne", „bezduszne" i ogólnie „fuj" i „be"... Ja cała jestem fuj – ubłocony kociak, którego może i byś przytulił, ale się jednak boisz, że cię upaprze. A tu trzeba zrozumieć, dlaczego się ubłocił. Nie dlatego, że jest fajtłapą, ale dlatego, że podwórko to nie dom, a na podwórku trzeba się czasem ubłocić, inaczej się nie da. Tak, mamo – nie jestem słodka, czysta i higieniczna, bo ja nie siedzę w domu. Ja sobie radzę w świecie, walczę i brnę. Do cholery!!

Znowu się trzęsę, ale już nie tak bardzo. Nie dławię się własnym oddechem. Dym papierosowy krąży w moich płucach, a wydychany unosi ze sobą złość. Zostaje tylko żal i strasznie głęboki smutek.

W Mińsku zawracam i jadę do Warszawy z mocnym postanowieniem, że więcej się nie dam. Jestem, jaka jestem, i taką siebie kocham. Jestem najlepszą wersją siebie, jaką mogę być. Asertywnie! I spokojnie. Spokój jest najważniejszy. Tak, dziadku?

Wyobrażam sobie dziadka Felka, jak we flanelowych spodniach i bonżurce chodzi sobie po niebie. Zawsze miał bonżurkę do chodzenia po domu, pikowaną, z kieszeniami i szalowym kołnierzem. Kupowałyśmy mu z Ireną co kilka lat na Gwiazdkę, w sklepie na Powiślu, bo tylko tam były. Na zmianę zieloną i wiśniową. Irena mi tłumaczyła, że bonżurka to poranny strój męski, bo facet nie powinien łazić w szlafroku albo w dresach, ma się ubierać po domowemu, ale dostojnie. Ech, gdzie te czasy... Więc w niebie dziadek chodzi w takiej bonżurce, pewnie niebieskiej, i w spodniach, też niebieskich. Pachnie wodą lawendową. A teraz przysiada i zaczyna ze mną rozmawiać:

No i co się stało, dzieciaku? Narozrabiałyście, waćpanny!

Oj tam, dziadku, zaraz narozrabiałyśmy... Sam widzisz, że mama niczego nie rozumie! Mnie nie rozumie. Nawet się nie stara.

Ale, Jagusiu, żeby zaraz tak na siebie wrzeszczeć? Moja Dziunieczko, skarbie malutki, po co tak? Mama ma swoje racje.

Ale jakie, dziadku?! Ona kompletnie nie rozumie współczesnego świata. Dzisiaj nie pracuje się tak jak kiedyś, od ósmej do szesnastej z przerwą na herbatkę. Teraz trzeba się wykazać, zawalczyć, zainwestować i nie dać się wydym... wykolegować ze stanowiska. Nie ma już tak, że zostajesz pracownikiem miesiąca i jesteś kochany, hołubiony i awansowany, a wszyscy mają szacunek dla twoich umiejętności. Dzisiaj musisz być lepszy od innych, a jak tylko pojawi się lepszy od ciebie, to sorry. Wymiana personelu.

No ale jak to się ma do maminej troski o twój żołądek, nerwy i życie osobiste, dziecko? A faktycznie jadacie obrzydlistwa... Choćby te surowe ryby, i do tego pałeczkami. Co to za nowa moda?!

No dziadek, przestań, nie bądź taki konserwatywny. Świat jest bliżej nas. Ja akurat lubię sushi, tak jak ty lubiłeś... hmm... O, tatara! Nie gotuję w domu, fakt, ale nie ja jedna. Tak też da się żyć.

I dom, Dziuniu, traktujesz jak hotel, mężczyzny przy tobie nie ma godnego, opiekuńczego, mądrego, tylko same jakieś, jak to wy teraz mówicie? „Obszczymury"?

O, wybacz, dziadku! Nie posiadam obszczymura.

Bo nikogo w ogóle nie masz. Mężczyzna powinien kobiecie zapewnić... zresztą! Te wasze teorie feministyczne są straszne. Straszne, Jagusiu, i to one cię ukrzywdzają. Bo wy, młode kobiety, z całej siły chcecie pokazać światu, że jesteście od chłopów niezależne i równie silne, jeśli nie silniejsze.

Bo jesteśmy! I co w tym złego?

Prawda, tak było zawsze. Ale bez takiej ostentacji, drapieżności i zacietrzewienia. Co z tego masz? Że jesteś sama, spracowana, zadyszana, że przedwczoraj w deszczu sama zmieniałaś koło w samochodzie?

Skąd wiesz?

Widziałem. Ale, wiesz, na deszcze to ja tu wpływu nie mam – usprawiedliwia się.

Korona mi z głowy nie spadła.

Może i nie, ale zmokłaś i przyjemnie ci też nie było, kiedy te wyrostki, zamiast ci pomóc, rzuciły niemiły, przyznasz, tekścik?

No niemiły, fakt. Do bycia „jebniętym babochłopem" to ja się jednak nie poczuwam... Buraki. Dwóch ich było i mieli kaptury, więc od razu tacy odważni... Trudno, dziadek. Grunt, że dałam radę!

Żenujące – odpowiada dziadek, wznosząc oczy do nieba. Nie... nie do nieba, bo w niebie jest. Po prostu wznosząc oczy.

Felek to inne pokolenie i myśli inaczej, ale jestem ciekawa, czy jemu tak naprawdę podobałoby się to, co robię? Staje w obronie mamy, rozumiem. Chociaż kochał mnie wściekle.

Dziadku? Kochasz mnie wciąż?

Jak możesz wątpić, dziecko? Kocham cię, kocham najbardziej, jak można, tylko proszę cię, nie drzyj kotów z Dorotą. A! I dziękuję za opiekę nad Ireną. Ona, wiesz, jest jak żółw.

Jaki żółw?!

No to twoje słowa, dziecko, nie pamiętasz? „Jak żółw taka twarda. Bo taka miękka". Dziękuję ci!

Mogłabym tak gadać z Felkiem i gadać. Mogłabym... Brakuje mi go.

Po powrocie do domu weszłam na Szklarnię. Tak naprawdę tylko tam czuję się swobodnie, mogę bez skrępowania wyrażać swoje myśli, nie ryzykując, że ktoś przygasi mnie komentarzem w stylu „nie filozofuj" czy „ale żeś pojechała". Wszyscy się tutaj rozumiemy i poświęcamy sobie wiele uwagi. To co innego niż plotki przy piwie. Nawet co innego niż rozmowy z Ireną czy Weroniką. Tutaj wchodzimy nawzajem w swoje położenie i próbujemy rozwiązać nasze problemy, no i możemy wypłakać się na czyimś życzliwym wirtualnym ramieniu. Nikt nie widzi mojej twarzy, więc mogę być dowolnie zapuchnięta, skwaszona, ironiczna, wkurzona, nikt się o to nie przyczepi.

Siadam na fotelu i zwijam się w półkłębek. Za parę minut noga mi ścierpnie, stracę w niej na chwilę czucie, a przy próbie wstania prawdopodobnie rymsnę na podłogę. W dzieciństwie mówiłam na to „martwa noga" i strasznie mnie to śmieszyło. Znacie to uczucie, gdy w nocy ścierpnie włożona pod poduszkę ręka? Jest taka nie nasza, ciężko nią ruszyć, a skóra jest jak kawałek skaju. „Patrz, mamo! Martwa ręka! O, jak dynda! Dotknij! Nic nie czuję, wiesz?" Potem przychodzi mrowienie, trochę przyjemne, trochę niepokojące i irytujące, jakby pod skórą pełzały robaczki, i powoli wszystko wraca do normy. Jak po kłótni...Wpadła mi do głowy pewna myśl, siadam do pisania.

Pluszowa81 – to ja. Długo myślałam nad tym nickiem, nie chciałam się rejestrować pod swoim imieniem. Wahałam się między Blueberry (z angielskiego „jagoda"), które jednak wydawało się zbyt oczywiste, skrótowym J-go i totalnie infantylnym Królowa elfów. Zawsze lubiłam książki *fantasy*, a Królowa elfów jest w nich największym autorytetem, ucieleśnieniem mądrości, piękna, cierpliwości i rozwagi. Cała ja. Może poza tym pięknem. I rozwagą. I... W każdym razie stanęło na Pluszowej81. Chyba dlatego, że plusz ma dwa oblicza – jest szlachetny i elegancki, choć nieco staromodny, kiedy obijasz nim meble, a miękki, ciepły i kojący jako zabawka.

Pluszowa81:

„Czy zastanawialiście się kiedyś nad konfliktem w kontekście ciała? Na pewno tak – że to ból, że cios. Ale ja mam na myśli coś innego, coś, co mnie dziś dotknęło i nie daje mi spokoju. Poczułam, że po kłótni, awanturze, ścięciu się z kimś bliskim jesteśmy jak cierpnąca ręka, na której leżymy i blokujemy krążenie krwi, aż komórki powoli zaczną tracić oddech, aż omdleją i zasną. Po kłótni, kiedy padną te różne straszne słowa, cierpnie więź emocjonalna czy – jak wolicie – serce. Cierpnie i drętwieje – zwisa bezwładnie, nie można nią ruszyć, a jak, nie daj Boże, spróbujemy się na niej podeprzeć przy wstawaniu, to zawiedzie i padniemy na kolana, na ziemię, na twarz. Na drętwocie nic się nie utrzyma. Nie przejmujemy się tym, bo wiemy, że niedługo przyjdą ciarki, przemaszerują na wskroś drętwoty i po kawalątku przywrócą czucie. «Rozejdzie się po kościach». Przez chwilę będzie niemiło, bo ciarki kłują i są irytujące, ale przejdą i o wszystkim zapomnimy. A jednak... gdzieś z tyłu głowy tli się myśl, niemiła, niepokojąca jak kamyczek w bucie, jak kawalątek lodu za kołnierzem, jak gryząca metka, że kiedy krew odetniemy na zbyt długo, to komórki usną na zawsze. I już zawsze będziemy mieć «martwą rękę» albo «martwe serce». Martwa ręka nie pogłaszcze i nie wyciągnie się do zgody. Martwe serce nie pokocha.

Dziś wszystko mi zdrętwiało. Boję się, że nie odpuści. Tak bardzo tęsknię za mamą, chcę, żeby się zaśmiała, natarła moją rękę i moje serce, przytuliła i powiedziała, że jestem bardzo dzielna i że jestem jej skarbem. Żeby mi zrobiła gorącej czekolady i otuliła kołdrą.

Tak bardzo jej dziś nienawidzę i tak bardzo za nią tęsknię. Czuję się chodzącą porażką ☹

Całusy dla wszystkich...".

Po chwili pisze Mery78:

„Plusz, wyjdź z tego nurtu toksyn, oczyść się i stań mocno na własnych nogach. Nie pozwól nikomu podcinać Ci ścięgien i rzucać Cię na kolana. Twoje serce, dziś odrętwiałe, znów zabije mocniej, ale nie pozwól, by ktokolwiek znów odciął Ci dopływ krwi".

Ona ma rację. Nie mogę tak całe życie się szarpać. Nie dam rady. Jeśli nie możesz czegoś zmienić, to zaakceptuj to albo wyrzuć ze swojego życia. A ja nie zaakceptuję przecież braku akceptacji. To byłby absurd. Dobrze, że Mery potrafi nazwać rzeczy po imieniu. Tak, trzeba to zrobić. Czuję spokój podjętej decyzji. Gorzkiej, trudnej, ale obiecującej. Zmiana. Wolność. Opłuczę się z toksyn.

Po pięciu minutach kolejna odpowiedź.

Cynamon. „Pluszowa – przytulić Cię? [hug]".

Boże, tak! Tak! Niech mnie ktoś w końcu po prostu przytuli!

—

U Ireny

Janek zadzwonił, że wróci jutro wieczorem. Nie dam sobie sama rady. Myślałam, że akcja ze sprzątaniem ciuchów pomoże, ale wrzód tylko wezbrał i boli. Tłukę się po domu i mam nawałnice myśli, wyrzutów sumienia i ekspiacji, ale i myślę, że przedstawiłam Jagusi swoje racje. A że są inne niż jej... Oj, po cośmy tak się spięły?!

Pojechałam do Ireny.

Otworzyła mi w przedpotopowych metalowych lokówkach i siateczce na głowie. W białej bluzce i tej swojej popielatej plisowanej spódnicy. Dba o siebie. Zawsze czysta i schludna!

Nigdy jej nie złapałam takiej... dulskiej, szlafrokowej, roz-
mamłanej!

– O, Dorocia! – Ucieszyła się i dała buziak w policzek. –
Myślisz o mnie, to miłe!

Kurczę, akurat myślałam o sobie, ale oczywiście nie zaprze-
czam. Faktycznie nie dzwoniłam od tygodnia.

– Byłaś na cmentarzu? – pytam Irenę, żeby jakoś zacząć
rozmowę.

– Nie. Ja nie jestem z tych, Dorotko, co to teraz zamieszka-
ją przy grobie męża. Mam właściwie same sąsiadki wdowy,
wiesz? Mówię o nas „statek wdów". One po śmierci swoich
mężów to tylko dom – cmentarz, cmentarz – dom, jakby im
się życie skończyło. I rozmawiać umieją już tylko o wnukach
i grobach, jakich używają środków czyszczących, kiedy im
ukradli kwiaty, a kiedy znicze. Ja, przyznam ci się, nie czuję
tam Felka. To znaczy, na cmentarzu! Ja go mam stale tutaj,
w ogródku! W różach, które zasadził dwadzieścia lat temu,
w poziomkach, co je posadził dla Jagusi, w winogronach,
o które się tak złościłam...

– Czemu?

– Bo je puścił po barierce przy oknie i sądziłam, że po nich
pająki do domu wchodzą, a ja nie lubię. Narzekałam, ale wi-
nogrono i tak rosło, Felek robił z niego tę pyszną nalewkę.
Chcesz trochę?

– Nie, jestem samochodem.

– Trzeba było wziąć taksówkę! Tylko kłopot z tymi samochodami, napić się ze mną naparstka nie możesz... Co się stało? Siadaj, zaraz ci herbatki dam. I sernika z naszej tu cukierni, zawsze lubiłaś, z galaretką morelową.

Wyczuła, że coś się stało! A ja się łamię i mimo odchudzania (obiecałam sobie solennie, dziewięćdziesiąty dziewiąty razy) zjem kawałek tego sernika, jest boski! Irena ciągle piecze ciasta, a najchętniej – gnieciucha. Kiedy Felek żył, to razem robili baby drożdżowe z bakaliami, na każde święta. Na Wielkanoc – w formach od bab, na Boże Narodzenie – w podłużnych. Pyszne. Sama nie chce ich robić, ale inne ciasta chętnie. Jej gnieciuch jest kruchy, z kwaskowym dżemem, najlepiej z czarnej porzeczki, z kruszonką i cukrem pudrem na wierzchu. Jagusia go uwielbia.

– Irena, strasznie się pożarłam z Jagą...

– No, masz ci los, znów?

Ciotka podaje mi filiżanki, imbryk z herbatą, talerzyk, łyżeczki, cukiernicę i paterę z sernikiem. I znowu sięga do szafy, bo zapomniała o serwetce. Oczywiście materiałowa, haftowana, jakby nie mogła kupić papierowych! Co za brak zdrowego rozsądku!

– No i po co? – pyta, kiedy wreszcie siada ze swoją filiżanką. Normalnie pija w kubeczku z kotem, który dostała „od Dziuni", ale rozmowa jest poważna, więc i ona ma filiżankę.

– Nie chciałam, tak wyszło.

Opowiadam jej przebieg naszej kłótni. Ciotka popija herbatę ostrożnie, bo gorąca, popatruje na mnie i nic nie mówi. Aż mnie to drażni. Zmusza mnie tym milczeniem do wdawania się w szczegóły, więc opowieść jest barwna i gęsta. Wreszcie skończyłam.

Irena milczy, zbiera myśli. Wstaje, kręci się, stawia na stole karafkę winogronówki i nalewa sobie kielszek. Upija i dopiero wtedy się odzywa:

– Ale przecież wiesz, że ona ma rację.

Zatyka mnie. Sądziłam, że Irena jakoś wypośrodkuje... Jest starej daty! Nie powinna tak! Wkładam sernik do ust, żeby nie wybuchnąć. Jagna ma rację?! Po co ja tu przyjechałam!

– Dorota – głos Ireny jest dobitny, poważny – ona czuje więcej, niż sądzisz. I ja naprawdę uważam, że ona ma rację, no przepraszam cię! Nie chciałam nic mówić, byłaś dorosła, sama sobie szyłaś swoje życie, boś mądra, ale Dziunia ma rację! Zaprzepaściłaś swoje talenty i to cię sfrustrowało, a potem to całe... kłamstwo z Kubusiem, ta tajemnica. Po co to? Sądzisz, że ona tego nie zrozumie?!

– Ja wiem, ale zabrnęłam za daleko... Irena, niech już tak zostanie.

– No ale sama widzisz, że cień Kubusia legł na nas wszystkich, a boli najbardziej Dziunię.

Irena pierwszy raz od śmierci mojego synka przywołała go z imienia, a ja aż jęknęłam. Dotąd jego imię było niewymawialne, zapomniane przez rodzinę, ale przeze mnie – nie! Kubuś zawsze był we mnie, ze mną. Nie uhonorowałam cmentarza, nie stałam się jedną z tych rozpłakanych matek leżących na grobie dziecka. Moje dziecko nie leży w grobie! Mimo że całkiem odeszłam od Kościoła, Kubuś pozostał dla mnie katolickim Aniołkiem. Mówiłam już, że od jego odejścia kupowałam figurki dziecięcych aniołów. Głównie rzeźby, ale mam też lalkę anioła z koronkowymi skrzydełkami z galerii Krysi Sienkiewicz. Natknęłam się na tę galerię podczas spaceru i wypłakałam tam swoje łzy po Kubusiu. Ten aniołek z wielkimi oczami był pierwszy, dzisiaj mam ich trzydzieści. Tylko Janek wie, że to są postaci naszego synka. Stoją w wykuszu okiennym w moim pokoju i na żardynierce koło lustra. Tam najmocniej czuję obecność mojego synka, nie na cmentarzu. I nie pozwalałam ich nikomu dotykać. Jagódce też... Uszanowała to instynktownie. Ten kawałek mojego życia jest dla niej niedostępny.

– Kłamstwo? Irka, dlaczego zaraz kłamstwo?

– Dobrze wiesz, o czym mówię! – Ciotka znów wstaje, jest zirytowana. – Oszukujesz się tak od lat! I nas, i Dziunię. Ona powinna znać prawdę! To żaden wstyd!

Milczę. Dla mnie wstyd, bo nie dopilnowałam. Nie powinnam dopuścić, żeby wstrzymał mu się oddech, powinnam była czuwać, wziąć go na ręce, uratować! A ja spałam! Potem nie chciałam, żeby do tego wracać, roztrząsać, więc zakazałam o tym mówić. Sądziłam, że tylko ja i Janek wiemy, że to nasza sprawa.

– Ciociu – rzadko tak mówię do Ireny, tylko kiedy chcę ją zmiękczyć – no tak wyszło, wiem. Ale co to da, że ja to teraz wyjawię?

– Dorota, żartujesz? Ty nie udawaj głupszej, niż jesteś! Powiem ci, dlaczego tak się wzdragasz. Bo będzie ci wstyd, koszmarnie wstyd, że tak ważną rzecz zataiłaś przed córką! I że śmierć twojego synka stała się dla Jagi kulą u nogi. Ona przez tę kulę nie może normalnie chodzić!

– Co ty mówisz? Co ty?! Dlaczego? – Najlepszą obroną jest atak.

Irena nie odpowiada, tylko patrzy na mnie jak na idiotkę.

Czuję, że ma rację. Nie jestem zła. Dziwi mnie Irena. To moja tajemnica – prawda, ale czy nie mamy do nich prawa?

Do własnych, zamkniętych w nas tajemnic? Irena tyle przeżyła, tyle widziała, a mimo to mnie krytykuje? Z drugiej strony, przecież po to przyszłam...

Ciotka bierze filiżankę w dłonie i mówi prosto z mostu:

– Wszystkich nas zaszachowałaś tym nieszczęściem, a Jagna stała się jakimś twoim niezbyt skutecznym antidotum! Zapragnęłaś po Kubusiu dziecka, ale dokładnie takiego, jakie tam, w Bieszczadach, spotkałaś – prawda? Śliczna, zabiedzona Jagusia, wiejska dzieweczka... Sama mi opowiadałaś, taka nią zachłyśnięta, pamiętam! Jaka mądrutka, jaka ładniutka, dzielna, jaka pozbierana, i że w tych sukienusiach taka słodka. Gadałaś jak najęta, jak ona w biednych szatkach i boso pasła kozy. Zakochałaś się w tym dziecku i zaprojektowałaś sobie takie samo, tylko że nasza Jagusia urodziła się inna! Nie chciałaś jej karmić, pamiętasz?

– Miałam traumę poporodową.

– Sraumę... – Irena wypluła to jak przekleństwo. – Ciągnęłaś to w nieskończoność, aż straciłaś pokarm.

– Masa dzieci przez to przechodzi.

– Karmienie to dawanie dziecku siły, miłości, uczenie się go. A ty chciałaś mieć gotową ośmioletnią, bieszczadzką Jagusię!

Oeesssuuu! No fakt! Może i ma rację? Prawda, chciałam z Jagodą wieść takie same dysputy jak z tamtą dziewczynką, a moja... była oseskiem marudzącym, z kolkami, rzadką żółtą kupą. Poprzestawiała sobie noc i dzień, padałam ze zmęczenia, a Janek wytrwale ją masował, poił, nosił, lulał. Pewnie dlatego taka tatusia córeczka. Oszukiwałam się. Wiedziałam, bo czytałam o traumach z dzieciństwa. Jaga ma traumę?! Zafundowałam jej traumę?! Gośka i Irena mówią jednym głosem. To moja wina...

– Irena... co ja mam robić?

– Ba, gdybym wiedziała, to byłabym rabinem z Iłży! Ale jedno ci powiem, ty jakby za rzadko ją przytulasz.

– Ja?! – Idiotyczne pytanie, wiem, przecież Irena mówi do mnie. – Ty chyba też niezbyt często. – Odgryzam się głupio, najgłupiej jak można.

– Ale to nie ja jestem matką, a matka powinna. Nawet jak dzieciak wszawy i parchaty, i kulawy. Ona jakby niedokołysana jest przez ciebie...

Milczymy. Obie kochamy Jagę, ale każda inaczej. I obie wiemy, że Jaga cierpi.

– Pojadę. Jutro wraca Jasiek, porozmawiam z nim.

– Tylko spokojnie, Dorotko. Bo ty zawsze wpadasz w jakieś histerie i wylewasz je Jankowi jak z wiadra, a on, biedny, nie ma... A zresztą, twoje małpy, twój cyrk. Porozmawiaj, tylko bez emocji. Skoro wiesz, że coś jest na rzeczy, to musisz wiedzieć, że coś z tym trzeba zrobić. No idź już! Zrób Jaśkowi gołąbków, skoro go czeka ciężki wieczór.

– Wyrzucasz mnie, jakbyś miała randkę...

– Nie randkę, tylko... sąsiadka ma przyjść, taka maruda, no idź! Tylko kup porządnej wieprzowiny od szynki. I sama zmiel albo niech zmielą przy tobie. Pa!

– Cześć i dziękuję ci bardzo. – To mówiąc, całuję ją i serdecznie przytulam.

Irena bywa szczera do bólu, ale ja to u niej bardzo cenię. Teraz boli, bo mnie nie wsparła, wytknęła coś, czego moim zdaniem nie powinna. Ale przecież Gośka mówi to samo...

– Aha i zawijaj w liście włoskiej kapusty, pamiętaj! Janek tak lubi! – woła Irena przez okno sypialni i macha mi ręką. Nie musiała tego mówić, zawsze takie robię.

Kiedy wyjeżdżałam od ciotki, wydawało mi się, że u wylotu ulicy widzę samochód Jagi. Może mi się przewidziało? Takich pomidorowych sporo teraz jeździ.

Jestem w dołku, mam poczucie winy wsączone mi przez Jagnę, Gośkę i Irenę. Ale na razie nie chcę dzwonić do Jagusi. Musimy się obie uspokoić.

—

Skowyt

Sobota. Nadal struta awanturą uderzyłam do Ireny, żeby poskarżyć się na mamę, wyżalić. Ale kiedy podjechałam pod jej dom, a dokładniej kiedy wjeżdżałam w Hajoty, zobaczyłam, jak wyjeżdża stamtąd mama. Czemu się nie zdziwiłam? Zrobiło mi się słabo i poczułam żal. Chciałam z kimś pobyć, chciałam, żeby mnie pogłaskał, zrozumiał, ale ciotka była już zajęta przez mamę. Może nawet przyznawała jej rację?

Siedziałam cicho za kółkiem. Samochód mamy zniknął za rogiem, a ja nadal stałam w miejscu, nie mogąc się zdecydować. Nie pójdę teraz do Ireny. Jako druga? Idiotyzm. Gryzłabym się tak pewnie kolejne pół godziny, ale uratował mnie telefon z firmy. Czybym na jutro nie wzięła... Wezmę, wezmę. Czy ja kiedyś nawaliłam?

Wtorek. Jednym z plusów mojej pracy są całkiem przyzwoite pieniądze. Kiedy już zejdzie mi z konta rata kredytu, opłaty za mieszkanie, trzeci filar i miesięczna rata oszczędnościowa, którą zasilam fundusz inwestycyjny, reszta zostaje do dowolnego rozdysponowania. Uwielbiam ten moment, kiedy widzę, że zostało mi jeszcze całkiem sporo i nie muszę się szczypać i martwić. Żeby wszystko było jasne – doceniam to, bo znam też życie pod kreską. I to znam dobrze.

Jako studentka i na początku pracy żyłam od pierwszego do pierwszego. A nawet od pierwszego do dwudziestego piątego, bo przez ostatni tydzień żyłam już głównie powietrzem. Na szczęście Irena prowadziła wtedy program dożywiania przyszywanych wnuczek. Duma nie pozwalała mi pożyczać od rodziców, to by było przyznanie się do porażki: „macie rację, wcale jeszcze nie jestem dorosła, nie radzę sobie, dajcie pieniędzy". Pamiętam dzień, w którym zastałam w lodówce tylko światło, keczup i trzy słoiki konfitury wiśniowej Ireny. W szafce nic – ostatnia torebka ryżu wyszła dzień wcześniej. Na koncie debet. W portfelu sześć złotych Dno den. Udało się za te sześć złotych kupić kilo mąki, małe mleko i chyba cztery jajka. Z dodatkiem resztki oleju ukręciły się z tego całkiem jadalne naleśniki. Konfitury, stojące od miesięcy na dolnej półce, okazały się zbawienne. Da się? Da się. Cholernie się cieszę, że przeżyłam takie chude lata, że nie byłam całe życie pod finansowym kloszem. To mi pozwala zachować do siebie szacunek i mieć satysfakcję z pieniędzy, do których doszłam.

Patrzę na stan konta. Super. Mam jeszcze dwa i pół tysiąca złotych do wydania. Mogę iść na kolację do drogiej knajpy, wyjechać na weekend, może kupić coś do mieszkania. Darek mnie tego nauczył. „Pieniądze są po to, żeby je wydawać, Jagoda – to napędza do działania. No i z odłożonych nie ma żadnej przyjemności". Och, jak on pięknie wydawał. Z gestem, nonszalancko, ale z klasą.

Uwielbiał drogie, markowe rzeczy, drogie restauracje, drogie hotele, drogie garnitury, drogie alkohole, drogie samochody. Jego czas, niestety, też był bardzo drogi, jak się później boleśnie przekonałam. Z Darkiem nie spędzało się czasu – Darek wyznaczał czas. Paintball dwie godziny, odebranie małej z przedszkola czterdzieści minut, kolacja z Jagodą trzy godziny, sen sześć godzin, spotkanie z dekoratorem półtorej godziny... Byłam podpunktem w gęsto zapisanym terminarzu Coveya. Zawsze byłam ciekawa, czy wpisze mnie w kategorię „ważne, niepilne" czy „pilne, nieważne". Z perspektywy czasu myślę, że wyszłam na durnowatą gąskę, która poleciała na jego pieniądze i charyzmę, dziewczę z nizin, które za seks podniosło sobie status wystawnym stylem życia swojego... Sponsora? Pamiętam, że po rozstaniu z Darkiem tygodniami nie mogłam się pozbierać. Wyłam, leżąc na dywanie. Łzy leciały non stop i nie chciały przestać – byle co wywoływało skurcz twarzy, żołądka i kolejną falę rozpaczy i histerii. Ten płacz przynosił jakie takie ukojenie, bo tak męczył, rozpalając spieczone powieki i eksploatując brutalnie płuca, że pozwalał w końcu zasnąć. To był pierwszy i ostatni raz, kiedy płacz tak bardzo opanował moją codzienność.

Bo ja z zasady nie płaczę. Tylko wtedy, po Darku... To był płacz absolutnej, rozdzierającej bezsilności, płacz beznadziei i tęsknoty. Nikt, kto tego nie przeżył, nie zrozumie, o czym mówię.

Najpierw słowa: „Jagoda, zakończmy to już. Wystarczy". Krew odpływa z głowy, tętno przyspiesza, robi się niedobrze – to szok, adrenalina, reakcja obronna.

Potem wszystko się zatrzymuje, czas, serce, krążenie, myśli, robi się słabo i ciężko się ruszyć. Kiedy wyszedł, tak po prostu wyszedł, zsunęłam się z kanapy na podłogę i tam klęczałam chyba z czterdzieści minut, patrząc na drzwi, aż zaschło mi w ustach i pod powiekami. Petryfikacja.

Potem przychodzi rozkojarzenie, ciężko zebrać myśli, zdecydować, co dalej – nawet podniesienie się jest trudne, bo po co wstawać, kiedy wszystko jest nieważne? Kiedy świat runął i posypał się, nie zostawiając nic, na czym można się wesprzeć?

Potem nadciąga histeria, spazmatycznie, paląco, boleśnie eksploduje całe ciało, znajdując ujście tylko w kanalikach łzowych i układzie oddechowym.

Po fali płaczu jest znów odrętwienie i jeśli masz szczęście – w końcu sen.

Sen, który nie daje odpoczynku ani snów. Sen ze zmęczenia i braku czegokolwiek innego – to chyba jest przedsionek pustki, w którą wpadają ludzie z depresją. Kuszący, mroczny przedsionek, oferujący spokój i bezruch. Zwykle kiedy się budzimy, przez kilka sekund zbieramy myśli, by skojarzyć, jaki jest dzień, czy idziemy do pracy, czy nie. Ale nie w tym przypadku – z tego snu budzisz się w pełni świadoma, zmęczona i pusta. Doskonale wiesz, co cię dziś czeka i że nic tego nie zmieni. Otępienie, histeria, sen, otępienie, histeria, sen...

A po drodze trzeba grać swoją rolę – bo urlop z pracy można wziąć najwyżej na dzień lub dwa, bo rodzicom nie powiesz całej prawdy, bo znajomi, którzy dzwonią z tym cholernym „co tam?", nie zrozumieją nawet pięciu procent tego, co w tej chwili dzieje się w twoim ciele i umyśle. Zresztą sama konieczność opowiedzenia tego jest katorgą. Więc nie mówisz. Wstajesz, zmuszasz się do umycia zębów i włosów, ubierasz się w zestaw „pewniak", zmuszasz się do przełknięcia kawy i rogalika, zmuszasz się do pracy. Żyłam tak przez wiele tygodni, kiedy Dariusz odszedł. Nigdy więcej nie chcę się tak czuć, nigdy więcej nie zbliżę się do człowieka, któremu nie będę ufać w stu procentach. Nigdy. Ale czy komukolwiek da się tak zaufać, jeśli nie możesz tego powiedzieć nawet o własnej matce?

Kiedy wychodził, powiedział:

– Mam szczerą nadzieję, że nie zmarnowałem ci życia.

– Nie. Góra siedem do jedenastu lat. Potem mi przejdzie – odpyskowałam. Nie wiem po co. Boję się, że zafundowałam sobie samospełniającą się przepowiednię. Wciąż nie mogę zapomnieć.

Dzwonię do Wery.

– Werona? Chodź do spa.

– Że gdzie? Sorki, przerwało mi. – Słyszę, że lezie gdzieś przez miasto, może jest w metrze.

– Do spa. Na przykład tam, gdzie w zeszłym roku. No proszę cię. Stawiam ci masaż. – Nie chce mi się z nią negocjować, a jestem zdesperowana. Muszę wyjechać z tego miasta i zrobić coś obłędnie przyjemnego dla siebie. Muszę.

– A kiedy? Bo wiesz, ja jutro mam spotkanie w Sofitelu. – Boże, cała Wera. Zakłada, że pojedziemy do spa teraz, w połowie wtorku.

– W weekend, babo durna. Jak będą miejsca. Jak nie będzie, to w przyszły, ale ja chcę teraz. No chooodź, bo zwariuję.

– Kotek, oddzwonię do ciebie, dobra? Muszę tu ogarnąć parę spraw.

– Dobra. Kisior. Pa.

Czekam. Tymczasem obdzwaniam trzy znane sobie hotele z niezłymi zabiegami i znajduję wolny pokój na najbliższy weekend. A diabli z tym – jeśli Wera mnie wystawi, to pojadę sama. Jestem już dużą dziewczynką – umiem sama iść do kina, umiem sama mieszkać w hotelu, to naprawdę nic strasznego. Komórka piknęła:

„LalaJadeStawiaszUgniatanieCellulituLowju!".

No.

———

Nagły wybuch

Wydawało mi się, że Jasiek to Chiński Mur. Wydawało.

Zrobiłam te jego ukochane gołąbki, żeby sprawić mu frajdę... I gdy już będzie uradowany, poruszyć temat Jagi. Nieładnie? Przecież to normalne strategie przy załatwianiu rodzinnych spraw.

– Jaśku – zaczęłam, gdy już zasiadł. – Byłam u Irki.

– Co u niej? – Na razie jest spokojnie, normalnie.

– Nie o Irenę tu chodzi, bardziej o Jagodę.

– Stało się coś?

– Stało, wiele lat temu. Irena uważa, że to przeze mnie Jaga jest dzisiaj taka. – Widzę, jak Jaśkowi tężeje twarz, a jedzenie rośnie w ustach. Zamyka oczy. Chyba mu burzę jakiś jego ustalony od lat porządek rzeczy.

– Dorota, czy znów zaczniemy?

– Jaśku, my nigdy nie zaczęliśmy! Ja wszystko zamiatałam pod dywan, źle zrobiłam! Chciałabym teraz...

– Kobieto, błagam! Tak ustaliłaś, wymusiłaś histerycznie, ale diablo konsekwentnie ciszę w eterze, żadnych rozmów o dzieciach, to znaczy o... – zachłysnął się jakby.

– Kubusiu...

– Co ci strzeliło do głowy, żeby po trzydziestu latach rozdrapywać coś, co z trudem się zagoiło? I co to ma wspólnego z Jagną? Coś u niej nie tak?

– Wydaje mi się, a nawet wiem, że bardzo nie tak. Ona nam się nie przyznaje do tego, że tak naprawdę jest nieszczęśliwa. Miota się w tym swoim dorosłym życiu, a sam widzisz, jak jest!

– No co jest nie tak?!

– Jasiek, ślepym trzeba być! Pracuje, owszem, awansuje, owszem, zarabia miłą kasę, owszem, i nic poza tym! Nic! I jeszcze wloką się za nią duchy przeszłości, które ja jej zafundowałam!

Jasiek odsunął talerz z jedzeniem, wstał i pierwszy raz rzucił mi ostro:

– Jeśli uważasz, że teraz ta wiwisekcja coś da, to ją sobie zrób, ale mnie daj święty spokój! Mam tego dość, Dorota!

Ja już nie mam siły! Dla was obu żyję i cieszy mnie, że wam jest dobrze. A teraz się okazuje, że każda ma jakieś swoje wory nieszczęść! Ale to nie ja wam je zafundowałem, więc daj mi spokój! Załatwiaj to sama, nie wciągaj mnie w to! – I wyszedł. Usłyszałam, jak wsiadł do samochodu i gdzieś pojechał!

Zabolało. Jasiek zawsze mnie wspierał, a teraz usłyszałam, że umywa ręce! Najpierw poczułam złość, ale... to była chyba złość ekspiacyjna, bo on ma rację! Pomagał mi zawsze w sprawach, w których nie umiałam się odnaleźć. Urzędy, PIT-y, samochód, przerwy w dostawie prądu. A teraz czego ja właściwie oczekiwałam? Że pojedzie do Jagody i, fik-myk, odkręci sprawę?

Zadzwoniłam do Gośki, a ona skomentowała to tak, że niestety zrobiło mi się niefajnie.

– No, cóż, mówiłam ci, że piłka jest po twojej stronie. To faktycznie twój temat i sama musisz go przerobić. Janek nie może cię wyręczyć. Nikt nie może!

– Ojesssuuu.... To co ja mam robić? Jaga nie chce ze mną gadać, Janek gdzieś pojechał. Jak on mógł?!

– Pozwól im się wkurzać po swojemu. Jesteś okropną egocentryczką! No wybacz, ale taka właśnie jesteś. Dorota, ty żądasz natychmiastowych reakcji, żeby sobie, powtarzam: sobie, zapewnić komfort. Nie przyjmujesz do wiadomości, że inni też mają prawo się złościć.

– Na mnie?

– No, na ciebie. Tak bywa. Weź to na klatę! Wiesz, masa ludzi uważa, że ma patent na mądrość. I za cholerę nie chcą wyjść ze swojego ogródka i popatrzeć na swoje racje z cudzej perspektywy. To rodzi, po pierwsze, frustrację, a po drugie, konflikty, bo zmuszasz wszystkich, żeby myśleli po twojemu. A jeśli się mylisz?

– Ale ja wiem, że postąpiłam źle, i chciałabym teraz...

– ...chciałabyś szybko wszystko odklepać, żeby było dobrze. Ale nie masz różdżki Harry'ego Pottera i tak się nie da. To proces. Twoi bliscy muszą to odchorować po swojemu.

– Gocha, to brzmi strasznie!

– A ty myślałaś, że to będzie łatwe? Dorota, może chcesz wpaść do mnie i pogadać? Chociaż ty sporo wiesz.

– Wiem, wiem. Czytałam twoją książkę i wydawało mi się, że ten rozdział o konflikcie matka–córka z niespełnieniem w tle to nie o nas. A jednak! Głupio tak przyznać się do błędu.

– O, wiem! Ale, uwierz mi, to działa bardzo oczyszczająco!

– Chyba daleko mi do tego.

– Mówiłam ci, że to nie bieg na sto metrów! Powoli, ale konsekwentnie!

Jaśka nie było długo i nie miałam pojęcia, dokąd mógł pojechać. Samochodem, więc nie do knajpy, zresztą on po knajpach nie łaził. Więc gdzie? Taka demonstracja – pierwszy raz. Czuję się beznadziejnie.

Zadzwoniłam do Ireny. Jak się okazało, niepotrzebnie.

– Dorota, ty siebie posłuchaj! Dzwonisz do mnie, staruszki stojącej nad grobem, żeby mnie spytać, gdzie jest twój mąż i co o tym sądzę?

– No wiesz, staruszko znad grobu, mogę dzwonić po koleżankach, ale z góry wiem, co one powiedzą i co doradzą!

– A ciekawa jestem!

– No żebym mu po powrocie przetrzepała kieszenie, obwąchała go solidnie, sprawdziła komórkę.

– To paskudne. W naszej rodzinie nikt się tak nie zachowywał.

– Ach, a ile rzeczy pozostało nieodkrytych!

– A co, odkrycie tego czy innego grzeszku to taka frajda? Co to daje?

– Prawdę!

– A jaka jest prawda?

Zatkało mnie. Ciotka jest zła, słyszę to. Jak to „jaka jest prawda?". Prawda to prawda, chcę wiedzieć, dokąd mąż sobie chodzi! Rozwijam jej tę myśl, zła sama na siebie, że zadzwoniłam, ale muszę dociągnąć to do końca.

– Dorota, coś ci powiem. To dość wredne. Wyobrażasz to sobie w drugą stronę?! Czy Jasiek cię odpytuje, sprawdza, obwąchuje?!

– Ciociu, ja nie mówię, że to zrobię, tylko... Poszedł, a ja nie wiem dokąd, i już!

– A czy twój mąż nie ma prawa do odrobiny prywatności?! Swojego własnego życia? Ty sobie lubisz pójść na jogę, masaż czy co innego, pamiętasz tę grupę „Krąg światła"? A on nie ma prawa pójść choćby na wódkę? Nie zawracaj sobie tym głowy, weź książkę, kąpiel i idź spać! Daj mu oddech!

Wrócił późno i był milczący. Chciałam go spytać, ale pomna słów ciotki, zmilczałam. Oj, świerzbiło mnie niemiłosiernie! Wytrzymałam do rana.

Przy śniadaniu nie dałam rady i spytałam, a wtedy Janek najzwyczajniej mi odpowiedział, że pojechał pogadać z koleżanką. Z koleżanką!

– Dorota, ty masz koleżanki, ja mam kolegów i koleżankę. Jedną, ale za to mam do niej zaufanie, no i chciałem pogadać z kobietą. Ma młodszą siostrę w wieku Jagi. Wystarczy? Czy mam ci dać do niej adres i telefon?

Poczułam się głupio. Poszedł się dowiedzieć czegoś o naszej córce... Odpuściłam.

Zresztą wtedy sypnęło mi się sporo zamówień, bo sprowadziłam piękne bibeloty z Indonezji, przez kolegę Iwony, rezydenta na Bali. Cudeńka, doprawdy! Trzeba było nadać temu rozgłosu, jakaś reklama poszła na kilku portalach dzięki uprzejmości Pawła, artysty. No i musiałam pomóc Jusi, bo nie dawała rady. Poczułam wiatr w żaglach. Wreszcie coś mi się udaje!

Sprawę Jagi postanowiłam odłożyć do jej lepszego humoru. Na pewno nie teraz, po tej niemiłej awanturze – wmawiałam sobie. Nic na siłę! Zresztą ja próbowałam, a ona mnie odtrąciła, zmieszała z błotem i postanowiła mnie wbić w poczucie winy. A za nią ciotka, Gośka i Jasiek. Mam paść na kolana? Błagać? Przepraszać? Może po prostu pokażę, że się już jej nie czepiam? Może ona właśnie tego potrzebuje?

Miałam nawał pracy i to było bardzo wygodne. Jasiek milczący, jakby urażony, ale nad nim też nie będę skakać! Nie mam pojęcia, czemu oni wszyscy się tak zawzięli. Czego ode mnie oczekują? Ale w książce Gośki czytałam o „wyparciu" i to jednak psuło mi humor. Okropne słowo, tkwiło mi w głowie jak drzazga.

Wreszcie umówiłam się do Gośki na fotel.

Spa

Trzydzieści kilka godzin później jechałyśmy moim samochodem wylotówką z Warszawy. Udało nam się wymknąć przed korkami, bo urwałyśmy się z pracy już o czternastej i zaopatrzone w red bulle, „chrupaki", składankę bieżących hiciorów i względnie poprawne nastroje ruszyłyśmy do celu. Spa – nadchodzimy!

– Wiesz co!? – powiedziałyśmy unisono.

– Dobra, ty pierwsza – ustąpiła, o dziwo, Wera.

– Dobra. Wiesz, ja już naprawdę nie umiem rozmawiać z moją matką. Do furii mnie ta kobieta doprowadza! Każda rozmowa kończy się mękoleniem nad moim stanem cywilnym i brakiem perspektyw na życie. Specjalistka się znalazła!

– A co, znów ostre spięcie? Może nie miała nic złego na myśli. – W Werze obudziła się jej wewnętrzna poszukiwaczka harmonii.

– No proszę cię. Chciała dobrze, a wyszło jak zwykle. Awantura była taka, że po raz pierwszy od nie wiem jak dawna wyszłam, trzaskając drzwiami. Zwabiła mnie pod pretekstem przeglądania ciuchów, a skończyło się sztampowym przesłuchaniem. Jakby ją to w ogóle obchodziło.

Zaczynam się już denerwować na to wspomnienie i czuję, że Wera oberwie rykoszetem za sam fakt, że stara się zachować obiektywizm. Wera pod wpływem swojej kojącej nerwy jogi zachowuje się, jakby chciała zostać dyplomatką – wierzy, że ludzie są z gruntu dobrzy, kochani i wspaniali, a wszystkie wojny biorą się z nieporozumień. Dopiero po alkoholu albo w złości wyciekają z niej frustracje i potrafi celnie i ostro skrytykować.

– Dżago, ona się troszczy przecież normalnie. Inaczej nie umie, a że jest z innego pokolenia, to nie zrozumie twojego stylu życia. Który, nawiasem mówiąc, jest specyficzny.

– Słucham?

– O rany, co „słucham"! Zasuwasz ku chwale PKB po dwanaście godzin na dobę, wykorzystujesz seksualnie pokornego jak cielę Radka, i to bez zbytnich skrupułów, zakochujesz się nieszczęśliwie w jakimś żonatym snobie, który od pierwszej sekundy wdeptywał twoją pewność siebie w błoto – no, nie ma się czym zachwycać, prawdę mówiąc! Do tego skrzętnie ukrywasz wszelkie objawy życia wewnętrznego, wypłakując się wirtualnym ziomalom z awatarami zamiast twarzy. No Jago.

Oddycham głęboko, żeby nie wybuchnąć. Zdrada. Brutus na przednim siedzeniu. A najbardziej mnie wkurza, że ma tyle racji, że nazywa po imieniu to, co ja tak uparcie wypieram albo racjonalizuję.

– Jestem porażką – oznajmiam spokojnie. Dobrze, że prowadzę i nie muszę utrzymywać z Werą kontaktu wzrokowego. – Życiowym ułomem. Bardzo fajnie.

– Jaguś, kocham cię nad życie, wiesz? Jesteś jednym z najlepszych ludzi, jakich znam, i mnie boli, kiedy mi ryczysz w kolano, że masz serce w proszku. Tylko że mnie to mówisz, a przed matką zgrywasz chojraka. I po co tak?

Zastanawiam się. Właśnie, po co?

Wiem.

– Bo nie jestem w stanie się przyznać, że mi coś nie wyszło.

Wiem to od dawna i cieszę się, że mogę w końcu wypowiedzieć na głos.

– Od pieluszki staram się mamie czymś zaimponować. Wiem, że ona na coś czeka, ale choć jestem już dorosła, wykształcona i ogarnięta, to nadal nie wiem na co. Bo nie chodzi wcale o męża – to tylko hasło. Jak chodziłam z Adamem, jeszcze na studiach, to też ciągle coś było nie tak. Nie wiem, Wera. Nie wiem. Jakby ktoś jej podmienił dziecko w szpitalu, a ona je przygarnęła, ale wciąż czeka na to swoje właściwe.

– Jago!! Nie histeryzuj!

– Wera, przysięgam. Słyszałam dawno temu, jak mama opowiadała Irenie: „Moja Jagusia ma takie szybkie rączki, taka sprawna jest w tej kuchni". Nie wiedziałam, o co chodzi, bo przecież nigdy z mamą nie gotowałyśmy. Może się przesłyszałam, coś źle zapamiętałam. Ale coś mi w tym dziecięcym móżdżku zostało i tak kiełkuje od dwudziestu lat z okładem.

– No to ja nie wiem, Jago. Chyba musicie po prostu o tym porządnie porozmawiać, bo się zatrujesz całkowicie. Albo się z tym pogódź, bo matki nie zmienisz – taka jest, koniec. Wybieraj. Ja bym stawiała jednak na rozmowę, a nie zasypywanie gówna piaskiem...

– Po moim trupie, Wera. Ja już nie mam siły ani wiary w jakiekolwiek porozumienie.

– Aha, no to doskonale – kwituje z przekąsem, patrząc na mnie. Nie odwzajemniam spojrzenia.

Jedziemy w ciszy. Cholerna Wera i jej obiektywizm. I cholernie celna krytyka.

Dojechałyśmy do hotelu parę minut po osiemnastej Weekend miał być pod znakiem relaksu i lenistwa, więc od razu zamówiłyśmy kolację do pokoju. Rozłożyłyśmy na podłodze koce i poduszki, jak to zwykle robimy na naszych wieczorach, i zabrałyśmy się do jedzenia. Carpaccio, caprese, mięciutkie bułeczki z masłem ziołowym, deska serów i szampan w wiaderkú z lodem – nie były to może najdroższe pozycje z karty, ale wystarczyły, by poprawić nam kwaśny nastrój.

Telewizja oferowała filmy pay-per-view, więc wybrałyśmy jakiś zeszłoroczny horror, potem drugi, i zasnęłyśmy na podłodze grubo przed północą.

Rano zabiegi. Przemyślne pakiety usług zakładały przyjazd nienasyconych sobą przyjaciółek – mogłyśmy poddawać się karesom dyskretnych i sprawnych pracownic w jednym pomieszczeniu.

Wera leżała pod dmuchawą parową, a ja poddawałam się woskowaniu kolejnych kończyn.

– Wera – olśniło mnie – ty coś mi chciałaś opowiedzieć wczoraj.

– Ja?

– Nie, ta druga – kpię. – No ty! Wtedy co o mamie mówiłam.

– Eee? Aaa! No to usiądź, bo to jest niezła anegdota.

– Leżę przecież.

– To leż mocniej.

– Leżę mocniej, no.

– Pamiętasz Adasia?

– Jakiego Ada... Czekaj, Adasia z Zurychu? Tego polityka?

– Tego właśnie. Szwajcarski Adaś. I nie jest politykiem, tylko pracuje w ambasadzie.

– I co z nim?

– I pamiętasz, jak go poznałam wtedy na juwenaliach? Taki bidny był, kochany, nikogo tu w Polsce prawie nie miał. Tak mnie na fejsbuku potem czarował konwersacją, takie snuł opowieści cudnej treści, co będzie, jak znów przyjedzie do Polski, ale że będzie niedługo, bo na wesele idzie do znajomych.

– No pamiętam. Fajny koleżka się wydawał, choć gówniarz chyba. Ile on tam miał? Dwadzieścia cztery?

– Dwadzieścia siedem. Nieistotne. No więc szwajcarski Adaś przyjechał ponownie, z miesiąc temu.

– Wera, no nie mówiłaaaś! – Aż się uniosłam na łokciach, a „aś" wyszło mi piskliwie, bo skorelowało się z dość bolesnym rwaniem włosków z podudzia.

– Oj, bo ci Felek umarł, to co ja ci miałam głowę moim żenującym życiem erotycznym zawracać. No Jago.

– Weroniko... spałaś z nim! – mówię oskarżycielsko.

– A owszem, spałam. Dosłownie. Usnęłam z nudów – powiedziała z szerokim uśmiechem Wera.

Kosmetyczka zakładająca Weronice opaskę na włosy uśmiechnęła się dyskretnie.

– Oj, tak słabo? – Wyszczerzam się do Wery.

– Jak by to powiedzieć elegancko... chłopak wie, jak dotrzeć do celu, i obecność partnerki mu w tym nie przeszkadza. Solista. I strasznie potem sapał przez sen. – Wera już się dławi ze śmiechu. Nieco może i z zażenowania, ale dobrze, że to z siebie wyrzuciła. W końcu przyjechałyśmy się oczyszczać!

– Ooo, tak mi przykrooo. – Śmieję się przez łzy, bo druga z cichych i dyskretnych pań dotarła już z woskiem do brzegu bikini. – Rozumiem, że sprawa zakończona.

– Jago, tu się sprawa dopiero zaczęła – mówi Wera bardzo poważnym głosem. – Dlatego pytałam, czy leżysz mocno.

– No leżę!

– Po naszej średnio upojnej nocy, jak już powrócił do Zurychu, to – szokujące! – przestał się odzywać. No ja rozumiem, jesteśmy dorośli, nie złożyło się nam. Wszak nie spodziewałam się, że zamieszkamy razem w domku z białym płotkiem i puchatym kotkiem. Nawet nie chciałam.

– Nie posądzam cię o to.

– Ale z tydzień później wchodzę ci ja na fejsbuka, patrzę: Adaś został oznaczony na zdjęciach niejakiej Ulrike.

– Szwajcarskiej Ulrike, jak mniemam?

– Mniemasz. Szwajcarska Ulrike zamieściła słitaśne focie swoje i szwajcarskiego Adasia, a data słitaśnych foć była mocno zbliżona do daty jego powrotu ze zwiedzania mojego mieszkania.

– No żartujesz... Ma tam pannę?

– Milcz i słuchaj, bo popsujesz puentę.

– Proszę teraz na plecy – szepnęła pani od wosku.

– Wkurzona z lekka sytuacją, wysłałam ten link do Anki, na zasadzie „zobacz, jaka akcja". A Anka patrzy i mówi mi: „Ty! Przecież to nasz Adaś!". „Nasz Adaś", rozumiesz, pracował niedawno u niej w firmie, a wspomnienie o nim unosi się nadal po korytarzach jak dym z popielniczki, bo kawaler oczarował połowę personelu. Nawet dzwonił do Anki niedawno, że przyjeżdża na juwenalia i możebysięsptkali. – Ostatnie słowa Wery zniekształciły się nieco, gdyż dyskretna pani numer jeden manewrowała gazikiem w kąciku jej ust.

– Don Juan. Szwajcarski! – mówię z uznaniem.

– Coraz bardziej wkurzona wyciągnęłam Ankę na piwo, żeby się dowiedzieć, jak to było z tymi juwenaliami, bo nie lubię być czyimś planem B. Oj, nie lubię! I dołączyła do nas Olka, ta, wiesz, ode mnie z jogi. No i gadam ci ja z Anką, a Ola nagle mówi: „Adam z Zurychu... Czekajcie, taki wysoki blondyn? Górczyk? Adam Górczyk?".

– No coś ty! – Biorę wdech, a dyskretne panie wymieniają dyskretne uśmiechy.

– Naprawdę. I Olka mówi: „No to ja go znam! Idzie z moją przyjaciółką na wesele do znajomych niedługo".

– No żartujesz! Bydlę!

– Jago, przysięgam! I nie bydlę, tylko fachowiec! Perfidny specjalista, rozegrał to perfekcyjnie. Cztery byłyśmy naraz i żadna nie odczuła obecności współtowarzyszek. – Wera wzięła wdech, bo pani właśnie oczyszczała pory na płatkach jej kształtnego nosa. – Współdzielony Adaś dawał z siebie wszystko – dodała po chwili złośliwie.

– Jezu, Wera. Jakbym to wyczytała w „Cosmo", tobym uznała, że redaktorki wyobraźnia poniosła – mówię autentycznie podekscytowana. Nie wiem, czy adrenalinę podniosła mi opowieść o niewiernym Adasiu, czy wosk brazylijski, ale jestem przyjemnie ożywiona, choć celem dzisiejszego dnia było coś dokładnie odwrotnego.

– Gotowaś na wiśnię u szczytu tego tortu? – pyta Wera o oczyszczonych porach.

– Nie wiem, ale dawaj! – Śmieję się, szczerze już ubawiona, podczas gdy dyskretna pani naciera mnie bosko pachnącą oliwką.

– Znasz mnie i moje słynne opanowanie – mówi Wera z oczywistą autoironią. – Napisałam więc Adasiowi kilka ciepłych słów, recenzję jego zdolności oraz serdeczne życzenia zdrowia i wszelkiego powodzenia. Wspomniałam też coś o parchach i dławieniu się, no nieistotne.

– Zbluzgał cię pewnie od idiotek?

– Przeciwnie, droga Jagodo! Otóż wysłał mi serdecznego maila z przeprosinami, pełnego wiele mówiących, pełnych fałszywej skruchy wielokropków i samobiczujących się zwrotów z gatunku „wiem, jak musiałaś się poczuć".

– Czym pogrążył się ostatecznie – kończę za nią.

– Ostatecznie. Jak być palantem, to przynajmniej konsekwentnie! Amen. Skończyłam. Można się śmiać.

Więc się śmiałam. Na tyle, na ile umiem, ale szczerze.

Dyskretne panie podały nam ręczniki i zaprosiły do ogrodu na ożywcze koktajle. Jak to dobrze, że na świecie są tacy Adasiowie. Już zaczynałam myśleć, że tylko mnie spotykają przykre rzeczy.

Fachowiec!

———

Fotel u Gośki. Czyli lekarzu, lecz się sam

Miała być psychoterapia, a myśmy gadały do nocy ciemnej i w dodatku się upiłyśmy. Gośka spytała, czy nie przyjechałabym taksówką, bo ma dobre wino. Pogadamy jak kumpele, przecież nie będę oficjalnie „leżankować".

– Wiesz, możemy pogadać, ale jako koleżanka nie mogę ci robić psychoterapii. Lekarz nie operuje rodziny! To dobre portugalskie wino, kupiłam, wracając z wycieczki.

Głównie gadała o sobie. Też ma popaprane życie. Kazik, jej mąż, odszedł do młodszej. Klasyka! Do siusiary, która zastawiła na niego sidła. Najzwyczajniej na świecie, z premedytacją jej go odbiła. Kazik był uroczym facetem, prowadził małą pracownię graficzną. Szybko obrósł w piórka i nazwał się agencją graficzną. Miał sekretarkę – przekochana, sprytna i doprawdy tak zaradna! Wół roboczy i w ogóle niezastąpiona. Zakolegowała się z Gośką w mig! Załatwiała jej jakieś kosmetyki i ciuchy. I w mig uzależniła od siebie Kazika. Gośka, pewna swego mężczyzny, uważała, że Kamila absolutnie nie jest w typie Kazia. Za młoda, ciut wulgarna i prostacka momentami. Z techniczną maturą, mówiła „włanczać", „biblioteka" i „kurde" – co drugie słowo. Nieobciążona rodziną, mieszkała tylko z mamą. „Powinna mi się zapalić czerwona lampka, że bez chłopa" – mówiła mi swego czasu Gośka.

Kazio klasycznie rozromansował się z Kamilą pod ślepym okiem Gośki. Jeździli razem po Polsce do klientów, w czym Gośka, nowoczesna i mądra, nie widziała niczego złego. „Kazik jest lojalny i inny, ona jest kompletnie nie w jego guście, dajcie spokój"! – gasiła judzące koleżanki, aż do chwili kiedy Kazio wybył z domu z dwoma walizkami, mrucząc, że „potrzebuje wolności". Kupił sobie i Kamilce mieszkanie i się rozszalał. Gośka cierpiała dzielnie. Żadna z nas nie miała pojęcia, jak bardzo ją odejście Kazika bolało. Była w naszym gronie koleżanek z liceum najmądrzejsza, terapeutka wszak, zawsze udzielała rad! A teraz sama ma za swoje!

Po roku otrząsnęła się, wzięli rozwód. Zrobiła doktorat, nauczyła się angielskiego i zaczęła się udzielać w kolorowym czasopiśmie, aż raz... Kazio zapukał do drzwi. Zmięty, złamany, bo Kamila go znudziła, rozczarowała, a przyciśnięty do muru zeznał, że zdradziła z klientem. Pytał, czy Gośka może go przyjąć. Nie przyjęła.

– Wiesz, żałuję, bo fajny był.

– Ale puścił cię w trąbę dla takiej...

– Ach, puścił, puścił... Widocznie byłam na coś ślepa, ale był fajny. Z żadnym mi już tak nie było.

– A dzisiaj? Co robi? Może zadzwoń do niego?

– No coś ty, Dorota, nie mówiłam ci? Ożenił się pięć lat temu!

– Nie mówiłaś.

– No. I dziecko ma.

Gośka nie ma dzieci. I cierpi, bo chyba bardzo Kazika kochała.

– Gocha, powiedz, czemu oni zdradzają?

– Dorocia, z jakiej ty jesteś epoki? My też zdradzamy, na potęgę! Wiesz, że według polskich badań „gabinetowych", znaczy u ginekologów, co najmniej jedna czwarta pacjentek przyznaje się do zdrady?

– No coś ty?!

– Przed wojną mówiło się, że tylko kobiety zdradzają mężów.

– A mężowie?!

– Oni tylko „czyszczą sobie krew!". A dzisiaj, w dobie emancypacji, wyrównało się i my też „czyścimy sobie krew"!

Pękła butelka portugalczyka na miłych pogaduszkach. Rozumiemy się z Gośką. I lubimy gadać!

– Ale powiem ci w ramach porady psychologa, czemu zdradzają faceci – Gośka wyraźnie akcentowała głoski. – Bo albo mają za dużo kontroli, albo zabrakło im czegoś na własnym podwórku. Więc idą na cudze. Czyli?!

– Skurwysyny? – zgadywałam.

– Czyli totalny brak komunikacji w związku! Widzisz, jak ty nic nie wiesz? A za tobą reszta pań. Czy ty wiesz, że facet uwielbia loda? A ty Jaśkowi loda robisz? Jesteś otwarta na „te rzeczy"?

Poczerwieniałam. Gośka chyba za dużo wypiła...

– Oj tam... – bąknęłam. Faktycznie, nie jest to moja ulubiona forma rozrywki. Kiedyś, jak byliśmy młodzi, to tak, ale teraz? Po co?

– A to tylko wierzchołek góry lodowej! Oni lubią... to znaczy, wszyscy lubimy odmianę, chcemy, żeby coś czasem było inaczej, ale wstydzimy się o tym mówić. Pomijając już to, że baby w naszym wieku traktują swoich mężów z pogardą, dystansem, politowaniem. Nie chcą seksu, opędzają się i wmawiają facetowi, że jest porąbany, bo jemu się chce. No chce! Ile można się powściągać? Co to, mąż ślubował czystość wiekuistą? A kochanice wręcz przeciwnie! Chętne do bzykanka i loda zrobią. Do tego achy i ochy! „Jaki jesteś silny, sprytny, mądry, inteligentny". No, sama powiedz, czemu ma nie zdradzić, jak to takie miłe?

Byłam zła, bo chciałam z Gośką porozmawiać na zupełnie inny temat! A tymczasem otworzyłyśmy drugą butelkę, teraz węgierskiego niedźwiadka, i doiłyśmy dalej. Tego wieczoru Gośka chciała się wygadać.

Kiedy wróciłam taksówką od domu, Jasiek spał.

Na stoliczku nocnym leżała jego komórka. Korciło mnie, oj, korciło! Ale pomyślałam, że to idiotyzm, nadkontrola i że samą siebie za to znienawidzę. I byłam z tego dumna! Nasz związek jest wyjątkowy. Jesteśmy z innej gliny. Jasiek jest safanduła, ale kochany, najmilszy – i mój. Nigdy nie byłam zaniepokojona jego zachowaniem i sama nie dawałam mu powodu do niepokoju. No nie! Jednak nie! A... jeśli Jasiek już mnie nie kocha? Jeśli mu się nie podobam? Oganiam się. Loda mu nie robię. Czasem mnie weźmie, jak wtedy po pogrzebie Felka, ale chyba nie tak często, jak by chciał.

Stanęłam nago przed lustrem w łazience i szczerze mówiąc, przestraszyłam się. Co to jest?! Kto to jest?! No, zawsze byłam okrąglutka, owszem, ale to... to mam być ja?! Morświn. Kluch. Barbapapa. Nie! Barbamama. Była taka dobranocka.

Na bokach trzy fałdy! Brzuszysko jak u Buddy, tłuste ramiona. Fuj! A jeśli on spotka ładniejszą? Jeśli już spotkał?!

Poszłam spać zgnębiona i załamana. Znów poczułam to, co czułam od zawsze – niezadowolenie z siebie. Rodzice i nauczyciele mówili mi: „mogłabyś, ale jesteś taka leniwa, Dorotko", i potem wszystko w życiu wymykało mi się z rąk. Ciągle musiałam schodzić stopień niżej i wmawiać sobie, że tego właśnie chcę! Kurczę! A teraz mam problem z Jagą i z Jankiem coś nie tak, i gruba jestem.

Zasnęłam zapłakana. Nie pierwszy raz.

— Czy w spa robią lifting duszy?

Po depilacji, masażu, peelingu twarzy i saunie parowej oraz powieczornym drinku w hotelowej knajpce i długim spacerze zasnęłyśmy w połowie serialu jak dwa kamienie. Tyle że Wera wstała dzisiaj parę minut po siódmej i poszła biegać, a ja rozchyliłam powieki koło dziewiątej i długo jeszcze leżałam w białej hotelowej pościeli, rozmyślając.

Wczorajsza opowieść Wery tylko potwierdziła, jak trudno znaleźć porządnego faceta, a im jesteśmy starsze, tym trudniej. Obie mamy już magiczne trzydzieści lat i na półce zostało niewiele. Kawalerowie w naszym wieku są z gruntu podejrzani (tak jak pewnie my w ich oczach), bo skoro nadal wolny, to coś z nim musi być nie tak. Albo nadal mieszka z mamą, albo jest komputerowym świrem, może psychopatą, i rozsądne kobiety już zdążyły od niego uciec. Może coś przed tobą ukrywa, coś, o czym nigdy nie chciałabyś się dowiedzieć... To trochę miejska legenda, bo tak naprawdę nie spotkałam dotąd gościa po trzydziestce, który nadal mieszkałby z mamą lub bandą kolegów jeszcze z liceum, który paliłby trawę i kazał prać swoje rzeczy biednej matce, ale podobno istnieją. Brrr... Idźmy dalej. Na rozwodników i wdowców jest ewidentnie za wcześnie. Ostatnie pięć lat to nieustanne zaręczyny, wesela i chrzciny, więc moi rówieśnicy jadą pewnie jeszcze na oparach entuzjazmu związanego z rozpoczęciem nowego, wspólnego życia. Single ponoć jeszcze się po rynku pałętają, zdarza mi się przecież usłyszeć, że ktoś kogoś spotkał, ale zwykle poznają się w klubach czy internecie, a obie te formy jakoś mnie mierzą. Naprawdę przestaje to być zabawne.

Wczoraj w przypływie emocji, wspartych drinkiem i pięknym zachodem słońca, wysłałam Radkowi esemesa. Pilnowałam się, aby był wyważony i miły, acz lekko zaczepny. Coś w stylu: „Co u Ciebie? U mnie rozkoszne lenistwo – szkoda, że nie możesz tego poczuć! Buziaki". Jak dotąd nie odpisał. Zła jestem na siebie za tę chwilę słabości. Po cholerę ja do niego napisałam?

No tak, bo to przecież jedyny w miarę porządny facet, jakiego znam. Przynajmniej tak na to patrzyłam wczoraj. I lubi mnie. Wszyscy jakoś o tym wiedzą, nawet Irena. I czasem patrzy na mnie w sposób, który mnie onieśmiela – jakby miał przed sobą bardzo ładny obraz czy rzeźbę i starał się zrozumieć, co autor miał na myśli. Z uwagą, skupieniem i leciutkim uśmiechem na ustach. A usta ma ładne.

Myślenie o Radku i porządnych facetach natychmiast mi przypomniało kłótnię z mamą „o męża", no i nastrój już miałam do luftu. Świetnie.

– ...bry, śpiochu. Wstawaj. – Wera wpadła do pokoju z rumianym licem i zadyszką, wyprostowana jak struna, emanująca tym swoim obrzydliwie zdrowym stylem życia. Kochana moja wariatka.

– Spadaj. Nie wstaję. Już nigdy nie wstanę! Tu będę leżeć!

– Jagoda, śniadanie. Bez dyskusji. Idę pod prysznic i jak wyjdę, masz być *Homo erectus*, nie *Homo... verticalis*. No, raz!

Weszła do łazienki. Miałam jakieś dwadzieścia minut, zważywszy, że będzie myła głowę i płukała na przemian ciepłą i chłodną wodą swój domniemany cellulit.

Dźwignęłam się motywowana wyłącznie strachem przed zmarnowaniem dnia. Dziś czekał nas wypad rowerowy, manikiur, regulacja brwi i wtłaczanie w cerę za pomocą jakichś fal kwasu hialuronowego, rzekomo skóra po tym robi się „gładka i nawilżona, aksamitna". Ja chciałabym mieć taką duszę – gładką, nawilżoną i aksamitną. A mam jak pognieciony, wyschnięty pergamin.

Może zamiast do spa powinnam pojechać na jakieś warsztaty leczenia duszy?

Rzecz w tym, że w coś takiego trzeba wierzyć, a ja sceptyczna jestem...

Oparłam się pokusie zalogowania na Szklarni, bo po pierwsze, zapadłabym się tam pewnie na co najmniej godzinę, a nie chcę, by Wera czekała, a po drugie, ten weekend miał być odskocznią od codzienności. Co gorsza, Szklarnia staje się dla mnie ostatnio konfesjonałem, ja oczyszczam się z rodzinnych problemów, a Mery jak spowiednik rozgrzesza mnie i wskazuje właściwą drogę, na której jednak nie udaje mi się utrzymać dłużej niż dwa dni.

– Real – mówię do siebie, siadając na łóżku. – Dziś żyjemy realem. Ciekawe, jak to jest, gdy się nie zagląda do komputera dłużej niż czterdzieści osiem godzin. Może doświadczę zespołu odstawienia? Pewnie nie, w końcu podobno jestem robotem.

– Wera? – zagajam, bo poczułam się przez chwilę boleśnie sama.

Nie słyszy. Szumi woda z prysznica, pobrzmiewa muzyka z leżącego na umywalce iPhone'a. Poczekam. Jestem przecież cierpliwa.

Poczekam....

A niech was wszyscy diabli, jak powiedział Dulski

Tak właśnie – Janka nie ma. Rzucił coś i wyszedł, wściekły na mnie jak nigdy. Owszem, potrafi się wściekać, widywałam, jak się unosi w słusznym gniewie, obsobacza głupca albo niegodziwca, ale mnie się właściwie nigdy nie dostało, tym bardziej Jagnie. Jasiek w domu potrafił spokojną argumentacją ugrywać swoje szlemiki, a gdy widział, że mnie bierze jakaś furia, starał się ją uciszać, wycofywał się i milkł. Nie mając kontrdyskutanta, a właściwie kontrawanturnika, cichłam i ja. Szybko mi mijało. Stygłam i było mi głupio, że się uniosłam. Nie mam temperamentu awanturnicy. A Jasiek to już w ogóle.

Dlatego jego ton sprawił mi ból. I to, że wyszedł z domu wściekły.

Wrócił późno. Poczułam, że był po wódce.

Śniadanie. Jestem wyczulona, miła. Serwuję jajka na miękko w szklance i kakao. Bułeczki i dżem z truskawek od Ireny. Nic nie mówię, nucę coś niby. Jasiek milczy.

To okropne, widzę, że się nie odezwie, skupiony na wbijaniu jaj do szklanki. Co za precyzja! Skupienie takie, że już nie ma miejsca na wyjaśnienie, gdzie był.

– Jasiek? Skąd ta złość?

Oczywiście zapewnia mnie, że się nie złości. Rzuca mimochodem, że pyszne jajka, tylko po to, żebym przestała go nagabywać.

– Sądzisz, że coś robię źle? Powiedz mi zamiast uciekać!

– Dorocia, daj mi teraz spokój. Porozmawiamy o tym, ale nie teraz. Wiesz, że robisz źle, nie muszę ci tego mówić. Wiesz to od lat.

Wstaje i wychodzi.

No to ten mój wrzód hodowany długo, może za długo, właśnie pęka. Gośka ma rację. Irena ma rację. Jakie to okropne, że nie ja ją mam! Wydawało mi się, że uklepałam wszystko, że już ta moja sprawa porosła trawą, nie ma jej. A tu się okazuje, że wyłazi spod tej trawy i że nie jest tylko moja, bo Jagna cierpi.

Czemu?

Dlaczego jej wariackie życie tak mnie boli? Bo uważam, że to przeze mnie ona stale coś udowadnia światu? Że jej praca nastawiona jest na efekt firmowy, a nie osobisty? No bo co ona ma z tego tyrania? Mieszkanie, za które sama płaci. Samochód, który sama utrzymuje. I wakacje, i spa, wszystko już funduje sobie sama. Poświęciła się tej swojej korporacji i jest jak kapłanka poślubiona jedynemu bogu – Pieniądzowi. Jest żołnierzykiem karmionym pustymi sloganami, żeby była wydajna i silna. To socjotechnika, wiem, czytałam o tym w necie. Podsyłam jej czasem artykuły, ale ona wściekle mi je odsyła.

Nie chcę, żeby była takim żołnierzem. Jak jej wyjaśnić, że to nie jest szczęście, tylko iluzja? Pieniądze jej nie przytulą, nie pogadają z nią. Pęd nie pozwala jej wziąć oddechu, rozejrzeć się wokół i zobaczyć zwykłego życia.

Starałam się jej to powiedzieć, ale zawsze natykałam się na mur. Naprawdę aż tak ją do siebie zraziłam?

Niepokoją mnie jej kpiny z każdego niemal rodzica w jej wieku.

Jak ona szydzi z koleżanek i ich macierzyństwa! Ta jest jak kwoka, ta przesadza z karmieniem piersią, ta znów jedzie tylko na słoiczkach, a tamtej dziecko jeszcze nie siada na nocnik. Jakby Jagna pozjadała wszelkie rozumy. A przecież nie jest matką, nie wie niczego o dziecku. Skąd w niej tyle... soli?

Ode mnie? To bunt? O mój Boże. Żeby tak Jasiek ze mną pogadał. Żeby Gośka mnie wsparła i Irena, ale one furt tylko mi wytykają, że nie doceniam Jagi, że sprawę Kubusia zataiłam. A co to ma?...

Z rozważań wytrąciła mnie Justyna, która właśnie przyszła do pracy.

– Pani Doroto! – woła mnie głośno.

Schodzę po schodkach do garażu i... nie wierzę własnym oczom. Woda! Wszędzie!

– Rura pękła? – pytam przerażona.

– Nie, sprawdzałam. Łazienka w porządku. – Justyna brodzi w tej wodzie i podnosi, co się da. – Mówili na przystanku, jak stałam, że gruntowe podeszły jakimś ludziom i zalały piwnice. To i u nas może?

– Rany! Ratujmy to, tu stoją pudła z szalami, sukienkami!

Pół dnia wynosiłyśmy paczki z garażu. Dopiero co przyszedł transport nowych ciuchów z magazynu. Szlag! No!

Na szczęście jeszcze nie zatęchły, ale trzeba się tym szybko zająć.

Przez resztę dnia rozwieszałyśmy te szmatki w naszym ogrodzie. Pojechałam po sznur i rozciągnęłam go parę razy od płotu do płotu. Namokłe kartony powiązałam i wywiozłam na śmietnik, zajechałam do Ikei po nowe, składałyśmy je i pakowały do nich to, co suche. Jasna cholera! Jak nie urok, to sraczka!

Janek znów nie pojawia się o czasie, ale nie będę grała zazdrosnej jędzy. Zresztą teraz szmatki ważniejsze. Trudno. O Jaśka zapytam przez telefon Gośkę.

Zamiast do Gośki zadzwoniłam do Ireny.

– Słucham! – zagrzmiało w słuchawce.

– Irena? – pytam idiotycznie, bo nie przygotowałam sobie tej rozmowy.

– Nie, Gąska Balbinka. Co chcesz, Dorociu?

– Przeszkadzam ci?

– Nie, oglądam serial, ale z tych idiotycznych, co to nie obejrzysz sześciu odcinków, a i tak wiesz, o co chodzi. Ta Karolkowska to już wszędzie jest. Na każdym kanale. A z nią ten, no... Co teraz też wszędzie jest...

Opowiadała mi, a ja cierpliwie słuchałam.

– Ciociu, ja z pytaniem.

– No, przepraszam cię, ja tu o głupotach... Ach, obejrzałabym jakiś porządny film, z Bodo, Żabczyńskim albo Ćwiklińską! To były filmy! No, słucham cię.

– Jasiek nadął się na mnie dość poważnie i gołąbki nie pomogły...

– O... to poważna sprawa, Dorociu.

– On późno wraca...

– Nie histeryzowałabym – mówi Irena lekko. I dodaje: – Ale skontrolować warto, tylko, proszę cię, zrób to dyskretnie!

– Jezus... – jęknęłam.

– Przestań. Akurat chodzi o Jana, i to bynajmniej nie świętego. Dziecko, ja nie podejrzewam twojego Jaśka o najgorsze, ale on mógł wpaść w sidła jakiejś nawiedzonej idiotki. Mimo wszystko uważam, że ich łatwo jest uwieść. Taką mają naturę!

– Ciociu! Jaką naturę?

– Dorota, przestań mi tu wyjeżdżać z feminizmami i równością. Mężczyzna, choćby najukochańszy, szczery i dobrotliwy, jest łatwym obiektem. My umiemy rozpiąć niewidzialną sieć i tak omotać, że i Abelard by wpadł. I wtedy Heloiza musiałaby się poddać psychoanalizie.

– To co ja mam robić?

– Nie panikuj. Pamiętasz piosenkę Czerwonych Gitar?

Prawie co dzień od tygodnia
Znikasz gdzieś wieczorem.
Często milczysz, nic nie mówisz,
Tylko się uśmiechasz.

Pamiętam! I nucę uradowana, że może Irena ma rację:

Jeszcze wczoraj przypuszczałem,
Że masz już innego,
Teraz wiem, że brałaś tylko
Lekcje angielskiego.

– Dorotko, to może być cokolwiek, ale też nie cokolwiek, więc sprawdź, dziecko! Może poszedł na kurs dżudo? Może chodzi do dentysty? Może na chorwacki? Ma prawo do swoich spraw, ale ty jednak powinnaś wiedzieć, co to za sprawy. Tak jest przyzwoicie.

Uf, ma ciotka rację. Raz jeszcze zapytam, a potem będę sprawdzać.

– Dorota? – Irena pyta spokojnie.

– No?

– Ty wiesz, że Felek miał raz „skręt w lewo"?

– Kiedy?

– Wpadnij, opowiem ci. Teraz kończę, bo zaraz na TVP Kultura będzie wspomnienie o Mirze Zimińskiej. No pa!

Odetchnęłam. Nie żebym osiadła na laurach, ale przynajmniej Irenę mam po swojej stronie. Ciuchy schną, Justyna zmęczona robotą poszła do domu. Muszę gdzieś przenieść biuro. Jagna nie dzwoni. I nie zadzwoni, wiem to. Musi jej przejść ta złość. A ja pomyślę, jak zaszyć tę dziurę między nami.

Dociśnięty do ściany Jasiek wyłgał się... dentystą. To jego kolega, Stefan, faktycznie znakomity stomatolog. A koleżanka? Nie, tylko dwa razy się z nią spotkał, teraz po prostu załatwia zaległe sprawy uzębienia. Zbył mnie.

– I wracasz o pierwszej, pachnąc wódeczką?

– Oczywiście. Po zębach idziemy ze Stefanem do knajpki z dużym telebimem, oglądamy mecze, pijemy i jest fajnie. Przepraszam cię, Dorota, ale na razie tak wolę. Nie wałkujmy spraw oczywistych, dobrze?

– Jasne, ale czy po znieczuleniu możesz tak pić?

– Mogę – odpowiedział krótko. Tyle było rozmowy o jego późnym powrocie. – A czemu zrobiłaś takie pranie, skoro ma padać?

Cholera jasna! Zdejmowałam i układałam szmaty, klnąc pod nosem wodę gruntową.

Sprawdziłam – przybyło jej. Jutro przenoszę biuro do domu, bo gdzie?

W nocy Jasiek, nieco zdziwiony moją chętką, zabrał się do mnie jak zwykle chętnie i czule. Luuubię. No co poradzę, że nie codziennie, nie co godzinę i nie zawsze wtedy, kiedy on chce. Bo jak to zrobić, kiedy akurat siekam warzywa na surówkę albo przepieram jego skarpetki? Ale jak już... to lubię, no! Tym razem jakoś byłam rozproszona i siła odczuć mi zbladła. No ale mam tyle na głowie...

Faceci mają fajnie. Umieją się wyłączyć, seks ich oślepia, relaksuje, wycisza. Zawsze mają szczytowanie, hop i już! A my nie. Za często bierzemy ze sobą do łóżka problemiszcza, jakieś sprawy, sprawki, zamiast zostawić je w cholerę w łazience, w koszu na bieliznę, a do łóżka iść na luzie, jak napalony poborowy, jak faceci!

– Porozmawiaj o tym z lekarzem – doradziłaby mi Gośka. Porozmawiam! Jutro albo za tydzień. Teraz spaaać!

O co mi chodzi?

Na horyzoncie pojawiły się brzydkie gęste chmury, z których po chwili przesączyła się zimna mżawka, co na dobre przekreśliło plan wyprawy rowerowej. Szkoda, chociaż tak naprawdę nie miałam na nią ochoty – nie jestem w nastroju do opuszczania hotelu. Ciepłe światło żarówek i pastelowe kolory udatnie oszukują mózg – można uwierzyć, że wszystko jest dobrze. a nastrój nie taki zły.

Komórka milczy. Radek nie pisze. Mama też nie.

Zamiast na rowery poszłyśmy na bilard. Hotelowy bar nie jest może profesjonalną salą treningową, ale nam zupełnie wystarcza. Lubię bilard – wciąga, wymaga skupienia się na stole, więc możesz nie utrzymywać kontaktu wzrokowego z partnerem, a zarazem nie jest aż tak absorbujący, żeby nie można było przy nim pogadać.

– Wera, co mam zrobić? Przecież ja niedługo oszaleję.

– Ale z czym, kochana?

– Z wszystkim. Wszystko mi się posypało ostatnio i nie mogę tego pozbierać. Zrobiłam się marudna, smutna, nerwowa... Nie wiem... To chyba przez tę sprawę z mamą. I jeszcze mi się Darek przypomniał.

Rozbiłam z mocą. Zielona bila wpadła do łuzy. Gram dalej.

– Kochanie, ja już się wypowiedziałam w sprawie mamy. Uważam, że musicie to w końcu załatwić, bo trujesz się od lat.

– Co ty gadasz, przecież mówiłam, że pożarłyśmy się dopiero ostatnio. Pierwszy raz w taki sposób.

– Jago, pożarłyście się teraz, bo w końcu się wam ulało. Od kiedy cię znam, widzę, że nie jest dobrze.

– Szlag! – Czerwona obiła się o ścianki i wypadła z narożnika. Spojrzałam na Werę.

– No nie mów, że nie. Z tatą to chodzicie sobie do kina, a do mamy wpadasz tylko na niedzielny obiad, jak cię dopadnie poczucie obowiązku. Nakłamałaś jej o Darku, nawet nie wspomniałaś o Radku, a jak już rozmawiacie, to ty ciągle o pracy, i to bez przecinków, żeby, broń Boże, nikt nie zmienił tematu na bardziej prywatny. Jagoda, ja to widziałam nie raz.

Pewnie ma rację. Wera często przyjeżdżała do nas w niedzielę na obiad – dla mnie jest jak siostra, a moi rodzice przyjmowali ją z otwartymi ramionami. Kiedyś byliśmy bardzo gościnni. Przez kanapę w naszym salonie przewinęła się masa osób, przychodzili wypić kawę i pogadać, zjeść obiad albo po prostu oderwać się od swoich problemów, bo mama z tatą faktycznie są fajną, zgodną parą, aż miło popatrzeć i pogrzać się w ich cieple. Potem tych gości było jakby mniej, chyba przez przeprowadzkę.

– Graj! – To jedyna odpowiedź, jaka mi przyszła do głowy.

Weronika pochyla się nad stołem i wbija pewnie swoją połówkę. Zawsze była niezła w bilard. Bardzo lubimy ze sobą grać.

– Nie wiem, Wera. Ja nie umiem rozmawiać z rodzicami o prywatnych sprawach. Nie wiem czemu, no blokuję się.

– Ale czemu? Myślisz, że oni w życiu nie zrobili nic głupiego? Na pewno zrobili, tylko o tym nie wiesz. Każde małżeństwo ma swoje sekreciki, daj im szansę.

Kolejna połówka ląduje w łuzie.

– I co, mam powiedzieć matce: „Wiesz, mamuś, nie założę na razie rodziny, bo mężczyzna mojego życia ma już żonę i rozkoszną córeczkę, ale kocham go strasznie"?

– Aha. Dariusz. Jago, ile to już minęło...

Weronika uderza, ale bila odbija się od czarnej i leci w bok.

– Siedemnaście miesięcy. – Głos mi się załamał, poczułam mokrą mgłę na spojówce i piekący skurcz w gardle.

Weronika stoi i patrzy. Uderzam w niebieską.

– Odzywa się?

– Nie odzywa.

Wera nadal na mnie patrzy, jakby czekała na ciąg dalszy. Wie, że ciąg dalszy nastąpi.

– Nie odzywa. Nie pisze, nie dzwoni, nie mam pojęcia, co się u niego dzieje. Ale nie mogę zapomnieć. I jak ta idiotka cały czas czekam, że może jednak. W życiu nikogo tak nie kochałam, Wera, no w życiu. I oczywiście musiałam się zakochać w takim bydlaku.

Uderzam mocno i trafiam żółtą w sam środek bocznej łuzy. Czyściutko.

– Naprawdę uważasz, że moja matka to zrozumie?

– Nie wiem, spróbuj. Może zrozumie, może nie, ale się ucieszy, że się na te pięć centymetrów otworzyłaś. W końcu coś się ruszy.

– Nie chcę.

Weronika patrzy na mnie i wzdycha.

– Jagoda, nie chcę, żebyś była nieszczęśliwa. Serce mi się kroi. Mogłabym ci powiedzieć „będzie dobrze", „zapomnij o nim", „dogadaj się z mamą", ale wiem, że to nie jest proste, i nie potrafię ci pomóc.

– Pomagasz mi, bo tobie mogę to wszystko powiedzieć. – Przytulam ją na chwilę. – Jesteś moim filarem.

– Ooo, w twoich ustach to mocne słowa, kochana. Przecież to ty zawsze byłaś „ta silna". Ja byłam co najwyżej „ta pyskata".

– To drugie się nie zmieniło.

– Ja też cię kocham.

– Lepiej graj.

– Gram przecież!

Połówka nie trafia.

– Jagoda, a co z Radkiem?

– Nico z Radkiem, a co ma być? – Zaraz się wścieknę. Co mnie tak wszyscy o niego pytają? Już sama nie wiem, czy faktycznie się za nim stęskniłam, czy dałam się nieopatrznie na to zaprogramować.

– Jak w końcu ze mną o nim nie pogadasz, to wyciągnę to z ciebie siłą. Bujacie się od pięciu lat z przerwą na Darka – czym zresztą złamałaś mu to jego biedne serce – i co? Nic z tego nie wynika.

– Powtórz to! – Robię zdumioną minę, bo po pierwsze, nie wiem, skąd Wera ma takie informacje, a po drugie, jakie złamane serce.

– No co ty myślisz, że on z drewna jest? Spotkałam go kiedyś w Silver Screenie, pogadaliśmy sekundę o pierdołach, a na zakończenie spytał: „Co u Jagody? Szczęśliwa z nim jest?". A minę miał jak dziecko z plakatu UNICEF-u. Zresztą, co udajesz idiotkę, wiesz, że on cię kocha.

– Nie kocha! Jezu, co ty gadasz! – Wściekam się jednak. Irytuje mnie, że Wera tyle wie o mnie i Radku, podczas gdy ja dopiero zaczęłam to sobie jakoś układać.

– Rany, Jagoda... Nie mam do ciebie siły. Powiem to raz. Radek nie jest typem mężczyzny, który dyma panienki dla sportu. On jest dobry chłopak. Sypia z tobą w systemie zaocznym, bo wie, że to jedyne, co może od ciebie dostać, więc tak liże ten cukierek przez szybę, czekając na łaskę pańską.

– A skąd to wiesz? – Opieram się butnie na kiju i patrzę na nią z ironią i źle kamuflowaną złością.

– Matko! To widać! Każdy to widzi, tylko nie ty, bo nie dopuszczasz do siebie niczego, co jest męskie, a nie jest Darkiem! – Wera wpatruje się we mnie intensywnie, jakby się chciała upewnić, że komunikat dotarł. Podniosła na mnie głos. Owszem, zdarzało jej się wcześniej, ale teraz zupełnie się nie spodziewałam i nie wiem, jak sobie z tym poradzić.

Zapada cisza. Gramy dalej. Bile obijają się o siebie z przyjemnym, łagodnym dźwiękiem i biegają po stole. Gryzę się strasznie, czy powiedzieć Weronice, czy nie. Nie chcę, bo mi wstyd – taka oznaka słabości. Ale skoro już tak rozmawiamy...

– Wysłałam mu esemesa dzisiaj, ale nie odpisał.

– Darkowi? Zwariowałaś?! – Usłyszało to chyba pół hotelu.

– Radkowi, furiatko. Nie ekscytuj się tak – odpowiadam, wbijając wzrok w stół, jakbym planowała kolejne zagranie.

– Co mu napisałaś?

– Coś tam, że relaks jest przyjemny i że pozdrawiam.

– I że pozdrawiasz. Czule. Właśnie o tym mówiłam, Jago...

– A co miałam, do cholery, napisać. „Cześć, Radziu. Nie kocham Cię, ale w sumie spoko z Ciebie gość, buziaki"?

– Przynajmniej szczerze... – stwierdza Weronika, kredując kij.

– Zatłukę cię tym kijem, jak skończysz.

Piknęła komórka. Esemes. Mało nie umarłam na zawał.

„Cześć Tobie. Cieszę się, że wypoczywasz. Odezwij się po powrocie".

Czytam Weronice. Nie mam wyjścia – usłyszała sygnał i zobaczyła moją przedzawałową minę. Trudno.

– Po co mam się odzywać po powrocie? – pytam ją. No bo kogo innego mam spytać.

– Dowiesz się, jak się odezwiesz. Tylko nie wdepcz go w błoto, bo nie zasłużył. Gramy. A potem coś odpisz. Coś miłego!

Czarna bila wpada do łuzy. Koniec partii. Muszę odpisać.

Prawdy życiowe przeróżne

– Cześć! – wołam i wieszam się Irenie na szyi. Może zakrzyczę poczucie winy, bo dawno tu nie byłam.

Ciotka patrzy na mnie z politowaniem i ogania się od buziaków, zbyt nachalnych i zbyt serdecznych.

– Żyję, żyję! – mówi, wyzwolona z moich objęć. – Napij się ze mną porządnej kawy. Skoro już jesteś... – dodaje i podchodzi tajemniczo uśmiechnięta do starego dębowego bufetu. Stoi na nim... nowoczesny, błyszczący ekspres do kawy, a obok napoczęta chyba butelka advocata.

– Skąd te luksusy?! – pytam zdziwiona, bo Irena nigdy nie lubiła nowości. Takich nowości.

– Kupiłam sobie! Byłam z Heleną, wiesz, tą sąsiadką z góry, w centrum handlowym. Tak tylko popatrzeć na ten cały blichtr, a tu ładnie zaleciało kawą jak kiedyś z cukierni Bliklego na Nowiku. I okazało się, że w tym centrum jest sklep z kawą. Nie wiem, czemu, Dorota, w sklepie z kawą sprzedają podkoszulki, wieszaki do łazienek i inne tam... Ale krzesełka były i kanapa, i „może się panie napiją pysznej kawy?". No to my jako te panie siadłyśmy sobie, podano nam cappuccino i oniemiałam z wrażenia. Pyszne! A kelnereczka na to, że mogę mieć to w domu! Za jedyne dwie stówki z małym haczykiem. Pokazała mi też, że w tych kapsułkach to nie żadna chemia, tylko prawdziwa kawa... To sobie kupiłam na urodziny! I kapsułki! Teraz mi na różne okazje, póki żyję, kupuj kapsułki!

– A twoje ciśnienie?

– A odczep się! Ja mam skończone osiemdziesiąt! I to dawno, więc wiesz... Mam gdzieś, na co kipnę! A chce od życia jeszcze trochę przyjemności.

Moja kochana! Ma rację! Dostałam to cappuccino w jej pięknej filiżance w liście bluszczu i faktycznie zapachniało ładnie. A ona zrobiła sobie jakąś inną kawę. Do tego jej szarlotka, bo Irena nadal piecze ciasta, tak jak robiła to przez lata. Kiedyś co sobotę! Regularnie, jak w zegarku.

– Bo mężczyzna jest jak pies Pawłowa, przyzwyczaja się do rytuałów. Felek lubił zapach ciasta w soboty, ciasta uwielbiał, to i domu się trzymał!

– Tylko dlatego? – prychnęłam na wesoło, ale fakt, trochę jędzowato.

– No nie, jasne, że nie tylko. Oni, Dorociu, są dość łatwi w obsłudze, a współczesne panny tego nie rozumieją, stąd tyle rozwodów! Jak chłopisko ma w domu miseczkę ulubionych dań, ciasto, jeśli je lubi, i wiesz... trochę radości w łóżku, to nawet gdy zrzędzisz, wraca zawsze do domu. A jak mu tylko zrzędzisz i wiecznie cię głowa boli, ciastka kupujesz w sklepie po taniości, to po cholerę ma wracać? No sama powiedz?

– Ale ja nie zrzędzę!

– A i ja nie o tobie! – odcięła się. – A teraz powiedz, z czym przyszłaś, i nie zawracaj mi gitary, że z tęsknoty za starą ciotką!

Zwlekam chwilę.

– Obiecałaś mi opowiedzieć, jak dziadek skoczył w bok!

Irena patrzy na mnie i chyba się zastanawia: mówić, nie mówić? Ich pokolenie nie wywlekało na wierzch spraw alkowy. Wreszcie sapie, uśmiecha się i mówi:

– To było może dwadzieścia lat temu. Jakieś późne powroty, jakieś, wiesz, plątanie się w zeznaniach, choć ja mu nigdy przesłuchań nie robiłam. Ale, jak pamiętasz, Felek był prawdomówny, kłamać za dobrze nie umiał. No i jak już kiedyś przeszedł jej perfumami, to mnie to wkurzyło i przyparłam go do muru. Łagodnie, jak mnie znasz, łagodnie! I on się, cały zmieszany, przyznał! Niejaka pani Małgosia, podstarzała właścicielka cukierenki koło jego pracy. Chadzał tam po pączki i całował rączki, aż się zagalopował. On, bo ona tylko skorzystała z jego słabości. Więc zanim go zabiłam, spytałam dlaczego?

– Felek? Dziadek poleciał na lep cukierniczki?

– No, gdybyś ją zobaczyła... Nie żebym była jakaś małpa, ale naprawdę, Dorota, taka... tania! Taka dzidzia piernik, niemłoda, ale wyfiokowana, upierścieniona i taka... chichotka. Wszystko zdrabniała, mówiła „pieniążki" i „pączusie", „szarloteczka", i szczebiota taka!

– Widziałaś ją?!

– No jasne! Zaraz tam pogalopowałam, choć Felek błagał mnie na kolanach, żebym nie narobiła scen, jak to się wyraził. Ale ja, wiesz, baaardzo byłam ciekawa, na co zamienił mnie mój Feluś. No i zobaczyłam.

– I?

– I poszłam po rozum do głowy. Bo to nie sztuka wskazać walizkę i drzwi. A jak faktycznie tę walizkę chwyci i sobie pójdzie? A ty wiesz, że Felek wyrzucał śmiecie, kupował rano bułki i znakomicie obierał ziemniaki – gdzie ja takiego drugiego znajdę? Ja, moja droga, zadałam sobie pytanie: dlaczego? Może ja się zrobiłam sucha i zakalcowata? A to był taki czas kiedy faktycznie spierniczałam. I on poszedł na lep tej... Szarlotki-kokotki! Weselej mu było z nią. Bo najpierw, jak mówił, była tylko kawa na zapleczu, ciasto i hi, hi, hi.

– Mówiłaś, że piekłaś co sobotę...

– Wtedy jeszcze nie. Nie chciało mi się. Kupowałam ptibery, takie wiesz, herbatniki, smarowałam je dżemem ze sklepu i sklejałam. I on to bardzo lubił!

– A tu uwiodła go szarlotka! – wpadłam jej w słowo.

– Patrz! – powiedziała dziarsko Irena. – Z cynamonem i chichotem. I tu jest pies pogrzebany, Dorota. My z czasem zamieniamy się w takie kury-troski i uważamy, że oni te nasze troski widzą i rozumieją. A muszą?! I jak mają w domu taki kwaśny zakalec i wieczny post w łóżku, to chwila moment i już się garną do ciepełka.

– I chichotu.

– I chichotu! Oni lubią nasz śmiech, wolą dobry nastrój od złego. Nie lubią zrzędzenia i utyskiwania, więc co się dziwić, że od tego uciekają.

Milczę, bo ma rację ciotka Irena. Ma rację!

– Ale co, mamy udawać?

– Udawać może nie, ale nie zamienić się w taką kurę-troskę, w rozmamłaną i narzekającą babę. Po licho iść w tę stronę? Poczekaj, coś ci przeczytam. Felek przepisał dla mnie z książki, to jest bardzo mądre.

Ciotka wyjęła z szuflady pożółkłą kartkę. Pismo Felka! Przedwojenne, staranne, niemal kaligrafia.

Przykazania Prof. Leszka Kołakowskiego:

PO PIERWSZE PRZYJACIELE
A poza tym:
Chcieć niezbyt wiele.
Wyzwolić się z kultu młodości.
Cieszyć się pięknem.
Nie dbać o sławę.
Wyzbyć się pożądliwości.
Nie mieć pretensji do świata.
Mierzyć siebie swoją własną miarą.
Zrozumieć swój świat.
Nie pouczać.
Iść na kompromisy ze sobą i ze światem.
Godzić się na miernotę życia.
Nie szukać szczęścia.
Nie wierzyć w sprawiedliwość świata.
Z zasady ufać ludziom.
Nie skarżyć się na życie.
Unikać rygoryzmu i fundamentalizmu.

– No i co ty na to? – Irena czekała na moją reakcję.
– To... Paulo Coelho? – zakpiłam ryzykownie.
– Głupiaś! To profesor Kołakowski! Powinnaś to sobie wyhaftować krzyżykami i powiesić nad łóżkiem. Jak wiesz, ja cytatów i mądrości nie lubię, ale to akurat piękne i mądre słowa.
– No ale jak się potoczyło dalej z tą... szarlotką?
– Ano popatrzyłam ja na nią i wyszłam z jej cukierni bez ciastek. Poszłam prosto do fryzjera, zrobiłam hennę i mani-

kiur, a po powrocie upiekłam keks. Jak wrócił z pracy, posadziłam go przy stole, nakarmiłam, gołąbkami i tym keksem. I przeprosiłam, że byłam ostatnio może nazbyt kwaśna i zapomniałam o nim jako o mężczyźnie. On się strasznie speszył, wiesz? I zapytał, czy ja go jeszcze kocham... I już!

– Nie już! Dopowiedz!

Ciotka się lekko uśmiechnęła.

– No, byłam przygotowana na tę okoliczność. Przekartkowałam tę skandalistkę Wisłocką i pokazałam Felkowi, że umiem jeszcze jego i siebie zadowolić. Mnie też się ta lekcja przydała. Kołakowski i Szarlotka pokazali mi, co jest w życiu ważne. Więcej uśmiechu, mniej czepiania się o duperele i rozkawałkowywania bzdur. Trzeba dbać o współmałżonka, o związek.

– A Felek zamiast dbać, poszedł na szarlotkę!

– Ach, Dorota, może ja, taka skwaszona, nie widziałam, że on się stara? Ważne, że się między nami odmieniło. Bardzo mi go brak...

Irena zamilkła i przestała się uśmiechać. Wyjęła z rękawa chusteczkę i otarła łzy. Przytuliłam ją.

Wracałam do domu zamyślona. W torebce miałam mądrości profesora, ale czułam się jak po terapii. Moja mądra Irena. Nie mówiłam jej o swoich kłopotach, bo chyba muszę na nie popatrzeć inaczej.

Radek

Nie odpisałam Radkowi. Nie wiedziałam co. Zresztą, co miało znaczyć „Odezwij się po powrocie"? Mam napisać, że dojechałam bezpiecznie do domu, odezwać się, jak to się zwykle „odzywam" na Gadu-Gadu z jakąś pierdołą, czy zadzwonić od razu po wejściu do mieszkania, bo jest coś, o czym Radek chce porozmawiać? O co, do cholery, chodzi? I „cześć Tobie". Cały on. Ja mam imię, nie lubię go, ale to jedyne, jakie mam!

Usiadłam przed komputerem i po raz pierwszy w życiu zguglałam Radka. Goldenline, FB i forum motocyklowe. No fakt – jeździ na jakimś przecinaku. Zdjęcie jest nawet na granatowym ścigaczu. „Ja i Suzi". O matko, „Suzi"! Duzi chłopcy i ich zabawki.

Sexy są te kombinezony, w nich każdy fajnie wygląda. Czarny kevlar (jak sądzę), czarny kask, twarz zasłonięta ciemną szybą. No bardzo efektownie, bardzo.

FB. Dużo zdjęć. Nawet nie wiedziałam, że tyle ich ma. Majorka, Bieszczady, „Suzi" (litości...) oraz „śliniaki". Śliniaki? Wchodzę w galerię i widzę Radka trzymającego za łeb wielkiego, zaiste zaślinionego po uszy wodołaza. Piękna psina! Olbrzymi, prawie czarny, okrągłe oczy i mokry nos wepchnięty w obiektyw aparatu. A obok Radek. Uśmiecha się radośnie całą twarzą – ma ładne zęby w tych swoich ładnych ustach i zmrużone oczy. Nigdy nie widziałam, żeby się tak uśmiechał. Przy mnie robi to samymi kącikami ust, patrząc przy tym w ziemię albo w bok. No i wtedy, kiedy wpatruje się we mnie jak w obrazek, myśląc, że ja nie widzę. Wstydliwy jest i zamknięty. Za to go polubiłam A tu proszę.

Przeklikałam całą galerię. Poza siostrą i klasycznymi „zbiorówkami" nie ma żadnego zdjęcia z dziewczyną, nie jest u żadnej otagowany. Nic. Czuję ulgę. Nigdy go nie pytałam, czy kogoś ma.

Piszę do Wery.

„Wera, no fajny ten Radek, ale co poradzę, że mnie nie rusza..."

Odpowiedź. „GupiaJestesITyle :-]". No tak, to pomocne.

Profil Dariusza znam na pamięć. Wszystkie zdjęcia z wyjazdów, z córką, z kolegami, z targów, z nią... Patrzę na niego i pamiętam, jak bolały mnie wnętrzności, kiedy odchodził. Pamiętam pustkę, którą zostawił.

– Ty świnio – mówię do komputera. – A ja cię tak kochałam.

Wbijam wzrok w ścianę. Wiem, że z Darkiem nie miałabym żadnej przyszłości. Albo miałabym taką, jaką się widzi w filmach – elegancka, „zrobiona", cicha i pokorna „partnerka" Pana X. On nie chciał więcej dzieci, na pewno nie wziąłby ze mną ślubu i nie sądzę, żeby w jakiś magiczny sposób zaczął mi poświęcać więcej czasu. „Partnerka" to najwyższy status, jaki mogłabym osiągnąć, osoba towarzysząca na bankietach i kolacjach biznesowych, kochanka na nocnej zmianie i opiekunka mieszkania, kiedy on jest w kolejnych rozjazdach. Czemu kobiety zawsze wierzą, że facet się dla niej zmieni? Irena powiedziała mi kiedyś: „Jeśli sądzisz, że zmienisz mężczyznę, to lepiej zmień mężczyznę". Miałam wtedy szesnaście lat, chłopaka z III c i nie zrozumiałam.

Zrozumiałam później. Za późno. Ale kochałam Darka, naprawdę bardzo kochałam, a w łóżku rozumieliśmy się doskonale – jak dobrze skalibrowana maszyna. Lubiliśmy te same pozycje, ten sam rytm i dochodziliśmy prawie w tym samym momencie. Uwielbiałam się z nim kochać, uwielbiałam fakt, że był zdecydowany i męski. Prawdziwy ogień, prawdziwa namiętność, szaleństwo. Seks bardzo nas łączył. Teraz myślę, że dla niego liczył się tylko ten seks, i widocznie uznał w końcu, że to za mało. A na więcej nie zasłużyłam.

Ja naprawdę zdaję sobie sprawę, że czas już zamknąć ten rozdział. Dlatego patrzę na zdjęcia Darka z nią i regularnie sobie powtarzam, że to przeszłość, że... jest podły, bo nie wybrał mnie, ale został z nią, że nie jest mnie wart, że jak jest taki jak wszyscy.

Nie pomaga.

Sięgam po telefon. Zadzwonię do Radka i dowiem się, o co chodzi.

Czekałam pięć sygnałów, a z każdym czułam coraz większe podenerwowanie. Może się rozłączyć? O czym ja mam z nim rozmawiać. A może nie odbierze? Może ten esemes faktycznie nie znaczył nic specjalnego?

– Halo. – Zawsze tak odbiera. Większość ludzi akcentuje końcówkę tego „halo", zdradzając w ten sposób swoje zaciekawienie. Nie Radek. On mówi, jakby stwierdzał fakt albo czytał z kartki nieznane sobie wcześniej słowo. Jego „halo" ma akcent na pierwszej sylabie. Jakby się spieszył albo nie chciał rozmawiać. Niektórzy uważają to za niegrzeczne. Ja przywykłam.

– Cześć. Odzywam się.

– Cześć, piękna. Jak weekend? – Głos mu się zmienił błyskawicznie na łagodny i ciepły.

– Dziękuję, dobrze. Wklepali we mnie dużo różnych specyfików, wygnietli mnie i wyskubali. Pełen relaks. Spróbuj kiedyś.

– Czyli teraz jesteś jeszcze piękniejsza.

Zamilkłam. Nie wiem, co powiedzieć. Komu innemu odparowałabym złośliwie, ale w głosie Radka nie słychać żartu. To jest stwierdzenie faktu. Tak jak jego „halo".

– Miałam się odezwać w jakimś konkretnym celu czy nudziłeś się przy niedzieli?

– Zawsze lubię, jak się odzywasz.

I znów nie wiem, co odpowiedzieć. Czekam więc, modląc się, żeby dwie sekundy ciszy nie zmieniły się w niezręczne milczenie.

– Pytanie mam do ciebie. – Na szczęście Radek ma jakiś pomysł na tę rozmowę. Jestem ciekawa i ciągle lekko zdenerwowana.

– No to nowość, zwykle nie masz wiele do powiedzenia.

– Czy masz jakieś plany na środę?

– Czekaj, niech pomyślę, środa... A tak. To dzień roboczy, więc jest szansa, że idę do biura. Sprawdź kalendarz, może ty też.

– A musisz być złośliwa?

Nie jest dobrze. Staram się być zabawna, ale coś mi nie idzie. Kurczę... Dobra...

– No okej, na popołudnie planów nie mam. A co?

– Pojedziesz ze mną w jedno miejsce?

– Zależy w jakie – odpowiadam wymijająco. Nie lubię, gdy ktoś mnie tak bierze pod włos, nie wyjaśniając, o co chodzi. Już nie raz tak było, że się na coś z góry godziłam, a potem musiałam odbierać z imprezy w Zalesiu troje pijanych znajomych. O nie, dziękuję.

– Zobaczysz.

– Jak tak, to nie, Radek. Nie wchodzę w ciemno.

– Obiecuję, że będziesz mogła w każdej chwili zrezygnować i zawrócić.

– Nie wiem, Radek, dam znać we wtorek, okej?

– Dobrze. Będę czekał.

Czy on musi być taki spokojny i uległy? Teraz mi wstyd, że go tak traktuję, a nie lubię się czuć winna. Bardzo nie lubię!

– Okej, obiecuję, że zadzwonię – mówię na osłodę. – A jak twój weekend?

– Powiem ci w środę.

– Aha... to...

– No to do usłyszenia, piękna, pa, pa.

Odłożył słuchawkę.

Nic nie rozumiem.

Burza... hormonalna

Woda stoi w garażu i ani drgnie. Wszystkich w okolicy pytałam i wszyscy mają zalane piwnice i garaże. Od wielu dni. Co jest?!

– Wysoki poziom wód gruntowych – powtarza jak mantrę Justyna. Wie to od listonosza. – I mówił jeszcze, że pan Kopiński mu mówił, a on ma sąsiada biologa, że są takie cykle słoneczne, i przez to wody się huśtają.

– Tak mówił „Huśtają"? Nam się tu pierwszy raz huśtnęły. I teraz mam firmę w domu.

– Może ja przeszkadzam? – pyta Justyna czujnie.

– Nie, Janek cały dzień w pracy, więc mu wszystko jedno, a z salonu i tak nie korzystamy.

Kłamię. Nie korzystamy właśnie dlatego, że w salonie mam teraz biuro, magazyn i pakowalnię. Życie towarzyskie na tym nie ucierpiało, bo goście do nas prawie nie przychodzą. Ja chyba nie lubię przyjęć. Ciekawe, kiedyś lubiłam, a teraz nie chce mi się ani chodzić, ani przyjmować.

A może właśnie to wygania Jaśka z domu? Analizuję to, co usłyszałam od Ireny. Może ja skwaśniałam i Jasiek szuka sobie szarlotki? Pakuję mechanicznie rzeczy do wysyłki, a myślę już tylko o tym i o Jagodzie. Dlaczego ode mnie uciekają? Staram się nawiązać z nią kontakt, rozmawiać... A może zbyt nachalnie? Może ja tylko pouczam? A ona ma już swój rozum, swoje doświadczenia, ma przecież trzydzieści lat! Ja w jej wieku... Znów siebie nie lubię. Znów się użalam, łzy mi napływają do oczu. Justyna wstaje i podchodzi do mnie, lekko wystraszona.

– Co się z panią dzieje, pani Dorociu? – I obejmuje mnie.

To mnie rozwala. Znów tulę się nie do córki. My nie umiemy się przytulić! Warczymy na siebie. A obca Jusia potrafi spytać, co mi jest, i ma tyle współczucia w głosie!

– Nic, nic. Takie tam... Rozregulowana jestem, coś mnie dusi, wkurza, przepraszam cię!

A ona mi na to najzwyczajniej w świecie:

– A, to chyba hormony, pewnie menopauza, jak u mojej mamy! Moja mama młodsza, ale nas urodziła pięcioro, to i tej menopauzy dostała wcześniej. Marudna taka się zrobiła, płaczliwa, wszystko się wydawało problemem, nie do wytrzymania. Siostra ją zabrała do szpitala na badania, bo siostra pielęgniarką jest, i co? Zaczęła brać hormonki i zaraz doszła do siebie.

Słuchałam jej zła. Zła! Znów słyszę coś, co może być prawdą. Ale przecież moje hormony nie mają wpływu na Jagusię. Chociaż na Janka pewnie tak. O, może tu jest pies pogrzebany? Hormony!

Bajki. Hormony mają uleczyć naszą sytuację?! Zwariuję! Popłakałam sobie, a Jusia zaparzyła mi melisy. Muszę iść po rozum do głowy, po jakąś pomoc, bo mi się świat zapada! I nagle, jakby na potwierdzenie Jusinej diagnozy, jak mnie nie obleją pąsy! Fala ciepła od stóp do głów, czuję, że się pocę, a przecież w domu normalna temperatura, okno uchylone. To sławetne uderzenie gorąca?...

– Jusia, popatrz na mnie, czerwona jestem?

– No, trochę. – Patrzy na mnie badawczo, ma uśmiechniętą i życzliwą buzię. – Co – pyta – gorąco pani? Nasza mama też to miała. Wkurzające, co?

Wkurzające! Ohydne! Już przekwitam?! To mnie ostatecznie rozwaliło i teraz płakałam na całego. Jusia bardzo współczująca, ale musiała wrócić do pakowania. I dobrze!

Jasiek przyszedł do domu o normalnej porze.

Nie wiedziałam, jak się zachować. Podałam mu obiad i usiadłam naprzeciwko.

– Nie jesz? – zapytał.

Jaki jest spokojny, wyluzowany! Zero spięcia! Albo tak doskonale kłamie, albo ja mam niesłuszne podejrzenia.

—

Po godzinach

Nie wiem, co się dzieje w polskiej gospodarce i we francuskiej (we Francji nasza korporacja ma główną siedzibę), co z kursami walut, polityką, plamami na słońcu, żyłami wodnymi i energią jądra Ziemi, ale wiem jedno – nasza firma oszalała. To, co dzieje się u nas w tym tygodniu, to połączenie hinduskiego targu i galer. Jazgot, hałas i chaotyczna bieganina z jednej strony, a z drugiej przykuci do biurek niewolnicy, wiosłujący ciężko i z bólem, lecz miarowo, ze wzrokiem wbitym w horyzont, na którym ma się pojawić lepsze jutro.

Bomba wybuchła wczoraj. Zaczęło się od gigantycznej wtopy dziewczyn z działu zakupów, która doprowadziła do efektu domina i w efekcie sparaliżowała pracę marketingu i księgowości, a rykoszetem również działu sprzedaży. Wszyscy zaliczyliśmy nocną zmianę, próbując powycierać te hektolitry rozlanego mleka. Staraliśmy się nie płakać, co nie jest łatwe, kiedy zegar pokazuje 23.20, a ty wiesz, że nie jesteś jeszcze nawet w połowie.

Dziś powtórka z rozrywki. Wyglądamy z Agą jak własne lustrzane odbicia – wyprostowane plecy, boleśnie skurczone ramiona, piekące oczy wbite w monitor, palce tańczące po klawiaturze, pełne skupienie. Różni nas tylko to, że ja, od dawna boso, siedzę z jedną nogą podwiniętą pod siebie i włosami ściśniętymi spinką, żeby nie leciały do oczu, podczas gdy Aga wygodnie krzyżuje nogi w zamszowych kozaczkach pod biurkiem, a swoje dzikie loki co jakiś czas przerzuca dłonią z lewej strony na prawą. Ależ ona, skubana, jest stylowa! Nawet zmęczona i z obsypanym tuszem.

Od wejścia do biura nawet raz nie robiłam siku. Wypiłam tylko dwie kawy – na więcej nie było czasu – i zjadłam kanapkę, którą na szczęście zrobiłam sobie w domu. Jest ósma wieczór.

– Jago – mówi Aga nieprzytomnym głosem, nie odrywając wzroku od monitora. Chciałam ją zignorować, ale pragnienie, by choć na chwilę oderwać się od tabeli i spływających ciągle maili, przeważyło. Tym razem.

– No?

– Zwariuję tu zaraz. Umrę po prostu. Umrę na głód, zmęczenie i zapalenie spojówek.

– No... – mówię, przeciągając się. – Wszystkie mięśnie mi się zastały. I nie mogę już myśleć.

– Mhm... – dobiegający zza szumiącego komputera głos Agi jest matowy jak wykładzina podłogowa w naszym biurze. – A może coś zjeść?

– Zamawiamy?

– Nie... nie mam pieniędzy. Chłopaki od sieci handlowych mają pudła z gorącymi kubkami. Feeria smaków i wariantów. Pełne szaleństwo.

– Umiesz namówić. Chodźmy.

– Przyniosę – oznajmia Aga i znika za drzwiami. Pewnie ma ochotę poflirtować z handlowymi. Niech ma.

Szklarnia. Na sekundkę. Na momencik tylko. Zaraz wrócę do pracy.

Przeczytałam artykuł o zaburzeniach snu i przejrzałam wiadomości. Dwie od Mery78.

„Plusz, moje myśli krążą wokół Ciebie i łączą się z Tobą. Czuję Twój ból i czuję Twoją tęsknotę za czymś, czego nie ma. Chcę Ci pomóc. Pomogę Ci się podnieść, oczyścić i ruszyć z miejsca. Czy chcesz zacząć na nowo?"

I druga:

„Pamiętaj, że ludzie dzielą się na drzewa i huby. Drzewa rosną, żyją i oddychają, prąc ku słońcu. Są mocne, zielone i piękne. A huby wegetują. Wiszą na drzewie, wysysając z niego soki, i nie dążą do niczego. Ani w górę, ani w dół. Ty jesteś pięknym drzewem, ale dałaś się porosnąć pasożytom. Pomogę Ci".

Czasem mam wrażenie, jakby Mery siedziała w mojej głowie. Jej wiadomości zawsze trafiają w sedno. Ona nie zagaduje o głupoty, nie plotkuje i nie roztrząsa przyziemnych spraw. Jest skupiona, ukierunkowana i celna. Ciekawa jestem, co się kryje pod hasłem „pomogę Ci", ale muszę to odłożyć na później. Najpierw ogarnijmy chaos w biurze, na chaos życiowy przyjdzie jeszcze czas. Jestem o tym boleśnie przekonana.

– Uczta serowa czy pomidorowe szaleństwo? – Aga wnosi dwie miski z paskudnymi parującymi kluchami. Powinna raczej spytać, „żółte czy czerwone", bo to badziewie nawet nie stało obok sera i pomidorów. Nasze wspaniałe korporacyjne badziewie – poprawiam się w myślach. To nasz produkt, niestety.

– Serowe, dzięki. – Szybko zamykam Szklarnię. Nie chcę, żeby Aga zobaczyła, że akurat w tej chwili załatwiam w sieci jakąś prywatę.

– No to, że tak powiem: smacznego – mówi Aga i wciągamy kluchy. Ale byłyśmy głodne!

– I, że tak dodam: na zdrowie. – Właśnie przyjmiemy do żołądków pokaźną ilość chemii. Trudno, czasem trzeba.

– A tak w ogóle – mówi Aga znad michy – to widziałam wychodzącego z biura Radka. Jakiś smutny. Coś mu zrobiła?

– Ukradłam mu łopatkę – mruczę, parząc sobie usta breją.

Jezu... Wtorek! Wtorek!!!

Miałam potwierdzić to nasze jutrzejsze wyjście. Nożeż kurde!

Grzebię w torebce w poszukiwaniu komórki. Jest! Dwa nieodebrane połączenia od Radka. Żadnego esemesa. No tak, wyciszyłam telefon, żeby się skupić na robocie. Nic dziwnego, że Radek się zdenerwował – dochodzi dwudziesta pierwsza, a ja nie byłam łaskawa się do niego odezwać. GG też mam wyłączone. W sumie mógł tu przyjść albo maila napisać. Ale on wie, jak bardzo zależy mi na dyskrecji w kwestii naszych... relacji. I szanuje to, skubany, aż do bólu. Nie zaryzykował natknięcia się na Agę i nasłuchu ciekawskiego działu IT. Kochany jest.

Biorę komórkę i idę do łazienki. Nie chcę rozmawiać przy Adze, bo zaraz zacznie węszyć, a to naprawdę nie jej sprawa. W łazience pusto. Dzwonię.

– Halo – odebrał. Matko, jak dobrze. Bałam się, że się obraził.

– Widzę, że dzwoniłeś – mówię lekko, jak gdyby nigdy nic.

– Podobno się tam u was beczka z szambem rozlała.

Na szczęście nie jest wściekły. Znów czuję ulgę i od razu poprawia mi się nastrój. A po sekundzie zastanawiam się dlaczego. Co mi za różnica, czy jest zły, czy nie? Przecież na dobrą sprawę nic mu nie jestem winna.

– Rozlała. Sprzątamy dzielnie od poniedziałku, dniami i nocami. Powiem ci, że już chodzę na rzęsach ze zmęczenia.

– Dobrze, że masz długie rzęsy. No i kto ma posprzątać, jak nie ty? Ty jesteś ze stali przecież.

Ze stali. Ciekawe, w jakim kontekście ten wątpliwy komplement – mojej niezłomnej osobowości czy nieczułego serca.

– Zaiste – odpowiadam. – To jak z tym jutrem?

– To ty mi powiedz. – Radek odbija piłeczkę.

– Radek, ale co to w ogóle ma być, daj mi jakąkolwiek wskazówkę. Ja nie chcę podejmować decyzji w ciemno. Poza tym nie wiem naprawdę, o której wyjdę z pracy...

– Nic pani nie powiem, pani menedżer. Ale gwarantuję, że po takim gównianym tygodniu będziesz zadowolona. I domyślam się, że możesz jutro nie dać rady, więc przekładam sprawę na piątek.

– To nie brzmi jak pytanie. – Udaję zrezygnowaną, żeby poczuł, że mnie namówił. Nie mam siły na przepychanki. Wygrał. Ma mnie na piątek, trudno. Jakoś to będzie.

– To nie brzmi jak odmowa. – Czy ja słyszę w jego głosie radość? – Tylko postaraj się wyjść troszkę wcześniej, dobrze?

– A co ja mam niby powiedzieć Karolowi? – pytam niepotrzebnie.

– A co za różnica, i tak ci uwierzy – odpowiada Radek. Niepotrzebnie. Decyzja już została podjęta.

– Muszę kończyć i wracać do roboty.

– Dobrze, piękna, ja już wiem wszystko, co chciałem wiedzieć.

– Piątek?

– Piątek.

– Pa.

Krzywe kluski

Co to w ogóle za określenie? Dziwne jest, ale jest i zaznacza jakieś problemy, niedopowiedzenia, zakłamanie. „Mam
z nią krzywe kluski", czyli nie układa nam się. Ale neologizm!
A może to wyrażenie idiomatyczne? Nie wiem.

Ewie pierwszej się przyznałam, że moja córka przestała się
do mnie odzywać i że ja boję się odezwać do niej. Że nasze
wzajemne niezrozumienie osiągnęło szczyt, czas mija, a żadna z nas nie wychyla się i nie macha białą flagą. Niczym nie
macha.

Boli mnie to, drażni, a nawet wkurza.

Niestety, to nie czas, gdy Jasiek brał nadętą Jagusię na kolana i tłumaczył, że trzeba mamę przeprosić. Kiedyś mała Jagusia natupała mi nóżką w kuchni, że jestem niedobrą mamą,
bo nie było mnie w przedszkolu na Dniu Matki.

Istotnie, nie było mnie, ale miałam być! Coś mnie zatrzy-
mało w pracy albo u fryzjera siadł prąd – nie pamiętam już.
Jagusia najpierw zrobiła mi wyrzut, a gdy jej tłumaczyłam,
że nie mogłam, że tak bywa, natupała na mnie. Zacisnęła
piąstki i wołała, że mnie nie lubi i że ona też nie pójdzie do
mnie do pracy na akademię, kiedy będą moje urodziny. Janek
na moją uwagę, że dziecko nie powinno tak wrzeszczeć na

rodzica, wziął ją na kolana, wyjaśnił sytuację i poprosił, żeby mnie przeprosiła za tupanie. A gdy Jagusia poszła do pokoju na dobranockę, okropnie mnie zjechał. Jak mogłam to zlekceważyć, to ja powinnam przeprosić Jagusię. Ale kiedy to do mnie wreszcie dotarło, na przeprosiny było za późno, bo ona już spała, więc w poczuciu winy przepłakałam pół nocy.

A teraz która z nas ma rację? Która powinna się pierwsza odezwać? Nie wiem. Może jednak Jaga? Co ją ugryzło? Co się dzieje? To była niezauważalna rysa, a teraz wygląda na sporą wyrwę i wiem, wiem, że trzeba coś z tym zrobić. Przeprosić? Za co? Że się wtrącam, interesuję? Wypowiadam swoje zdanie? To chyba jednak normalne. Może to ona jest przewrażliwiona na swoim punkcie? Muszę zapytać Janka.

Albo nie. On ma chyba tego dosyć. Irena! Jednak Irena, co z tego, że już o tym rozmawiałyśmy.

– Irena? Cześć, ciociu. Co u ciebie?

– Dorota, ja nie wiem, co ty robisz ze sobą, przecież dopiero co u mnie byłaś

– No wiem, wiem! Dzwonię, żeby zapytać... Czy bywa u ciebie Jagusia?

– Nie. Ostatnio nie.

– I nie wiesz, co się z nią dzieje?

– A skąd miałabym wiedzieć?

– Może ci mówiła, że ma jakieś ważne sprawy czy coś?

– Czekaj, czegoś tu nie rozumiem. To ja mam wiedzieć, co u Jagny? Dorotko, wyście się znów pokłóciły?

– Nie, nawet się znowu pokłócić nie możemy, bo ona się nie odzywa. Obrażona pewnie. I przepracowana. Jak ona żyje!

Traci swój najlepszy czas na tę harówę w korporacji, a przecież nic z tego nie ma oprócz pieniędzy!

– Ja też tak uważam, ale ona musi to sama zauważyć. Jak będziesz jej to stale kłaść do głowy, to ty staniesz się jej wrzodem na tyłku, a nie praca!

– Wrzoddem? – zająknęłam się.

– Mnie to niepokoi, Dorociu, jak Jagusia mówi, że ty jej nie lubisz. Czekaj, jak ona to?... „Mama uważa, że ja jestem wadliwy egzemplarz". Wyobrażasz sobie?

Zrobiło mi się gorąco. Znów coś źle robię, źle mówię. Nie zadowalam córki, męża, stale w coś brnę. Popłakałam się.

– Dorota, co ci? – pyta Irena.

– Nic – siorbię nosem. – To hormony, ciociu.

– Klimakterium? Na to się teraz stosuje plastry z estrogenami, i szlus! Nie nosisz jeszcze?

– Mam umówioną wizytę.

– Dobrze. Z mety ci przejdzie! A swoją drogą faktycznie mała się nie odzywa zbyt długo. Zaraz do niej „callnę", jak to ona mówi. Pa, kotek.

„Kotek"?! Ciotka do mnie mówi „kotek"? W jej ustach to wyjątkowa czułość.

Nie

W piątek obudziłam się podenerwowana, zmęczona i smutna. Spojrzałam na komórkę – 6.08, budzik zadzwoni za pięćdziesiąt dwie minuty. Bez sensu... Za wcześnie, żeby wstać, za późno, żeby spokojnie pospać. Klaudia rozbroi alarm i otworzy recepcję o 7.30, więc teoretycznie mogłabym już jechać do biura, zwłaszcza że tyle roboty. Mam wrażenie, że nigdy jej nie ubędzie. Skrzynka mailowa pewnie już zapełniona. Jezu...

Leżę odrętwiała w pościeli i czuję, jak ogarnia mnie niemoc. Mięśnie chyba ponownie zapadły w sen i nie odbierają sygnałów z mózgu, próbujących zmusić je do działania. Stawy bolą, jakbym cały dzień spędziła na pieszych wędrówkach, a nie przykuta do krzesła. Oczy pieką. Żołądek obkurczony i drażliwy. W głowie szum.

– Nie – słyszę swój własny głos, cichy i leciutko zachrypnięty. Pierwsze słowo dnia. Odchrząkuję. – Nie – powtarzam głośniej. – Nie mam siły.

Nie pójdę dziś do pracy. Chyba pierwszy raz w życiu. Nie ma mowy, nie dam rady, nie zmuszę się. Mamo, napisz mi usprawiedliwienie.

Sięgam po komórkę i piszę do Karola.

„Karol, bardzo źle się czuję i chyba mam gorączkę. Dziś popracuję zdalnie, przepraszam. W razie czego dzwoń".

Poszło.

„Mam gorączkę". Nie lubię kłamać, samo się napisało.

Tylko po co „popracuję zdalnie"? Dlaczego nie: „mam gorączkę – potrzebuję urlopu na żądanie", i kropka? Należy mi się jak psu buda, ustawa mi to gwarantuje, firma przecież nie splajtuje przez jeden dzień nieobecności pani Jagody. To tylko głupie osiem roboczogodzin. Do cholery!

Leżę. Ręka bezwładnie spoczywa na poduszce obok mojej głowy, dłoń wciąż lekko zaciśnięta na telefonie, oczy przymknięte. W głowie walczą ze sobą dwa uczucia: złość, że sama się wkopałam, i ulga, że jednak zostaję w domu.

Szybko ulga zaczyna wygrywać i przeradza się w racjonalny, dobrze uargumentowany spokój. Nie oszukujmy się – przecież i tak w którymś momencie zajrzałabym do maila. Muszę. Są sprawy, które trzeba dziś dopiąć, maile, na które nie mogę nie odpisać. I Karol doskonale sobie z tego zdaje sprawę. Dlatego mi ufa. Wie, że nie pozwolę sobie na zawalenie rzeczy pilnych, nie oleję ich i nie zaniedbam. Bo jestem rzetelna. Ale dzisiaj będę rzetelna tu, w łóżku. Laptopa ustawię w zasięgu ręki. Będzie o niebo spokojniej niż w biurze, bo tu nie ma Agi, telefonu stacjonarnego, łazików z innych pięter, którzy zawracają głowę, faksów, poczty, przesyłek... A komórkę mogę wyciszyć i oddzwaniać tylko w ważnych sprawach. Wszak jestem chora. *Voilà*.

Pika esemes. Karol. „OK".

Tylko tyle. Ale co OK? „OK, tylko tyle mam do powiedzenia, bo jeszcze śpię"? „OK, kuruj się, kochana, damy sobie bez Ciebie radę bez problemu"? „OK., w sumie to mi to lata koło zegara"? „OK, chociaż wiedz, że przez Twoją nieobecność wszystko się wydłuży, utrudni i w konsekwencji zawali"? I już mam wyrzuty sumienia. I już się waham, czy jednak nie jechać do pracy.

W tym momencie faktycznie zrobiło mi się niedobrze.

Nie. Zostaję.

A kij ci w ucho z tym twoim „OK" – myślę.

Oczy pieką. Zamykam je. Czuję się błogo i spokojnie. Jest 6.20, w pracy zwykle pojawiam się o 8.30, a odpowiedzi na maile nikt nie oczekuje wcześniej niż o 9.15. Przede mną prawie trzy godziny świętego spokoju.

Zastanawiam się, jak wypełnię ten czas. I próbuję sobie przypomnieć, kiedy ja ostatnio tak naprawdę tutaj „mieszkałam". Dzisiaj zrobię pranie, zrobię paznokcie, nastawię zmywarkę, odkurzę, zmienię w końcu pościel, może nawet obejrzę jakiś serial. Ugotuję sobie porządny obiad i ogarnę prywatne maile, które piętrzą się w skrzynce od kilku tygodni. Przemyślałam tę listę jeszcze raz. No pięknie. Gratulacje, Jago, właśnie zrobiłaś sobie zawodowy harmonogram wolnego dnia. Co się stało ze starym, dobrym, analogowym lenistwem? Ktoś kiedyś słusznie zauważył, że wynaleźliśmy mnóstwo urządzeń oszczędzających nasz czas, a jakimś cudem mamy go coraz mniej. Dzwonić możemy skądkolwiek, zrobione online zakupy przywozi nam się pod drzwi, pralka sama odplami, wybieli i wysuszy, zmywarka pozmywa, odkurzacz odkurzy (nie mam jeszcze co prawda samobieżnego odkurzacza, ale wpisałam go już na swoją „muszę-mieć-listę", kupię za najbliższą premię), a mikrofala odgrzeje. I co? I kiedy ktoś dzwoni z propozycją spotkania, to nie mamy czasu. To gdzie ten czas jest? Moja matka w młodości używała pralki Frani, zmywaliśmy ręcznie po każdym posiłku, trzepaliśmy dywany w ostatnią niedzielę miesiąca, co trwało dobrą godzinę, odgrzewanie obiadu odbywało się na co najmniej dwóch patelniach i generowało kolejne zmywanie. I mama jakoś miała czas, żeby zrobić sobie u pani Iwony trwałą ondulację, kupić co trzeba na bazarku i w hali, pójść na pocztę opłacić rachunki (Matko Boska!), a wieczorem zaprosić znajomych na kanastę. Jak???

No tak, tyle miała zajęć, że w tym całym zamieszaniu zapomniała się zatroszczyć o dziecko – myślę podle, boleśnie i kwaśno. I znów spieprzyłam sobie humor.

Oczyść się z toksyn – myślę. Ona nie jest ci już do niczego potrzebna.

Pomyślałam o Radku. Pewnie jeszcze śpi, ale napiszę i do niego. Niech wie.

„Zgodnie z wymogiem urywam się wcześnie z pracy. Ściśle rzecz biorąc, już się urwałam. Zgarnij mnie z domu, o której będziesz mógł. Jakby ktoś pytał, jestem chora".

Konspiracja w oczekiwaniu na niespodziankę. No dobra, zmyję te paznokcie.

Radek odpisał dopiero koło południa.

„OK, piękna, szykuj się na 15.30, włóż dżinsy, ciepłą kurtkę i żadnych szpilek".

Co on, oszalał? Jeszcze będzie mi mówił, jak mam się ubrać? Przecież to oczywiste, że w ciemno nie ubiorę się w kremową garsonkę, i trudno, żebym na początku października chodziła bez kurtki. Dżinsy. Czemu dżinsy? I po cholerę w takim razie zrobiłam paznokcie, babrając się przez czterdzieści pięć minut frenczem. Ale okej, dziś jestem w pokojowym, iście buddyjskim nastroju. Całkowicie zignorowałam swój poranny harmonogram prac, pozostawiając w nim wyłącznie paznokcie i serial, zalogowałam się niechętnie do służbowej poczty, by odpisać na trzy najpilniejsze wiadomości i donieść Adze i Karolowi, iż „zdycham" i nie jestem w stanie zająć się czymkolwiek innym. Kochana Aga odpisała, że zajmie się moimi pożarami, nie mam się nic a nic martwić. Muszę się jakoś odwdzięczyć – może ją zabiorę do klubu albo na zakupy, zobaczymy. Karol milczy. Jak to Karol. Może i dobrze. Prywatna poczta jakoś mnie odstręcza, więc uznałam, że skoro nie odpisuję od tylu tygodni, to kilka kolejnych dni nic nie zmieni.

Pościel w sumie nie jest jeszcze brudna, pranie nie wysypuje się z kosza, a zmywarkę włączę po powrocie z... skądkolwiek.

Od czternastej zaczęłam się denerwować i nie mogłam sobie znaleźć miejsca. Jednak przywykłam do kontroli nad sytuacją. To ja zwykle organizuję, załatwiam, zamawiam i dokładnie wiem, co się kiedy wydarzy. Nie mogę powiedzieć, że nie lubię niespodzianek – po prostu nikt mi ich nigdy nie robił.

Włączyłam kolejny serial, żeby skupić na czymś uwagę, i zaczęłam poważnie rozważać odezwanie się do Mery78. Mam trochę czasu, może w końcu skorzystam z jej pomocy i uda mi się wyrwać z tego błędnego koła, jakim są moje relacje z matką? No ale musiałabym zalogować się do komputera. A jeśli to zrobię, to pewnie odpalę pocztę, jeśli odpalę pocztę, to pojawią się maile... Nieee. Potem.

W co ja mam się ubrać?

Moje mieszkanie jest małe, ale zadbałam o to, żeby miało dużą wnękową szafę. Oczywiście „dużą" w miarę możliwości. W apartamentach niektórych moich znajomych są szafy nadające się do zamieszkania, moja wygląda przy nich jak schowek na szczotki. Ale dla mnie jest duża. Poza tym mądrze rozplanowana. Przestrzeń na wieszaki ma akurat wysokość długiej sukienki, poniżej w głębi ukryte są pojemniki na buty zimowe. Po lewej trzy półki na bluzki i spodnie, pod nimi dwie niskie szuflady na skarpetki i bieliznę, a jeszcze niżej stojak na buty bieżące. Na górze jest coś na kształt antresoli na rzeczy rzadziej potrzebne – leży tam mój śpiwór, strój narciarski, zapasowy koc, z którego korzysta Wera, gdy zostaje na noc, i pewnie coś jeszcze. Stoję przed tą skarbnicą i myślę: dżinsy.

Rurek nie włożę, bo Radek jako typowy facet, mówiąc „dżinsy", ma pewnie na myśli „spodnie o prostym kroju", a nie bawełnę z elastanem, która ładnie opina pupę i świetnie pasuje do sandałków na obcasie. Hm... Tych z Zary mi trochę szkoda, są nowe i nie chcę ich zniszczyć. A innych nie mam. No nie mam, kurczę...

Przerzucam rzeczy na półkach, ale wiem, że nic z tego nie będzie, bo skoro czegoś nie mam, to nie mam. O!? A jednak! Stare dżinsy, w których zwykle jeżdżę na jakieś działki albo wakacje. Matko, jak ja ich dawno nie widziałam, a co dopiero mówić o wkładaniu na siebie. To w sumie smutne. No ale są, dobrze...

Bluzka. Noo, to proste. A raczej bluzka jest prosta – mam same takie. Brązowa, grafitowa, bordowa, zielona i sześć czarnych, wszystkie gładkie, w łódkę albo w karo. Wzorzystych nie miewam. Szybka piłka. Biorę brązową. Do tego czarne lekkie adidaski i jestem gotowa. Kurtka ciepła... Pewnie flauszowy płaszcz nie przejdzie... O, narciarkę wezmę.

Jest 14.40, a ja już jestem gotowa. Radek przyjedzie za pięćdziesiąt minut. Co ja mam teraz robić?

——

I jeszcze to

Pojechałam do Ewy, bo nie mogę się skupić. Coś mi jest – i albo ja nie rozumiem świata, albo świat mnie, co wydaje mi się bardziej prawdopodobne, ale świata nie zmienię. Poza tym w dzisiejszych czasach szybko diagnozuje się ludzkie problemy i szybko je rozwiązuje. Może faktycznie te moje humory, napady płaczu, jakiegoś lęku to tylko hormony?

To wkurzające, że rządzi mną jakiś durny związek chemiczny! Jakieś drobiny atakują moją psychikę i się nią zabawiają! „Płaczesz", „nie płaczesz", „smutno ci", „a teraz się uśmiechasz"! Czuję się jak ten kuchcik z filmu *Ratatuj*, którym szczurek operator kierował jak marionetką

Sama chcę decydować o tym, co czuję! Sama!

Ewa jest kochana i pogodna! Wita mnie w swoim gabinecie ubrana w biały fartuch, z chochlikami w zmęczonych oczach. Jak bardzo by była zmęczona, zawsze dostrzegę u niej te chochliki! Pamiętam je jeszcze z liceum. I to, jak Ewa podpowiadała mi na matmie. Bez niej chyba nie zdałabym z klasy do klasy, ja, matoł matematyczny! A dzisiaj? Pani ginekolog--cytolog. Znakomita jest!

Dwa zdania o życiu i hop na fotel.

Badanie jak badanie, ale Ewa nagle sobie przypomina:

– Dorota, ty mi się kiedyś skarżyłaś, że na mokro kichasz. Jak jest teraz?

– A, chyba jak u każdej, kicham na mokro, jak coś podnoszę ciężkiego, to też. I trasy sobie tak układam, żeby sikalnie były po drodze.

– A ćwiczyłaś mięśnie?

– Ewa, próbowałam, czasem w samochodzie, czasem w domu przy zmywaniu, ale wiesz, zapominam! Nawet kupiłam sobie nowe, słynne kulki, ale poprawy nie ma... Nawet w jakości pożycia, choć nie narzekam!

Uśmiecham się filuternie. Wiem, że babki w moim wieku miewają problemy ze szczytowaniem, bo wnętrze dość luźne po porodach i mąż słabo się stara.

Ewa patrzy na mnie i śmieje się.

– Jasiek się sprawdza, to fajnie, ciesz się. Ale ja pytam o pęcherz!

– No to ci mówię, że nie jest komfortowo. Ostatnio jechałam Wisłostradą i tak mi się zachciało, że aż mi dech zaparło. Myślę – jest pod wiaduktem takie miejsce, gdzie parkują autokary wycieczkowe, musi tam być kibello! Siup, zajeżdżam i... nic! Nawet toi toia! Ani krzaków. Półprzytomna wpadłam do KFC na placu Bankowym, a tam, owszem, ale zamknięte. Jak coś kupię, to mi dadzą kod do drzwi.

W końcu się udało, ale musiałam wrócić do domu i zmienić spodnie... Upokarzające!

– Dlatego pytam. Dam ci skierowanie na badania, a potem pójdziesz do kolegi na Żelazną.

– Ale co? Po co do kolegi? Jakieś piguły, coś?

– Odbiło ci. Piguły to przy lżejszym stanie, a ty masz zwyczajnie wysiłkowe nietrzymanie moczu! Siedemdziesiąt procent kobitek w naszym wieku to ma! Zapytaj! Chłopaki męczą się z prostatą, a my z tym... Nie bój się, Jacek jest fajny i znakomicie to reperuje.

– Operacja?!

– Przestań! Nie rób scen. Zabieg.

– Ale przecież będzie musiał mnie... „otworzyć", tak to się mówi?

– Albo to zrobi „przez dziurkę od klucza", matołku. Słyszałaś o laparoskopii?

Ano tak! Operacje „przez tutkę", Irenie tak wyjęli woreczek i prawie śladu nie ma!

Wyszłam lekko oszołomiona. Kurczę! Ja od stu lat nie byłam w szpitalu, jeśli nie liczyć składania nogi złamanej podle kilka lat temu na Mazurach. Posklecali mnie w Giżycku. Najpierw histeryzowałam, żeby mnie Janek zabrał do Warszawy, ale kiedy wieczorkiem pogadał ze mną baaardzo przystojny ordynator, uroczy, szpakowaty, z niskim głosem, zadzwoniłam do Jaśka, że zostaję. Co tu kryć, ewidentnie mnie oczarował i wdzięczyłam się do niego. Aż do chwili, gdy usłyszałam od innego lekarza: „Jego żona jest znakomitym stomatologiem". I koniec, bo żonaty znaczy dla mnie nietykalny. Ale sam pobyt w tym starym poniemieckim szpitalu był świetny! Z powodu obtłuczenia i ryzyka powikłań musiałam zostać tam tydzień i było wesoło! Pamiętam, jak odłamał mi się drut od żyłki, taki do dziergania. Robiłam sobie lekki sweterek z żółtej bawełny bouclé. Poprosiłam siostrę:

– Siostro, siostra zaniesie to na męską salę, może by chłopaki zreperowali? Rączki im trochę odpoczną – dodałam wesoło.

Zaniosła wraz z moim tekstem. Po godzinie wraca i mówi:

– Oddają nareperowany, ale proszą, żeby pani Dorocia tak mocno nie ciągnęła!

Och! Fajny to był pobyt! Wypady na wózku z tą moją nogą w gipsie do budki z pyzami i piwem, żarty, śmiechy... Gdzie ja bym tak miała w Warszawie?

A teraz... Operacja?

W domu przeczytałam, co się dało, o leczeniu operacyjnym WNM i nie spanikowałam. Chciałam zadzwonić do Jagi, ale... no jak, skoro się do mnie nie odżywa? Dwa razy syknęła, że „teraz nie może", i nie oddzwoniła.

Pogadam z Jaśkiem. A jeśli go to zbrzydzi? Jeśli on teraz zawiesił oko na jakiejś... Szarlotce?

O mamo... Irena! Z nią mogłabym, ale stale czymś jej zawracam głowę. A może po prostu z nikim? To moja sprawa! Moja intymna sprawa, chociaż tyle razy chciałam iść do Ratusza z petycją w sprawie toalet publicznych. Bo jak żyć? Ja wiem, że w dawnych czasach uważało się, że dama to ani nie sika, ani nie defekuje, ani bąków nie puszcza. A te w Wersalu sikały i fajdały za kotarę albo do nieczynnego kominka, bo służba sprzątnie! Ojejka... Fuj!

My dzisiaj niby świadome siebie kobiety, a wysikać się nie ma gdzie. I to w stolicy!

Tak czy siak, zrobię te badania. Może to jedyna szansa na normalność?

Godność? Sąsiadka Ireny, pani Bożenna (tak mi się dawno temu przedstawiła, tak się podpisuje i prosi, by o tym nie zapominać), też ma zapewne ten kłopot, bo u niej w domu czuć moczem, a i od niej samej niestety też. A niby taka czysta. Czyli to problem społeczny! I mój, cholera jasna!

Badania jak badania, zrobiłam. Mamy teraz z Jusią mniej pracy, kiepsko idzie, mało zamówień, ale to taka branża, raz jest lepiej, raz gorzej. Złapałam kontakt z wytwórcą pięknej biżuterii à la secesja, a właściwie on ze mną złapał kontakt. Nie jakieś badziewne odlewy sprzedawane jako starocie, ale naprawdę staranna, ładna robota. Zanim jednak dopracujemy szczegóły, minie trochę czasu, a ja go potrzebuję na swoje sprawy. Kiedy, jeśli nie teraz? Nie jestem stara, tylko poczułam dyskomfort. Dzisiaj wiele rzeczy się naprawia, to tylko kwestia pieniędzy, chociaż akurat pęcherz robię w ramach NFZ.

Smutno mi i już doprawdy nie zwalam tego na menopauzę. Znam tego mola, który mnie zjada od środka. To poczucie winy. Z powodu nieporozumienia z Jagusią. Czuję, że to nie do końca jej fochy. Latami zamiatałam pod dywan, myślałam, że przecież to moja sprawa, że jakoś to będzie i... było! Jakoś.

Dopóty dzban wodę nosi, dopóki mu się ucho nie urwie, i się urwało! – Temu misiu – powiedziałam głośno do siebie. Jagna zawsze tak kończyła to powiedzonko, to znaczy od czasów, kiedy obejrzała *Misia*. Jest taka inteligentna, złośliwa, ale to przecież probierz inteligencji! Janek to ciągle powtarza. Zawsze umiała głupotę skwitować trafną puentą.

Co się stało? Czemu tak uparcie milczy? Obrażała się już na mnie wcześniej, ale teraz to coś więcej. Dała mi jako matce czerwoną kartkę?! Pocę się. Gorąco mi się zrobiło. A tak naprawdę to wyć mi się chce. Może napiszę do niej?

Tak zrobię. Wieczorem siądę!

Żeby mi się w głowie nie przewróciło, dostałam jeszcze jednego kopa...

Zadzwoniła do mnie Iwona – załatwiła mi wizytę w telewizji śniadaniowej, temat „Sama w swoich rękach" czy coś takiego. Chodzi o małą przedsiębiorczość.

– Czemu nie ty? – pytam, bo prowadzimy podobną działalność.

– Ja chwilowo nie mogę, mam kłopot z komornikiem.

– Ty? – Zdumiałam się, bo przecież ona radzi sobie znakomicie! Ma wielki magazyn, duży asortyment...

– Ach, wiesz, prywatna wojna z dostawcą internetu. Też będę w telewizji, ale nie jako ktoś, kto zarabia, bo dla komornika to ja mam figę.

Opowiedziała mi o swojej przygodzie z wielkim dostawcą usług internetowych. Przeniosła firmę do nowej siedziby, zawarła świetną umowę, dostała jakieś kanały telewizyjne za friko, pobrała stosowne pudełeczka i... zaczęły się schody. W nowym biurze nic nie działa! Internet chodzi wolno, jak na korbę, z kanałów nici.

– Po co ci w firmie kanały?

– Dla ciecia. W nocy, wiesz. Nie zawsze jest napad.

– Bardzo śmieszne... I co?

– I nic. Poszłam do punktu i pytam, o co chodzi, a oni na to, że widocznie mam słabe łącze, i zabrali z powrotem swoje pudełeczka. Okej, ale pytam, czy nie mogli sprawdzić tego łącza, zanim mi wcisnęli swój kit? To oni mi na to, oczywiście bardzo grzecznie, że ich mapa nie wykazuje. Wściekłam się, bo co mnie obchodzi, że oni mają nieaktualne mapy? Skrócę ci moje dochodzenie. Okazało się, że do ulicy, po której biegnie dobre łącze, mam pociągnięty przewód z kiepskim łączem, no i faktycznie jest bardzo słaby przesył. Zrezygnowałam z ich usługi i nabyłam radiową, przez taki mały dinks, i teraz internet mi śmiga, ale u nich powstała jakaś należność. Za trzy miesiące, wyobrażasz sobie? Jakaś panna nie odhaczyła mnie w systemie. Znów zmarnowałam pół dnia, żeby to prostować, ale system to system i się zaczęło.

– Ale co się zaczęło?

– Ściganie mnie za brak wpłaty za trzy miesiące, bo system, bo coś tam. Wkurzyłam się, kolejna awantura, przeprosiny, a tymczasem system wciąż notował mnie jako dłużniczkę, o czym nie wiedziałam. Milusiński pan kazał mi podrzeć kolejne wezwanie, bo „tym razem załatwione na sto procent". Aż dostałam wyrok i oto mam komornika na głowie, który usiłuje zedrzeć ze mnie cztery stówki, już z odsetkami. Dałabym mu, ale ja walczę z systemem!

Siadłam z wrażenia. Iwona walczy z systemem! Szczerze mówiąc, mam gdzieś taką donkiszoterię, jestem jak Jasiek – u mnie święty spokój nie ma ceny. Ale jak widać, każdy wycenia spokój trochę inaczej. Iwona wygra w końcu swoją walkę – może coś zapłaci, może nie, ale spokój osiągnie. A ja, choćbym nie wiem ile zapłaciła, spokoju nie zaznam. Mój problem ceny nie ma.

– No i co, pójdziesz? – pyta Iwona.

– Co? Do śniadaniowej?

Iwona mnie pouczyła i poszłam polansować się w telewizji dla pań domu, na swoją zgubę. Wstałam wcześnie, bo korki, ale i tak dojechałam na ostatnią chwilę. Na szczęście kazali sobie podać numer samochodu i mogłam wjechać na parking. Biegiem do studia, pytając każdego po kolei, gdzie to, bo ja nietutejsza. Czesania nie ma, ale jest niby-makijaż. Pani pomerdała mi po twarzy podkładem, napudrowała, podkreśliła oczy, wpuszczając krople, bo czerwone, narysowała pędzlem rumieńce. I przez cały czas rozmawiała z koleżanką o cięciach budżetowych w biednej jak mysz telewizji. Czułam się sprawczynią ich nieszczęścia. W studiu usadzono mnie na kanapie z facetem, który też prowadzi małą firmę. Para prowadząca podeszła do nas w przerwie reklamowej i powitała jak braci – serdecznie i z uśmiechami. Jakby tylko na nas czekali!

– Uwaga! – krzyknął ktoś. – Raz, dwa, trzy i!...

Nie mam pojęcia, jakie mi zadano pytanie, ale coś tam zaczęłam odpowiadać. Tyle że natychmiast mi przerwano i zadano pytanie facetowi. Ten się rozgadał, więc prowadzący znów zwrócił się do mnie, kończąc swoje pytanie tekstem: „tylko krótko, proszę". Ledwo coś tam znowu bąknęłam, wstali i poszli do stanowiska kuchennego, przy którym jakaś młoda wokalistka gotowała szpinak. Poczułam się oszukana. Wyszłam stamtąd wkurzona, obiecując sobie, że nigdy więcej! Wychodząc ze studia, zobaczyłam, jak prowadzący z uśmiechem dobrego wujka witają następnych spłoszonych gości. Kolejne mięso... Kolejni naiwni sądzący, że ktoś chce ich słuchać! Miałam ochotę ich zawrócić, wołając: „Hej! Dajcie sobie spokój! Jesteście tylko wypełniaczem! Macie najwyżej minutę na swoje sprawy! Potrzebują was, by brać pieniądze za prowadzenie programu, za światło, kamerę. Tłukliście się tu o poranku tylko po to, żeby sfrustrowane charakteryzatorki mogły dostać swoje marne pensje". Co za absurd!

Wpadłam do domu wściekła. Jasiek jeszcze był. Postawił przede mną kubek kawy z mlekiem. Był radosny.

– Świetnie wyglądałaś!

– Ale ta telewizja pogrubia – powiedziała szczerze Jusia, która z herbatą szła do salonu, żeby odebrać pocztę. – Normalnie to pani ładniej wygląda!

Wylałam przed Jaśkiem całą moją złość.

– Po co oni to robią?! To jest zawracanie głowy! Ja im w ogóle nie byłam potrzebna! Janek, to jest lekceważenie ludzi!

– Dociu, nie przesadzasz? Taka konwencja.

– Zasrana konwencja! Po cholerę zapraszać ludzi, skoro się ich nie dopuszcza do słowa?! Oni mają po trzy minuty na jeden temat, a dzisiaj było opóźnienie, więc zostały tylko dwie. Janek, dwie minuty na temat małej przedsiębiorczości?! Nie płacą mi, więc niech chociaż dadzą wypowiedzieć całe zdanie! A poza tym, wiesz, kamery, znany prezenter, trzeba się oswoić... Chyba plotłam jak potłuczona! Powiedz?

Mój dobry, kochany Jaśko wstał i przytulił mnie mocno. Tak mi dobrze w jego mocnych ramionach! On mnie zawsze rozumie, wspiera! Cała złość mi odeszła, gdy tak wdychałam jego zapach poranny – mydło i dobry kosmetyk, wyprasowana koszula i on sam. Poczułam, jak schodzi ze mnie ta złość... Spokój! Zennn...

Stojąc w drzwiach, powiedział:

– Nagrałem ci, dasz radę odtworzyć? I nie przejmuj się, Dorciu. Kto to ogląda?

I wyszedł.

Justyna rano odbiera pocztę. Drukuje zamówienia, szereguje je. Odpowiada na maile klientów, ale tego, szczerze mówiąc, nie lubi. Za to uwielbia porządkować to, co przychodzi do magazynu. Rozpakowuje, ogląda, zakłada biżuterię, bawią ją te wszystkie gadżety. Potem pakuje, słuchając jakiejś idiotycznej muzyki, bo jej kupiłam fajny odtwarzacz.

Kiedy wychodzę, korzysta z tego, że ciągle mam biuro w salonie – włącza sobie telewizor, ustawia jakieś kanały z muzyką dyskotekową czy jak to się teraz nazywa, no i robi swoje.

Teraz ja włączyłam telewizor i odtworzyłam nagranie.

Niepotrzebnie.

Mój problem z wysiłkowym nietrzymaniem moczu to małe miki! To, co zobaczyłam na ekranie, po prostu mnie powaliło.

Ja niby mam w domu lustra, ale nie przywiązuję do wyglądu przesadnej wagi. Jestem kobietą niezbyt szczupłą, fakt. W domu na co dzień się nie maluję, bo po licho? Jestem czysta, uczesana w ogon, który czasem zwijam w kok. Normalna ja.

Na materiale z telewizji śniadaniowej zobaczyłam...

Na telewizyjnej kanapie siedziała baba podobna do mnie, ubrana w moje ciuchy (tak starannie dobierałam buty, a tu ich wcale nie widać!). Wymalowana, owszem, nawet ładnie. Patrzę i znów się nakręcam. O Boże, to ja? Jaka ja jestem gruba!!! Matko ty moja!

Jestem potworem! Barbapapą, no – Barbamamą, była taka dobranocka. Wielkie i przelewające się coś, jakby budyń. To ja...

Gapiłam się na ekran, nie słuchając tego, co tam gadam. Wiedziałam, że głupstwa, niedokończone myśli, zająknięcia... Ale ten wygląd! Nie miałam pojęcia, że jestem takim kluchem!

Jusia mnie wyczuła, a jej szczerość poraziła.

– Ale że co? No jest pani, pani Dorociu, taka „w sobie" kobieta, przecież pani to wie!

– Ach, wie, wie... Niby wiem, ale jakoś się o tym nie myśli. Wydawało mi się, że jeszcze nie jest źle...

– No ale widzi pani rozmiar przy kupowaniu, nie?

I tym mnie dobiła. No prawda – widzę! Jakoś szybko to poszło. Kilka lat temu lubiłam mówić, że czterdzieści na czterdzieści dwa nosiła Marilyn Monroe, a dzisiaj wyglądam jak Marilyn z *Przystanku Alaska*!

Poszłam do pokoju z szafą i stanęłam przed lustrem. Teraz, po tym nagraniu, widzę więcej! Ale się zapuściłam! Sięgnęłam do szuflady z majtkami i wyjmowałam je jak nie swoje – wielkie jak torby na zakupy, przepastne! A przecież tak niedawno były to ładniutkie koronkowe... Rozpłakałam się z żalu, że sama siebie tak olałam! Wiem, wiem, połowa moich łez to intensywne działanie hormonów menopauzalnych, ale druga połowa to czysty smutek spowodowany nagłym odkryciem – jestem stara, brzydka, tłusta jak parówka, z defektem pęcherza i menopauzą! Nie miałam pojęcia, co ze sobą zrobić! Chciałam, żeby Janek tu był i mnie przytulił, ale wtedy musiałabym mu powiedzieć, czemu ryczę, a przecież nie mogę zwracać jego uwagi na swoje rozliczne słabe punkty! Niech mnie ktoś przytuuuli! – wyło we mnie jakieś wyjątko. Nawet chyba wyjec.

—

Suzi i Travis

Ostatnie minuty czekania ciągnęły się niemiłosiernie. Przemierzałam mieszkanie nerwowo od balkonu po kuchnię jak puma w klatce, patrzyłam za okno, patrzyłam na zegarek. Nie mogę wytrzymać niepewności. Nie znoszę tego uczucia. Choć jednak jest w tej niepewności coś miłego, jakaś słodycz oczekiwania, bo wiem przynajmniej, że nie będę musiała się zmierzyć z niespodzianką w rodzaju „nasz budżet właśnie zmniejszył się o pięćdziesiąt procent, a cele zwiększyły o sześćdziesiąt". To przecież Radek – on w życiu nie sprawiłby mi przykrości, nie postawiłby mnie w przykrej sytuacji. Prawda?

O 15.32 dzwonek do drzwi. Policzyłam do trzech, żeby nie pomyślał, że waruję pod drzwiami. Babska gierka – owszem. Otworzyłam drzwi...

...i zamarłam.

Za drzwiami stał Radek w stroju motocyklowym. Grafitowe spodnie, absurdalne buty, czarna opięta kurtka, kask pod pachą. Do tego był u fryzjera – włosy przyciął króciutko. Dawno tego nie robił – zwykle miał włosy „na wczesnego beatlesa", jakby powiedział tata. W ręku trzymał rękawiczki. Też absurdalne.

– O – powiedziałam bystro. Tylko tyle przyszło mi do głowy. To nie był mój Radek. To był ktoś zupełnie inny.

– Gotowa jesteś? – zapytał.

– Pięć minut – bąknęłam, choć byłam przecież gotowa od dawien dawna! Po czym uchyliłam szerzej drzwi. Wypowiedzenie formułki „może wejdziesz" było już ponad moje siły. Zatkało mnie!

– Gorąco. Czekam na dole – odparł, mrugnął dyskretnie (chyba...), odwrócił się i poszedł, zostawiając mnie skołowaną i zblokowaną. Skubany.

Zamknęłam drzwi. Pięć minut. Co ja mam robić przez pięć minut – makijaż poprawiać?

I po chwili do mnie dotarło. Kevlar. Absurdalne buty. Dżinsy i kurtka. Żadnych szpilek. Kask. Suzi. Chryste! On chce mnie wsadzić na motor! Wyglądam przez okno, zza zasłonki, jak jakaś Pelagia śledząca sąsiadów. Nie widzę nic. Pewnie stoi z drugiej strony budynku. Szlag.

– Jagoda, opanuj się – mówię do siebie cicho. Biorę wdech. Przeciągam dłońmi po włosach i zamykam oczy. Spokój wraca. Oddycham chwilę. Jest okej. Idę.

W windzie poprawiłam jeszcze włosy, przetarłam skórę pod oczami, usuwając ewentualne resztki obsypującego się tuszu, przeciągnęłam usta pomadką. Próżność? No, próżność. Babskie sztuczki.

Radek stoi pod blokiem i...

– Niech zgadnę. Suzi – mówię, wskazując palcem potworę na dwóch kółkach. Nie, nie jestem fanką motocykli.

– Suzi, Suzi. – Radek uśmiecha się. Otwiera pojemnik z tyłu potwory i wyciąga drugi kask.

– Proszę – mówi.

Trzymam kask w obu rękach i patrzę na niego z czymś, co, mam nadzieję, wygląda na lekko ironiczny, acz uroczy uśmiech. Wstyd mi przyznać, że nie wiem, co zrobić. Nie umiem go założyć i wstyd mi, że nie umiem. Nie lubię czegoś nie umieć. Nie lubię bardzo.

– Wolałbym, żebyś go miała na głowie – oznajmia Radek i patrzy na mnie, wsiadając na motocykl jednym lekkim ruchem. Dość seksownym. Potem wkłada swój kask, a ja czuję się jeszcze gorzej, bo nie wiem teraz, czy na mnie patrzy, czy nie. Próbuję dyskretnie podejrzeć, jak zapina swój. Nie dało rady. Robi to za szybko. No nic. Wkładam kask na głowę, po czym udaję, że go dopasowuję, że dopinam kurtkę. Ależ paskudne uczucie, taka bezradność. Niech go cholera z tą całą Suzi!

Radek widzi, co się dzieje, łapie mnie za brzeg kurtki i przyciąga lekko do siebie. Dopina kask, po czym pokazuje uniesiony kciuk i odwraca się przodem do kierownicy, a bokiem do mnie, jakbym już była gotowa. Wkłada absurdalne rękawice, odpala silnik. Ło Jezu...

Wzdycham ciężko i siadam za nim. Głupio mi, bo znów nie wiem, co dalej. Czuję, że mam coraz gorętsze policzki. Chcę wrócić do domu i zapomnieć o całej tej wyprawie. Żałuję, że się zgodziłam, że się ubrałam w dżinsy i że zrobiłam tego cholernego frencza na paznokciach.

No ale słowo się rzekło.

Przysuwam się do jego pleców i obejmuję go niby nonszalancko jedną ręką w pasie, drugą kładę sobie na udzie. Już za chwilę tego pożałuję.

Suzi rusza mocno i szybko, a ja czuję, jak grawitacja odciąga mnie w tył. Mały włos, a rymsnęłabym całym ciałem na asfalt. W tym momencie ciało ma już własny pomysł na przetrwanie i kompletnie ignoruje dumną głowę – obie ręce automatycznie wczepiły się w kevlarowe ciało Radka, nogi ciasno przylgnęły do siedziska. Jestem wielką przyssawką wczepioną w jego plecy. Jak huba. Jak jakiś kalmar z mackami zamiast rąk – nawiasem mówiąc, mógł wspomnieć, żebym i ja wzięła rękawiczki...

Ruszyliśmy. To było niesamowite! Pierwszy raz w życiu jechałam na motocyklu – i byłam oszołomiona. Zawrotna prędkość, zwinność, z jaką mijaliśmy samochody, dawały poczucie wolności i swobody. Poczułam mocny zastrzyk adrenaliny – najlepszego i całkowicie legalnego narkotyku, jedynego, jakiego nie boję się używać, choć nie mam do tego zbyt wielu okazji. Nie tak. Nie w ten sposób. Szaleństwo. Chłonęłam każdą chwilę. Z początku, wtulona w plecy Radka, skupiałam się na odczuciu całkowitej podległości – byłam zależna od niego, zdana na niego i maszynę pod nami. Po jakimś czasie odważyłam się unieść głowę i wyglądałam zza jego ramienia na ulicę, na migające po bokach budynki, drzewa, ludzi i auta. Na każdym zakręcie Suzi pochylała się nisko, a ja dostawałam ataków paniki, pewna, że za moment otrę się o asfalt, spadnę, połamię się i umrę. Ale nie spadłam. Wczuwałam się coraz bardziej w płynność ruchów, w przeczące grawitacji przechyły, w szybkość, z jaką przemierzaliśmy kolejne odcinki trasy. Gdy przystawaliśmy na światłach, łapałam się na tym, że przez większość czasu wstrzymywałam oddech, i na tych krótkich postojach łapałam łapczywie tlen. Mięśnie opanował wielki skurcz dyktowany wolą przetrwania, zacisnęłam dłonie na kurtce Radka jak imadła i nie puściłabym tej kurtki za nic w świecie. Niesamowite. Absolutnie niesamowite.

Wyjechaliśmy gdzieś poza Warszawę i przyznam, że przejażdżka zaczęła mnie męczyć – ręce osłabły, kark i plecy bolały od niewygodnej, skulonej pozycji, byłam lekko oszołomiona nadmiarem wrażeń i osłabiona nierównym oddechem. Na szczęście wkrótce podjechaliśmy pod nieduży parterowy budynek, który wyglądał jak stary magazyn. Beżowy, pokryty sprejowymi malowidłami. Wkoło chwasty, przed budynkiem spękany betonowy plac z kałużami, tu i ówdzie jakieś płotki, rampy, słupki.

Zdjęłam kask i z trudem zsiadłam z motoru. Dotknęłam swojej głowy... O Jezu. Moje włosy były spocone i przyklejone do czoła. Muszę wyglądać jak skończona idiotka. Szybkim ruchem rozpuściłam włosy i roztrzepałam je dłonią, udając, że to dla mnie normalka. W tym czasie Radek postawił Suzi na nóżce i schował kaski w pojemniku z tyłu motocyklu.

– Jesteśmy – oznajmił, jakby to było całkowicie oczywiste, że przywiózł mnie na zwiedzanie baraku. – Gotowa?

– Na co? – spytałam.

– Zobaczysz. – Uśmiechnął się. Dawno nie widziałam go tak pewnego siebie. Dobrze się czuł w tej roli, w miejscu, które ewidentnie znał i które było w jakimś sensie jego. – Poczekaj tu – dodał i zniknął w budynku.

Stałam jak głupia na środku placu, nie mając pojęcia, co zrobić. Zwykle w takich chwilach sięgam po papierosa – daje zajęcie rękom, sylwetce nonszalancję, którą można zgrabnie przypudrować całkowite zagubienie i niepewność. Nie miałam jednak ochoty na palenie, poza tym nie zeszła jeszcze ze mnie adrenalina po jeździe i byłam rozedrgana.

Nie wiem, jak długo tak stałam. Trzy minuty, pięć czy dziewięć, dość że miałam szansę dokładniej rozejrzeć się po placu. Płotki, rampy i bramki służyły do tresury psów – tyle wiem, głupia nie jestem. No świetnie. Przyjechałam kibicować aportującym jamnikom? A może sama mam się nauczyć turlania czy jak to się nazywa? I gdzie polazł Radek? Chcę do domu. Nienawidzę niepewności, nie lubię być stawiana w takich sytuacjach i absolutnie nie znoszę, kiedy ktoś mnie tak zostawia bez słowa wyjaśnienia.

Po chwili Radek wyłonił się z budynku z niedźwiedziem u boku.

Przysięgam, to był niedźwiedź.

Potwór.

Bydlę.

Rany, jakie to coś jest wielkie. Wielkie, włochate i obślinio...
Śliniak! Tak! To był pies ze zdjęcia Radka, które widziałam
w necie. Na zdjęciu nie było widać, jak naprawdę wielki jest
ten cały śliniak!

– Travis, przywitaj się – powiedział Radek do potwora,
a ten posłusznie rzucił się na mnie, wskoczył mi łapami na
ramiona i wielkim mokrym, śmierdzącym jęzorem zaczął
mnie lizać po twarzy. Waga potwora o mało nie zwaliła mnie
z nóg, a smród z paszczy doprowadził do mdłości. Odruchowo skrzywiłam się i odchyliłam głowę.

– Travis, noga! – powiedział mocnym głosem Radek, a pies
posłusznie usunął niedźwiedzie łapy z moich obojczyków
i siadł. Wielkie brązowe oczydła wpatrywały się we mnie radośnie, a ogon tłukł o ziemię. Nagle poczułam, że wcale nie
chcę, żeby złaził.

– Nie, nie – powiedziałam – jeszcze chwilkę. Chodź, Travis!

Potwór jakby tylko na to czekał – znów wspiął się na mnie
i wprawnie obślinił mi resztę twarzy. Ruszał się przy tym
szybko, radośnie, jak dziecko z ADHD. Był wszędzie. Jęzor,
ogon, łapy, sierść, ciepły oddech, mokre i wielkie oczy, zimny
nos. Ślina. Masa śliny. Matko, ależ będę śmierdzieć. Ale jakie
to fajne, niech on nie przestaje. Nie mogłam się powstrzymać od uśmiechu, moje usta rozszerzały się coraz bardziej,
czochrałam wielki łeb i gadałam jakieś czułe głupoty w stylu:
„dobry pies, kochany pies, no, daj buziaka, daj buziaka", jak
nie ja. Dobrze, że mówiłam cicho, jest szansa, że Radek nie
słyszał. Poczułam zapomniane ciepło, leciutko lejące się mię-

dzy żebrami, obojczykami i mostkiem. Delikatny skurcz serca. Mgiełkę na oczach. Leciutki ścisk w gardle. Chyba jeszcze nigdy nikt nie cieszył się tak na mój widok. A on mnie przecież nawet nie zna. A niech mnie obślini. Smród się zmyje. Radek stał obok i patrzył.

—

Karząca ręka sprawiedliwości

– Halo, ciociu?

– Dorotko, wiesz, złamałam rękę...

– Złamałaś rękę!? Ale... jak to się stało?

– Nie wiem – głos Ireny z lekka drży. – Ścieliłam łóżko i się poślizgnęłam na dywaniku. Oparłam się jakoś tak dziwnie i poczułam chrupnięcie... Masz ci los!

– Byłaś u lekarza?

– Byłam, oczywiście! Pojechałam z Bożenną, bo się uparła, że mnie samej nie puści. Myślę, że tak naprawdę chciała się wyrwać z domu. Wzięłyśmy taksówkę.

– Masz gips?

– Tak, mam.

– Która to ręka?

– Lewa – powiedziała, jakby nie była do końca pewna. – A ty masz dużo zajęć?

– Nie, kochanie, normalnie. Będę wpadać, jeśli ci o to chodzi. Pogotuję ci troszkę, tak? Nie martw się, poradzimy sobie!

– Kto?

– No ja i ty! Irena, nie zostaniesz z tym sama.

– Ach tak... – Irena jakby się zawahała. – Dzisiaj niczego mi już nie trzeba, Bożenna pomogła. Ale jutro możesź wpaść.

Na własne kłopoty najlepsze są cudze, w które trzeba się zaangażować. Jasiek wrócił późno, zmęczony, bo podobno mają jakąś awarię czegoś i czekał na fachowców. Chyba coś z prądem, nie dałam mu dokończyć. Opowiedziałam o Irenie. I że muszę do niej rano pojechać.

Justyna nie była zachwycona, bo po nowej dostawie jest sporo pakowania. Ale obiecała przygotować wszystkie wysyłki, tyle że na pocztę to już ja zawiozę, ona ma o piętnastej dentystę.

Pojechałam do mojej kochanej Ireny.

Otworzyła mi i rzeczywiście – rękę ma w gipsie!

– Irena! – Nie wiem czemu, ale rzuciłam się prawie na nią i wyściskałam. – No i jak?

– Nijak – odpowiedziała mi najnormalniej na świecie. – Pęknięcie, a właściwie złamanie w nadgarstku. Ledwo ich umodliłam, żeby mi nie kładli, wiesz, na dwa stawy! Obiecałam nosić na temblaku i jak najmniej ruszać.

– A dlaczego nie masz tego lekkiego gipsu?

Irena popatrzyła na mnie z politowaniem, jak na idiotkę.

– Bo mieli tylko różowy, a to nie jest mój ulubiony kolor – odparła najpoważniej, ale wiedziałam, że kpi. – Moja koleżanka miała tę nowość. Kazała sobie aplikować znieczulacze i niby wszystko było dobrze, a pod tym czymś cały czas puchło i już lada chwila miałaby martwicę! Zresztą wnuk Bożenny powiedział, że ten lekki gips jest jak pianka montażowa, podobno skład nawet podobny.

– No to co? Ale lekki!

– E, nie jestem przekonana. Gips to gips! Wiesz, Dorota, najgorzej z czesaniem, no i naczynia. Bożenna obiecała wpadać i zmywać mi. Taka się zrobiła ostatnio leniwa, nieruchawa i stetryczała, a tu proszę, budzi się w niej Florence Nightingale!

– Ona też była pielęgniarką?

– Nieee! Ale wychowała piątkę dzieci, w tym czterech chłopaków, którzy się wiecznie łamali, a to na łyżwach, a to na rowerze. Pewnie ich pamiętasz. Czasem tu jeszcze do niej wpadają. Najstarszy taki łysy z brzuchem, muszkę nosi jak Felek. Zawsze się w tobie kochał, a ty go wyśmiewałaś.

– Ten grubas? A tak. Ale młodszy już szczupły, i bliźniacy też.

– Piąta była Miśka, ulęgła się Bożennie na stare lata, jak przekwitała.

– Jej nie pamiętam. – Istotnie, chłopaków jeszcze kojarzyłam z dzieciństwa, tej małej już nie.

Pani Bożenna mieszka dokładnie nad ciotką Ireną. Ona duża, z małą głową, zawsze ostrzyżona na przedwojenną „poleczkę", ze spinką we włosach i, jak mówiłam, od jakiegoś czasu z lekka zalatująca uryną. Mąż chrabąszczyk, sucharek maleńki, pantoflarz i astmatyk – zmarł kilka lat temu. Nigdy jej nie lubiłam, może za słabo znałam? Jak dla mnie zbyt zamknięta w sobie, mrukliwa, choć jak się rozkręciła, to plotła, co jej ślina na język przyniosła. Ostatnio wszystko jej się kręci i stale gada to samo – te same plotki, tylko pomylone.

Kiedyś przyniosła Irenie sensację, że „ten dyrektor teatru to ma teraz romans z tą tancerką Kuklińską". Nie pomogło tłumaczenie, że akurat pani Ewa od dawna jest w związku z zupełnie kim innym. Po jakimś czasie Bożennie się pokićkało i ubrała w ten romans Kukulską.

– Pani Bożenno, Natalia Kukulska jest o wiele młodsza od niego, a na dodatek wiadomo, że mężatka, i to szczęśliwa!

– Tak, tak! Takie właśnie one są! – Bożenna trzymała się uparcie swej wiedzy rodem z brukowców, a stojąca za nią Irena dawała mi do zrozumienia, że sąsiadka ma fiksum-dyrdum i żebym odpuściła. Bożenna czytała tylko wielkie nagłówki, a resztę sobie dopowiadała, albo ktoś jej dopowiadał. Pewnie pani Ziutka z Wolumenu, w której pani Bożenna ma wdzięczną rozmówczynię.

Czasem zazdroszczę Irenie tego starego domu, tych samych od lat sąsiadów, od powojnia! Znali się już jako bardzo młodzi ludzie, razem odbudowywali Warszawę, razem przetrwali „bolszewika", jak mawiał Felek, i teraz tkwią tu razem na starym Żoliborzu jak stare grzyby.

My nie mamy takich sąsiadów. Otaczają nas ludzie młodzi, z innymi pomysłami na życie. Raz nas zaprosili na grilla, było, owszem, miło, ale jakoś obco. Nie zakwitła między nami miłość sąsiedzka.

– Oj, Dorociu, u nas też, jak pamiętasz, nie było od razu „miłości sąsiedzkiej". Bywało bardzo różnie, ale dzisiaj, kiedy jesteśmy starzy, to zdjęliśmy nasze korony z głów i zwyczajnie się wspieramy. Tylko głupiej Marii nie przeszło. Wywyższała się całe życie, a właściwie od śmierci męża, bo ponoć ona z hrabiów. O nas mówiła „motłoch". Do dzisiaj nieugięta. Rozmawiałaś z Dziunią?

– Nie. I na razie dam jej spokój. Bardzo się między nami popsuło i ona nie chce żadnego kontaktu. Postanowiłam nie naciskać.

– Coś podobnego! – Na twarzy Ireny wzburzenie, zdumienie i dezaprobata.

– Ciociu, im bardziej chciałam pogadać, wyprostować, tym bardziej ona się odsuwała. Nie odbiera telefonów, nie odzywa się. Nic na siłę, nie będę pełzać i błagać! Może niech ona sama z sobą się dogada? I nie mów mi, że... przeszłość, bo przecież Jaga nic nie wie.

– No właśnie. A może gdyby wiedziała, zrozumiałaby cię lepiej? A tak to macie konflikt pokoleniowy, bunt! Serce mi się kroi, bo widzę, że to głupi bunt, ona od czegoś ucieka – w pracę, w głupstwa jakieś.

– Jakie? Wiesz coś?

– Nie, ale to jest dziwne. Negowanie rodziny, samotność i ta hardość.

– Harda to ona była zawsze! – mówię, machając ręką, a Irena jak nie huknie na mnie:

– Dorota! Ty nic nie rozumiesz?! Nie wiesz, czemu żółw jest taki twardy? Bo jest taki miękki!

Zapadła cisza.

Łzy mi się zbierają, znów moja wina?

– Ja nie mam na to siły – szepczę i beczę.

Irena wstaje i podchodzi do mnie. Obejmuje moją głowę i przytula do siebie. Rzadko wykonuje takie gesty. Gładzi mnie po głowie, ciut nieporadnie, ale dobrze mi to robi. Może ja podświadomie tęsknię za mamą? Od tak dawna jej nie ma, niby przywykłam, ale może nie da się przywyknąć?

Może zawsze tęsknimy za rodzicami, a to, że nie zadręczamy się ich brakiem, wynika z racjonalnej akceptacji tego braku? Jestem rozedrgana, wiem, że to hormony przekwitania, ale co mi po tej wiedzy, skoro beczę na zawołanie, a raczej bez przyczyny. No i to poczucie winy z powodu Jagi. Nie umiem jej pomóc, a może nawet jej szkodzę. Zaszkodziłam... Kubuś to zaprzeszłość, nie ma go, a mimo to tak za nim tęsknię. Byłby starszym bratem Jagusi, miałabym dwoje dzieci w domu – chłopczyka, dużego, mądrego, i Jagusię, taką dziewczęcą... No właśnie. Jaką dziewczęcą? Jaga jest sobą, nikim innym. I właśnie taka jest świetna! Samodzielna, mądra! Mogłybyśmy się przyjaźnić, a zamiast tego się kłócimy. Ona jakby zawsze chciała mnie ukarać, ofukuje, pokazuje swoją niezależność.

– Irena, trzeba coś zrobić.

– Wiem, Dorciu. Właśnie dlatego złamałam tę rękę.

– Co? Co ty mówisz?!

Trzeźwieję błyskawicznie, a moja ciotka Irena wyjmuje lekkim gestem rękę z gipsu i kręci nią jak pacynką. Ma zdrową łapę!

– Ciebie też chciałam w to ubrać, ale... Dam ci spokój. Wymyśliłam sobie, że was tu będę ściągać do siebie. Obu wam dobrze robi pomaganie starej ciotce, a w trakcie takich akcji charytatywnych zawsze się rozmawia, tak?

– Chciałaś nam robić psychoterapię?

– Nazywaj to, jak chcesz, ale cholera mnie bierze, jak widzę, że obie macie kolec w sercu i przez to cierpicie. Ty jesteś miękka jak wosk, więc cię zanadto nie będę dręczyć. Masz problem z hormonami i ze sobą, kochasz tego dzieciaka jak

diabli, tylko nie umiesz odpuścić. Dlatego ci się przyznałam
do kłamstewka.

– A gips?!

– Dorota, pomyśl chwilę! Gdzie ja pracowałam?

– A tak...

– Pojechałam na mój stary oddział, tam ciągle pracuje ten
profesor, który Felkowi tak ładnie nogę poskładał po złama-
niu. Porozmawiałam z nim, a on zawołał taką młodą pielęgniarkę i mówi, w czym rzecz. Ta w śmiech: „O, jaka cudna
konspira!". I założyła mi ten gips tak, żebym go mogła łatwo
zakładać i zdejmować.

– Z ciebie, Irena, to aktorka!

– Jestem waszą jedyną żyjącą ciotką, Dorociu. Najbliższą
rodziną. I patrzeć nie mogę na to, co się z wami dzieje. Jakieś
głupoty i ten twój ośli upór. Powiedz jej i sprawa będzie zamknięta!

– A jak Jaga się jeszcze bardziej wkurzy? Tak się boję...

– Zaufaj jej. I sobie, i Jaśkowi. Masz te plastry z hormonami?

Jak ona skacze z tematu na temat! Kochana jest.

Opowiedziałam jej w skrócie o badaniach. I wspomniałam
o pęcherzu – że właśnie robię badania, czekam na termin
prób urodynamicznych i miejsce w szpitalu. Pokiwała głową
i pożegnała mnie, szczypiąc w tyłek zdrową ręką. Potem
włożyła ją w gips i puściła do mnie oko.

– Jutro ma wpaść Dziunia. Zbadam teren! – zawołała, gdy
byłam już za drzwiami.

Konspiratorka! Moja, moja kochana!

Zakochałam się

Radek odwiózł mnie do domu parę minut po dwudziestej. Od momentu wyruszenia spod brzydkiego baraku nie zamieniliśmy ze sobą ani słowa. Fakt – na motocyklu nie bardzo można rozmawiać, ale ciszy nie przerwało nawet pożegnanie. Radek wysadził mnie pod blokiem i kiwnął tylko lekko głową na do widzenia. Nawet nie zdjął kasku, cały on. Oddałam mu więc swój kask, pomachałam i czmychnęłam na górę. Byłam oszołomiona, zmęczona i nie miałam pojęcia, co o tym wszystkim myśleć.

Wyjęłam komórkę. Jedno nieodebrane połączenie od Wery, esemes od Wery – „JuzNieWazneCallnePotem" – i jedno od Ireny. Oho! Coś się musiało stać. Ostatnim razem dzwoniła, kiedy umarł Felek... Jezu... Aż mnie ścisnęło w żołądku. Oddzwaniam.

– Halooo? – mówi Irena swoim normalnym głosem lekko znużonej życiem matrony. Ulga...

– Ciotka, co ty mnie straszysz! Dzwonisz, nie nagrywasz się. Umieram z nerwów!

– Dzień dobry, Dziuniu. – Wyczuwam w jej tonie leciutką reprymendę, że się nie przywitałam. Cała Irka. – A co ty, kochanie, taka zdyszana?

– Dzień dobry, dzień dobry – odpowiadam z przekąsem. – Po schodach biegłam. Co się dzieje, ciotka?

– Jagusiu, dziecko, sprawę mam do ciebie.

– No domyślam się, poplotkować to ty do mnie nie dzwonisz. Co się stało?

– Miałam mały wypadek w łazience i złamałam rękę...
Głupstwo, doprawdy, ale nie mogę sobie poradzić z różnymi
rzeczami i do szewskiej pasji mnie to doprowadza.

– Złamałaś? Jak to złamałaś! Coś ty robiła w tej łazience!

– Oj, Dziuniu, nie krzycz na mnie. Złamałam to złamałam,
nie ma co drążyć tematu. Pomożesz mi czy nie?

– No pewnie, ciocia, że pomogę! Będę u ciebie rano
i wszystko zrobię! I opowiem ci coś przy okazji. Chyba się
zakochałam...

– Ooo?? – powiedziała Irena. Tylko tyle. Nie „w kim?", nie
„a co to za chłopiec?", nie „no to opowiadaj". Dyskretne zaciekawienie, żadnego nalegania czy wścibstwa. Kochana!

– Wszystko ci jutro opowiem. Uważaj tam na siebie, a jak
przyjadę, to będziesz mną zarządzać! Mam coś kupić?

– Ćwikłę – odpowiada błyskawicznie Irena.

Ćwikłę. Na litość boską, gdzie ja jej ćwikłę znajdę? Będę
musiała lecieć pod halę... No nic, polecę. Kocham ją strasznie, to polecę.

– Się wie. Całuję, ciotka! Do jutra.

– Do zobaczenia, Dziuniu.

Ćwikłę...

Rano wstałam o wpół do ósmej, żeby być u Ireny najpóź-
niej o dziewiątej. Irka, jak to starsza pani, budzi się ze słońca
wschodem, więc nie chciałam, żeby na mnie za długo czekała. Obudziłam się bez większych problemów – po wczo-
rajszych atrakcjach zasnęłam około dwudziestej drugiej.
Co prawda przed telewizorem, w pozycji „chińskie 58", ale
jak powszechnie wiadomo, ja żyję niehigienicznie, mama wy-
pomina mi to na każdym kroku. Może jej o tym opowiem –

będzie miała wodę na swój biadolący młyn. Pfff... Telewizor
ma automatyczny timer, więc się wyłączył o pierwszej, a mięśnie po kurczowym wczepianiu się w plecy motocyklowego
Radosława bolałyby mnie i tak. No dobrze – bez histerii. Nie
jest tak źle, choć je czuję. A moja bluzka śmierdzi psem. Smród
radości, szczęścia i beztroski. I śliny. Travisik kochany...

Ogarnęłam się szybko, wskoczyłam w samochód i pojechałam do Ireny, zahaczając po drodze o Halę Mirowską,
gdzie kupiłam tę całą ćwikłę, a przy okazji pęczek astrów od
uroczego dziadunia. Siedział sobie na zydelku, jak to mawiał
Felek, z obdrapanym wiaderkiem i smętnym pęczkiem tych
kwiatuchów w środku. Wyzwoliłam go od nich kwotą dwudziestu pięciu złotych i niewykluczone, że uratowałam przed
mandatem, bo w oddali majaczyła już straż miejska. Szlag
mnie trafia, kiedy widzę, jak wypisują mandaty działkowym
dziadkom. Co innego gość z wielkim stelażem sznurowadeł
i pasków do spodni stojący przy Rotundzie. Ma takich stelaży
pewnie kilka w różnych punktach miasta, wciska ludziom to
badziewie i zbija kasę. Popieram straż miejską – niech chłop
zainwestuje w porządne stoisko w centrum handlowym albo
choćby w „szczęki" na jakimś bazarku, zamiast się rozwalać na środku chodnika. Ani to ładne, ani pożyteczne. No
ale kiedy widzę takiego dziadeczka z pęczkiem szczypiorku
w kubełku, to mi się serce ściska – ile on na tym szczypiorku dorobi do emerytury? Siedem złotych? Wiem, że zalatuje
to hipokryzją, ale mam słabość do staruszków...

Z kwieciem w ręku i ćwikłą w torbie wylądowałam u Ireny
za dziesięć dziewiąta. Otworzyła z gipsem na ręku, a ja zaczęłam się śmiać.

– Dzień dobry, kochanie. Co cię tak śmieszy?

– Ciocia, no przepraszam, ale wyglądasz komicznie. Jak nastolatka, co spadła z trzepaka.

– Nie brzmi mi to jak komplement, Dziuniu, ale niech będzie. Herbaty?

– Kawy z mlekiem – odpowiadam i wchodzę do mieszkania.

Irena zamknęła za mną drzwi i skrzywiła się nieco, przekręcając zamek. Ależ ja durna pała jestem – przecież miałam jej pomóc, a ja kawę zamawiam.

– Ciocia, ja zrobię! – mówię natychmiast. – Dla ciebie też?

– Ja już mam, kochanie – odpowiada Irena. – Ale o coś innego chciałam prosić...

– Co tylko chcesz, ciocia!

– Bo wiesz, kochanie – Irena patrzy w podłogę – ja teraz nie daję rady, a rajstopy mi się drą... Wiesz, jak to jest u starych ludzi, no dziczeje wszystko. Bożennę bym poprosiła, ale jakoś nie wypada, a Dorotkę zapomniałam ostatnio poprosić, jak była...

Patrzę na nią i nie mam pojęcia, o czym mówi. Żołądek drgnął nerwowo, kiedy padło słowo „Dorota". Nie chcę myśleć o mamie. Nie dziś. Przechylam głowę, marszczę brwi i patrzę na Irenę. Mam ochotę zachować się jak dziecko, powiedzieć „Ee?".

Irena wciąż patrzy w podłogę, przebierając stopami. O co jej chodzi?

– Cążki powinnam mieć w szufladzie, razem z żyletkami i pęsetką, wiesz...

Aaa!

– Irena, to znaczy, pedikiur chcesz, tak? – mówię.

– O, jak ty to ładnie ujęłaś, Dziuniu.

– Ciocia, co ty się krygujesz jak pensjonarka, Zaraz napuszczę wody do miednicy i jedziemy. Siadaj, królowo.

Obcinanie osiemdziesięcioletniej staruszce paznokci u nóg nie należy do przyjemności i jest estetycznie dyskusyjne. Prawda jest jednak taka, że gdy kogoś kochasz, to nie ma u niego rzeczy obrzydliwych. Irena siedzi w fotelu z tym swoim gipsem ułożonym nieporadnie na popielatej spódnicy, którą podwinęła aż do połowy ud, jakby się bała, że ją zamoczy i zniszczy. Stara szkoła. Wkłada nogi do miednicy, którą napełniłam ciepłą wodą z dodatkiem płynu do kąpieli, który pewnie sama jej kupiłam na Gwiazdkę. Masa lawendowej piany. Dostawiłam sobie krzesło, ułożyłam ręcznik na kolanach, wzięłam do ręki cążki i patrzę na nią z czułością. Lubię być jej potrzebna – mogę się wtedy zrewanżować za te wszystkie lata, kiedy się mną opiekowała.

– Zakochałam się, ciocia – mówię, nawiązując do naszej wczorajszej rozmowy.

– No właśnie wspominałaś, kochanie, ale nie dopytywałam, bo to pewnie osobista sprawa. Jakiś nowy chłopiec?

– Pies, ciocia. W psie się zakochałam. – Oczy Ireny robią się duże, okrągłe. – Chcę, ciocia, takiego psa! Czekaj, od początku – mówię, kładąc sobie na kolanach jej łydkę.

– Bo ja wczoraj, ciocia, nie poszłam do pracy, a zamiast tego umówiłam się z Radkiem na popołudnie. Zgarnął mnie z mieszkania i wywiózł na motorze gdzieś w cholerę pod Warszawę, do jakichś baraków. Mógł mnie tam zabić, zakopać i sprzedać moje organy na Wolumenie.

– Wiele by nie zyskał, ty taka chuda się ostatnio zrobiłaś, że pewnie w środku już ci wszystko zanikło – odpowiada Irena w zdrowotno-gastronomicznej poetyce pani Steni.

– Oj, ciocia. Słuchaj, okazało się, że w tych barakach jest szkółka psów ratowników. Wodołazów, wiesz. Takie wieeelkie psidła, mówię ci, jak niedźwiedzie! Wyobraź sobie pięćdziesiąt czy więcej kilo mięsa i futra. Kudłate to, wielkie i ślini się, ale naprawdę boskie, nie sposób nie kochać! – Słyszę, jak mój głos przyspiesza i się unosi. Opanuj emocje, Jagoda – ganię się sama w myślach. – No i Radek przyprowadził takiego psa. Miał na imię Travis i był najukochańszy na świecie. Położył mi łapy na ramionach i jęzorem mi caaałą twarz wylizał. Caałą! A jak się cieszył! Te psy są niesamowite! I ratują tonących. Jest tam taki betonowy basen, gdzie uczą się wskakiwać do wody i wyciągać ludzi. No mówię ci, niesamowite!

Irena patrzy na mnie bacznie i słucha. Po chwili namysłu pyta:

– No ale co ty tam właściwie robiłaś?

– Okazało się, że Radek tam od pewnego czasu jako wolontariusz działa. A teraz chce się tym zająć na cały etat. Będzie szkolił psy dla WOPR-u i może dla policji. Zresztą prywatnie ludzie też są zainteresowani, ci, co mają małe dzieci i domek nad jeziorem. Nawet labradory można szkolić... – zaczynam trajkotać coraz szybciej, bez ładu i składu. A Irena słucha. Kochana. Zawsze umiała mnie słuchać.

– I wiesz, ciocia, ja się nie mogłam z nimi wieczorem rozstać.

– Z nimi?

– No z Travisem.

– A, z Travisem. I z Radkiem?

Zamilkłam. Skupiłam się na paznokciach Ireny i kapiącej z jej pięty wodzie. Ale wiedziałam, że odpowiedzi nie uniknę. Fakt – Radek tam był. To on spowodował to wszystko, zawiózł mnie, przywiózł. I patrzył. Cholera...

– Dorotka by się ucieszyła... – rzuca Irena. Punkt dla niej. Wie, gdzie uderzyć, żeby zabolało. Milczę. Nie dam się sprowokować. – A wiesz – ciągnie Irena niezrażona – że Dorotka tu u mnie bywa ostatnio i troszkę sobie gadamy.

Milczę. Piłuję paznokieć Ireny. Woda kapie.

– Jagoda, to nie może tak dłużej trwać – mówi w końcu Irena mocnym, zdecydowanym głosem. Szlag.

– To trwa od zawsze, ciocia – odpowiadam spokojnie. – Trwa i nie przestanie. To jest nie do ruszenia i nie do załatwienia. Matka ma już wyrobioną opinię na mój temat, a ja na jej, i tak to zostawmy. Ona nie jest mi już do niczego potrzebna.

Irena wyrywa stopę ruchem godnym nastolatki. Niestety, nastolatką nie jest i stopa wpada w miednicę, rozbryzgując naokoło wodę, na dywan, na moje spodnie.

– Jagoda!

– No co! – Patrzę na nią butnie. – Stwierdzam fakt. Całe życie wbijała mi do łba, jaką ja jestem pomyłką. Proszę bardzo, cel osiągnięty. Odsuwam się i daję mamusi święty spokój, niech sobie żyje, jak chce, a ode mnie niech się odwali raz, a dobrze.

Irena patrzy na mnie palącym, bolesnym spojrzeniem. Długo. Wystarczająco długo, żeby mnie zmusić do refleksji. Zgoda, trochę przedobrzyłam. Wzdycha.

– Dziuniu, dziecko, jak ty nic nie wiesz.

– Swoje wiem – mówię, choć nie jestem pewna, co Irena ma na myśli. – Na szczęście są ludzie, którzy mnie lubią taką, jaka jestem.

– Kogo masz na myśli?

– Tata zawsze mnie wspierał, do dziś znajduje czas, żeby mnie zabrać do kina. Ostatnio nawet często – widujemy się co środę, nawet na stare filmy chodzimy. Radek też mnie toleruje, tak? Wera, dziewczyny z pracy, Marysia... – Ganię się w myślach: Mery78 nie powinna się tu pojawić, to nie jej miejsce, co mnie podkusiło... Na szczęście Irena nie ciągnie tematu.

– Kochanie, wszyscy cię kochają, bo inaczej się nie da. Jesteś wspaniałym człowiekiem. I mama też cię kocha. Prawdopodobnie najbardziej. Tylko okazuje to w inny sposób, niżby chciała.

– No to dupa z niej, a nie matka – mówię dobitnie, wiedząc, że znów przesadziłam. Ale maszyna się już rozkręciła... – Nie umie sprawić, żeby jej własne dziecko czuło się kochane. Ja z tym skończyłam, Irena. Nie potrzebuję takiego ciężaru, takiej chemii w moim życiu. Tysiące ludzi na świecie nie ma kontaktu z jednym czy obojgiem rodziców, to nie kalectwo. Kalectwem jest to, co my z mamą uskuteczniamy od dwudziestu iluś lat. I ja mówię „stop". Separacja!

Cisza. Wywaliłam to z siebie. Ciotka wzdycha i zbiera ze stołu niewidzialne okruszki.

– Jagoda, ja ciebie doskonale rozumiem – stwierdza, wybijając mi oręż z ręki. Wystarczyło jedno zdanie, żeby rozłożyć mnie na łopatki. Nie wiem, co odpowiedzieć. – Ja cię znam,

kochanie, od berbecia, wychowywałam cię. I wiem, co miało
wpływ na to, kim jesteś i jak się czujesz. Wiem też, co przeżywała Dorota. I tak jak ona nie wie, co się dzieje w twojej
głowie, tak ty nie wiesz, co się dzieje w jej. Myślałaś o tym?
Touché. Nie myślałam. Milczę. W tym jestem dobra.

– Są sprawy, które musicie sobie wyjaśnić same. Ale czy ty,
Dziuniu, w ogóle pomyślałaś, przez co ona teraz przechodzi?

– E? – rzucam tępo. – Coś się stało? Nic się przecież nie
dzieje. Tata nic nie mówił.

– Hormony, kochanie. Dorota jest już w wieku, który dla
nas, kobiet, nie jest najłaskawszy.

O Jezu.

– Ona mierzy się w tej chwili z podwójną stratą – ciągnie
Irena. – Traci nie tylko ciebie, ale też ogromną, ważną część
siebie samej.

Milczę, tym razem z bezradności. Mam bałagan w głowie.
Nie chcę go mieć.

– No to będzie musiała sobie z tym jakoś poradzić – rzucam, bo coś trzeba powiedzieć. – A ja muszę lecieć, ciocia.

Całuję Irenę w policzek, wynoszę szybko miednicę do łazienki, wkładam kurtkę i już jestem przy drzwiach. Błagam,
niech ona mnie nie zatrzymuje.

– Jagoda – słyszę.

No nie...

– Tak?

– Wpadnij do mnie w tygodniu. Będę miała prośbę.

– Wpadnę, ciociu.

Cholerny świat!

Akceptacja?

Mam wrażenie szpagatu. Nie ogarniam wszystkiego, za dużo tego albo się zestarzałam. Kiedyś umiałam zająć się mnóstwem rzeczy naraz! Przeszkadzało mi to w nauce, dlatego moje świadectwa szkolne schowałam w *Dzienniki* Marii Dąbrowskiej, do których, wiedziałam to na sto procent, Jagna nie zajrzy! Wstyd! Trójczyny z góry na dół. Ale ja nie czułam żadnej żenady! Samorząd, chór, sekcja dekoratorska w klasie, basen i obfite życie towarzyskie. To jest szkoła życia!

Aż przysiadłam w kuchni na wspomnienie siebie sprzed lat – licealnej oszołomki. Ile godzin spędziliśmy w domu Długiego, Aśki albo Bernaśki na dusznych rozmowach? Siadywaliśmy w kręgu na dywanie, paliliśmy papierosy, piliśmy herbatę za herbatą, a gdy były pieniądze, to jakieś wino, i omawialiśmy śmiertelnie poważnie sprawy najwyższej wagi, na przykład wojnę w Wietnamie – to po obejrzeniu *Hair* na zamkniętym nocnym pokazie w jakimś studyjnym kinie. Ojciec Bernaśki nas wprowadził. Och, zbawialiśmy świat! Gadaliśmy o segregacji rasowej, o zamykaniu ust Angeli Davis, afroamerykańskiej bojowniczce o prawa Murzynów, o legalizacji narkotyków... W tle leciała mniej lub bardziej zaangażowana muzyka. Długi miał znakomite płyty, przegrywał je na taśmy i puszczał, a my udawaliśmy, że są fantastyczne, mimo że niektóre nużyły. To był czas jego fascynacji Rickiem Wakemanem, więc *Podróż do wnętrza Ziemi* i *Sześć żon Henryka VIII* szło dość często. Znosiliśmy też dzielnie eksperymenty muzyczne mniej znanych kapel z lat siedemdziesiątych, udając, że „to baaardzo odkrywcze". Lubiłam Skaldów, ale ich musical *Krywań, Krywań* był jak dla mnie zbyt trudny, jednak się do tego nie przyznawałam!

Byliśmy więc zaangażowani w sprawy wyższe i, jak wtedy myślałam, ciut konspiracyjne – to wino i fajki, a i tematy z lekka kłopotliwe: czym jest wolność, dlaczego ten socjalizm jest taki jednak szary i, szczerze mówiąc, denny, dlaczego nie ma demokracji i czym ona tak naprawdę jest, co będziemy robić, kiedy dorośniemy, walczyć z systemem czy nadal go ignorować? Tuszowałam w ten sposób mój ówczesny stan duszy, która, jak mi się wydawało, umarła po tym, jak moja... bliska przyjaciółka z ławki, Kamila, odbiła mi chłopaka. Bardzo mi na nim zależało. Był z czwartej klasy, ja zaledwie kończyłam pierwszą, nawiązaliśmy znajomość na szkolnym balu, tańczył ze mną i... nagle oni zaczęli się spotykać! Pękło mi serce. Wyniośle przesiadłam się do Bubu – naszego klasowego miśka grubaska, Jaśka właśnie.

Jaki on był wówczas śmieszny! Klasowi chłopcy „kogucili", rośli, sypał im się zarost, głos basował, a Jasiek był wciąż taki dziecinny. Pulchny, nie golił się jeszcze i był bardzo... miły, dobrotliwy. Kompletnie się nie przejmował tym, że niektórzy z niego podkpiwali! Po trzeciej klasie zaczął się golić, z lekka strzelił w górę i zeszczuplał, ale wszyscy nadal mówili do niego Bubu. Ja nie. Tym swoim „Janek" podkreślałam jego wyjątkowość. I swoją oczywiście. Chciałam mu odpłacić serdecznością za to, że ze mną siedzi, że słowem nie skomentował przykrej historii z Kamilą i tym niby-cudem z czwartej klasy, że znosi moją nieznajomość matmy i fizyki, dając mi do woli ściągać. Szczerze mówiąc, byłam pasożytem. Jasiek zawsze miał odrobione lekcje – ja tylko wtedy, gdy ściągnęłam. Nie umiałam rozwiązać samodzielnie żadnego zadania! Gdyby nie Janek, Ewa i parę innych osób...

Nie, wtedy nic między nami nie zaszło. Nic. Po latach mi wyznał, że się we mnie podkochiwał, choć bywało, że chciał mi ukręcić łeb. „Kiedy"? – spytałam, gdy wypłynął z tą rewelacją. „Jak miewałaś humory przed miesiączką" – odpowiedział zwyczajnie. Patrzcie, państwo! Obserwator...

Wzruszył mnie tym. A chodzić ze sobą zaczęliśmy dopiero, gdy byłam na studiach.

Po maturze (na matmie siedział blisko mnie – dzięki pomocy naszej matematyczki i dzięki temu, że nasze nazwiska są na tę samą literę), którą w całości od niego ściągnęłam, nasz kontakt się urwał. Każde poszło w swoją stronę. Dopiero przypadkowe spotkanie sprawiło, że odnowiliśmy znajomość.

Od tamtej pory Jasiek zawsze był gdzieś blisko mnie. Znów nienamolny kumpel. Studenckie życie! Oj, aż mi wstyd dzisiaj, bo z takiej niani społecznie zaangażowanej stałam się wesołą studenteczką. Oj! Żadne już zebrania i papierosy, tanie wino! Tańczyłam! Bawiłam się, gdzie się dało – w Remoncie, w Hybrydach, na prywatkach. Miałam krótki i burzliwy romans z asystentem, po którym sądziłam, że pękło mi serce, ale jakoś przeżyłam. Było też bardzo wariackie *love story* z kolegą z roku, ale okazało się, że jest chory z zazdrości, więc po zerwaniu śledził mnie i Jasiek musiał robić za osobistą ochronę. Debil zaczaił się na niego, panowie pobili się tak, że Jasiek miał złamany palec i nieźle potarganą szczękę. I tak się zaczął nasz związek Po tym pobiciu odwiedziłam go w domu. Leżał na tapczanie i słuchał muzyki. Miał sine oko i był taki... biedny! I to ja zawiniłam! Pogłaskałam go po twarzy, on pocałował wnętrze mojej dłoni i popatrzył na mnie tak, jak nigdy dotąd. Nie mam pojęcia, dlaczego się pochyliłam i pocałowałam go w usta. Jak on całował! Niebiańsko! Poczułam taką falę tkliwości, że położyłam się obok i tuliłam do niego, obsypywana pocałunkami. Pytał mnie, czy na pewno tego chcę, ale ja byłam jak burza. Chciałam całą sobą! Było fantastycznie! Oczywiście wystraszył nas chrobot w zamku, więc na chwilę wylądowałam wraz z moimi ciuchami w tapczanie Jaśka.

On wskoczył pod koc.

Jego mama rutynowo spytała go, jak się czuje i czy nie ma gorączki, bo takie pąsy i w ogóle, a potem zniknęła w kuchni. Wyszłam cicho z tapczanu i ubrałam się, na paluszkach podeszliśmy do drzwi wejściowych, Jasiek zapukał i otworzył je już normalnie, głośno. Udałam, że właśnie weszłam, i witaliśmy się ślicznie, po aktorsku.

– Cześć, Janek, co u ciebie?

– A, to ty, Dorota! Wejdź, proszę.

– Kto tam, synku? – dobiegło z kuchni.

– To Dorotka, mamo!

– Aha, wejdź dziecko, wejdź!

I tak po raz pierwszy jadłam u Jaśka w domu obiad, a moja przyszła teściowa gapiła się na mnie badawczo, z dziwnym uśmieszkiem, bo kolorową kamizelkę miałam założoną na lewą stronę.

Od tamtej pory właściwie nie wychodziliśmy z łóżka. Zawaliłam kilka zaliczeń. Jasiek jakoś nadrabiał, ja nie. Byłam oszołomiona nim, tym zupełnie innym Jankiem. Seks z nim okazał się moim ulubionym zajęciem, przy którym nauka jawiła się nikomu niepotrzebną orką. A potem ta ciąża...

– Co na obiad? – Janek wszedł do kuchni ze zmęczoną twarzą.

– Kasza gryczana z wczoraj i sos pieczarkowy. Jak chcesz, usmażę ci do tego jajo, bo nie zdążyłam nic innego... – paplałam jak maszynka.

– Super! – odkrzyknął z łazienki.

On jest taki nieskomplikowany! Jakbym nie miała obiadu, zjadłby kanapki albo kaszę mannę na gęsto, na kostce rosołowej z masłem. Uwielbia to, bo gdy jego mama miała zajęte popołudnia, gotował sobie sam, właśnie kaszkę, potrafił jej zjeść każdą ilość.

– Super tak czy super nie? – dopytywałam się.

– Ale że co? – Znów wszedł do kuchni. Wycierał ręce i nic nie rozumiał.

– No super, że usmażę jajka, czy super, że kasza i te pieczarki? Czyli nie smażyć?

– Obojętne, jak ci wygodniej. Ty wiesz, Zdzisiek miał kontrolę, podobno ktoś doniósł do skarbówki. Co za ludzie!

Gadaliśmy w kuchni o podatkach, Zdziśku, ja podgrzewałam kaszę, dorobiłam szybko sałatę. Przyszła Jusia i zjadła z nami, właściwie milcząc. Grało radio, nie musieliśmy rozmawiać. Czasem dobrze, gdy gra.

Patrzyłam na mojego męża innym, nostalgicznym okiem. Na studiach zeszczuplał, a już szczególnie wtedy, kiedy miałam taki apetyt na seks. No i był szczupły jakiś czas, ale od urodzenia się Jagi powoli znów się zaokrąglił. I taki jowialny, stoicki, zaokrąglony jest do dzisiaj, ale... nie przypomina Bubu ze szkoły. Jest męski, ma niski głos, a ja stale go kocham. Może nie jest to erupcja Etny, ale taka spokojna, ciepła miłość kapciowa, jaka może być po prawie trzydziestu latach małżeństwa. Najspokojniej mi się śpi z nim, lubię jego tembr głosu, dotyk dłoni na moich okrągłych biodrach i pocałunki też, mimo że nie smakują już tak jak dawniej. Iwona mi mówiła, że ona ze swoim byłym przestała się całować jakoś trzy, cztery lata po ślubie. Kompletnie!

I tylko zadręcza mnie myśl o tym, czy on mnie też ciągle kocha? Przecież tak się zmieniłam, zestarzałam, mam cellulit, obwisłe piersi, szyję jak indyczka, nadwagę i kurze łapki...

Jusia weszła do salonu i chyba odgadła moje myśli.

– Pani Doroto, czemu pani taka smętna?

– Ach, nic, Justynko, nic takiego – dotknęłam mimowolnie szyi i westchnęłam. A ona ciągnęła:

– Myśli pani stale o tych swoich problemach? Że się pani starzeje, że brzydnie? To hormony, pani Dorociu, bo pani przekwita, to minie, tylko pani sobie te plasterki załatwi. A tak w ogóle pani sobie tu poczyta! O! – Podsuwa mi laptopa z jakimś blogiem. „Blog szczerego do bólu mężczyzny". Facet pisze tak:

Kobieta prawdziwa to ta, która ma w dupie swoje kompleksy!

Atrakcyjność to nie jest kwestia piersi, pośladków, nosa, ust czy czegokolwiek innego. Kobieta prawdziwa absolutnie nie mówi o swoich kompleksach, nawet jak je ma. Jest zadowolona ze swojego ciała i w pełni je akceptuje.

Oj, jak mnie wkurwia narzekanie na swoje defekty fizyczne, a najbardziej te związane z wiecznym odchudzaniem się. Piękna, śliczna kobieta o wspaniałych kształtach, ale narzekająca na defekty tu i ówdzie... no to, kurwa, przecież logiczne, że zacznę je zauważać. Co ja wtedy zrobię, że mogą mi nawet zacząć przeszkadzać, mimo że wcześniej ich nie dostrzegałem? Tak zbudowany jest nasz umysł. Nic na to nie poradzimy.

Kobieta, jeżeli czuje się sexy, to... JEST SEXY. Tak było, jest i będzie.

(...) Nie będę tłumaczył, co to znaczy być sexy. Dla jednej będzie to idealna fryzura, dla drugiej będą to szpilki, dla trzeciej lekko prowokująca szminka. Oczywiście najpierw trzeba zakopać głęboko kompleksy i po prostu skupić się na tym, co daje pewność siebie. Pamiętajcie, drogie kobiety, że seksowność nie tkwi w Waszym wyglądzie zewnętrznym, ale w Wasze głowie. Nie musicie:

Powiększać sobie piersi

Wstrzykiwać botoksu w usta

Robić korekty nosa

Używać TONY makijażu

Wydawać milionów na walkę z pomarańczową skórką

Chyba że dzięki temu będziecie czuły się sexy same dla siebie – chociaż, wierzcie mi, to strata pieniędzy. Wyjątkiem jest tylko tona makijażu – ona nigdy nie jest dobrze przez nikogo widziana. Chociaż zupełny brak makijażu też nie jest zalecany. Mężczyźni się już po prostu przyzwyczaili, że kobieta się maluje. Z drugiej strony, znam pewną kobietę, która się nie maluje na co dzień, bo nie lubi. Widziałem jednak jej zdjęcia, gdy była umalowana, i wiecie co? Bardzo dobrze, *że się nie maluje ;) Jeszcze bardziej nie mogłaby opędzić się od mężczyzn.*

W kwestii bycia sexy nie ma żadnych konwenansów... tylko, proszę – ubierajcie się kobieco. Podkreślajcie swoją kobiecość, a przede wszystkim nie bójcie się podkreślania Waszych pięknych kształtów! Jakie one by były, są WASZE. *Są zajebiste!*

Załóżcie raz na jakiś czas sukienkę zamiast dżinsów, podkreślcie swój biust – nawet jeżeli nie jest on zbyt duży... Wy, kobiety, macie przecież na to sposoby, prawda? Załóżcie czasem coś bardziej obcisłego. Nawet jeżeli będziecie czuły się niekomfortowo w takim stroju, to zobaczycie same, na przykład na imprezie czy w pracy, jaka będzie reakcja otoczenia. To jest bycie sexy. To jest prawdziwa kobiecość – świadoma swoich wdzięków i tego, jak one działają na otoczenie. Biorąc pod uwagę fakt, że rzadko która kobieta się sobie podoba, to prawie każda z Was ma naprawdę możliwość być podziwianą. Cała reszta... no cóż. Niech zacznie więcej żreć, bo wyglądacie jak szkieletory! O tych, które mają trochę ciałka, za dużo nie wspominam, bo one już pracują nad tym od dawna i wiem, że dopną swego. Tym chudzielcom natomiast wydaje się, że są atrakcyjne – a nie są. Masz z tym problem, że jesteś za chuda, a nie możesz przytyć? To idź, kurwa, do lekarza!!! On Ci coś przepisze!

Mężczyźni nie cierpią zbyt chudych kobiet. Jeżeli Ty lubisz siebie taką, jaka jesteś, to nie dziw się, że przyciągasz dewiantów!

No... Brzmi dobrze, logicznie! Ale czy Janek też tak myśli? I czy to naprawdę tylko hormony? Zamiast jakoś porozmawiać ze mną, pożartować albo... Jasiek zawsze wiedział, kiedy mnie trzeba przytulić, pocieszyć, a on mi dzisiaj o Zdziśku i podatkach. Znudziłam mu się?! Nie jestem już wystarczająco pociągająca, to pewne. Przez ostatnie kilka miesięcy zdarzyło mu się kilka... No, jak to nazwać? Nie wzleciał nad poziomy. Bywa. I ja nie zawsze jestem w nastroju, właściwie coraz rzadziej, więc nie robiłam z tego sprawy, tylko szepnęłam: „Wiesz, ja chyba też nie jestem na fali, spać mi się chce, kochanie". I to była prawda!

Starzejemy się?

Czuję się beznadziejnie. Ratunku!

Niedziela

Dziewiąta rano, dzwonek do drzwi. Co to ma, kurna, być? Listonosz? Kurier? Nie, przecież dzisiaj niedziela.

Jehowi.

Nie, chyba nie...

Dozorczyni. Z nowym czynszem. Niechybnie.

Znów dzwoni. Nożeż.

Wstaję i czołgam się do drzwi. Nie wiem czemu, ale jestem taka niewyspana, nie mogę otworzyć oczu i ziewam całą twarzą, płucami i wątrobą. Dramat.

Zerkam przez wizjer i zamieram. Radek! Co on tu robi, na litość boską! Stoi. I patrzy w ziemię, jak to on. Nie ma sensu udawać, że mnie nie ma, moje drzwi mają grubość jesiennego liścia i pewnie już usłyszał, jak człapię. Albo jak ziewam.

No nie mogę... Włosy mam w stanie straszliwym. Przedwczorajsze, skołtunione i odgniecione od poduszki. Oddech smoczy. Zero makijażu. Co tam makijaż – śpiochy w oczach mam! I piżamę z tych mało zmysłowych. Wspaniale. Szybko wydłubuję paprochy z oczu, roztrzepuję włosy, co zapewne nic nie da, i otwieram. Trudno.

– Czeeeść – rzucam głosem miękkim jak flanela. Nie zdążyłam jednak wykończyć tej flaneli trzepotem rzęs, bo w moje krocze wpakował się natychmiast wielki mokry nos.

– Travis!

Kucnęłam i wtuliłam się w potwora. Matko, jakiż on jest kochany! Śmierdziel. Trawisidło moje kudłate, buzi, buzi, buzi...

Kiziam Travisa za uszami i ukradkiem zerkam na Radka. Stoi sobie spokojnie, patrzy na nas i czeka. W ręku trzyma kubek z kawą. Jak on wiózł tę kawę na motorze? A Travisa? Kazał mu biec za sobą czy co?? Zaraz, no przecież ma też samochód. Jago, budzimy się, budzimy!

Jakby to rozwiązać dyplomatycznie...

– To wejdźcie, chłopaki, a ja się ubiorę – mówię, trzymając bezpieczny dystans, no bo oddech. Otwieram szerzej drzwi i czmycham do łazienki. To była jedna z szybszych akcji w mojej karierze. Zęby, buzia, pachy szybko gąbką, włosy w kucyk, korektor pod oczy, tusz brązowy na rzęsy (że niby się nie umalowałam, wcale a wcale), wełniana sukienka wisi na wieszaku – nada się. Dobrze, że nogi mam wywoskowane. No dobra, jakoś to będzie.

Radek siedzi sobie na skraju kanapy i sączy tę swoją kawę, a Travis leży i liże się po łapach. No słodki widok zaiste. Podejrzewam, że można by się do tego przyzwyczaić... Do Travisa. Choć pewnie by się tu męczył, mały metraż, o balkonie lepiej nie mówić, brak ogródka. Szkoda...

– Czemu zawdzięczam wizytę? – pytam Radka. Siadam obok niego, wyjmuję mu kubek z ręki i pociągam łyk kawy. Dobra, choć nieco za słodka.

– Stęskniliśmy się – powiedział Radek. – I tak coś czułem, że bez Travisa to się nie dostanę nawet za próg.

Szczery jest. Czasami mnie ta jego szczerość wgniata w kanapę. Ale fakt, samego to pewnie bym pogoniła.

– A to żeś fortel umyślił – mówię jak Felek. Przyjemnie mi się zrobiło na to wspomnienie. Lubię to staromodne słownictwo.

– Grunt, że skuteczny. – Uśmiecha się. I patrzy na mnie. – Ślicznie wyglądasz – dodaje. I znowu patrzy, jakbym była jakąś cholerną bombonierką z delikatesów. Czy on zwariował, czy jest złośliwy?

– No ślicznie, ślicznie, zapewne – mówię, bo co mam powiedzieć? Klękam koło psa i tarmoszę go za wielki łeb. Travis kładzie leniwie ten swój niedźwiedzi pysk na moim kolanie, jakby chciał powiedzieć: „kiiiziaj, ja lubię". I wciera kudły i smród w mój dywan. Jest niesamowity. Czarno-brązowe mięciutkie futro pokrywa w całości jego wielkie cielsko. Oczy widać dopiero, gdy odgarnę kudły i naciągnę mu brwi jak do liftingu. Na szczęście Travis nie ma żadnego problemu z faktem, że miętoszę mu pysk. Gdyby miał, to dawno już odgryzłby mi obie ręce. Jego szczęka pełna pięknych wielkich zębów ma pewnie większy nacisk niż imadło w garażu mojego ojca. Paszczę zwieńcza mokry, czarny nos, który jeszcze przed chwilą wciskał się w dół mojej piżamy. Świntuch.

Czy mogłabym go sobie wziąć? Mam straszną ochotę spytać o to Radka... Od Travisa emanuje tak ogromna ilość ciepła, cierpliwości i miłości, że chciałabym to zachować na zawsze, czerpać z tej jego energii, grzać się w niej każdego dnia, tulić go i mieć po prostu... Ale wiem, że nie mogę. Muszę być rozsądna. I strasznie mnie to denerwuje...

– Przyszliśmy, żeby cię porwać na spacer – mówi Radek. – Tylko uprzedzam, żeby go zmęczyć, trzeba się nieźle nachodzić. Ale ty się lubisz czasem zmęczyć, o ile pamiętam...

Zdębiałam. Czyżby Radek rzucił właśnie erotyczną aluzję? Ooo, dzieje się... Zupełnie zbił mnie tym z tropu. Uznałam jednak, że mi to nie przeszkadza. Dawno nie flirtowałam, niech mu będzie, nawet mi to pochlebia. Spojrzałam więc na niego „spod grzywki" i uśmiechnęłam się.

– Zróbmy to zatem – rzuciłam lekko prowokacyjnie i poszłam włożyć rajstopy i kozaki. Kurczę no, z makijażem czy bez? Naprawdę nie wyglądam najlepiej, ale nie ma już czasu na korekty. Skoro mówi, że „ślicznie"? Trudno, jakoś przeżyję. Przecież to nie randka, tylko spacer z niedźwiedziem. To znaczy z psem.

Stoję ubrana przed lustrem. Wszystko nie tak, cholera. Wszystko. Włożyłam wełnianą, brązową sukienkę „przy ciele", która kosztowała ponad trzy stóry. Wyglądam w niej świetnie, ale nie wiem, czy chcę ją sponiewierać w parku. Rajstopy czarne, matowe jak Twiggy – okej. Mam zgrabne nogi. Ale jedyne buty pasujące do sukienki to brązowe kozaczki kupione jeszcze w Hiszpanii. Kolejny świetny pomysł na taplanie się z psem w błocie. Jeśli je zmoczę, będą bezpowrotnie zniszczone. Błoto wsiąknie w szwy i go nie odczyszczę. Do tego eleganckiego bądź co bądź stroju przedwczorajsze włosy, zaczesane w jakiś bezładny kuc, i praktycznie zerowy makijaż, podkreślający moją poranną, pszenno-buraczaną urodę. Rewelacja.

Sto razy bardziej wolałabym, żeby było na odwrót – czyste włosy, dobra charakteryzacja na twarz (to pod Radka) i jakieś banalne ciuchy na ten spacer (pod Travisa). Na przykład dżinsy i adidasy jak ostatnio. Ale jeśli się teraz zacznę myć, malować i przebierać, to wyjdę na kompletną kretynkę... Jezzzuuu...

– Gotowa? – pyta Radek, patrząc na mój tyłek w wełnianej sukience.

– Tak, tak, gotowa – odpowiadam. Postaram się nie myśleć o wyglądzie. Są ważniejsze sprawy na tym świecie. Poza tym większość facetów twierdzi, że najbardziej podobamy się im bez makijażu, *au naturel*. Nie no, jasne, tylko że gdy mu pokażesz zdjęcie mojej twarzy z poranną opuchlizną, zasinionymi obwódkami wokół oczu i cerą, na której można grać w „połącz kropki", a obok zdjęcie takiej na przykład Agi z perfekcyjną charakteryzacją w stylu „no make-up" (jedna, nieesklejona warstwa tuszu na rzęsie, doskonale dobrany matujący podkład i cieniusieńka szara kreska na górnej powiece), to ciekawe, którą wybierze. Hipokryci. Wtedy poczułam mały strumyk ciepła spływający mi spiralnie od przełyku w stronę żołądka. Radek uważa, że jestem śliczna.

I ja mu w to jakoś wierzę.

Chłopaki doszły już pod drzwi, a ja ogarnęłam wzrokiem mieszkanie – po powrocie koniecznie muszę odkurzyć. Niby już wyrosłam z alergii na futrzaki, ale co jakiś czas, jakby z zaskoczenia, mój organizm potrafi sobie o niej przypomnieć. Objawy nie są zabawne – gardło mnie swędzi nieznośnie (mieliście kiedyś ochotę wsadzić sobie w gardło szczotkę do butelek?), do tego puchną mi powieki i dostaję wysypki na dekolcie. Dlatego w kuchni, w szufladzie-apteczce, zawsze trzymam antyhistaminę. Sprawdzę, czy się nie przeterminowała, może mi się przydać, jeśli chłopaki jeszcze kiedyś przyjdą... Oj... Odwracam się i patrzę na nich. Radek właśnie kazał Travisowi usiąść i trzyma mu nad pyskiem jakieś psie ciasteczko, ewidentnie testując jego cierpliwość. Travis siedzi i patrzy w ciacho jak urzeczony, ale nawet nie drgnie. Zdradza go tylko mikroskopijny ruch ogona. Jacyż oni obaj są fajni i kochani – myślę. I tacy... normalni. Nie wiem, czy ja potrafię być taka.

Smutno mi się robi i wzdycham, ale nie obarczę tym Radka – zagram swoją rolę do końca. Tłamszę więc przypływ melancholii w zarodku i rzucam „wesoło":

– To jak, lecimy do tego parku? Pobiegałabym.

Radek puszcza ciasteczko, które ląduje na wielkim, mięsistym jęzorze i po sekundzie znika w paszczy. Warto było być cierpliwym.

– Lecimy.

Szczera rozmowa

Iwona wsiadła na mnie strasznie:

– Na głowę upadłaś? Jakie hormony?! Gdzie ty żyjesz?

– O co ci chodzi? Mam menopauzę, to chyba mam prawo do hormonów!

– Ty ciemna babo, twoja mama zmarła, zdaje się, na raka piersi, tak? Jesteś w grupie ryzyka!

– Nie zmarła na raka piersi, ale owszem, zdiagnozowano go u niej przed śmiercią. Ale co to ma do rzeczy? To nie jest dziedziczne!

– A skąd ty wiesz? – Iwona wzburzyła sobie włosy, bo się zdenerwowała. Ile ona ich ma! Pozazdrościć! I w ogóle jak ona wygląda! Jest w moim wieku, ale szczupła, zgrabna i te włosy! Rude kudły rudego charakteru. Dżinsy leżą na niej znakomicie, obcisła bluzeczka i ładne piersi wabią wzrok.

– No, mówi się, że nie, tylko predyspozycje większe.

– No więc myśl, moja kochana! Masz predyspozycje, a pakujesz się w hormony, które może i zmniejszą twój dyskomfort, ale mają milion skutków ubocznych, z rakiem piersi włącznie! Poczytaj w necie, jak mi nie wierzysz, są oficjalne wyniki badań. Spory odsetek po kuracji hormonami ma raka piersi. Zresztą po cholerę ci to?!

Załamała mnie. Usiłowałam się jeszcze bronić:

– Łatwo ci mówić, ty nie wyglądasz na taką, która by miała z tym problemy. Ja mam! Aż mnie parzy! Pocę się jak w saunie, serce mi kołacze, szlag by trafił to przekwitanie!

– Dorota, posłuchaj mnie, błagam cię. Pojedziemy do Preeti, takiej ginekolożki, jest Hinduską, mądra, fajna, da ci ziół, wyjaśni. Bądź nowoczesną kobietą, korzystaj ze starych mądrości lekarzy holistów! Na wszystko piguły? To idiotyzm! Na poty ci pomoże, a na cycki zaszkodzi!

– Tobie chyba nic nie szkodzi! – Popatrzyłam w jej dekolt.

Iwona roześmiała się. Siedziałyśmy w jej gabinecie za sklepem, w którym sprzedawała piękne hinduskie meble i materie do domu. Podniosła bluzkę i zdjęła stanik push-up. Piersi nieco oklapły. A! Tu cię mam! Uśmiechnęłam się.

– A już myślałam, że masz silikony!

– Tak? No blisko, blisko, bo w poprzednim życiu zrobiłam sobie korektę podbródka i liposukcję brzuszyska, ale cycuszków tknąć nie dam! Wystarczy dobry stanik!

– Jak to „liposukcję"? A podbródek... co? – Zdumiało mnie to. Nic nie wiedziałam! Nie powiedziała mi! No nie wyjadamy sobie z dzióbków, nie jesteśmy przyjaciółeczkami, tylko koleżankami z branży. Iwona jest bizneswoman pełną gębą od dwudziestu lat, a ja tylko jej cieniem, naśladowczynią.

– Dorotko, to wymyślono dla ludzi. To było kilka lat temu, kiedy się rozstałam z mężem i miałam młodszego kochanka, pamiętasz Borysa? Lekko ześwirowałam i zrobiłam sobie podbródek. Miałam taki wór z tłuszczem, ohydne świńskie wole, nienawidziłam go! Poszłam do kliniki, rach-ciach i po kłopocie. A potem, idąc za ciosem, powiedziałam *adieu* brzuchowi!

Nigdy tak szczerze nie rozmawiałyśmy! Owszem, domyślałam się, że ów Borys jest jej kochankiem, ale jakoś mnie to nie ekscytowało. Nawet nie powiedziałam Jankowi! Coś takiego! I ona teraz wykłada mi karty na stół! Że się skroiła, jak na jakimś filmie, odessała, podciągnęła... I stąd ta jej figura? Uroda?

– A co z tą Hinduską? – spytałam przytomnie.

– A widzisz, tu sprawy mają się inaczej. Współczesna medycyna wmawia ci, że tylko piguły ze sztucznymi hormonami ci ulżą, ale to bzdura! Dorota, jesteśmy kobietami, a czasu nie da się zatrzymać, choćbyśmy podpisały pakt z diabłem. To już nasz czas, płatki kwiecia opadają, trzeba się z tym pogodzić. Niech nasze ciała spokojnie sobie przekwitając, robią swoje, a my im w tym pomagajmy! Hormony to jakby wirus w systemie, twoje ciało głupieje, bo nagle ma coś, czego nie produkuje! A metody, które ci przepisze Preeti, są mądre i naturalne. Zioła i wyciągi roślinne pomogą bez szkodzenia! Zadzwonię do niej, dobrze? I jak chcesz, to zapisz się ze mną na fitnesik. Schudniesz, odzyskasz oddech i urodę! Co?

Ufff. Szczerze i bez ogródek. Czyli Iwona też widzi, że się zapasłam! Ale zamiast analizować to negatywnie, błysnęła mi myśl o tym, że to dar niebios. Samej by mi się nie chciało, a z Iwoną to doskonały pomysł!

– Dobrze, kochana, dziękuję ci za propozycję. Ale za miesiąc!

– Wykręcasz się! Trzeba łapać byka za rogi! Ale... – zawiesiła głos. – Jak chcesz!

– Iwona, do tej Preeti – natychmiast! Ale na sport jeszcze nie, bo właśnie zrobiłam próby urodynamiczne i idę do szpitala na operację pęcherza! – wyrzuciłam to z siebie na jednym oddechu. Skoro Iwona powiedziała mi o swoich operacjach...

– Taśma?! Znakomicie, Dorociu! To warto zrobić! Powiem ci, że ja też w ćwiczenie w naszym wieku mięśni Kegla nie wierzę. To znaczy, ćwiczmy je, owszem, żeby nam w łóżku było milej, ale na pęcherz... Kiedy? Za miesiąc? Okej, jesteśmy umówione!

Wracałam od Iwony nie ta sama! Fajnie, że ona taka jest! Co w sercu, to na języku. „Weredyczka" – jak mówiła ciotka Irena. Szczera Iwona, szczera troska o moją menopauzę!

W domu siadłam do komputera i naczytałam się o zagrożeniach związanych z hormonalną terapią zastępczą u kobiet z grupy ryzyka. A potem o Preeti i jej metodach walki o kobiecość. Wschodnia filozofia, mądra i sensownie brzmiąca. Nagle pomyślałam o sobie z czułością – dokładnie tak jak uczy Preeti. To moje ciało! Męczy się teraz z tym przekwitaniem, przestało już być młodym ciałkiem, cud-maszynką, i ma prawo z lekka skrzypieć. Trzeba mu pomóc naturalnie, a nie ogłupiać hormonami. No i boję się o skutki uboczne!

Janek znów wrócił późno, zmęczony, ale miły. Nie chcę za bardzo pytać. Nigdy nie byliśmy wobec siebie wścibscy, żadnych podejrzeń i przesłuchań. I co, mam nagle zacząć? A może jednak powinnam?

Więc tylko dyskretnie:

– Praca czy dentysta?

– Praca – westchnął. – Dorota, wiesz co? – Zamilkł na chwilę, żując smażonego dorsza z surówką. – Staro się czuję.

Podniosłam na niego oczy. Ja też żułam tego dorsza, ale nie czułam smaku. Co to znaczy?! – myślałam gorączkowo. Albo ma młodą kochankę i nie daje rady, albo nie ma żadnej kochanki i stąd ta konstatacja.

– Ale że co? – dopytuję mało inteligentnie.

A on tylko wzrusza ramionami. Zjada tego dorsza milczący, smętny. Podnosi na mnie wzrok i... nic. Dobiera surówkę i nadal nic. Felicjan Dulski!

– Źle się czujesz, Jasiek?

– Daj spokój, ty wiesz, jaką kołomyję ma Zdzisiek z tą kontrolą? Przyjechały takie dwie i traktują go jak zbrodniarza, jak dziecko, które stłukło wazon i pozamiatało pod szafę. Jest cały roztrzęsiony!

– A ma powód?

– On? Coś ty. Znasz go, uczciwy do naiwności! Tylko przy nich każdy się tak czuje, jakby kogoś zasztyletował. Te spojrzenia, miny, komentarze...

– Nie. – Odsuwa moją rękę. – Nie dokładaj mi ziemniaków, w ogóle już mi nie dawaj ziemniaków! Patrz, co się ze mnie porobiło. Ważę już ponad sto dziesięć!

– Nigdy nie byłeś wiotką leliją – sarknęłam.

– No niby nie, ale wiesz... – I znów zamilkł.

Rzecz w tym, że nie wiem! Nie mam pojęcia, o co chodzi, a on, jak widzę, nieskory do wyznań. Faktycznie się przejmuje Zdziśkiem? Co mają do tego ziemniaki? Czemu się czuje staro? Ma jakiś romansik?

Prysła moja radość ze znalezienia sobie nowej szaty kobiety dojrzałej! Nie, nie zapomniałam, że menopauza to nie dramat, że gdy przychodzi późno, to zwykle z hukiem, i że poradzę sobie z nią metodami naturalnymi... No i że mam wsparcie Jusi, Iwonki, Ewy. Ale czemu mój stabilny Janek ma zachwiania? I kto za tym stoi, jeśli stoi? A może leży?

Poczułam niemiłe ukłucie w brzuchu. Tyle lat nie byłam zazdrosna! W ogóle! Miewał takie sekretarki, że niejedna żona dostałaby nerwicy, a ja nie! Wiedziałam, że mogę być spokojna. Zresztą nie były to cukierkowe lalunie, ale niegłupie, znające się na motoryzacji panny.

Jako recepcjonistki w salonie samochodowym (Janek prowadził z kolegą salon, zanim się całkiem poświęcił warsztatowi) musiały być niegłupie i reprezentacyjne, ale i asertywne, żeby się klienci nie ślinili, zamiast kupować auta. Mnie przez myśl nawet nie przeszło, że któraś mogłaby Jaśkowi zawrócić w głowie, „zawiązać świat" czy zwyczajnie wejść mu do łóżka. Opowiadał, że Dagmara z charakteru jak Lara Croft, a w głębi duszy kocha się w swoim trenerze fitness, a znów Brygida chyba jest zimnokrwista, bo nieprzystępna i warczy na chłopaków. O jego obecną sekretarkę tym bardziej nie mogę być zazdrosna. Pani starsza ode mnie, nobliwa wdowa po mniej znanym rajdowcu, ich koledze Jarku. Kiedy poprzednia sekretarka, Vika, zaszła w ciążę, wyszła za mąż (w tej kolejności) i przyniosła zwolnienie do końca roku, Janek się wkurzył, bo został sam z papierami, które zabierały mu cenny czas. A rozliczenie z urzędem skarbowym tuż-tuż! Pamiętam, jak wieczorem podsunęłam mu stary artykuł z „Newsweeka" o sekretarkach. Że prawdziwy skarb dla biznesmena to nie długonoga antylopa z falującym biustem, mało kompetentna, ale „wyględna", tylko pani w stylu Miss Moneypenny z Bonda.

Janek zrobił rodzaj castingu i poprosił, żebym mu pomogła. Czułam się dziwnie, jak na festiwalu disco polo. Aż tu nagle, na samiuśkim końcu, weszła ona – Moneypenny!

Pani Józefa naprawdę była podobna do aktorki Lois Maxwell! W dodatku chyba lubiła lata sześćdziesiąte. Zdjęła

Jankowi z głowy wszelkie kłopoty, a jest ostoją firmy jako samodzielny pracownik.

Nigdy nie byłam zazdrosna, a teraz? Co mi się roi w głowie? Podpytałabym Jagusię, czy coś wie o samopoczuciu ojca, ale ona ciągle obrażona. Czekam cierpliwie, aż przechoruje ten swój zły okres, na pewno się jakoś dogadamy! I ciągle myślę o słowach Ireny. Powiedzieć Jagodzie o Kubusiu? Teraz? Po tylu latach? Po co? A może?... Za trudne na dzisiaj. Za wiele myśli i problemów! Muszę iść na ostatnie badania przed zabiegiem, to jest ważne! Mam menopauzę, problemy z pęcherzem i facet od magazynu podniósł mi czynsz. Jeszcze to! Jakby mnie pies obsikał!

—

Spacer

Na spacer pojechaliśmy nie do parku, ale do Kampinosu. Zaskoczyło mnie to. Jestem zwierzęciem miejskim i nie pamiętam, kiedy ostatnio byłam w lesie. Radek faktycznie przyjechał samochodem i usadził mnie na tylnym siedzeniu, bo na przednim ulokowany był Travis. Zatkało mnie.

– Przepraszam, królewno, ale tak jest bezpieczniej – wyjaśnił. – Spieramy się z Travisem, kto z nas jest alfa, i gdy go posadzę z tyłu, to ciągle próbuje przejść na przód. Karny jest i słucha poleceń, ale muszę przez całą drogę czuwać i powtarzać „sieeedź". – Fotel Travisa wyłożony jest dużym, zielonym ręcznikiem, a on sam przypięty jakimś dziwnym pasem. Zapewne bardzo specjalistycznym.

W sumie siedzenie z tyłu mi nie przeszkadza. Bardziej mnie gryzie ta „królewna” – czy to było słodkie, czy z przekąsem? Dotąd nazywał mnie „piękna”, chyba szczerze. Z twarzy Radka nic nie mogę wyczytać, patrzy przed siebie, złośliwego uśmiechu nie widzę. Zresztą on się właściwie nie uśmiecha. I niewiele wyraża. Radek samcem alfa! No ciekawe.

– Którędy pojedziemy? – pytam bezmyślnie, żeby podtrzymać konwersację.

– Wisłostradą – odpowiada Radek. No świetnie. Tośmy sobie pogadali.

Na szczęście po przekręceniu kluczyka włącza się radio. Słuchamy więc sobie muzyki, mkniemy Wisłostradą, a Travis z lubością wystawia łeb za okno, łopocze jęzorem na wietrze i poddaje się podmuchom powietrza, które zamykają mu powieki i przylizują kudły na gładko. Jakiż on jest teraz szczęśliwy. Farciarz.

Przeciąg z otwartego okna liże mnie po kolanach, czole i wkrada się w misternie zaczesane do tyłu włosy, wyciągając kosmyk po kosmyku. Za chwilę będę wyglądać jak porażony prądem pajac, ale nie śmiem nic powiedzieć. Nie mogłabym odebrać psu tej cudownej chwili, którą się tak jawnie rozkoszuje. Patrzę na niego jak urzeczona, próbując sobie uzmysłowić, czy jest coś, co mnie daje taką czystą, nieposkromioną radość. Tak jak wtedy, kiedy myślałam o dzieciństwie – niestety, od tamtego dnia niewiele się zmieniło, a na pewno nie na lepsze...

Mery78 napisała mi wczoraj: „Życie jest w Twoich rękach i możesz modelować je zgodnie ze swoją wolą. Odsuń więc wszystko, co przysparza Ci bólu, co wyciska Ci łzy z oczu.

Znajdź spokój". Wszystko fajnie, droga Mery, ale ja nie chcę spokoju. Spokój to za mało. Ja chcę się znów cieszyć i śmiać, chcę wystawić łeb za okno i łopotać jęzorem z radości. Masz na to jakąś receptę?

Spojrzałam w okno. Szyba była usiana kreskami rozbryzganej psiej śliny. Dalej było miasto, jesiennie szarawe, choć ładnie ozłocone porannym słońcem. Jest szansa, że to będzie naprawdę dobry dzień. Potrzebuję takiego dnia – bez myślenia o mamie, bez spotkań z umęczonym czymś i przygaszonym tatą, bez strategicznie nastawionej Ireny, bez pracy i bez mojego wystudzonego mieszkania, które ostatnio aż dudni smutkiem i żalem. I pustką po miłości, której już nie ma i która nie wróci.

Dojechaliśmy do Kampinosu od strony Lasek – nie znam zupełnie tych terenów, ale mijamy po drodze tablicę. Zaparkowaliśmy na jakimś pseudoparkingu – porośnięty trawą prostokąt, otoczony drewnianym płotkiem, a obok sklepik z różnościami i panem pobierającym opłatę. Radek otworzył mi drzwi, czekając, aż wysiądę i stanę pewnie na obu drogich kozaczkach. Potem wypuścił psa, wręczył mi smycz, a sam poszedł zapłacić.

I co ja mam niby teraz zrobić? Co innego miziać psa zalegającego na moim dywanie albo rzucającego mi się na szyję, a co innego trzymać w rękach smycz, na której końcu czai się cielsko o sile buldożera. Toć jeśli on mnie szarpnie, to mi wyrwie rękę z barku. Albo będę tak za nim powiewać z łopotem jak feralny szal Isadory Duncan. Zaciskam dłonie na smyczy i patrzę na węszącego potwora. Czuwam i czekam. Węszy. Nie zrywa się. Nie wyrywa mi ręki. Łazi sobie z nosem w trawie. A ja, głupia, cała się spinam, czekając na najgorsze, jak to ja.

Radek wrócił po chwili, wyjął mi smycz z rąk, po czym pocałował mnie w czoło i ruszył z Travisem w stronę drzew, zostawiając mnie koło samochodu. Stoję tam, gdzie mnie zostawił. Kompletnie ogłupiała. Do tej pory w czoło całował mnie tylko tata, zwykle kiedy byłam chora lub stłukłam sobie kolano, i czasem Wera, kiedy wiedziała, że jestem w stanie krytycznym. To dla mnie zdecydowanie zbyt intymne. Poczułam ucisk w skroniach, musiałam zamrugać szybko kilka razy, by pozbyć się mgły sprzed oczu, i wziąć trzy głębokie oddechy, żeby zebrać myśli. Radek z psem stoją przy ścianie lasu i patrzą na mnie, jeden macha ręką, a drugi ogonem. Zebrałam się w sobie i krok za krokiem poszłam do nich, zostawiając samochód, absurdalny parking i bezbrzeżne, przepełnione wspomnieniami zdumienie, odciśnięte palącym znakiem na moim czole.

Potwór biegał między drzewami, a my szliśmy w milczeniu, rozkopując szeleszczące liście, które Travis łapał w pysk z entuzjazmem i zaangażowaniem godnym lepszej sprawy. Co jakiś czas Radek rzucał mu jakiś kawał gałęzi, który ten z lubością przynosił z powrotem i rozgryzał w miazgę. Zapomniałam już, jak bardzo lubię las.

Otulina Puszczy Kampinoskiej nie jest pewnie najpiękniejszym terenem leśnym w okolicy – sporo tu młodych drzewek rosnących w równych rzędach, widać, gdzie były szkółki sosnowe, brzozowe i inne liściaste, co rusz napotyka się hałdy wszelakiego śmiecia. Gdybym dorwała ludzi, którzy wywożą śmieci do lasu, tobym im je rozsmarowała po twarzach.

Czego tu nie ma! Odpadki kuchenne – opakowania po serkach i parówkach, słoiki po papryce w occie, kartony po mleku i sokach; odpadki kosmetyczne – zużyte pieluchy dziecięce, podpaski, tampony i rolki po papierze toaletowym; śmieci szklane, śmieci chemiczne i śmieci niewiadomego pochodzenia. Przy jednej stercie stała nawet dumnie porcelitowa muszla klozetowa. Worki są porozrywane, a zawartość wala się po mchu i ściółce. Straszne – dlaczego ludzie to robią? Czy gdy wywieziesz śmieci za róg i zwalisz pod drzewem tak, żeby ich nie było widać z podjazdu podwarszawskiego domku, to one znikną? Bardzo to pasuje do „niechcący" pękniętego szamba i podkradanego od sąsiada internetu. Niedobrze mi się robi. Dlatego właśnie mieszkam w mieście i korzystam z osiedlowych kontenerów. U nas się nic po trawnikach nie wala.

Staram się otrząsnąć z obrzydzenia i złości, bo las mimo wszystko zachwyca. Zwłaszcza tam, gdzie drzewa są wysokie. Nawet nie drgną. Usypiają powoli, spowite jesiennym letargiem, który jedno po drugim oskubuje z zieleni, spowalnia ich krążenie. Liście tu i ówdzie jeszcze czerwone, brązowe i zielonozłote, ale większość już brązowobrunatna. Ścielą się pomiędzy pniami w niezliczonych warstwach i szeleszczą, gdy przez nie idziemy, kruszą się i zasilają ściółkę.

Na gałęzi jest pajęczyna, a na jej środku pająk – kiedy ostatnio w Warszawie widziałam pająka? Nawet nie wiem, czy się ich boję albo brzydzę, nie pamiętam. Nie miewam czasu na takie pierdoły. Suniemy dalej w głąb, w milczeniu.

– Jagoda, co cię tak męczy? – pyta nagle Radek.

I znów nie wiem, o co mu chodzi, ale spróbuję zgadnąć.

– Znasz mnie, Radek, ja lubię porządek i ład, a tu te wszystkie cholerne śmieci porozwalane... Chciałabym móc coś na to poradzić, bo to strasznie frustrujące, że ludzie robią takie rzeczy.

– Nie o tym mówię.

Nie zgadłam.

Patrzę na niego pytająco. A on patrzy na mnie. Jego wzrok jest ciepły, przenikliwy i lekko mnie peszy, więc odwracam głowę w stronę brykającego Travisa. Rzucam mu kolejną gałąź.

– O co ci chodzi? – pytam w końcu.

– Przecież wiesz. Od śmierci dziadka jesteś bardziej spięta i zmordowana niż zwykle. Ciskasz się, miotasz, wściekasz, nie można z tobą normalnie porozmawiać, nie odzywasz się do mnie i wyglądasz na nieszczęśliwą.

Po pierwsze, skąd on wie, że „od śmierci dziadka"? Pamięta takie rzeczy? A może strzelił, żeby mnie urobić, bo wie, jaki Felek był dla mnie ważny? Nie, nie wie. Skąd ma wiedzieć. I jak to „nie odzywam się"?!!

– Jak to „nie odzywam się"? – mówię butnie. Przecież pisałam w weekend.

– I to też nie było dla ciebie typowe – odpowiada najzwyczajniej w świecie Radek. – Zwykle dzwonisz, jak masz wolny wieczór, nigdy z wakacji czy wyjazdów.

Zatrzymujemy się na środku ścieżki i patrzymy na siebie. To znaczy, on patrzy na moją twarz, a ja na jego kurtkę, bo nie mogę spojrzeć mu w oczy. Nie jestem w stanie. Nie wiem, czego on ode mnie chce, co niby wie i jak mam mu odpowiedzieć.

– Martwię się, Jagoda, chciałbym ci jakoś pomóc – mówi i bierze mnie za nadgarstki. Przyciąga je do siebie i całuje mnie w obie ręce.

– Nie możesz mi pomóc – mówię do jego kurtki. – Nikt mi nie może pomóc.

Radek milczy i trzyma mnie za te ręce, a ja czuję, jak coś się we mnie miota. Chcę się mu wyrwać i wrócić do domu, chcę się przytulić do tej kurtki i zasnąć, chcę iść dalej w las, chcę krzyknąć, chcę na niego nawrzeszczeć, chcę zapomnieć, chcę miliona innych rzeczy. Cisza robi się nieznośna i chyba żeby ją zapełnić, mówię.

– Ja czasami po prostu nie mam siły. Mam pracę, odpowiedzialną pracę, i jestem w niej dobra. Ale nikt z mojej wspaniałej rodziny tego nie widzi i nie docenia. Tatę zachwyca wszystko, co robię, więc nie zauważyłby, jakbym awansowała na dyrektora do spraw operacji na wszechświat południowo-wschodni albo gdyby mnie zdegradowali i posadzili w sekretariacie. Mama z kolei, jakby mogła, toby mnie z tej pracy wyszmuglowała, zatrzasnęła w mieszkaniu, ubrała w kuchenny fartuch i czekała, aż jej urodzę wnuki.

Zasłaniam oczy wysuniętą z Radkowego uścisku dłonią i biorę głęboki wdech.

– Ona gardzi moją pracą. I mną. Nie udałam się jej, jestem jej wielkim rozczarowaniem, daje mi to odczuć na każdym kroku. Jedyną osobą, która się interesowała moim życiem i potrafiła o nie sensownie zapytać, był Felek, który, jak ci wiadomo, nie żyje – i w ten oto sposób zostałam ze swoim bałaganem sama. A niedługo zostanę jeszcze bardziej sama, bo mamę ze swojego życia wykluczam. Mam jej serdecznie dosyć. Dosyć mam!

Ostatnie „mam", wieńczące ten nieprzewidziany potok słów, zabrzmiało piskliwie i dziwacznie. Głos mi odmówił posłuszeństwa, co zawstydziło mnie jeszcze bardziej niż fakt, że tak się przed Radkiem otworzyłam. Jestem stojącą niezręcznością. Opuszkami palców jednej dłoni pocieram sobie grzbiet nosa, drugą mam nadal w dłoni Radka, stopy zatopione w liściach. I do tego Travis, który nie wiadomo kiedy przysiadł obok nas i intensywnie się we mnie wpatruje. Wielkie mokre oczy.

– Nie wiem, co robić – dodaję, żeby sprawdzić, czy głos mi całkiem nie nawalił.

Nawalił. Stoję tam i czuję w zatokach wściekłe tętno. Oczy mi się znów załzawiły i mam zaciśnięte gardło. Oddycham głęboko, żeby pozbyć się tych niechcianych sensacji, ale nie wychodzi. Może gdyby puścił tę moją rękę, ja potrzebuję przestrzeni!

– Zostaw mnie – mówię z typową dla siebie stanowczością, ale Radek nie słucha, obejmuje mnie zdecydowanym ruchem i łączy dłonie na moich plecach. Ja go nie obejmuję, podkurczam ramiona do klatki piersiowej, gotowa go w każdej chwili odepchnąć, żeby dał mi już święty spokój. Twarz mam na poziomie jego ramienia, nos wciśnięty w jego kurtkę. Czuję, jak pachnie. Trzyma mnie mocno. Nie puszcza.

I nagle stało się.

Pękłam w środku i całe zło, cały żal rozlał się po moim ciele. Poczułam mocny skurcz całej twarzy i wielką, gorącą łzę w kąciku oka. Ciągle rośnie i w końcu stacza się szybko po policzku. Za nią kolejna, i kolejna, a potem drugie oko. Zapomniałam o ramionach, zapomniałam o oddychaniu i nagle zaczęłam dławić się zimnym jesiennym powietrzem. Trzęsłam się konwulsyjnie przy każdym hauście, a z oczu leciały już nie pojedyncze łzy, ale stada łez.

Poryczałam się prosto w Radka kurtkę.

—

Badania i burza

Janek niby wie, że mam badania, ale nie chcę odrywać go od pracy, bo jakoś mi głupio. Zwłaszcza teraz. Może faktycznie ma jakieś problemy? Może potrzebuje przestrzeni (przeczytałam o tym w ostatnim „Zwierciadle"), a nie mojego ciasnego i łzawego świata menopauzy i zadymy hormonalnej? Widuje się z Jagą, więc się trochę uspokoiłam. Widocznie Jagna go potrzebuje. Szkoda, że nie nas obojga, ale trudno... Przeczekam. A on naprawdę chodził do dentysty, znalazłam rachunki na biurku. Jest taki skrzętny! Przecież, że nie baba. Nie!

Na razie muszę się zająć swoim pęcherzem, żeby samą siebie bardziej polubić i jemu nie sprawiać przykrości. Niech ma fajną żonę, choć starą. Cholera jasna, starą?! Starzejącą się. A może dojrzałą? Przejrzałą... *Whatever*, jakby powiedziała Jaga. Już nie mam dwudziestu lat. Trzydziestu pięciu też, a ja właśnie po trzydziestych piątych urodzinach stałam się bardzo rozerotyzowana. Janek był wniebowzięty!

Było, było...

Do szpitala pojechałam sama. To tylko transwaginalne USG, a nie zabieg, po co mi asysta?

Moja Ewa znów czuła, kochana, dobra. Położyłam się na leżance, a ona ogląda mnie na ekranie i mruczy, że właściwie to jest dobrze, ale sporo mam mięśniaków.

– O kurczę, i co? – pytam spłoszona. – Takie mięsaki to groźne są?! Jak sądzisz?

– To mięśniaki, mój mały głupku, nie mięsaki – Ewa mówi do mnie jak w liceum. – Mięśniaki to łagodne zmiany, choć faktycznie spore masz. Może byśmy się nimi zajęły po tym twoim zabiegu? Co?

Pogadała ze mną, uspokoiła, ale ja nie wiedzieć czemu miałam napad złych myśli, więc pojechałam do Ireny.

Moja kochana! Koleżanki to koleżanki, a ona ma takie trzeźwe spojrzenie na świat!

Nie jestem zapleciona w babski krąg przyjaciółeczek. Jakoś nie... Pamiętam taką historię z czasów, gdy pracowałam jako makijażystka. Niejaka Magda, mąż ją zdradził, zeszlajał się, no nieładnie się zachował. Koleżanki z charakteryzatorni oczywiście zajęły się spłakaną Madzią. Otoczyły troską i opieką, a nade wszystko klęły niewiernego męża. Trwało to rok. Tam było podobno drugie dno, ale ja akurat miałam jakieś swoje sprawy i do życia Madzi, znacznie młodszej koleżanki, się nie wtrącałam. Szepty i namawianki przekształciły się w magiel. Szu, szu, szu – że cham i prostak, że ona biedusia taka i że powinna się rozwieść. W końcu się odezwałam, żeby nie igrały z ogniem, bo Magda ma dwie małe córeczki i namawianie jej do rozwodu jest niepoważne. To powinna być ich decyzja, jej i męża, a nie przyjaciółek! Zostałam potraktowana spojrzeniem pod tytułem „spadaj, stara lafiryndo", nie usłyszałam tego, bo koleżanki w miarę dobrze wychowane.

– Pani Doroto, a pani uważa, że ona ma go do cycusia utulić?!

– Może nie utulić, ale to ich sprawa. My możemy wysłuchać, pocieszyć, wesprzeć, ale nie rozwodzić!

Kilka miesięcy później Magda wróciła z tygodniowego urlopu odmieniona, radosna. Oznajmiła, że byli z mężem w Bieszczadach, wszystko przegadali, przepłakali i chcą ratować swój związek.

Koleżanki były gorzej niż rozczarowane i właściwie ją sprychały, grożąc, że wspomni ich słowa, że jest niepoważna, i tak dalej. Poparłam Magdę i ją uścisnęłam. Atmosfera skwaśniała. Właściwie z dnia na dzień stała się outsiderką. Już nie była przyjaciółką ani nawet kumpelą. Przeniosła się do innej stacji. Wiem, że są razem, ona, jej mąż i dziewczynki, bo wpadłyśmy na siebie niedawno. Ja odeszłam stamtąd z powodów osobisto-zawodowych i chyba mi lepiej. Sama sobie jestem sterem, okrętem i nie muszę mieć przyjaciółek. Szczególnie takich.

Mam znajome, ale najbardziej liczę się ze zdaniem własnym, Ireny i Jaśka. Teraz też wiem, co mam robić. Zoperować się, to znaczy zreperować i... nawiązać kontakt z Jagą. Tylko jak to zrobić, skoro ona ciągle naburmuszona?

Myśląc o tym, zapukałam do Irki.

Otworzyła mi z ręką w gipsie, ale na mój widok zaraz go zdjęła i machnęła nim zapraszająco.

– Cześć. – Pocałowałam ją w nadstawiony policzek. – Zgłodniałam i mam sprawę.

– Cześć, jest wczorajszy rosół, na dwie osoby za mało, ale zaraz dodam wody i kostkę, to się rozmnoży. Fajne te kostki! O, makaronu nie mam. Zrobię lane ciasto!

Ciotka zawsze mówi „lane ciasto" zamiast „lane kluski", ale robi je tak, że wychodzą jej właśnie cienkie kluseczki, a nie roztrzepane jajko w rosole.

Jemy, a Irena mówi:

– Dorota, Jaga była. Jest dobrze i fatalnie.

– Hę? – pytam i dmucham na łyżkę gorącej zupy.

– Zabiegana i zakochana. Co prawda zakochana w... psie, ale jak sądzę, chodzi o miłe bydlę jakiegoś jeszcze milszego właściciela, i o to bym się nie martwiła.

– A mówiła kto to?!

– Coś tam mówiła... Znasz swoje dziecko, nie podawała szczegółów, zresztą po licho mi one?! Ale jest odmieniona!

– Że co? – Nic nie rozumiem. Jagusia ma swoje lata i bywało, że kogoś tam miała, ale widocznie nikogo ważnego, bo nigdy nie byliśmy informowani, z kim się spotyka. Przynajmniej ja.

– Ano to, że opowiadała niby o tym psie, a miała taki szczególny błysk w oku. Na pewno chodzi o właściciela. Wiesz, nie drążyłam... Jest jednak coś znacznie gorszego.

– W ciąży jest?! – zgaduję, rozumiejąc już, skąd to jej oddalenie! Wstydzi się, jest tym zaszokowana, wpadła i nie wie, jak mi to powiedzieć. Boi się, że zmuszę ją do zamęścia czy jak? Ufff, zagadka rozwiązana! – Ucieszyłam się, ale twarz Ireny zaskakująco poważna.

– Ty, Dorota, to jesteś strasznie egzaltowana. W żadnej ciąży, tylko wiesz... – Irena siadła i ma naprawdę zmartwioną twarz. – Ona jest cięta na ciebie. Mówi, że skoro uważasz ją za swoją życiową pomyłkę, i tak bardzo macie siebie dość, to najlepsza będzie separacja.

Milczę. Duszno mi. Czuję, jak mi się krzesło usuwa spod...

Irena trzepie mnie po twarzy mokrą ścierką. Tak, to Irena. Ja leżę, a ona nade mną i chlast, chlast – ścierka!

Odzyskuje mowę.

– Śmierdzi ta ścierka! – mówię, uchylając się przed następnym ciosem.

– Przepraszam cię, ale zemdlałaś, nie troszczyłam się o czystą ścierkę, ale o ciebie. Co ci jest, Dorociu? – spytała łagodnie, ze strachem w oczach. Pomogła mi wstać.

I znów popłakałam. Oj, ale mnie wzięło! Słowa mojej córki o separacji ze mną zakłuły, zapiekły żywym ogniem, a do tego dołączyło wszystko inne. Dyskomfort fizjologii, mięśniaki, zabieg, menopauza i moja tajemnica, która sprawiła, że jest źle. No źle!

Ciotka odwiązała fartuch i mnie objęła. Płakałam pełną piersią. Poczułam się jak mała dziewczynka. Było mi podle, jakby cały świat sprzysiągł się przeciwko mnie!

– Wiesz... – zaczęłam – zakwalifikowałam się do zabiegu, byłam na badaniach dodatkowych, a tam się okazało, że mam mięśniaki, nie mięsaki, mięśniaki na macicy...

– Rozróżniam – słyszę spokojny głos ciotki. – I co?

– No, Ewa mówi, że to byłby drugi zabieg po tym taśmowaniu. – Chlipię.

– A plastry? Masz plastry?

– Nie, Iwona mówi, że to chemia i że oszukiwanie organizmu, który się wygasza. Podobno bywają przypadki raka piersi, a ja przecież jestem w grupie ryzyka.

– Twoja matka nie miała raka piersi!

– Babcia miała, a to podobno idzie co drugie pokolenie. – Wciąż chlipię, ale już mniej.

– No dobrze, skoro zdecydowałaś nie brać hormonów, to nie bierz. Kiedy ten zabieg i co to jest to taśmowanie?!

Opowiedziałam jej z grubsza, wycierając nos w podaną mi serwetkę. Wielkanocna, ciotka zużywa stare zapasy. Obsmarkałam kolorowe jajka i kurczaczka i sięgnęłam po następną. Rozczuliłam się nad sobą, chowając w sercu to, co najważniejsze, Jagodę i jej dziwną decyzję.

Milczymy, ja i ciotka. Ona gładzi mnie po włosach, ja uspokojona łapię oddech.

– Pachniesz jak mama... To „Być może"? – pytam, zmieniając temat.

– Tak – potwierdza. – Jagusia mi kupuje w internecie. Dorota... Obie cierpicie, trzeba z tym coś zrobić, bo to puchnie i puchnie.

– Irka, ja nie zamierzam się przed nią płaszczyć. Jagusia jest dorosłą kobietą, wie, co robi, ja przecież nie okazywałam jej wrogości, może byłam trochę zbyt aktywna, może nie rozumiem jej sposobu życia, ale sama powiedz! Ona żyje niehigienicznie, nerwowo, kariera dla niej to jedyny cel w życiu! Ja tylko chciałam jej to wybić z głowy!

– A Kubuś? – Irena jest bezceremonialna jak chirurg, nie oszczędza mnie.

Co mam powiedzieć? To był zawsze mój temat tabu. To było tak dawno! I co ma...

– Ale że co ?! To ma się nijak... Przecież ona nie wie... Dajmy temu spokój!

– Dorota, to twoja sprawa, ale ja bym Jagusi wszystko opowiedziała. Ona ma prawo wiedzieć, co czułaś, no i to, że nie jest twoim pierwszym dzieckiem. Skrywałaś swoją tragedię i teraz skrywasz, a dziwisz się, że Jaga ma swoje tajemnice. Wy to jak żuraw i czapla!

– Najpierw załatwię ten szpital – deklaruję i chyba nawet w to wierzę.

Ciotka milczy i wzdycha.

– Załatw. Pojechać z tobą? Chcesz, żebym tam była, jak się wybudzisz?

– Nie, kochanie moje, to teraz krótka piłka! Znieczulenie i zabieg bez cięcia, tylko taki mały otwór.

– Laparoskop?

Ciągle zapominam, że ciotka była pielęgniarką.

– Właśnie. I potem, jak już to załatwię, to pozamiatam!

– W twoim języku to oznacza, że porozmawiasz z Jagusią?

– Tylko czy zechce? – Zamyślam się i czuję lęk. Bo jeśli Jaga faktycznie chce mnie od siebie odseparować?! Zimno mi się robi. Nie rozwiążę tego teraz. Patrzę na Irenę prosząco.

– Jedź już. – Ciotka uśmiecha się z wysiłkiem. – Ja mam przecież złamaną rękę, a ty nie masz czasu.

– Ale... – zaczynam i widzę jej zawadiacki uśmiech. No tak, plan Ireny!

– Jedź, jedź, a ja sobie z Dziunią pogadam. Może poznam bydlę i jego pana? Kiedy masz zabieg?

– Za tydzień, równo. Pa, dziękuję ci.

Powrót

Dlaczego, dlaczego nie płakałam wcześniej? Jaka to jest ulga, jak to niesamowicie pomaga i odciąża! Matko, jak mi teraz dobrze, jakbym w końcu wyciągnęła drzazgę siedzącą w skórze, jakbym pozbyła się męczącej czkawki albo... nie wiem co jeszcze. Czuję się zmęczona, spokojna i oczyszczona. W końcu łapię oddech, przestaję się trząść i ocieram ostatnią, chłodną już łzę, która ściekła mi aż na obojczyk. Odsuwam się, ale nie całkiem, tylko troszkę, żeby zaznaczyć, że już skończyłam swój żenujący atak histerii.

Radek ma na kurtce dużą mokrą plamę, ukwieconą na środku ciapkami z mojej mascary – o tym jeszcze nie wie. Ale przecież upiorę mu tę kurtkę albo odkupię.

Rozluźnia uścisk, ale mnie nie puszcza. Ręce ma teraz na moich ramionach, lekko mnie po nich gładzi, przesuwając dłońmi w górę i w dół. I patrzy. Jak to on. Travis nadal siedzi i popiskuje, chyba biedak zupełnie nie wie, co się dzieje. Albo usłyszał moje płaczliwe skrzeczenie i próbuje dołączyć do konwersacji.

– No co się tak obaj patrzycie – mówię, uśmiechając się lekko, choć sztucznie. Strasznie mi głupio, że zrobiłam scenę.

– Jagoda, mnie interesuje wszystko, co jest z tobą związane – odpowiada Radek na coś, czego przecież nie powiedziałam. A może powiedziałam? Nie jestem pewna. – Jesteś niesamowita – dodaje i znów całuje to moje czoło.

Zamykam oczy i biorę dwa głębokie wdechy. Patrzę na niego, na kurtkę, na plamę.

– Muszę ci kurtkę uprać – mówię i dotykam jednym palcem czarniawej smugi.

Uśmiecha się, odsuwa, czochra psi łeb.

– To co, idziemy dalej? – rzuca.

– Idziemy.

Nie drąży. Nie dopytuje. Nie wyciąga ze mnie zwierzeń jak Wera. Nie robi podchodów jak Irena. Nie poucza. Podszedł do mnie jak do przepełnionej wanny, wyciągnął korek i spuścił tę mętną, paskudną, wypełniającą mnie ciecz. I poszedł. Niesamowite.

Jestem mu taka wdzięczna, że nie podtrzymuje we mnie stanu zażenowania i wstydu. Że kiedy skończyłam, odsunął się i pozwolił mi oddychać. On mnie jednak całkiem dobrze zna.

Dalsza część spaceru przebiegała już zgodnie z planem – pies biegał, Radek rzucał patyk, ja się śmiałam i tarmosiłam kudły. Psa, nie Radka. Faktycznie przeszliśmy całkiem spory kawał i dopadło nas zmęczenie. To pod górkę, to znów biegiem za pędzącym w dzicz Travisem i nie raz ostre, jesienne powietrze nieprzyjemnie zakłuło nas w płuca. Nie wiem, jakim cudem Radek znalazł drogę powrotną do samochodu. Było już dobrze po piętnastej i światło zmieniło się z porannego w popołudniowe. Jest jesień i dni robią się coraz krótsze.

– Zapraszam na kawę i lody – oznajmiam, siadając na tylnym siedzeniu. Nie mam pojęcia, skąd wezmę lody. Nie jadam ich od lat, ale mogę coś kupić w sklepie na dole.

– Chętnie, ale może po obiedzie? – Radek uśmiecha się. Masz! No prawda. Jest piętnasta, a my nie jedliśmy nawet śniadania. To znaczy ja nie zjadłam, bo czy oni to nie wiem.

Przez cały ten spacer, płacz, bieganie zapomniałam w ogóle, że mam żołądek.

– No wiadomo, że po – odpowiadam, jakby obiad w tej sytuacji był oczywistością. Nadal przepełniona ulgą i wdzięczna za to, co się wydarzyło, ryzykuję jeszcze bardziej: – Zamówimy coś do domu. Wolisz pizzę czy jakiegoś chińczyka?

Radek uśmiecha się, prawie tak jak na tamtym zdjęciu. Oczy zwęziły mu się w szparki, usta rozciągnęły w szerokim uśmiechu, który szybko jednak opanował. Pewnie myśli, że go nie widzę, ale widzę. Jego twarz odbija się w szybie.

– Cokolwiek zarządzisz, królewno – odpowiada.

Ja mu, kurna, dam „królewnę". Choć przynajmniej teraz wiem, że to było bardziej słodkie niż złośliwe. Było?

– A potwór?

– O potwora się nie martw. On ma karmę w bagażniku. Na razie to musimy mu dać wody, bo zaraz wypluje płuca.

Travis siedzi z wywalonym jęzorem i radośnie dyszy, popatrując to na mnie, to na Radka. Co jakiś czas mlaska, oblizuje się, po czym dyszy dalej. Zmęczył się. Dobrze. Jedziemy w stronę mojego domu, wymieniając luźne uwagi o Travisie. W końcu dowiaduję się, ile waży (sześćdziesiąt cztery kilo! kilogram więcej niż ja!), skąd jest, ile kilometrów dziennie musi przebiec, jak wygląda jego szkolenie, co je i co może się stać z jego żołądkiem, jeśli nie będzie odpowiednio karmiony i pielęgnowany. To naprawdę ciekawe. I niezwykłe, ile Radek o tym wie. Naprawdę go te psy fascynują i zdołał mnie nimi zainteresować, choć do zwierząt mam stosunek obojętny, a dialogi koleżanek o tym, co której kotek ostatnio strącił z półki albo jak się lizał w łapkę, doprowadzają mnie do mdłości. A tu proszę.

Dojechaliśmy na moje osiedle. Travis po raz ostatni obsikał samochód i ruszyliśmy na górę, budząc zainteresowanie u wszystkich mijanych dzieci, a jest ich w moim bloku irytująco dużo. I młodych małżeństw. Mama byłaby zachwycona. Kiedy dojechaliśmy już windą na górę, Radek nalał potworowi wielką michę wody (nie pytał, gdzie trzymam michy – sam sobie znalazł), a ja zamówiłam sajgonki, smażony makaron z owocami morza (czyli krewetkami z puszki), wołowinę w pięciu smakach (czyli, jak to mówią, pies, kot, gołąb, wrona i szczur), dodatkowy ryż i surówkę z kapusty. Kiedy poczułam ciepło domu, a moje krążenie wróciło do normy i odnalazło zagubiony wcześniej żołądek, poczułam, jak bardzo jestem głodna. Mam straszną ochotę na tego chińczyka.

– O, masz *Daleko od szosy*! – mówi Radek, przeglądając moją półkę z DVD. – To był serial!

– No ba! Najlepszy! – odpowiadam z uśmiechem i ulgą. Moja półka z DVD zawsze budziła konsternację gości (choć nie było ich wielu), bo są na niej tytuły mało komercyjne, często kiczowate, jak wspomniany *Labirynt* z Davidem Bowie albo właśnie *Daleko od szosy*. Nie wiem, czemu tak ten film lubię. Pretensjonalna Ania, wołająca co drugie zdanie „Leszku!" – zawsze w wołaczu. Biedna umęczona Bronka, która tak strasznie tego „Leszku" kochała, a on jej nie. Stare, industrialne Katowice. Co tam lubić? Ale ja lubię. I już.

– Włączymy? – pyta Radek retorycznie, bo płytę ma już w rękach i właśnie podchodzi do odtwarzacza.

– Włączajcie – odpowiadam i idę do kuchni po talerze.

Dobrze mi jest, choć nieco dziwnie. Uświadamiam sobie, że chyba nigdy jeszcze nie spędziłam z nim całego dnia, nigdy nie jedliśmy czegoś, co nie byłoby szybkim tostem po seksie. Jest normalnie, sobotnio i domowo. I ten absurdalnie wielki pies na środku. Kosmos jakiś.

Nastawiłam herbatę, żeby rozgrzać nasze wystudzone wnętrzności, dolałam psisku wody, jednym okiem oglądam serial. Radek usadowił się wygodnie na kanapie i ogląda. Zerwał się tylko na chwilę, żeby zapłacić za dostarczone przed chwilą jedzenie. Dżentelmen – załatwił to szybko i sprawnie, nawet nie zdążyłam sięgnąć po portfel. Stawiam herbatę na stole i dołączam do niego na kanapie. Jedzenie pachnie kusząco, zaraz przegryzę opakowanie i wyjem sajgonki bez użycia widelca.

– Jagoda – mówi Radek, więc odwracam głowę. I odruchowo zamykam oczy, bo czuję jego usta na swoich.

Miał ciepły, miętówkowy oddech – kiedy on zdążył zjeść miętówkę? Całował mnie wolno i delikatnie, jedną rękę kładąc mi na kolanie, a drugą – o matko! – chwytając mnie lekko za twarz, z boku, tuż pod uchem. Darek tak robił. I kochałam go za ten gest rodem z komedii romantycznych, czuły, acz lekko władczy, jakby brał sobie moją twarz i chciał mieć pewność, że jej nie odsunę. Skąd Radek zna ten ruch? Mnie tak wcześniej nigdy nie całował. W sumie to zwykle ja jego całowałam w ramach przelotnej gry wstępnej, a on mnie obejmował po prostu. Jakoś tak to szło.

Całował mnie lekko tymi ciepłymi, miętowymi ustami, a ja siedziałam miękka jak plastelina, nieświadoma kompletnie swoich rąk, swojej głowy ani swoich ust. Nie wiem, gdzie byłam – wyszłam z siebie i stałam obok chyba. Nawet nie wiem, ile to trwało, ale nie za długo, bo kiedy skończył, jedzenie nadal było ciepłe. Czemu przerwał? Czemu przestał i z czego, do cholery, się śmieje – pomyślałam, kiedy otworzyłam oczy. Radek nadal z ręką na moim policzku patrzył w stronę piszczącej góry futra.

Na dywanie siedział Travis i patrzył na sajgonki z miną wygłodzonego szczeniaka. Jego karma została w bagażniku.

—

Przygotowania

Od jakiegoś czasu Jagna nie odbiera ode mnie telefonów, a gdy już odbiera, to jest oficjalna, śpieszy się na jakąś rozmowę albo syczy, że szef na nią patrzy i nie może rozmawiać. To nie jest normalne ani miłe. Ona mnie... unika! Najnormalniej w świecie robi wszystko, żeby ze mną nie rozmawiać. Sądziłam, że to chwilowe, że będzie jak u Joanny, mojej szkolnej koleżanki, która opisywała na swoim blogu i na kawiarnianym spotkaniu klasowym jakieś okropne zawirowania z córką. Tyle że córka Joanny odeszła za młodu do jakiejś sekty! A Jagusia jest na to za mądra. Jej nikt nie zabełcze w głowie tak, żeby wyrzekła się rodziny. Zresztą w imię czego?

Joanna sama przyznała, że była wobec córki zbyt wymagająca. Dziecko miało być wybitną pianistką, więc fortepian był bogiem, któremu podporządkowano życie młodej. Nie miała pojęcia, co to jest podwórko, bo tam jest „brudno, kochanie, i hałaśliwie, a dzieci to takie małe chamiątka". Dyskotek i imprezek też nie znała, bo to „takie niskie, słonko, to bębnienie zamiast prawdziwie pięknej muzyki". Żadnych sportów, bo trzeba dbać o dłonie. I zawsze długie włosy, żeby być uczesaną w kok na egzaminy. Z tego, co wiem, młoda nie mogła oddychać bez mamy. Joanna rozpisała się o sekcie, która zmąciła jej córce duszę, niewykluczone, że podawano jej narkotyki, żeby wreszcie uprowadzić. Byłyśmy wstrząśnięte i zasmucone. Prawdziwie współczułyśmy Joannie.

Prawda okazała się znacznie bardziej prozaiczna, a wykryła to Dobrochna. Najlepsza matematyczka z klasy, ucząca teraz tej matematyki w mazurskim miasteczku. Jej córka zapisała się na jazdę konną do farmerów prowadzących hodowlę koni i owiec. Pani farmerka okazała się... córką Joanny! Spotkała o połowę od siebie starszego mężczyznę, który dodał jej odwagi i zobaczywszy, jak panna męczy się, klapiąc w klawisze, ofiarował jej kilkanaście dni ze swoimi końmi, kotami, baranami i jagniętami.

Dzisiaj państwo są razem, bez ślubu. Odcięci od mamusi, szczęśliwie wiodą życie hodowców zwierząt. Młoda wygarnia gnój spod koni i nauczyła się trzymać w siodle. Prowadzą zajęcia hipoterapii, ale dłonie młodej już nie bardzo są „fortepianowe". Podobno czasem, gdy sobie robią wieczory muzyki country, ona rąbie w pianino, aż miło, a on gra na skrzypcach. Dla zabawy.

No ale Jagna tak nie musi! Przecież ja jej do niczego nie zmuszałam, robiła, co chciała. Fakt, nie lubiłam, gdy wychodziła z domu, Bóg wie gdzie, ale w dzisiejszych czasach każda matka mnie zrozumie! Każda. Te... imprezy. Za naszych czasów były prywatki, czasem jakieś dyskoteki na wakacjach, w ośrodku wypoczynkowym. Bezpiecznie i miło. Dzisiaj dzieją się tak straszne rzeczy... Alkohol, pigułka gwałtu, narkotyki, rozpasanie straszne, i dziewczyna nie jest w stanie się wybronić bez narażania się na śmieszność.

W szkole Jagusi był taki incydent na osiemnastce koleżanki. Rodzice przygotowali wszystko i pojechali na wieczór do rodziny. Młodzież bawiła się ładnie i bez problemów. No, głośno się niosła muzyka po osiedlu domków jednorodzinnych – fakt. Niespodziewanie przyszła kawalerka z pobliskiego osiedla i, wiadomo – chcieli się wprosić. Panny z okna w śmiech i że nie, koledzy się wtrącili i poobracali tych tam podwórkowych dresiarzy. Poleciały butelki w okna. Młodzież zadzwoniła po policję, więc dresiarze zdemolowali stojące pod domem samochody dzieciaków, niby nic takiego, starego garbusa, jakieś inne auta też pewnie niewiele warte, ale bawiąca się młodzież pełna strachu godzinę czekała otoczona tymi gorylami na interwencję policji. Okropne!

Dlatego byłam tą matką, która ostrzega i woli zabronić, niż narazić niewinne dziecko, córkę w tym wypadku, na wstrząs i niesmak!

Długo też kłóciłam się z Jaśkiem, kiedy Jagusia się wyprowadzała do mieszkania po ciotce Janka. Oboje się upierali, że ona jest na tyle samodzielna, mądra i znakomicie przez nas wychowana, że sobie poradzi. Uległam.

No fakt, nic się nie działo, ani hucznych prywatek, ani nic innego, ale... ja się miałam prawo o nią bać! A jednak szybko dałam jej spokój i samodzielność. Żyła sobie, jak chciała, skończyła studia, zaczęła pracować, nie wtrącałam się, nie wizytowałam za często, zresztą Janek mi nie pozwolił. Nie mieliśmy nawet kluczy do tego mieszkania! Ja chciałam, bo Jaga czasem wyjeżdżała na jakieś szkolenia, tobym jej sprzątnęła czy poprała coś, ale Jasiek się złościł.

– To jej prywatna sfera! Daj spokój, Dorota, ona sobie radzi!

– Bałagani... – bąkałam, bo wiem, że bałagani.

– Ale to jej bałagan! I nam nic do tego. Zajmij się sobą, proszę.

– Sobą?! A sugerujesz, że ja potrzebuję jakiejś szczególnej...

– Dorota! Źle się wyraziłem, zajmijmy się sobą. Zapraszam cię dzisiaj do kina!

Nie lubię z Jaśkiem chodzić do kina, bo on lubi męskie i dość infantylne filmy. Wtedy zabrał mnie na podobno wielki hit, czyli odnowione *Gwiezdne wojny*. Nie mogłam się skupić, połowy nie rozumiałam i zmęczyło mnie to nieludzko. Z kolei on na „moich" filmach też się nudzi. Na *Fortepianie*... zasnął. Podobnie na *Pod słońcem Toskanii*, *Seks w wielkim mieście* go znużył i po wyjściu był rozczarowany, że mnie się podobało.

– Dorota, nie wierzę, taki gniot o idiotkach?!

– Wyluzuj! To zabawna komedia.

– Jeśli faktycznie kobiety się utożsamiają z nowoczesnymi i wyzwolonymi Amerykankami, które tylko szukają samczyka, to ja niczego z waszego feminizmu nie kumam!

Nie tłumaczyłam mu. Samą mnie to zastanowiło.

A Jaga...?

Nie mam pojęcia, co jej się stało. Dałam jej czas na „wyfochowanie się". Ale o co poszło? O pogrzeb Felusia? Nie no, załatwiła wszystko wspaniale, z lekka tylko fuknęłam na te jej pomysły z cateringiem i knajpą. Ja co prawda też o tym myślałam, ale to głupie. Catering na stypę? Jakoś... Może to wspólne sprzątanie? Że ją absorbuję i zaraz staram się namówić, żeby była bardziej miękka, normalna, kobieca? Przecież widzę, jak jej źle samej. Wszystkie jej koleżanki mają już jakieś domy, mieszkania, mężów, dzieci. No i ta praca! Ja uważam podobnie jak Jagusia, że praca to podstawa, ale u niej to rodzaj... żołnierki! Pełna podległość, uzależnienie. Pamiętam, jak mi po paru miesiącach tej pracy opowiadała o produkcie, który miała reklamować. Jakieś desery w proszku. Mówiła o nich, jakby to były wakacje na Tahiti czy Bali! Śpiewała hymn tym kisielom i galaretkom, pokazując nam prezentację, którą przygotowała z koleżanką.

Parsknęłam wtedy i powiedziałam:

– Guśka, to tylko jakiś kisiel, a nie Koh-i-noor!

Oj, było kwaśno. Wieczorem Janek powiedział: „Dorota, ty widziałaś tylko głupi kisiel, a ja ciężką pracę Jagusi". Nie umiałam mu wyjaśnić, że mnie śmieszy taka praca, w której pochłania się miliony w imię promocji... kisielu! To tylko woda z mąką! Żadnych wartości, a mojej córce ktoś wmówił, że to walka o dusze kupujących i że oni w tym kisielu zobaczą Bali i Tahiti...

Bzdura. A Jagna w to wierzyła jak w bożka.

Ostatnio też mi coś mówiła o sprycie reklamowym, chodziło o soki. Że kiedy się pisze: „Do naszych soków nie wsypujemy cukru!", to to jest prawda, bo wlewa się... syrop fruktozowy. Też cukier! Kłamstwa jakby nie ma!

Zdziwiłam się, że ją to bawi. „To przecież kłamstwo, Jaguniu". „Nie, mamo, to zwyczajna zabawa słowem i nie doszukuj się problemu tam, gdzie go nie ma".

Pokłóciłyśmy się. No czasem się kłóciłyśmy, ale żeby się tak długo gniewać?!

Na dodatek Jasiek ciągle milczący, zapracowany... Może jednak, wierząc mu bezgranicznie, ja coś zamiatam pod dywan? Może te jego dłuższe dni pracy i zamyślenie to jednak romans?!

Romans?! Nie! Nie teraz! Mam stracić ich oboje?!

—

Odcięcie

Wcześnie rano siadłam do internetu. W końcu muszę ogarnąć maile, zajrzeć na Szklarnię, poczytać wiadomości...

Jestem gotowa porozmawiać z Mery78 – już czas. Mam zresztą od niej trzy wiadomości – martwi się o mnie i pyta, jak się trzymam. To naprawdę fajne, że ktoś się interesuje moim samopoczuciem i jest gotów wysłuchać szczerej, pełnej odpowiedzi, bez wtrącania się i wrzucania co chwilę swoich cennych przemyśleń.

Odpisuję.

„Hola, Mery. Dobrze czujesz – w moim życiu chaos i bałagan. Czas zrobić z tym porządek. Odezwij się, jak będziesz miała chwilę".

Minęło może dziesięć minut i Mery pojawiła się na czacie.

„Witaj, Plusz. Czuję Twój ból. Nie jesteś szczęśliwa".

„Hej, Mery. Boli bardzo, to prawda. Ale promyki szczęścia są".

Napisać jej o Radku? Trochę chcę, a trochę nie chcę. To był naprawdę cudowny dzień i chciałabym się z kimś nim podzielić. Tylko nie wiem z kim... Wera miałaby satysfakcję, pewnie powiedziałaby, „a nie mówiłam". Tata by tylko kiwał głową, bo „cieszy się moim szczęściem", cokolwiek by za nim stało – zresztą powiedział mi to w zeszłą środę, kiedy poszliśmy do kina na nowego *Spidermana*. Zawsze tak mówi i zawsze ma to na myśli – człowiek absolutnie bez opinii na temat mojego życia. Czy też z opinią cudownie neutralną.

A Irena... No może Irena. Ale co ja jej powiem – że poszliśmy na spacer, że się popłakałam, że zjedliśmy kolację czy że nie został na noc? Głupota...

„Trzymaj się tych promyków, Plusz, i odrzuć wszystko, co złe i ciemne. Ja tak zrobiłam i moje życie nabrało nowego blasku".

„Jak?" – spytałam po prostu. Nie chcę jej ograniczać bardziej szczegółowym pytaniem – niech popłynie, może mnie olśni.

„Odnalazłam swoją drogę, odcięłam się od przeszłości, bo ciążyła mi jak ołowiane buty. Odcięłam się od złych ludzi, bo ciągnęli mnie w dół, zamiast unosić w górę. Odcięłam się od wszystkiego, co sprawiało, że płakałam zamiast się śmiać.

Teraz jestem lekka. Biorę z życia tylko to, czego chcę. W moim życiu nie ma nikogo, kto mówiłby mi, jak mam żyć, kim mam być i co mam robić".

Hmm. W jej życiu nie ma nikogo, kto mówiłby jej, kim ma być, czy może w jej życiu po prostu nie ma nikogo? Tak czy siak, na dobre jej wyszło – Mery emanuje spokojem i pogodzeniem ze sobą i światem.

„Wstąp na tę drogę, Plusz. Nauczę Cię".

Mam alergię na ludzi, którzy chcą mnie czegoś nauczyć, i nie chodzi im o odpłatny kurs smażenia na smalcu. Nie lubię, gdy ktoś traktuje mnie protekcjonalnie, ale nadal mam w sobie potrzebę wyciągnięcia od Mery, jak ona to robi. Jak się „odciąć" i w końcu zapomnieć.

„Słucham Cię, Mery" – napisałam. Nie „ucz mnie". Na razie „słucham".

Mery78: „Co jest Twoją toksyną?".

„Matka" – napisałam szybko. Nie muszę się nad tym długo zastanawiać.

„Matki nienawidzą córek od zarania dziejów. Rodzą nas, by nas wychować, a potem wypuścić na wolność lub znienawidzić. To naturalne – są zazdrosne o naszą młodość, nasz potencjał, o czystą kartę, niezapełnioną jeszcze błędami, które one popełniły. To dlatego w starożytnych czasach córki po osiągnięciu dojrzałości odchodziły do domów swoich mężów. Utrzymywanie kontaktu dorosłej kobiety z matką jest równie nienaturalne jak karmienie dorosłego zwierzęcia mlekiem. A w dzisiejszych czasach ta więź jest sztucznie podtrzymywana – ten cały kult rodzinności, wielopokoleniowych spotkań pełnych plastikowych uśmiechów, mieszkanie z rodzicami pod jednym dachem, skrywającym frustracje, wzajemną niechęć i emocjonalny rozkład. To jest zbędne i chore jak rak. Dlatego ja nigdy nie urodzę dziecka. Nie chcę, by ktoś nienawidził mnie tak bardzo, jak ja nienawidzę swojej matki. Znasz to uczucie, Plusz. Widziałam Twoje posty".

Zamyślam się, patrząc na słowa Mery. Bolesne, kolczaste, mocne i zdecydowane. Jak dla mnie za daleko się posunęła, ale nie mogę jej odmówić pewnej racji. Po co dorosłemu dziecku matka? Po co mi matka? Jestem dorosła, ekonomicznie samowystarczalna, emocjonalnie ukształtowana. Nie potrzebuję już ani kieszonkowego, ani głaskania po głowie. I na pewno nie potrzebuję słuchania jej pretensji, podszytych niezrealizowanymi ambicjami i żalami do świata.

„Jak Ty to zrobiłaś, Mery?" – pytam.

„Powiedziałam mojej matce: nie potrzebuję cię i nie chcę w moim życiu."

„Tak po prostu? Osobiście? Przez telefon? Mailem?"

„Spotkajmy się, Plusz – otworzę Cię i pomogę Ci".

Hm... okej, Mery chce chyba zostawić część tajemnicy dla siebie. Albo ta sprawa nie jest taka prosta. Ale... ja chyba nie chcę się z nią spotykać. Cały urok Szklarni polega na tym, że nie musimy się widywać i udawać przyjaciół – jesteśmy dla siebie wtedy, kiedy nam to odpowiada, bez umawiania się na kawę z ciastkiem i obowiązkowego, niezręcznego „jesteśmy w kontakcie" po każdym spotkaniu *en face*.

Muszę to mądrze rozegrać.

„Odezwę się wkrótce, Mery. Mam jeszcze wiele pytań. Dziękuję, że jesteś".

„Jestem dla Ciebie, Plusz. Daj sobie pomóc".

Wyłączam komputer. Mery dała mi do zrozumienia, że nie jestem dziwna. Że to, co czuję, jest całkiem normalne i naturalne. Jedyne pytanie, to jak to zakończę. I czy potrzebuję do tego pomocy.

W drodze do pracy nie mogłam przestać myśleć o słowach Mery: „Matki nienawidzą córek". „Są zazdrosne". To ma sens.

O co mama czepia się najbardziej? O moją pracę, o karierę. Ona nie miała kariery, zaprzepaściła swoje możliwości, pakując się we wczesną ciążę. Pcha mnie do ślubu, do dzieci, żeby uspokoić sumienie i żeby nie wstydzić się dłużej swoich niepowodzeń w samotności. Amerykanie mają na to doskonałe powiedzenie: *misery loves company* – nieszczęście lubi towarzystwo.

– Sorry, mamo, radź sobie sama ze swoimi porażkami – mówię na głos.

Po chwili robi mi się dziwnie. Słowa zapiekły mnie w język. Myślę tak, owszem, ale nie mogłabym jej tego powiedzieć w oczy. To za dużo. Przygryzam wargę i zastanawiam się, co w takim razie powiedzieć. Nie mogę przecież, ot tak, przestać dzwonić, przychodzić – sprawę trzeba załatwić dojrzale. Uargumentować i uciąć raz, a dobrze, żeby już nikt nigdy w tym nie grzebał.

Myślenie

Mówi się, że myślenie ma kolosalną przyszłość. To myślę.

Zabrałam się do robienia przetworów. Od dawna tego nie robię, ale to zajęcie dość mechaniczne, można sobie przy nim wszystko poukładać. Kupiłam masę moreli, słoiki i wniosłam do domu.

– Wody nie ma w garażu! – oznajmiła mi Jusia radośnie.

– Taaak? – Szczerze mówiąc, byłam rozczarowana, bo to oznacza przenoszenie całego biura z powrotem na dół.

– Tam teraz wilgoć, to otworzyłam drzwi na oścież. Był pan Janek, powiedział, że zamówi taką firmę, co odessie wodę.

– Jak „odessie"?

– Nie wiem! Jakoś elektrycznie, skąd ja mogę wiedzieć? Wtedy się znów przeniesie biuro i nie będę państwu zajmowała salonu. Pan Janek dzisiaj wróci później. I przyszła przesyłka nowej biżuterii, stoi tam, w tej paczce. To pani zobaczy, z tego nowego katalogu, co pani zamówiła!

Prawda, zamówiłam. Zapomniałam.

– Obejrzę... po południu. Ty masz dzisiaj niewiele wysyłek?

– Wyrobię się. Tu ma pani papiery do podpisania i listy, rachunek za telefon i reklamę nowej knajpy z cateringiem. Inne tam pizze i ogrody wywaliłam.

Zwolniona z dzisiejszych zajęć, poszłam robić przetwory. Pracowałam jak robot. Wypestkowałam morele, zastanawiając się nad prawdą o moim związku. Może ja udaję, że wszystko jest cudnie? A Janek udaje słodziaka? Może doskonale się maskuje? Oni podobno mają w naturze te skoki na boki, szczególnie w okresie andropauzy, a przecież Jasiek ją ewidentnie ma, skoro ja mam meno... Może, ślepo mu ufając, tak się zapatrzyłam w ten nasz status pary bez tego typu problemów, że nie zauważam symptomów? Niby inicjuje seks, ale rzadziej. Fakt, że jest miło, po tylu latach nawet dobrze, ale bywało, że nie dał rady – stresy, zmęczenie. Bywało. Teraz od jakiegoś czasu jest zajęty, jakby budował nową firmę, a wiem, że nie buduje. Ma sporo pracy popołudniami. Czasem przynosi coś do domu, czego wcześniej nie robił, a to oznacza, że w dzień jest... zajęty czymś innym! Ciężko to sprawdzić bez detektywa, bo mój mąż nie siedzi za biurkiem, czasem jeździ do składów, hurtowni, jak to w takiej pracy, więc przy okazji może zahaczać o jakąś panią albo... agencję towarzyską. Czytałam o takim przypadku na Onecie. Żona wychodzi od krawcowej narzekającej, że naprzeciwko jej pracowni działa dyskretna agencja towarzyska, a tu w tych drzwiach naprzeciwko stoi jej stateczny mąż. Notka była zresztą o znudzeniu w związku i o tym, że żony, które nie mają chęci na seks i są nudne, muszą się liczyć z ryzykiem. Normalny facet tego miodu sobie nie odmówi.

A Janek?...

Cholera jasna! Przywarło ciut do dna! Nie mieszałam i gorący dżem, który miał być łagodnie półsłodki, o naturalnym kolorze moreli, zaczął się karmelizować! Gmyram packą po dnie i czuję gęste. Dżem będzie jednak brązowawy. Jestem zła. Myślenie mi nie wyszło na dobre, znaczy dżemowi. Wywalić go? Taki jest nieładny... Reasumując, nie śledziłam Jaśka, to oczywiste, ale dziwnie się jakoś zamknął w sobie, nie jest już taki wyrywny w łóżku. Prawda, że i ja osłabłam w pragnieniach. Menopauza! Ale coś jest na rzeczy. Czyli kochanka albo agencja! Jeśli agencja, to nic. W prostytutkach się tacy faceci raczej nie zakochują. No, nadrabiają jakieś swoje straty z domu, realizują fantazje, to jestem skłonna wybaczyć. Widziałam program z taką dziewczyną z dyskretnej agencji. Fakt – młoda i ładna, świeża, a ja obwisła, zatuczona i znana od lat. Taka panna zaspokoi jakieś wariactwa pana, ale nie zagraża rodzinie. Gorzej, jeśli to kochanka!

Spociłam się. Nawet nie z powodu tych moreli zanadto skarmelizowanych i gorąca w kuchni. Moja wyobraźnia emocjonalna mnie sponiewierała. Co będzie, jeśli mój mąż nagle mi oświadczy, że odchodzi? Do jakiejś uroczej, młodszej lalki?! Jak Stefan, mąż sąsiadki z narożnego domu? Odszedł pewnego dnia, jak gdyby nigdy nic! Chociaż on akurat do równolatki! Ta sąsiadka nie wyglądała na specjalnie załamaną. Schudła, co jej dobrze zrobiło, a potem, jak się Justyna dowiedziała w sklepie – oskubała go jak kurę do rosołu!

Ale ja nie chcę skubać Jaśka! Moje życie by się zapadło, gdyby odszedł! Świat usunąłby się spod nóg. Poczułam niemiły skurcz w żołądku. Serce mi zatrzepotało, też niemile, i aż usiadłam w tej pachnącej dżemem kuchni, na stołku, ze ściereczką w dłoni. Może jestem na dobrym tropie? Coś się dzieje za moimi plecami, a ja byłam ślepa? Janek się odkleja ode mnie, Jagna się odkleiła i zostanę sama?! Znów popłynęły mi strugi łez. To nie są łzy menopauzalne! Teraz mam powód! Niewiele mi to pomogło. Muszę pogadać z Jankiem... Nie, bo go spłoszę. Co robić?

Zawsze można popłakać.

W dżemie pływają maluśkie, czarne przysmażki z dna. Jeszcze to...

Zmiana?

– No i co z tym zrobisz? – pyta Wera.

Nie, nie pyta o Radka. Chodzi o rozmowę, na której byłam wczoraj po południu. Headhunter ścigał mnie od ponad pół roku i w końcu dałam się namówić na spotkanie i przyjrzenie się ofercie.

– No właśnie nie wiem. W sumie nie chcę odchodzić z pracy, bo mi tu dobrze i mam perspektywy...

– No ale, Jago, za takie pieniądze?!

Ma rację. Pensja, którą mi zaproponowali, jest wręcz nieprzyzwoita – jakieś sto osiemdziesiąt procent tego, co zarabiam obecnie, a zarabiam nieźle. Stanowisko też wysokie – Regional Director do spraw rynków Europy Środkowo-Wschodniej, choć tak naprawdę firma jest Polska, a te rynki środkowo-wschodnie poza Polską obejmują tylko Estonię i Litwę. Są jeszcze jakieś marne próby na Węgrzech. Przy naszych obecnych kontraktach, które obejmują już praktycznie cały świat, taki drobiazg jest do ogarnięcia między poranną kawą a południowym ziewnięciem. No dobra, przesadzam. Zespół miałabym większy, zupełnie inną odpowiedzialność i system raportowania. Firma jest na giełdzie, a to już nieco komplikuje sprawę.

– Wiem, Wera, nooo... – miauczę. Bo naprawdę nie wiem, co zrobić. To nie była pierwsza propozycja, jaką dostałam od headhuntera – gdy się już wybijesz ponad stanowisko młodszego wyrobnika, wydzwaniają dość regularnie – ale pierwsza, którą zdecydowałam się rozważyć i przy której dotarłam do etapu negocjacji kwotowych.

– Musisz się, kochanie, zastanowić. Bo to jest duża rzecz i w końcu ktoś cię porządnie docenił! Ale z drugiej strony, każda zmiana to ryzyko, no i siedzibę mają na takim wygwizdowie, że...

– Nic mi nie mów, dojeżdżałabym tam z półtorej godziny. Czy to w ogóle jest jeszcze aglomeracja warszawska?

– A nie wiem... Chyba jest... Wiesz, zawsze możesz się tam przeprowadzić.

– Na wieś? Pędzę... – prycham.

– Radosław posikałby się ze szczęścia, przecież on gdzieś tam mieszka, nie?

– Nie mieszka, tylko psy tresuje. Czy ty mnie w ogóle słuchasz?

Tak, powiedziałam Werze o moich ostatnich przejściach z Radkiem, o Travisie, leśnym chlipaniu i całowaniu nad chińszczyzną. Oczywiście, że opowiedziałam. Już następnego dnia po rozmowie z Mery78, kiedy wahałam się, czy komukolwiek w ogóle powiedzieć. Musiałam. To moja Wera. Oczywiście, że po alkoholu. Tak jest łatwiej i... szczerzej. I gdy jej powiedziałam, to od razu zrobiło mi się lżej. Wera jest ze mnie bardzo dumna i prawie wcale się nie nabijała.

– No to tresuje. Jeden pies. Nomen omen. A rodzicom się już chwaliłaś?

– Z tatą gadałam i chyba mu się przykro zrobiło, że zarabiałabym więcej, niż on jest w stanie odłożyć na wakacje przez rok. Ale cieszy się.

– Z matką nie gadasz?

– Nie.

– Ech, ty mój popaprańcu...

– Nieważne – ucinam. – Pa, kochana. Przerwa mi się kończy.

– Buzi, pa!

Przerwa wcale mi się nie kończy, ale nie chciało mi się już z nią rozmawiać, zwłaszcza że wspomniała o mamie. Mam ochotę posiedzieć chwilę w ciszy – jest taka ładna pogoda, choć chłodno i kawa w papierowym kubku za moment będzie zimna. Chłonę blade słońce. Ławka jest twarda i – jak się okazało, kiedy już usiadłam – nadal lekko wilgotna od porannej mżawki. Jesienne poranki w mieście... Przestałam dostrzegać zmiany pogody i dopóki nie obejrzę prognozy w necie, to nie przyjdzie mi do głowy, żeby wziąć parasol albo kalosze. W moim mózgu nie ma już chyba miejsca na prosty wniosek typu: „hej, ta ławka może być mokra, skoro rano mżyło!". Durna... No nic, będę miała plamę na swoich najlepszych dżinsach. Pochodzę chwilę, to wyschnie. Wyrosłam już z wieku, kiedy człowiek pali się ze wstydu przy każdej głupocie.

Sięgnęłam po telefon, pogrzebałam w liście kontaktów i koniec końców zadzwoniłam do Radka.

– Halo – odebrał w trybie oznajmiającym.

– Cześć, alfa.

– Cześć, królewno. Jaka alfa?

– Samiec alfa...

Chyba mi się żart nie udał.

– Ano tak. No niestety, jeszcze nie do końca, ale pracuję nad tym – odparł wesoło.

No wiem, zauważyłam! – pomyślałam. Jakoś mi Radek wymężniał ostatnio. Nie wiem, czy to kwestia motocykla (a zwłaszcza – nie oszukujmy się – kombinezonu, mmm...), treserskiej dominacji nad potworem czy miętowego pocałunku. Ale wymężniał. Wyalfiał, można rzec.

– Cieszę się, że dzwonisz, królewno. Co słychać?

– A wiesz co, mam taką tu sytuację pracową do omówienia i... – No dalej, Jagoda, powiedz to! To nie boli. Zgodzi się przecież. – ...tak pomyślałam, że może byłbyś skłonny mnie wysłuchać nad miską jakichś węglowodanów?

– Mogę cię słuchać choćby do rana, królewno, ale wolałbym proteiny, jeśli mam wybór.

– A co, aktualnie robisz biceps i klatę? – prychnęłam. I po sekundzie ugryzłam się w język. Nagle zaczęłam się bać, że zrobię mu przykrość i wróci stary, zamknięty w sobie, cichy i pokorny Radek. A tego nie chcę.

– Brzuch i ramiona, królewno, ale brawo za czujność – odparł.

Ufff. Uratowana.

– Okej, to dla mnie micha kluchów, a dla ciebie jakaś wołowa padlina. Czwartek wieczór odpowiada?

– Rozumiem, że mam przyjść z Travisem – mówi spokojnie. Właściwie oznajmia.

To jest chyba ten moment... Przełamać się, ocieplić. Wdech i...

– Nie, ty mi wystarczysz w zupełności.

Oczyma wyobraźni widzę, jak się uśmiecha, słyszę ten uśmiech w jego oddechu, w słowach, które za chwilę wypowiada.

– No to szkoda, że muszę czekać aż do czwartku.

– Wytrzymaj...my jakoś – słodzę dalej, choć wiele mnie to kosztuje. Dla mnie taki uległy flirt z Radkiem, w sumie z jakimkolwiek mężczyzną, to spory wysiłek, ale chcę, żeby Radek cieszył się na to spotkanie. Ja się cieszę. Chcę go znowu zobaczyć.

– To daj znać gdzie i o której. Muszę już kończyć, królewno.

– Oki, napiszę. Paaa!

No to mam randkę w czwartek. O matko! To chyba moja pierwsza prawdziwa randka z Radkiem. Ale czy na pewno randka, skoro nie on mnie zaprosił, tylko ja jego? Może dobrze, że nie wiadomo do końca – jeśli coś pójdzie nie tak, to mogę udawać, że spotkaliśmy się na plotki. Chociaż z drugiej strony...

Stop!

Z tych emocji niemal zapomniałam, że przecież ważą się losy mojej dalszej kariery zawodowej. I to jest w tej chwili najważniejsze, najpierwsze i absolutnie priorytetowe! A więc... nie wiem jeszcze, co postanowię, ale wiem na pewno, że muszę porozmawiać z Karolem. Planuję to zresztą od dawna, a ostatnia akcja z porażającymi nadgodzinami tylko umocniła mnie w tym postanowieniu – czas postawić jakieś warunki, bo mi weszli na głowę. Poza tym czas zrobić coś ze swoim życiem... Spacer z Radkiem po jesiennym lesie, a nawet sam przejazd w roli pasażera przez zalaną porannym słońcem Warszawę uświadomił mi, jak ogromną, ziejącą pustkę mam w miejscu, gdzie inni mają spacery, szwendanie się po mieście, jakieś życie towarzyskie. I nagle bardzo zapragnęłam tę pustkę zagospodarować. Choćby z Radkiem, czemu nie? Ostatnio jakby nam się układa... Chociaż psa mógłby jednak ze sobą mieć – uśmiecham się. Mój piękny kudłaty pyszczyszon...

No nic. Trzeba podjąć jakąś decyzję.

Wracam do biura. Aga uśmiecha się zza monitora, jak to ona – zawsze się uśmiecha. Nawet nie skomentuję jej butów. Patrzę na swoje, dobrej jakości, ale nudne, czarne i bezpieczne sztyblety. Może już niedługo kupię sobie takie kozaki, jak ma Aga. Za swoją nową, niebotycznie wysoką pensję. Zamszowe na pomarańczowym obcasie. A co!

„Karol, chciałabym się z Tobą spotkać na 15–20 minut. Najchętniej jakoś jutro, w małej salce. Jak zorganizujesz kawę, to wyproszę od recepcji ciacha. Daj znać".

Bardzo szybko kliknęłam „wyślij", żeby się przypadkiem nie wycofać. Nie ma co się zastanawiać – tu trzeba działać. Jeśli sam się o siebie nie zatroszczysz, to nikt tego nie zrobi.

Poszło.

—

Co się dzieje, do licha?

Niby dzień jak co dzień, ale ja się już nastawiłam na to, że przed szpitalem muszę wiedzieć, jak jest. Czy Jagusia się do mnie nie odzywa już na amen? Czy Jasiek sobie wije gniazdko gdzieś poza domem albo „czyści krew" u jakiejś płatnej pani? Czy używa gumek?! No właśnie, bo niechcący może mnie zarazić cholera wie czym!

Zdałam sobie sprawę, że bredzę. Powinnam być wściekła, że łazi na jakieś młode babki, a ja się zamartwiam, czy używa gumek! One zawsze używają, a ja powinnam mu naciosać kołków na głowie. I naciosam, a co!

Nie chciałam się narzucać Jagnie, ale się ponarzucam! Do licha, czy ja muszę tak wszystkim ustępować?!

Dzwonię do Gusi. Nie podnosi. No to jeszcze raz. Poczta głosowa:

„Chcesz coś? To zostaw wiadomość".

Jakie to... obcesowe, niby dowcipne, ale jednak niegrzeczne. Dlaczego młodzi teraz tacy są dla siebie niby niegrzeczni? I czemu im się to podoba?

Pamiętam, jak Jadzia maturzystka opowiadała mi o nowym pubie w Warszawie, w którym kelnerzy byli opryskliwi.

– Jak to, kochanie, „z założenia niegrzeczni"?! – dziwiłam się.

– Tak to, mamo. Coś nowego, wiesz, odjazd taki. Cudne! Mówię ci! Podchodzisz do baru, a barman nic, czyści szkło, więc go nukasz, że chcesz zamówić drinka, a on ci na to „se zamawiaj".

– I? – Nie umiałam tego pojąć.

– No nic, taka konwencja. W końcu odstawia kieliszek, który polerował, i pyta, ziewając „czego znów?" I wtedy my z Werą zamówiłyśmy margarity czy coś. Mamo, taka konwencja, no! Pierwszy taki lokal z niegrzeczną obsługą, która jednak wiedziała, gdzie jest cienka czerwona linia...

I popatrzyła na mnie jak na mamuta.

Faktycznie, takie nowości czasem zaskakują, ale ja nie lubię. Tacy śpiewający kelnerzy na przykład, mnie to nie ujęło, nie wionęło świeżością, tylko jakimś okropnym wysiłkiem, żeby być wyjątkowym. Śpiewający barman to jeszcze, ale kelner mnie wkurzał i śmieszył.

Odczekałam, myśląc o tych niegrzecznych zagrywkach kelnerów i reszty otaczających mnie ludzi, i raz jeszcze zadzwoniłam do Jagi. Namolnie.

Odebrała po piątym dzwonku (po szóstym włącza się ta jej wiadomość głosowa).

– No słucham... – głos ponaglający, w sumie przykry. Z lekka mnie zatkało.

– Gusiu... ja, wiesz... Może spotkałybyśmy się jakoś... Może u Ireny? – Sama byłam zaskoczona swoją pomysłowością. – Wiesz, że ma złamaną rękę?

– Wiem. – Głos Jagny jest zimny i stonowany. – Bywam u niej i robię, co mogę. Nie umawiajmy się na razie... – Głos jej się rwie i słyszę, jak stuka w klawisze komputera. – Nie mam czasu. Mamo, nie mogę teraz!

No i co ja mam zrobić? Milknę i robi mi się słabo. Żadnego z jej strony miłego akcentu, słowa zachęty, że może za godzinę, jutro, że może faktycznie spotkajmy się u ciotki, bo ma złamaną...

– Gusiu... – ponawiam próbę, ale to tylko pogarsza sprawę.

– Mamo, proszę cię! Nie mogę, nie teraz, i nie pytaj mnie kiedy, bo nie wiem!

Klik – odkłada słuchawkę. Jestem zdumiona i zrozpaczona. Nie rozumiem! Nie wiem, jak to się stało! O co poszło! Nie ma chęci na żadną rozmowę? Nie pogadamy już? Nie mam córki? Czuję, jak mi się skraca oddech z przerażenia, że to może być prawda. Siedzę skamieniała i nie mam w głowie niczego poza szumem. Czuję skurcz w brzuchu jak wtedy, gdy wychylam się z wysokich okien. Mam lęk wysokości, a teraz mam lęk samotności.

Oddycham i staram się nie płakać. Zaraz, zaraz... to się musi jakoś wyjaśnić! Dzwonię do Jaśka.

Nie odpowiada... Jeszcze raz. I jeszcze raz. Znam komunikat jego poczty: „Bardzo proszę o pozostawienie mi wiadomości głosowej. Oddzwonię, jak tylko będę mógł".

Zostawiam mu wiadomość głosową: „Jasiek, proszę zadzwoń, to ważne".

I czekam. Czekam. Czekam i nic.

Rany, Jasiek!

Wchodzi Justyna.

– Pani Dorociu, to ja skończyłam. Śliczne te nowe broszki! Widziała pani?! Jak jakieś antyki! I rachunek pani ma na biurku od tego faceta, co nam wynajmuje magazyn. I dzwoniła pani, że jej dwie cyrkonie wypadły, ale pogadałam z nią i poradziłam klej Minutka zamiast reklamacji. Była pani w garażu?

Życie woła. Pożegnałam Jusię i zeszłam na dół.

Ściany podsiąknięte na jakieś osiemdziesiąt centymetrów, zapach wilgoci, zaraz wejdzie tu grzyb! Rany boskie! Potrzebny jest remont, a ja sama nadaję się do remontu i właśnie się do niego szykuję. Jaśka w to nie mogę pakować, bo już dawno ustaliliśmy, że skoro to mój biznes, to sama za nim chodzę. Zwłaszcza że wykorzystuję nasz garaż na siedzibę. Janek marudził, że przecież nie muszę pracować, ale ja chcę! Nie mogę być ciemną babą bez własnych funduszy! Mój mąż był zawsze jak Zawisza, ale i Zawiszy może się coś przydarzyć. I nagle oświadcza, że go nima! Że się zakochał albo umiera na wylew. I co? Kobieta musi mieć własne pieniądze! Choćby małe. Moje są małe. Wystarczają na zapłacenie Justynie i jakieś moje potrzeby, ale sama sobie płacę ZUS i odkładam na emeryturę. Przynajmniej to!

No i co z tym remontem?

Dzwoni Irena:

– Dorociu? Jesteś jeszcze w domu?

– W domu. Za kilka dni idę pod nóż... Znaczy pod laparoskop.

– Janek wie?

– No... I tak, i nie. Nie chcę go absorbować moim szpitalem, bo wyjdę na jakąś starą, wymagającą remontu babę, a on jest w tym wieku, że...

– Dorotko – Irena mi przerywa – on jest w dwudziestym pierwszym wieku i ty też, więc co to za partyzantka? Myślałam, że ty już tam jesteś.

– A co?

– A nic. Jagna mnie niepokoi, ale zostaw mi to. Zajmij się sobą.

– Jest gorszy problem, wiesz? – zwierzam się ciotce. – Mówiłam ci, że miałam wodę w garażu przez kilka tygodni? Gruntowa nam wybiła i już sczezła, ale ściany mokre, tynk chyba odpada, trzeba by to ogarnąć, a Janek się nie wtrąca w moje buraczki i sam ma teraz jakieś przejścia, więc go nie poproszę. Co robić? Może ten pan... Zygmunt?

– Zygmunt? Mój sąsiad? Daj spokój, to już zaawansowana geriatria! Uwierzył we własną starość! Zgarbił się, zaczął drobić i skrzypieć.

– Co to znaczy „drobić"?

– Małe, posuwiste kroczki stawia. Geriatria! Mam lepszy pomysł! Faceci z Wenus!

– Zwariowałaś? Irena, ja potrzebuję faceta do remontu, a nie jurnego...

– Dorotko, kochanie, to jest taka firma. Faceci z Wenus, czyli mężczyźni do wszystkiego. Dzwonisz i zamawiasz faceta do wymiany opony, do wymiany dachówek, do wyprowadzenia psa, bo jedziesz na tydzień na Majorkę, do remontu piwnicy albo dla córki na bal maturalny. Są kapitalni! Bożenna mi ich poleciła. Naprawili jej balkon. Zapisz telefon! Zapisałam. Zadzwoniłam. Ku memu zdumieniu uroczy pan przyjął zamówienie i umówił się na jutro na oględziny. Ufff. Przynajmniej to załatwione!

Gips

– Dziuniu, od początku, bo ja nic z tego nie rozumiem – powiedziała Irena, siadając na krześle i poprawiając temblak. Biedna jest z tą ręką, na pewno ma już osteoporozę, więc kość szybko się nie zrośnie, a dla Ireny proszenie kogoś o pomoc oznacza zniżenie się do poziomu bruku, błota i kanałów. Dobrze, że ma mnie – nie robię łaski jak co poniektóre sąsiadki. No i wiem, że mama do niej zagląda. Dziś obieram ziemniaki i kroję koperek do mrożenia. Bardzo dużo koperku. Na cholerę jej taki beznadziejny, jesienny koperek z hipermarketu?

– Czyli zmieniasz pracę, tak?

– Nie, no jeszcze nic nie zmieniam – tłumaczę cierpliwie, bo chyba faktycznie się zagalopowałam. Skąd osiemdziesięcioletnia kobieta ma wiedzieć, co to jest headhunter, regional director i pozapłacowe benefity... – Na razie rozważam zmianę pracy, bo dostałam tę drugą propozycję. Chcą mnie tak jakby podkupić, przeciągnąć do swojej firmy, i oferują bardzo korzystne warunki.

– To ty, kochanie, musisz być sławna, wybitna, że oni cię odszukali! Moja kochana!

Jakie to słodko naiwne. I znów – jak mam emerytce, która ledwo kojarzy, co to jest komputer (nigdy nie chciała się z nim oswoić), wytłumaczyć, co to jest internet, GoldenLine i baza headhunterska. Zamiast tego mówię więc:

– No wiesz, ktoś mnie pewnie polecił, może jakiś znajomy... Tak czy inaczej muszę się nad tym poważnie zastanowić.

– Może się poradź kogoś. Wiesz, kogoś z doświadczeniem i obiektywnym spojrzeniem na sprawę.

– Oj, ja to nie lubię się radzić, wiesz o tym. Koniec końców to ja muszę być zadowolona z mojej decyzji, a nie ktoś inny. I to ja będę żyła z jej konsekwencjami. Nie, sama to jakoś rozpracuję, tylko potrzebuję trochę czasu. Radek mówi, że czasem jak nie wiadomo, co zrobić, to najlepiej nie robić nic, rozwiązanie w końcu samo się pojawi.

– Jest w tym ziarno prawdy, kochanie. To mądry chłopiec, ten Radek – mówi Irena. Po tym zdaniu zawiesza głos i patrzy na mnie badawczo.

Cieszy mnie, że ona prawie się nie starzeje – siwe włosy miała od zawsze i zawsze doskonale zaczesane. Swoją drogą, jak ona to robi z tym gipsem, skubana? Oldskulowe sztuczki... kiedyś to kobiety sobie radziły! Oczy tylko z wiekiem jej się robią takie jakby... wodniste. Wiem, że powoli traci wzrok, siatkówka jej się odkleja, a w jej wieku już nie bardzo chcą operować. A może to jaskra, nie siatkówka? Nie pamiętam, cholera, a bardzo nie lubię nie wiedzieć.

Siedzi naprzeciwko mnie, kochana moja Irena, i wpatruje we mnie tymi pastelowymi oczami, czekając cierpliwie jak sęp na padlinę. Wie, że w ten sposób wyciągnie najwięcej. Ma w tym wprawę. Wie, że gdy mnie zagada, to ja stracę ochotę na rozmowy i niczego się nie dowie.

Plum – kolejny ziemniak wpada do wody. Nienawidzę obierania ziemniaków, zwłaszcza nożykiem – przecież można kupić obrane albo chociaż zaopatrzyć się w porządną obieraczkę! Ale nie narzekam. Irena tak woli. Brud z ziemniaków włazi mi pod paznokcie i w skórki.

– Widziałam się z nim ostatnio na kolacji – mówię dość szybko. – Opowiadałam mu o tej propozycji pracy, o wszystkim, a on do tego podszedł tak fajnie, bardzo spokojnie, i powiedział mi właśnie, żebym nie robiła nic na wariata, że warto poczekać i zobaczyć, jakie są możliwości ruchu.

Wdech. Co ja tak trajkoczę? Irena słucha w skupieniu, gmerając pod gipsem – pewnie ją swędzi.

– No i... – zwalniam tempo wypowiedzi – miał rację. Bo skontaktowałam się z moim szefem, wiesz, Karolem, opowiadałam ci o nim. Wyłożyłam kawę na ławę: dostałam propozycję pracy, poważnie ją rozważam i czy w związku z tym on chciałby mi coś zaoferować, żeby mnie zatrzymać. Wiesz – rosyjska ruletka.

– No ale jak to, Jagusiu, przecież to prawie szantaż... – mówi naiwnie Irena.

– No co ty, ciotko moja! Teraz się tak robi, to jest normalna procedura. Biznes jest biznes – pracownik na dobrą sprawę to produkt, zasób, i jest wart tyle, ile ktoś chce za niego zapłacić. Rozegrałam to tak, żeby Karol nie poczuł się zdradzony. Powiedziałam mu całą prawdę o tej ofercie, ale dodałam, że ja z pracy odchodzić nie chcę, bo mi w niej dobrze. Jednak musi być świadomy, że takie propozycje się pojawiają i mają wpływ na moje morale i plany na przyszłość.

– Ot, przecherka, jak mawiał mój Felek. – Irena uśmiecha się, smutno chyba. Ale tylko przez ułamek sekundy, po chwili znów jest cała zasłuchana. Umie słuchać.

– No. I zanim dopiliśmy kawę i dojedliśmy delicje, zaproponował mi wstępnie podwyżkę i szybki awans. A po południu wysłał mi maila z potwierdzeniem tego awansu, widocznie musiał porozmawiać z prezesem.

– No brawo, kochanie! Mama byłaby z ciebie taka dumna!

A tak było miło. Szlag by to...

– Wątpię – mówię, obierając ostatni ziemniak. Oglądam go z każdej strony, choć wiem, że wydłubałam już wszystkie brudne oczka.

– Powiem ci, że ja postanowiłam z mamą już w ogóle na takie tematy nie rozmawiać. Ona jest z innej bajki, nie zrozumie. Na siłę zmieniać jej nie będę i nie zgadzam się, by ona próbowała zmieniać mnie. Zresztą kontakty dorosłej kobiety z matką są po prostu nienaturalne – poleciałam „meryizmem". Meryizmem78.

Wodniste oczy Ireny robią się okrągłe ze zdumienia.

– A cóż w nich takiego, Dziuniu, nienaturalnego?

Oj, weź jej tłumacz...

– Wszystko... – mamroczę znad koperku, lekko poirytowana, jak zwykle przy tym temacie. – Po co takie relacje sztucznie podtrzymywać, skoro wynikają z nich tylko kłótnie?! Z zazdrości, z żalu i z błędów jakichś swoich nie ten... niezrealizowanych... – dodaję trochę za głośno, trochę za nerwowo. I trochę bez sensu. Z nerwów mi się zdanie posypało.

– Jagoda, przypominam, że to nadal twoja matka. Wynosiła cię, wykarmiła w czasach żywności na kartki, nie przespała dziesiątek nocy, tkwiąc nad twoim łóżeczkiem, i choćby za to należy się jej szacunek, moja droga. Należy jej się wiedza, co się z tobą dzieje, należy jej się udział w twoich sukcesach i porażkach, a w przyszłości należy jej się opieka z twojej strony. Doprawdy nie rozumiem, co ty masz w głowie, że opowiadasz takie głupoty!

Zdębiałam. Głos Ireny jest zimny, pewny i donośny. Normalnie mnie obsztorcowała jak uczennicę! Wszystkie argumenty poparła zdecydowaną gestykulacją, wyliczając je na swoich kościstych już, zmęczonych życiem palcach, słowo „głupoty" podkreśliła porządnym pacnięciem otwartą dłonią w stół. Niebywałe...

Głupio mi się zrobiło. Niepotrzebnie jej to wszystko powiedziałam, po co jej ta wiedza i po co nerwy związane z moim i mamowym dramatem. Aj, błąd zrobiłam. Bez sensu. Nie wspomnę nawet, jak bardzo uwiera mnie fakt, że po raz pierwszy od nie pamiętam kiedy ciotka nie jest po mojej stronie. Zwykle nie szukam poklasku – dyskusja z osobą o odmiennych poglądach jest wyzwaniem i nawet zabawnie jest taką dyskusję wygrać, wytrącając rozmówcy argumenty, ale absolutnie wisi mi, czy kogoś do swoich racji przekonam, czy nie. Ale Irena to co innego. Ona była zawsze moim agentem, moim piarowcem, ostoją zrozumienia, ostatnim bastionem...

Cisza ciągnie się nieznośnie i nie ma już przyjemnego smaku oczekiwania, obietnicy ciekawej rozmowy, możliwości wyjawienia tajemnic, które same chcą się wyrwać na powierzchnię. Ta cisza niesie zapowiedź konfliktu, żalu i niesmaku.

– To... ile tego koperku chcesz?

Irena milczy, patrząc na swój gips, i myśli o czymś intensywnie. Widzę, bo raz po raz bierze krótkie wdechy, a jej usta nieznacznie się rozchylają, jakby chciała coś powiedzieć. Nosi ją ewidentnie. Chyba chce mi dalej zmywać głowę i szuka słów.

– Nie wiem – mówi. – Na razie krój, ile możesz. Gips mnie uwiera. – Po czym wstaje i idzie, chyba do łazienki.

Koperek śmierdzi zgnilizną, za długo stał w wodzie. No ale zsiekam go do końca – teraz wolę z Ireną nie dyskutować...

—

Pan Bogdan

Jasiek od wczoraj nieobecny duchem. Przyjechał wieczorem zmęczony i obolały, bo dentysta usunął mu gnijącą ósemkę. Faktycznie miał w paszczy duży wacik. A poza tym wyciąganie nerwu z zatrutego zęba.

– Gnijącą?! – spytałam.

Odpisał mi na kartce, bo mówienie z tym wacikiem mu nie szło: „Dorociu, gniła mi dolna ósemka. A myślisz, że dlaczego zużywałem ostatnio tyle płynu do ust?".

– Właśnie się zastanawiałam, czy nie jest to forma alkoholizmu – starałam się być dowcipna.

On: „Wiem, że jechało mi z pyska, i postanowiłem mężnie rozstać się z tą ósemką. A po drodze okazało się, że szóstka, że w niej trzeba...".

– A dezynfekcja bourbonem, co? – przerwałam mu zjadliwie.

„Jesteś goopia, a ja cierpię" – odpisał w stylu Jagi i spojrzał na mnie wzrokiem kota ze *Shreka*. Boli go, widzę, że ma podpuchniętą gębusię, więc może przesadzam z tymi podejrzeniami? Może to jednak nie kochanica?

– Jaśku... – zagaduję, układając w głowie pytanie o nasz seks. Skoro on ma teraz ten wacik w pysku i pisze, zamiast mówić, a pisze chętnie, to może jest chwila na małą szczerość? Ale on wzdycha, odchyla głowę i zamyka oczy. Już po gadaniu, to znaczy po pisaniu. Łyknął tabletkę przeciwbólową i poszedł spać. W nocy wstawał, rano wyszedł wcześniej, zostawiając mi karteczkę: „Mam suchy zębodół, boli jak cholera, jadę do niego. A po południu będę wcześniej. Chyba".

Wymyka mi się. Całkiem mnie zmylił ten ząb! Ach, zdążę to wyjaśnić!

Teraz szybko remont garażu, bo już chciałabym powrócić do normalności. Niech salon będzie salonem, a nie biurem i składem papierzysk.

Pan Bogdan z Wenus okazał się miłym człowiekiem po trzydziestce. Powiedział, jak zrobiłby ten remoncik, i że wycenę wyśle mi mailem. No, jeśli teraz tak wyglądają fachowcy! Czysty, uroczy, z nienaganną polszczyzną, zdania złożone, bez tych tam... jabym... eeee... Zaskoczenie.

Zagaiłam, a on powiedział, że jest po historii sztuki, ale w zawodzie etatu dla niego nie ma, więc chwilowo pracuje fizycznie i pisze doktorat.

Może Jagusi przydałby się w domu jakiś remont? O! Właśnie to Jaga ma mi za złe! Urządzam jej życie. Zaraz by fuknęła, że z nieudacznikiem, bo przecież nie ma pracy zgodnej z wykształceniem i dorabia fizycznie... I co z tego?! Jak widzę, to remontowanie daje mu frajdę i jakiś dochód! Nie musi z mety zarobić na maybacha!

Właśnie, jak ona sobie radzi?! Wiem, Irena mnie ostrzega, żebym nie ciosała Jadze kołków na głowie. Nie ciosam przecież! Ale... tęsknię! Jak ja za nią tęsknię! Chciałabym, żeby na chwilę choć zamieszkała u nas! Jadła normalnie. Żeby, siedząc z Jankiem na kanapie, oglądała Wimbledon i wołała: „Czy my się w końcu doczekamy tych kanapek? Mamo!"

Od dawna już w naszym domu nie słychać tego „Mamo!"... I z tej tęsknoty popłakałam sobie aż do przyjścia Justyny.

—

Układanka

Radek od dłuższego czasu patrzy na mnie i mruży te swoje oczy. Czy on myśli, że ja nie widzę? Zaraz mu coś zrobię, no przysięgam, niech mnie dziś nie wkurza!

– Co? – zagajam chłodno. Wciąż jestem rozbita po wczorajszym... incydencie u ciotki. Niesmak, złość, kac moralny – szukam dobrego słowa na to, co dzieje się w mojej głowie.

– Ależ ty śliczna jesteś – mówi, po czym bierze moją rękę i całuje w kostkę serdecznego palca. Całus przeszedł cieplutkim prądem aż do łokcia. Jak on to robi, że demontuje mnie w kilku słowach? I jak ja mam się teraz na niego wściekać?

Przechylam głowę i patrzę na niego niby z politowaniem.

– Ależ ty głupek jesteś – parodiuję.

A ten się tylko uśmiecha. Po chwili sięga po swoje litery i układa na planszy „kusej", przecinając moje „nutki".

– Co to jest „kusej"? – pytam z przekąsem, bo w scrabble jestem dobra i nie dam mu się zagiąć. Nie będzie mi tu wjeżdżał bezprawnie jakimś kusejem na potrójną premię.

– Jest kusa spódniczka, nie ma kusej spódniczki – mówi spokojnie Radek, zapisując sobie dwadzieścia parę punktów. Cholera, ma rację. Straciłam czujność. Głupio.

– A, no przecież... – mówię niezręcznie i wpatruję się w swoje litery. Udaję, że je przestawiam, choć już od paru minut wiem, co ułożę.

Gramy już razem trzeci raz. Zaczęło się po ostatniej „nierandce". Wszystko było dobrze, jedzenie pyszne, rozmowa udana, atmosfera przyjemna. Wróciliśmy do mnie i na moje bezmyślnie rzucone hasło „może pogramy w coś?" odpowiedział bez wahania „chętnie!". No i graliśmy do drugiej w nocy. Potem mnie pocałował przelotnie, jak swoją, i poszedł do domu. I koniec. Nic nie sugerował, nie flirtował, żadnej aluzji nawet... Bezczelny.

Za drugim razem umówiliśmy się na rewanż online w czasie pracy. Ale co rusz któreś z nas musiało się odrywać i faktycznie pracować, więc przez cały dzień rozegraliśmy może dwie partie, a i tak skończyliśmy dwadzieścia po szóstej.

Dziś zaprosiłam go do siebie na „porządny rewanż". Zrobiłam tosty z serem i pieczarkami, odpaliłam zapachową świecę i nawet się wydepilowałam we wszystkich strategicznych miejscach. Nie planowałam zaciągnąć go do łóżka, ale tak na wszelki wypadek, jakby on coś... Przecież mi nie zaszkodzi i poczuję się lepiej sama ze sobą.

Podczas gry prawie nie rozmawiamy, każde skupia się na swoich literach, punktach i wyniku. I tak sobie milczymy cał-

kiem swobodnie, bo dobrze się ze sobą czujemy. Zawsze za
to Radka lubiłam – nie pitoli trzy po trzy, żeby tylko zapełnić
ciszę. Dobrze się z nim milczało i – jak odkryłam – grało,
miał wystarczająco duży zasób słów, by stanowić wyzwanie,
nie używał onieśmielających, nieznanych mi skrótowców, nie
przerywał pustymi komentarzami i szybko przeliczał punkty.
Pożarliśmy przy tym całą tacę tostów – proteiny będzie musiał sobie uzupełnić sam, bo w mojej lodówce prawie ich nie
było. Może kupię jutro parę puszek tuńczyka, będzie miał,
gdy zgłodnieje...

Tęsknię trochę za Travisem, ale podobno jest teraz w Bieszczadach z drugim treserem. Nie do końca zrozumiałam po
co. Dopytam po tej partii, wiem, że Radek uwielbia o nim
opowiadać.

– Słuchaj... – zaczynam powoli, kontemplując moje stadko
spółgłosek. Co ja mam, na litość boską, ułożyć z S, H, H, J,
F, B i Ź?

– Słucham cię w skupieniu – odpowiada Radek, wpatrzony w swoje kostki. – Kurczę, same samogłoski mam prawie...

– Zamień się – podpowiadam trzeźwo..

– Nic za darmo – mówi Radek i puszcza do mnie oko.

Czy on jednak flirtuje? Nic już nie rozumiem. Chciałabym
tę erotyczną iskierkę jakoś rozdmuchać, ale sekundy mijają,
a mnie brakuje pomysłu. Stracone. No nic, muszę poczekać
na następną okazję.

– Coś zaczęłaś mówić.

Ja? No tak.

– Właśnie, słuchaj, Karol powiedział, że mnie mogą awan-
sować już w grudniu. Pozwolą mi zatrzymać Agę, dostałabym

większy zespół, wiesz, po Dominiku, i budżet na dwie dodatkowe osoby. Taki w sumie postawiłam warunek, bo mam już dosyć pracy na półtora etatu z pensją za jeden. Koniec z tym – 17.35 chcę być już w samochodzie, w drodze do domu.

– Czyli zostajesz? – pyta krótko i po męsku Radek.

– O Jezu, no nie wiem właśnie, dlatego cię pytam!

– A, to przepraszam cię najmocniej, nie zauważyłem, że tam pytanie było. – Nabija się ze mnie, szuja! W żywe oczy! Ale słodki jest, gdy to robi. Lubię, gdy mi dogryza, wcześniej nie miał odwagi.

– Mam przyjąć tę ofertę czy zostać u Karola na nowych zasadach, ja się ciebie pytam! – Śmieję się przez zaciśnięte usta, bo on się śmieje. Nie przeszkadza mi, że śmieje się ze mnie. Gadam bez ładu i składu, robię skróty myślowe i oczekuję, że on zrozumie. Co najlepsze – on chyba faktycznie rozumie.

– A jak czujesz? – pyta. I uwielbiam go za to pytanie, bo znam odpowiedź, tylko nie chciałam się nią dzielić, bo jest niemerytoryczna.

– Czuję, że wolę zostać, wiesz? Tamta oferta jest świetna, ale coś mi tam śmierdzi. To jest za piękne, żeby było prawdziwe, a i opinie w necie są bardzo różne. Choć z drugiej strony czekałam na taką szansę i zasłużyłam na nią. No więc, wiesz...

– A może ta oferta zdarzyła ci się po to, żebyś miała kartę przetargową w rozmowie z Karolem?

Ooo... Po tym zdaniu Radka coś w mojej głowie kliknęło i wszystkie elementy układanki znalazły swoje miejsce. Wiem już, że zostanę, bo chcę zostać. Oferta headhuntera była tak piękna, że nie miałam argumentu, żeby ją odrzucić, ponadto sądziłam, że nadszedł mój czas i trzeba się w końcu odważyć na zmianę. Ale Radek ma rację! Może ta propozycja pojawiła się tylko po to, żebym ugrała coś jeszcze lepszego? Bo z kolei kontroferta Karola jest dokładnie tym, czego w tej chwili potrzebuję – lepsze stanowisko dla zaspokojenia ambicji, lepsze pieniądze... na wygodne życie, mniej godzin w pracy dla świętego spokoju. No i zostanę tam, gdzie mi dobrze. Wiem, że tych godzin naprawdę będzie mniej. Pamiętam, jak na tym samym stanowisku pracował Dominik – nigdy nie widziałam go w biurze po godzinach i zawsze miał wykorzystany cały urlop.

– No to zostaję – mówię spokojna i zadowolona z podjętej decyzji. – Ciesz się, będziesz mnie nadal miał na co dzień.

– Chyba nie do końca, królewno. Ja prawdopodobnie złożę wypowiedzenie jakoś na wiosnę. – Radek nie odrywa wzroku od planszy.

– Oszalałeś? – patrzę na niego zdumiona. Myśl, że nie będę go już miała na wyciągnięcie ręki w naszym biurowcu, nieprzyjemnie mnie zakłuła.

– Chcemy z Danielem rozkręcić treserkę. Zanim zaczniemy zarabiać, zawsze mogę dorobić u ojca.

Zdębiałam. Nie założyłam w moim idealnym planie, że Radek może mieć plan zupełnie inny. I że ma prawo mnie w nim nie uwzględnić. Wygląda na to, że właśnie się zbłaźniłam.

– No patrz, jaki pech. A jakbym przeszła do Drabińskiego, to pracowałabym niedaleko waszej szkółki – mówię niby żartem, ale bacznie obserwuję reakcję Radka. Nie złapał przynęty.

– Mam nadzieję, że nam się uda. Daniel walczy właśnie o kontrakt przy serialu o ratownikach dla TVP. Mielibyśmy ciepłą kasę na co najmniej pół roku. Bez tego będzie ciężko. Ale ja naprawdę chcę to zrobić.

W tym momencie podnosi wzrok i patrzy na mnie. Z nadzieją, że go zrozumiem, tak jak on zrozumiał mnie. Że pomogę mu poukładać te klocki w zadowalającą i dobrze rokującą całość.

– No pewnie że tak! – mówię z entuzjazmem. I mam nadzieję, że nie wyszło sztucznie, bo ja mu naprawdę dobrze życzę. – A pieniądze to żaden problem przy mojej nowej, dyrektorskiej pensji – rzucam radośnie i... chyba znów chybiłam. Zabrzmiało to tak, jakbyśmy byli już parą. Radek jakoś nie wydaje się uszczęśliwiony. W ogóle jest nie wiadomo jaki. Bez słowa bierze swoje kostki i układa na planszy słowo „aria".

– No zobaczymy – mówi w końcu. I tyle.

Wstyd mi i jestem na siebie wściekła. Chciałam chłopakowi zrobić przyjemność, a zderzyłam się ze ścianą i sama siebie upokorzyłam. Idiotka. Wstaję więc i idę do łazienki, żeby nie zobaczył moich zaczerwienionych policzków.

– Zaraz wracam. – Zatrzaskuję szybko drzwi.

Stoję przed lustrem i mówię szeptem, cichutko, żeby nie usłyszał:

– Spokojnie, Jago. Było, minęło. To był tylko żart. Olej. Zapomnij. Odpuść.

Trzy wdechy. Spuszczenie wody dla podtrzymania iluzji. Puder, żeby jakoś zamaskować nieznośną czerwień twarzy. Patrzę na siebie w lustrze i kręcę głową z dezaprobatą. Głupia. Głupia! Kolejny wdech i wychodzę.

Radek ma na sobie kurtkę, a rękę na klamce.

– Muszę już lecieć, piękna. Dziękuję za wieczór. – Całuje mnie w policzek i wychodzi, nawet się nie odwracając.

Zostawia mnie w przedpokoju zdumioną, zagubioną, rozbitą i skołowaną. Co się, do cholery, stało? Aż tak go obraziłam? Łzy wstydu zapiekły mnie pod powiekami – powitałam je z ulgą, może i tym razem poczuję się po nich lepiej... Stoję więc, taplając się w gorzkim smaku porażki, przymykam oczy i pozwalam dwóm wielkim kroplom spłynąć po policzkach. O dziwo, są chłodne. Ze złością wracam do pokoju, sięgam po papierosa, zapalam go szybkim ruchem i siadam na kanapie, podkulając nogi. Nawet nie mam popielniczki. Trudno. Jest szklanka po soku – nikt mnie nie widzi.

Pssst – rozżarzony popiół gaśnie w zetknięciu z płynem. Zawsze lubiłam ten dźwięk. Dym wąską smugą wędruje pod sufit. Pożałuję kiedyś tego palenia w domu – smród tytoniu wchodzi w meble, zasłony, dywan. Nie pozbędę się go już w stu procentach.

Kątem oka zauważyłam, że Radek zdążył zanieść talerz do kuchni i spakować grę. A nie, nie całą. Parę kostek zosta... O Jezu!

Na stole leży dziewięć kostek:
KOCHAM CIE

—

Szpital

Janek dostał jakieś pastyleczki do wkładania w zębodół i pojechał do pracy zgnębiony i obolały. Napomknęłam mu, że idę na jeden dzień do szpitala, i uspokoiłam, że to nic poważnego, w zasadzie badania, u Ewy.

– Odbiorę cię, tylko gdzie to jest?

– Jaśku, nie ma sensu, taksówką pojadę z naszej korporacji. A ty może wpadnij przed południem do domu, bo przyjedzie fachowiec od osuszania budynków.

– Dorota, sama to załatwiłaś? Miałem się do tego zabrać, ale teraz mamy pasztet, bo nam tir wjechał w ogrodzenie, skasował dwa samochody. I jeszcze ten ząb...

Nie miałam pojęcia o tirze. Za mało rozmawiamy!

Zwolniłam Jaśka, uśpiłam jego chęć pomocy, mówiąc, że to bzdet i że wrócę jutro, bo pojutrze musimy z Juśką odebrać przesyłkę z lampami. Bajeczne są! Chyba coś ruszyło w tym naszym interesiku.

Szpital miejski, z renomą. Pielęgniarki dość miłe, choć tchnące zawodową obojętnością. Jak zwykle masa czasu stracona w rejestracji, bo przyjeżdżają też ciężarne, a to na badania, a to zwyczajnie – rodzić.

Przypomniało mi się, jak ja rodziłam, Kubusia, Jadzię... Po policzkach poleciały łzy, wytarłam je dyskretnie. Na ścianach galeria obrazków z odciskami rączek i stópek niemowląt, dedykacje i podziękowania dla tego szpitala. Lepszej rekomendacji nie trzeba!

Wreszcie karta poszła na górę i mnie zaproszono. Klinika Jednego Dnia, salki małe, czysto i zwyczajnie. Muszę wydoić wielką butlę wody do ostatniego badania przed zabiegiem i poddać się lewatywie. No nie jest to fajne, ale jak mus, to mus. Krążę z nowo poznaną towarzyszką niedoli po schodach, z tą wodą w ręku – kiedy poczujemy wielkie parcie na pęcherz i zaczniemy widzieć na żółto, wtedy szybko na badanie!

Myślę i myślę, czy przyznać się Jagusi do Kubusia i co to da? To moja wielka tragedia, więc czemu miałabym się z nią obnosić?! Fakt, po latach już mnie tak nie rozszarpuje na kawałki, a i dawniej bywało, że zaabsorbowana Jagną, nie miałam czasu i siły na żałobę. Kiedy weszła w trudny okres i wszystko było na nie, a do tego burza hormonalna i fochy, często myślałam, że z chłopakiem byłoby mi łatwiej! Chłopcy mają mutację, krosty, tłuste włosy, ale nie fisieją tak, nie są tacy... buńczuczni. A może idealizowałam? Może i Kubuś wyrósłby na młodego borsuka? Borsuk – tak Iwona nazywała syna, gdy zaczął dojrzewać i zamknął się w sobie i w swoim pokoju. Szczególnie się najeżył na Iwonę, gdy robił sobie dobrze pod kołderką, a ona weszła. Na niej nie zrobiło to wrażenia. „Wiesz – mówiła – to rozładowuje emocje w okresie dojrzewania. Lepiej niech sobie wytrzepie, niż miałby się szlajać i bzykać co popadnie, a potem alimenty albo jakaś choroba!". Bardzo postępowo, bardzo, ale jej syn tak chyba nie uważał, bo od tamtej pory zakazał jej wstępu do pokoju i kompletnie zaniemówił. Na jakieś dwa lata!

Człapię po schodach i czuję wielki przybór. Jeszcze trochę, to ma być napięcie jak przed eksplozją.

Im się robiłam dojrzalsza, tym rzadziej zadawałam sobie pytanie, jaki by był mój Kubunio, jak wpłynąłby na Jagusię? Ale jednak zadawałam. To, że Jagusia przyszłaby na świat, to pewne. Ale może nie byłaby taka kolczasta?

Telefon od Ireny:

– Cześć, Dorociu. I co?

– No jestem w szpitalu, właśnie napełniam się powoli moczem.

Chyba jej to nie interesuje, bo żadnego „aha" czy „a po co?". Od razu zmienia temat:

– Dziunia była. Coś jej się w głowę stało.

– Upadła? – Zapominam, że Irena używa czasem naszego słownictwa.

– Nie, upaść to nie, ale ma w sercu kawałek lodu jak Kaj.

O mój Boże, co ta Irena wymyśla? Co za przenośnia?! No wiem, wiem, coś się stało między mną a Gusią, ale to przecież przejdzie, już się na mnie obrażała! Kiedyś nawet miesiąc stroiła focha, jeszcze w liceum, nie pamiętam, o co wtedy poszło. Teraz trwa to dłużej, prawda. Może Jaga nie ma czasu pomyśleć?

– Ty jej mówiłaś, że jesteś w szpitalu?

– Eee – odpowiadam – a po co? Wspominałam może, ale bez szczegółów, to przecież taki zabieg jak... usuwanie kurzajki.

– Kurzajki to ja ci usuwałam jaskółczym zielem, o ile dobrze pamiętam, a tu ma być w robocie narkoza i laparoskop. To się nazywa chirurgia, przypominam ci. Nie bagatelizuj!

– Irena, uprzedzano mnie, że bywają z rzadka jakieś drobne komplikacje, ale daj spokój! Nie kracz.

– Ale Janek wie? – upewnia się.

– Wie – odpowiadam.

– Dorota – zaczyna znowu, ale ja już czuję fizyczny ból przepełnionego pęcherza. Zaciskam zęby, pocę się, próbując zacisnąć umęczone zwieracze.

– Kochana, zadzwoń później. Pa!

Rozłączam się i idę zameldować, że już mam menisk wypukły. Szlus!

—

Zagubiona

Umówiłyśmy się na Ursynowie na kawę. W końcu! Chciałam z nią nareszcie porozmawiać jakoś pełniej niż tylko przez mailowe, krótkie notki, a i ona coraz gorliwiej namawiała mnie na wymianę doświadczeń w realu. Z pracy wyszłam półtorej godziny przed czasem – Karol ostatnio chodzi wokół mnie na paluszkach, chyba na serio przestraszył się, że mu uciekną – i punktualnie o szesnastej utknęłam w korku na Dolinie Służewieckiej. Norma, powinnam była pojechać górą, koło Wyścigów, choć o tej porze to zawsze loteria. Sznur samochodów snuje się powoli, acz miarowo, noga na sprzęgle, jedynka, gaz, sprzęgło, luz, hamulec, sprzęgło... Powtarzalność ruchów doprowadza mnie do furii zamiast jak zwykle hipnotyzować. Chyba mam lekką tremę i jestem rozkojarzona, wolałabym już mieć to za sobą, jak wizytę u lekarza. W ostatnim mailu Mery wysłała mi swój numer telefonu, stukam więc esemesa:

„Spóźnię się 15 min. Korki. Wybacz. Jagoda".

O szlag! Czy ona wie, że mam na imię Jagoda? Z drugiej strony chyba wie, z kim się umówiła na tę kawę w chłodny wtorkowy wieczór. Powinnam zadzwonić, kulturalniej by było, ale przecież właściwie jej nie znam. Poza tym to straszne marnotrawstwo energii – dzwonić tylko z informacją o spóźnieniu, esemes wystarczy.

Za dużo myślę...

Pika telefon:

„Ok. Mam pomarańczowy sweter i Zwierciadło".

No i pięknie, nie będzie się nudziła, czekając.

Naprawdę kiepskie sobie wymyśliłyśmy miejsce – próba zaparkowania zeżarła mi kolejne dziesięć minut. Znalazłam w końcu miejscówkę w środku osiedla i marszobiegiem z zadyszką dotarłam do Bazylii. To bardziej restauracja niż kawiarnia, ale ją lubię – ma ciepły klimat i świetną pizzę, którą zamówię, jeśli będzie miło. Jeśli nie – wezmę na wynos do domu. Umieram z głodu...

Wchodzę, rozglądam się. Mnóstwo ludzi – jak zwykle wieczorami, dobrze, że zarezerwowałam stolik, tylko zapomniałam dopytać który. Szukam. Na parterze gwar. Grupka młodziaków z liceum, jakaś para na randce, chyba rocznicowej czy urodzinowej, bo dziewczyna ma na sobie ładną wiskozową sukienkę, a na stole leży wielgachna, bordowa róża. Patrzą się na siebie z uśmiechami szerokości wieszaków na ubrania. Fajnie im. Dalej jakiś grubszy jegomość z wąsem i łysiną. I nie ma na sobie pomarańczowego swetra, co przyjęłam z pewną ulgą.

Wdrapuję się wąskimi schodkami na górę i przy pierwszym stoliku widzę sweter i „Zwierciadło".

Mery78.

Stoję chwilę i patrzę na nią badawczo, aż zauważa mnie i podnosi wzrok znad magazynu. Jej sweter jest bardziej ceglasty niż pomarańczowy i pochodzi pewnie z jednej z tych irytujących, młodzieżowych kolekcji. Ciuchy *à la* kloszard, w kolorach szmaty do podłogi, sprzedawane z hasłem *vintage* na metce i aspiracyjną kampanią reklamową. A wygląda to po prostu fatalnie – sweter jest nieforemny, bezkształtny, a kolor nie pasuje pewnie do żadnego typu urody. Ale Mery chyba nie należy do osób, które zwracałyby na to uwagę – jej wąska, symetryczna twarz jest pozbawiona jakiegokolwiek makijażu, króciutko obcięte włosy z pewnością nie są farbowane. Obgryza paznokcie. Od dawna – płytka jest króciutka, miejscami pofałdowana. Na szyi ma rzemyki – nie widziałam rzemyków od czasu liceum.

– To ty? – mówi szybko.

– No ja, cześć, Mery – odpowiadam i dosiadam się do stolika.

– Malwina. Ale, wiesz, zawsze chciałam mieć na imię Maria, więc przynajmniej w wirtualu mogę spełnić to dziecięce marzenie – mówi, po czym następuje krótki, nerwowy śmiech.

Chyba nie tylko ja mam tremę, choć przyznam, że zupełnie się tego po niej nie spodziewałam.

– Ja też nie szaleję za swoim imieniem – odpowiadam z uprzejmym uśmiechem. – To jeden z chorych pomysłów mojej matki – dodaję, aby naprowadzić rozmowę na właściwe tory. Nie lubię gadki szmatki. Chcę od razu przejść do rzeczy.

– No dokładnie, dokładnie. No wiem. – mówi Mery. I znów nerwowy śmiech.

– Zamówimy coś? – pytam. Może ta umówiona kawa nas jakoś rozluźni. Łowię wzrok kelnerki i mówię: – Mocną kawę z mlekiem proszę i... – Patrzę na ceglasty sweter.

– Drugą colę. – Widocznie pierwsza już była. Spodziewałam się, że zamówi zieloną herbatę z brązowym cukrem, organiczną kawę z Maui, wodę ze źdźbłem trawy, no nie wiem, coś eko... Coś zjawiskowego. Cola?

– No... – mówię, splatając ręce na stole, i patrzę na nią. Mam nadzieję, że dziewczyna już się otrząsnęła i w końcu porozmawiamy o tym, co nas boli. Dam jej chwilę, wywabię ją ze skorupki nerwowości, a potem wchłonę całą jej wiedzę. Lada chwila.

– Fajnie się spotkać tak na serio, nie? – mówi Malwina, to znaczy Mery. – Powiem ci, że ja to już dawno chciałam cię spotkać na żywca. Po prostu wydawało mi się, że się dogadamy, bo jak się ma podobne problemy, to zawsze łatwiej. I tak nam się pisało dobrze, nie? – kontynuuje szybko. Pochyla się w moją stronę, kuląc się jednocześnie na krześle i obejmując własnymi, szczupłymi ramionami.

– To prawda – mówię ostrożnie, choć nie wiem w sumie, czemu przytakuję. – Powiedz mi, Mery, jak to było z wami, z tobą i twoją mamą? – pytam wprost. Nie będę owijać w bawełnę, przecież znamy się już tak długo, że chyba możemy sobie odpuścić konwenanse.

Kelnerka stawia na stole szklankę coli, cukiernicę i filiżankę. Nareszcie! Kawa, kawusia...

– Aaa, nie ma o czym mówić – odpowiada ona. Omal nie spadłam z krzesła. Jak to nie ma o czym? To co my tu, do cholery, robimy?

Na szczęście Mery nie należy do osób konsekwentnych i szczebiocze nerwowo dalej.

– Matka mnie tłukła, kiedy mogła. Jak nie odrobiłam lekcji, jak nie sprzątnęłam w pokoju, jak jej nie kupiłam fajek, jak się jej chłop na mnie gapił. Każda okazja była dobra, wiesz.

Pasem mnie lała, skakanką, papierosa parę razy na mnie zgasiła nawet, taka suka z niej była. No i jak miałam szesnaście lat, to się spakowałam, powiedziałam jej „nie chcę cię znać" i się wyniosłam do chłopaka. Pokazałam, kto jest górą. Chciałam napluć na drzwi, ale nie było warto. Nienawidziłam jej, nienawidzę jej całym sercem i powiedziałam jej to. W zeszłym roku na święta, jak zadzwoniła. Ostrzegłam, że jak zadzwoni jeszcze raz, to zmienię numer. I wiesz, i tyle.

Słucham i uszom nie wierzę. Jej opowieść jest przykra, smutna, zdecydowanie budząca współczucie. I nie ma kompletnie nic wspólnego ze mną.

Czuję się oszukana i rozczarowana, wiem też, że od tej chwili automatycznie zamykam się na każde słowo, które padnie nad stołem. Kontynuowanie tej żenady nie ma najmniejszego sensu.

Malwina (nie jestem już w stanie myśleć o niej jako o Mery) jest pokaleczoną, nieszczęśliwą, znerwicowaną dziewczyną, która ewidentnie nie radzi sobie z traumą z dzieciństwa. Paznokcie zgryzła już chyba do krwi podczas naszego krótkiego spotkania i szkoda, że to robi, zdeformowała sobie macierz paznokcia na całe życie. Dobrze, że ma krótkie włosy, bo pewnie zaczęłaby je sobie wyrywać... Biedna.

To niebywałe, jak doskonale odnalazła się w internecie, jak świetnie udaje spokojną, pogodzoną ze światem i pełną tajemnej wiedzy wyrocznię. Niebywałe jest też to, jak łatwo dałam się oszukać. Czemu pomyślałam, że ona może mi pomóc? Powinnam być bardziej czujna, powinnam się spodziewać, że prawda o niej może być inna. Ale, o dziwo, nawet nie jestem na siebie zła. Kawa jest pyszna i bardzo dobrze na mnie działa, kojąco.

Z uprzejmości zadaję Malwinie jeszcze kilka pytań – gdzie się wychowała, czy ma rodzeństwo, czy utrzymuje kontakt z koleżankami z podstawówki. Ale o matce już nie rozmawiamy. Ani o jej, ani o mojej. Zresztą przez cały ten czas „Mery" nie zadała ani jednego pytania, nie wspomniała słowem o umówionym celu naszego spotkania, a przecież miała mnie nauczyć, jak mam oczyścić swoje życie. Ewidentnie to ona potrzebowała, wciąż potrzebuje oczyszczenia. Niestety, do tego potrzebny jest chyba profesjonalista. Na pewno nie ja.

Po wypiciu kawy i wyłapaniu momentu, kiedy moja rozedrgana rozmówczyni akurat brała wdech, zdecydowanie zakończyłam naszą sesję. Nie tłumaczyłam się, nie zmyślałam, że zostawiłam włączone żelazko, pies wyje, a dziecko płacze – nie muszę się uciekać do takich zabaw. Nie ma to żadnego znaczenia.

– Muszę iść – dziękuję ci za spotkanie.

– A, lecisz już – odpowiedziała wyraźnie rozczarowana. Nie dziwię się, jestem przekonana, że jest jeszcze mnóstwo rzeczy, które chciałaby z siebie wyrzucić. – To co, zdzwonimy się? – deklamuje tę nieznośną, nic nie znaczącą formułkę.

– Widzimy się na Szklarni – odpowiadam, rozwiewając wszelkie wątpliwości. – Pa, pa. – Kładę na stole 20 złotych, wystarczy spokojnie i na kawę, i na obie cole. Macham jej lekko zgiętymi palcami dłoni i po dwóch sekundach jestem na zewnątrz.

Powietrze. Papieros. Do domu.

Po drodze szybki, powodowany nagłym impulsem esemes do Radka:

„Myślałam, że nieco już wiem o życiu, ale ludzie nadal nie przestają mnie zaskakiwać...☺"

Trochę bez sensu ten esemes, przecież Radek nie wie o „Mery". Może pomyśli, że nawiązuję do dziewięciu liter pozostawionych na moim stole?... Nie rozmawialiśmy od tamtego czasu i sprawa wisi w powietrzu. Z drugiej strony, może dobrze, że wiadomość nie jest do końca jasna – napisałam ją w końcu, żeby go zaczepić, zagaić jakoś, zainteresować... Poczułam, że chciałabym mu opowiedzieć o tym całym bezsensownym spotkaniu z poranionym życiowo Swetrem78.

Kiedy podjeżdżałam już pod dom, zadzwonił telefon. Tata:

– Kochanie, dobrze, że cię złapałem....

—

Jak ma się coś popaprać, to się popaprze

Tak mówi stare przysłowie pszczół.

Ostatnie, co zapamiętałam, to siostra mówiąca, żebym oddychała spokojnie. Lekarz wszedł, kiedy już pielęgniarka i pani anestezjolog uwinęły się ze swoją robotą. Uśmiechnięty i z widocznym zmęczeniem na twarzy. Przywitał się, a anestezjolożka zagaiła go o jakiś ciężki poród. Widocznie tam się tak zmachał, podobno trwało to kilka godzin i ocierało się o jakieś nieszczęście. Mówili cicho, ale słyszałam.

– No ale tu mamy sprawę rachu-ciachu i po wszystkim!

– Byle nie rachu-ciachu i do piachu – zażartowałam subtelnie.

Wszyscy zaśmiali się sztucznie i zapewnili mnie, że będzie super!

Obudziłam się z dziwnym uczuciem ciężkości. Powieki miałam jak z ołowiu i zdziwiło mnie światło, a właściwie półmrok. Powinno być w miarę jasno, zaczęliśmy w dzień...

– Dorota – usłyszałam obok siebie i zobaczyłam... Jaśka.

Jest spokojny tym swoim spokojem, który go ogarnia, gdy coś się dzieje. Napięcie widzę po tym, że ma lekko rozszerzone płatki nosa. Uśmiecha się lekko i trzyma mnie za rękę.

– Co ty tu... – szepczę i nie wiem, czemu jestem senna i słaba.

– Jestem, Dorociu – szepnął i zaraz wychylił się na korytarz, wołając: – Siostro, wybudziła się!

Weszła pielęgniarka, zapytała z uśmiechem, jak się czuję, i powiedziała, że jest dobrze. I poszła.

– Po co przyjechałeś? – pytam Jaśka.

– Bo miałaś jednak jakiś ubytek krwi. Zasłabłaś podczas zabiegu, potrzebna była transfuzja.

– No coś ty??? – nie dowierzam, pomylił filmy! To nie ten! Na moim miało być wszystko w porządku! Rachu-ciachu i szlus!

Po chwili pojawił się lekarz, ten sam, który mnie zapewnił, że wszystko będzie okej.

– Dobry wieczór, pani Doroto. Bardzo mi przykro z powodu komplikacji, ale jak widzę, wszystko wraca do normy.

– Co się stało?

– Niestety, podczas zabiegu nastąpiło u pani uszkodzenie żyły biodrowej i trochę nam się pani wykrwawiła. To się zdarza rzadko, ale się zdarza. Zapewniam, jest już po wszystkim. Badania wskazują...

– Dużo?

– Daliśmy pani cztery jednostki.

– Mieliście tyle w lodówce? – pokpiwam.

– Mieliśmy! My tam nie tylko bimber trzymamy i zakąskę, pani Doroto. A mąż był uprzejmy uzupełnić, to znaczy, obiecał, że wraz z córką oddadzą te cztery jednostki!

Zdumiał mnie. Jasiek oczywiście. Krew? On? Boi się zastrzyków jak każdy prawdziwy mężczyzna!

– Poleży pani do jutra i wypiszemy panią do domu. A w domu poleży pani jeszcze troszkę, dobrze? Siostra zajmie się resztą, do widzenia! I poszedł.

Wsunął się Jasiek.

– Krew oddasz? „Z córką"? O co chodzi?

– Oddamy dla uzupełnienia, bo oni nie mają tego za wiele. Jagusia też.

– Jagna?! Powiedziałeś jej? Gdzie ona jest?

– Na zewnątrz. Wyszła na papierosa, z Ireną.

Na te słowa do pokoju weszła Irena. A za nią Jadzia – miała minę jak w dzieciństwie, gdy narobiła w pieluchę.

Ciotka nachyliła się i objęła mnie czule, po macierzyńsku, jak nie ona, aż mi się łzy w oczach zakręciły. Szepnęła tylko:

– Moja kochana.

Moje dziecko stało niezdecydowanie i patrzyło dziwnym wzrokiem, pozbawionym zadawnionej skargi, buńczuczności.

– I co ty wyprawiasz? – zaczęła jak to ona.

– To tylko po to, żeby cię zobaczyć – odpowiedziałam jej dzielnie, ale w sercu już czułam tkliwą radość, że przyszła.

– Masz kretyńskie metody zwracania na siebie uwagi. Będzie mnie to kosztowało z pół litra. – Wreszcie usiadła na łóżku i wzięła mnie za rękę. Za czubki palców. Z widocznym wysiłkiem.

– Nie zarażam, możesz mnie przytulić, bardzo bym chciała – powiedziałam najzwyczajniej.

Jaga wzięła mnie sztywno w objęcia. Czułam, jaka jest skrępowana i jak jej ciężko robić coś, co chyba nie jest dla niej typowe.

Zamieniłyśmy kilka słów całkiem normalnie, tym bardziej że Irena i Janek wysunęli się z pokoju jak dwa cienie. Pytałam ją o pracę, o to, jak sobie radzi, i doprawdy ucieszyłam się z tego, jak rozegrała swój awans. Zażartowałam:

– To prawie szantaż, ale sprytnie!

Jagna spytała czujnie:

– Zmówiłyście się z Ireną czy co?

– Ale że co? Z tą ręką? – Sądziłam, że sprawa złamania ręki jest już wyjaśniona, ale przecież Irena stale z tym gipsem chodzi...

– Jaką ręką? Z szantażem. To tylko taktyka, bezczelna, ale skuteczna, a poza tym Karol chyba mnie ceni!

– No jasne! – Mój entuzjazm był teraz najprawdziwszy. – Jesteś w końcu specjalistką!

Jagna popatrzyła na mnie dziwnie, ale zmilczała kąśliwą uwagę.

– A w ogóle jak jest? – rzucam, żeby przedłużyć miłą rozmowę, nareszcie bez wzajemnych syków i złośliwości. Niechby ona jeszcze tu pobyła, może złapiemy jakąś nić porozumienia?

– Zakochałam się w psie, właściciel też może być. Spodobałby ci się, zmywa i mówi do mnie „królewno"...

Milknie, nadal jest spięta. I nagle mówi ni z gruszki, ni z pietruszki:

– Wystraszyłaś mnie. I tatę. A Ireny nie, ona twardzielka i optymistka. Jak tu przyjechałam, powiedziała tylko, że ci krew uzupełnią i wszystko będzie dobrze. Ale blada to była, kiedy zobaczyła cię taką zdechłą... Ups, sorry, ale wyglądałaś godzinę temu okropnie. Zresztą w szpitalu jak masz wyglądać?

– Wiem, wiem. – Dopiero teraz uświadomiłam sobie, że z pewnością wyglądam jak używany mop. Jak ja tak mogłam pokazać się doktorowi? Jaśkowi? – Podaj mi szczotkę do włosów – poprosiłam Jagnę, która wreszcie znalazła dla siebie misję. Dała mi szczotkę, wyjęła mokre chusteczki i pomogła mi się nimi „umyć". Potem podała lusterko i swój błyszczyk do ust i powiedziała:

– Pamiętasz? To się nazywało „kocie mycie". Myliśmy się takimi chusteczkami w podróży do Grecji. Chusteczki do niemowlęcych tyłków są świetne.

Odsunęłam ten błyszczyk, mówiąc, że wolałabym pastę do zębów, bo jestem nieświeża jak wczorajsze wiadomości.

– Nie nudź! Dam ci gumę, a ojciec ma tic taki. Jutro wykąpiesz się w domu w pianie albo w szampanie.

– W szampanie? W zimnym? Brrr. I będę się po nim lepić.

– Nie będziesz, ojciec kupi wytrawny, nie będziesz. Mamo... lecę, mam robotę. Wpadnę do domu jakoś...

Zebrała się i cmoknęła mnie w policzek, a ja nie wiedzieć czemu wzięłam jej dłoń i przytuliłam. Oczywiście oczy znów mi się zaszkliły.

– Co ci? – spytała zaskoczona.

– Nic, nic, to tylko menopauza! Idź już, kocham cię, potworze!

Za Jagną wszedł Jasiek z Ireną. Jasiek, żeby się pożegnać, ale Irena zarzekała się, że zostanie, obgadała to już z pielęgniarką. Wypchnęłam ją jednak. Potrzebna mi tu ona, kiedy chce mi się spać?

———

Od serca

– Karol, przecież to moja mama – mówię do słuchawki podniesionym głosem.

Wkurzył mnie, i to poważnie. Wysłałam wczoraj wieczorem esemesa, że spóźnię się do pracy, bo jadę oddać krew. I tak ma szczęście, bo mogłabym poprosić w stacji krwiodawstwa o zwolnienie na cały dzień. Odpisał mi dziś rano: „Przełóż to, mamy spotkanie z finansowym o 10.00". Nie no, chłopie – dyrektor finansowy też człowiek i poczeka. Świat się nie zawali, na litość boską! Oddzwoniłam od razu i tak na siebie warczymy od paru minut. Karol wie, że nie wygra, ale chce pokazać swoje niezadowolenie.

– Okej, Jagoda, skończmy tę idiotyczną debatę. Powiedziałaś swoje – mówi w końcu poirytowany.

– Owszem. W takim razie widzimy się po południu, jak tylko oddam krew.

– Jak chcesz – odpowiada nafuczony i odkłada słuchawkę. Histeryk. Z żoną się pokłócił czy co? Przecież i tak zadzwonię do naszego finansowego i go przeproszę. Pan Mirek jest faktycznie „drugi po Bogu” i wszyscy się przed nim nieco kulimy, ale to facet z klasą. Nie takie spóźnienia już z nim załatwiałam. Karola spóźnienia zazwyczaj. Też mi afera.

W drodze na Saską Kępę zadzwoniłam do Radka. Sygnał. Dwa sygnały. Pięć sygnałów. Poczta głosowa.

Nie mam z nim kontaktu od piątku, od czasu scrabbli. Odważyłam się zadzwonić raz, w weekend, ale nie odebrał. Na wtorkowego esemesa, inspirowanego kawą z Mery, nie odpisał. Z nerwów chodzę już po ścianach, bo chcę tę sytuację wyjaśnić i zamknąć. Nienawidzę niepewności i on o tym doskonale wie. Dlaczego nagle zniknął? Chce się wycofać z tego, co napisał? Chce mnie skołować? Nagle gra niedostępnego? Coś mu się stało i jego zwłoki zjadł Travis? Od weekendu nie było go w pracy, wiadomo tylko, że wziął urlop. Nikt z nim nie rozmawiał.

„Hej, chłopaku, oddzwoń. Pilne” – stukam szybko. Potem patrzę na esemesa i zapisuję go w „niewysłanych”. Nie wiem, co zrobić.

Parkuję pod stacją i biegnę do taty, który już czeka. Cały on. Zawsze na czas.

– Cześć, tatuś! – całuję go w policzek.

– Cześć, kochanie, cześć – odpowiada. Jest przygaszony, smutny jakby i ma dziwną twarz.

– Co się dzieje? – pytam.

– A, leczenie kanałowe mam. Ząb mi się popsuł, ale nieważne. Nie mów tam nikomu, bo mi nie pozwolą krwi oddać.

– Przecież trzeba, pytają o wszystkie leki i choroby. No tata!

– Dlatego od wczoraj nie biorę – mamrocze.

Rany, ale go musi boleć. Przecież przy leczeniu kanałowym rozpruwają pół twarzoczaszki. Bez prochów dawno już powinien się popłakać! To jest jednak mężczyzna pełną gębą! Nomen omen...

Wchodzimy do środka. Kiedyś bywałam tu dwa, trzy razy w roku. Wpadałyśmy z koleżankami z uczelni, by krzewić dobro i (głównie) załapać się na pyszny domowy obiad, który serwowali w stołówce. Potem zaczęli dawać tylko słodycze, więc nieco nam się tej filantropii odechciało, wstyd przyznać...

Wypełniamy z tatą formularze. Kto, co, kiedy, ile... Strasznie długo to trwa. Wpisuję tabletki antykoncepcyjne i antyhistaminę, którą biorę na Travisa – wiem, że akurat te dwie pozycje nie mają przy oddawaniu krwi żadnego znaczenia. Tata nie wpisał nic. Kłamczuch! Kocham strasznie tego mojego tatę. Trochę się tylko postarzał, a poza tym nadal jest tym kochanym, wielkim miśkiem, którego pamiętam z dzieciństwa! Co on zobaczył w mojej pokręconej matce? Kochali się, przecież mama nie rozmnożyła się przez pączkowanie. A dzisiaj co to jest? Przyzwyczajenie czy jednak jakaś forma miłości? Tatko mój...

Posadzili nas na plastikowych krzesełkach w poczekalni i kazali czekać. Środowy poranek, a tu hordy ludzi! Skoro tyle osób oddaje krew, to po cholerę te wszystkie płaczliwe akcje informacyjne? – myślę ze złością, patrząc na zegarek. Po dzisiejszej awanturze z Karolem powinnam się jednak w pracy choć na chwilę pojawić, a przy tym tempie to czarno widzę...

– Co jest, tatuś, żyjesz?

– Martwiłem się strasznie o nią, wiesz? – mówi trochę nie na temat. – Jak zadzwonili, że komplikacja przy operacji, to już się najgorszego spodziewałem. A ona mi powiedziała, że tylko na badania idzie. Przecież bym...

– Wiem... – mruczę. Co więcej mam powiedzieć?

– Jagodzia, czy ty nie mogłabyś do niej podjechać dziś po pracy? Słaba jest i na pewno będzie jej miło, jak jej tak po kobiecemu w domu pomożesz. Ten mój ząb...

Milczę. Pika telefon, ale jest w torebce, więc nie będę go teraz wyciągać. Jeśli to Karol, to będzie musiał poczekać. Czy on jest głuchy? Przecież mówiłam, że jadę oddać krew!

– Podjadę... – mówię z westchnieniem. – Ale w sumie to... – zaczynam, ale nie kończę, bo nas wzywają. Tata wstaje z wyraźnym trudem, tłumi grymas na twarzy. Wchodzimy do sporej jasnej sali ze stanowiskami do odsysania naszego cennego płynu.

– Dzień dobry. – Tata kłania się lekko obecnym w gabinecie paniom. Zawsze to robi. Stara szkoła.

– Dzień dobry, dzień dobry! – mówi zażywna rudowłosa pielęgniarka. – Pan Jan, zgadza się? Pani Jagoda?

– Tak jest, to my. Dla żony – odszeptuje tata i wzdycha. Podchodzi do stanowiska i siada na dziwacznym leżankofotelu.

Chyba sobie inaczej wyobrażał tę procedurę i widać, że nie czuje się komfortowo taki „położony". Ja zalegam bez obaw, a nawet z przyjemnością.

Potrwa to pewnie chwilę. Moszczę się wygodnie, czekając na swoją kolej, inni są na razie podłączani i odłączani. Na stojakach mnożą się pojemniczki z ciemną, gęstą krwią. Odpływam myślami w stronę moich spraw – a sporo się ostatnio dzieje. Radek, Mery, praca, Travis, mama... Jest o czym myśleć. Słyszę w tle głosy – pielęgniarki uprawiają standardową, uspokajającą rozmówkę z pacjentem, żeby odwrócić jego uwagę od igły wielkości rurociągu, którą nagle pakują w żyłę bez gry wstępnej. Nie ma lekko!

Boję się o Radka, no! Może miał wypadek na motorze, a ja nawet nie wiem? Może chce się wycofać z tego „kocham cię" i postanowił mnie wyautować, żebym sobie przypadkiem czegoś nie pomyślała? A może specjalnie ze mną pogrywa, żeby się zemścić za to, że ja go kiedyś traktowałam nieco... przedmiotowo? Może się z kimś założył, że mnie wkręci?

Zrobiło mi się zimno.

W mojej głowie powstają kolejne, coraz bardziej przykre i straszne scenariusze. My, kobiety, jesteśmy dobre w gdybaniu i czarnowidztwie. Co ja mam na to poradzić, obrazy przychodzą do mnie same. Wszystko przez niewiedzę. Jestem zła, że nie mam numeru telefonu do firmy Radka (czy raczej do drugiego tresera – to na razie cała „firma") albo kogoś z jego rodziny czy znajomych. A może w kadrach będą mieli jakiś numer?

Właśnie! Grzebię w torebce, żeby wyciągnąć komórkę, która przecież jakąś godzinę temu poinformowała mnie o przychodzącej wiadomości. Czuję lekką ekscytację, jak dziecko przed otwarciem prezentu. Niedługo...

To tylko Wera.

„Czesc Lalka! Czy Z Mama OK? Daj Znac Kochana I Trzymaj Sie!"

Kochana moja, jak zwykle przy mnie, kiedy coś się dzieje. Chociaż akurat teraz to nie na jej bliskość liczyłam... Wchodzę w wiadomości niewysłane, jeszcze raz patrzę na niezręczne słowa:

„Hej chłopaku. Oddzwoń. Pilne"

Wysłać? Nie wysyłać? Wyślę... Tylko szybko. Już!

Łuuuppp!!!

Już miałam zacząć żałować tej wiadomości, kiedy moje myśli przerwało miękkie, acz solidne rymsnięcie jakby worka ziemniaków o ziemię

– Proszę pana! Panie Janie! – słyszę podniesiony głos rudej. – No niech pan nie... O rany, Aśka, zawołaj mi tu Mikołaja, przecież sama go nie dźwignę.

Poderwałam się z leżanki i patrzę, a tata leży na podłodze. Bladozielony, jakiś taki wątły, z kroplami potu na czole i krwią sączącą się z przedramienia. Klękam przy nim.

– Tatuś! Tatuuś! Ile pani mu tej krwi utoczyła?? – Odwracam się do rudej. – Cysternę?

Z dyżurki spokojnie wkroczył rzeczony Mikołaj i leniwie kucnął koło mojego nieprzytomnego rodzica.

– Proszę pana, słyszy mnie pan? Co się stało? Jak się pan czuje? – Klepie ojca po twarzy, czemu towarzyszy donośne klaskanie. Tata otwiera oczy i mruga. – No, już dobrze, wstajemy powolutku? Da pan radę?

Powieki taty zamknęły się i znów lekko dźwignęły. Ręka automatycznie pobiegła do obolałego policzka, twarz skurczyła się w spazmie bólu jak wyżymana gąbka. Z pomocą pielęgniarza tata powoli podniósł się na kolana, potem na leżankę i tam już zaległ na dobre.

– Nie za mocno pan go klepał?! – huczę na pielęgniarza. A do pielęgniarki: – No? To ile tej krwi było!? Nie za dużo? Co mi panie z ojca zrobiły? – pytam pół żartem, pół serio, bo już nie wiem, czy jestem zła na te baby, że bez pomyślunku wydoiły mu za dużo krwi, czy na tatę, że zataił sprawę kanału. Przecież ten ruch dłoni do policzka to przez ząb, nie przez średnio czułe cucenie.

Ruda stoi przy ojcu, zakleja mu żyłę plastrem i patrzy na niego z politowaniem.

– Gdzie tam, proszę pani. Nawet nie zdążyłam porządnie wbić igły, a ten jak się nie szarpnie! No nic. Pani ojcu pokaże, jak to się robi, no już – podwijamy rękaw!

Rozmowa

W domu spokój. Jusia dogląda ekipy pana Bogdana. Była firma osuszająca ściany, ale ceny miała zaporowe, a pan Bogdan powiedział, że dramatu nie ma. Wystarczy wygrzać pomieszczenia i odgrzybić, więc teraz musi tam chodzić nagrzewnica. Oj, zapłacę ja przy rachunku za prąd! Nadto ten facet od magazynu podniósł mi czynsz, żeby go cholera jasna, a Justyna poprosiła o dwa dni wolnego, jak tylko stanę na nogi.

Przygotowuje się do ślubu. Przyjedzie jej mama i jadą w regały po buty i stroik na głowę.

– Sukienkę odkupiłam od takiej znajomej z fejsbuka. Ona w niej ślubowała w Krakowie, to nikt u nas nie pozna. Tanio mi policzyła, ale welon miała wielki i ciężki, do czego ja go przypnę, skoro mam takie krótkie piórka?

– I co wymyśliłaś? – Niezbyt mnie to interesuje, czuję się źle, ale chcę być miła.

– Taki kwiat z kawałkiem woalki na opasce. Fajnie będzie! I jakieś pantofle wygodne na wesele, bo w ślubnych to nie wyrobię!

Mówi coś jeszcze, a ja siedzę w fotelu i zastanawiam się, gdzie jest Jasiek? Przywiózł mnie i poleciał, a w pracy go nie ma. Do baby? Z bolącym zębem? Komórki nie odbiera. Chciałam, żeby kupił buraki w drodze powrotnej, zresztą liczyłam, że w związku z moim stanem wróci wcześniej.

Nareszcie!

– Janek, gdzie ty się podziewasz? – pytam spokojnie, ale w środku jestem niespokojna.

– Szył mi... – odpowiada jęcząco.

– Co?

– Dziąsło, bo się nie zrastało. Dorota, jadę do domu, strasznie mnie zmordował. Coś chcesz?

– Nie. Przyjeżdżaj już.

Justyna jak zwykle w pełni zorientowana. Podpowiada mi wprost:

– Niech się pani nauczy wreszcie zamawiać zakupy do domu! Są firmy, dowiozą, zapłaci pani jakieś małe pieniądze, zamiast wypalać benzynę i denerwować się na pana Janka.

On też ma swoje problemy! – wypaliła i zamilkła, bo chyba zdała sobie sprawę, że powiedziała za dużo.

Pociągnięta za język, wyznała jak na spowiedzi:

– Pan Janek wpadł tu jakieś dwa tygodnie temu, bo szukał książeczki zdrowia i jakichś badań, przewracał wszystko w szufladzie i zadzwonił do kogoś. Chyba do znajomego, wypytywał go o profesora, który leczy prostatę. Mówił, że zrobił badania, właśnie ich szuka, i że zabierze ze sobą.

Byłam zła, że dowiaduję się tego od niej.

Janek wrócił i pokazał mi zaszyte dziąsło. Przepraszał, że się mną nie zajmuje, i powiedział, że jest skonany. Wierzę. Wiem, jak bardzo boi się dentysty i zastrzyków. Ja jestem tylko lekko osłabiona, więc nie róbmy scen, dałam radę pomóc Justynie przy wysyłce, tym razem to ja wypełniałam druczki i uzupełniałam papiery. Nasze nowe lampy mają wzięcie, choć to jednak na biżuterii robimy miły dla kieszeni obrót. Dotrwałam do wieczora, szanując udrękę Jaśka, który po prostu poszedł spać. Odebrałam zamówione w sklepie internetowym zakupy – że też wcześniej na to nie wpadłam – i wypiłam „na krew" szklankę soku z buraków. Kiedy mój tajemniczy mąż wstał, szarpnęłam go za język:

– Janek, ale dlaczego mi nic nie mówisz?! Co to, ja wróg jestem?

– Dociu, przestań. Ukryłaś swój zabieg, prawda? Uważałaś, że tylko ty masz wstydliwy problem? Daj spokój! Mogłaś mi powiedzieć, matka Walerego też to miała.

– Jakiego Walerego?

– No Walery, ten, co ma zakład obok mojego. Gadaliśmy z pół roku temu, jak nam podjazd wylewali, i on jakoś tak szczerze opowiedział o swojej matce. Świetnie, że tyle rzeczy teraz można zreperować, i to przez laparoskop!

– No właśnie, a ty tylko te zęby reperujesz? Co cię naszło? – pytam niewinnie, że niby nic nie wiem o prostacie.

Jasiek poczerwieniał i patrzy na mnie.

– No? – ponaglam. – Przecież gabinet dentystyczny to dla ciebie była zawsze jaskinia mąk piekielnych, więc?

– Ach... Przyznam ci się, bo nie umiem mataczyć – westchnął. – Więc... tylko nie złość się, błagam. Była taka sytuacja, że miałem naprawdę wszystkiego dość, i poszliśmy z Walerym na wódkę. Ty byłaś wtedy taka zamknięta, zła, kłóciłaś się ze mną i z Jagą. Walery młody szczon, rozwodnik, więc pojawiły się jakieś laski, tańce, wygłupy, w końcu zagraliśmy w butelkę. I była tam taka jedna młoda, ładna, powiedziała mi w zaufaniu, że mam... nieświeży oddech.

– I? – Zdumiałam się jego szczerością. Fakt, miewał takie powiewy nieświeże, ale zaczął używać płynu do ust, tego psikacza miętowego. Nie śmiałam mu zwracać uwagi, no bo jak? To przykre, a ja go kocham.

Jasiek wił się i mówił dalej.

– No to poszedłem do dentystki, bo czułem przy nitkowaniu zębów, że mi ta nitka zalatywała. Okazało się, że zgorzel i że nie wszystko mam w pysku jak trzeba. A na dodatek fajnie się gadało z tą dentystką, o życiu i w ogóle.

– Dentystką?... I ona ma na imię Stefan?

Jasiek zbielał na twarzy i wzrok dosłownie włożył sobie do kieszeni. Nie umie kłamać. No nie umie, i już. Zamiast mnie doprowadzić do wściekłości, rozbawił mnie. Nie mógłby

być agentem 007 ani nawet agentem „zero siedem zgłoś się".
Dupa, nie konfident!

– Dorota – zaczął. Machnęłam ręką, ale on mówił dalej: –
Dorota, ja byłem u Stefana! I byliśmy na wódce, ale on potem
usadził mnie na fotelu koleżanki, bo miał pacjentów.

– Gadałeś z dentystką zamiast ze mną? – Byłam jednak
wkurzona. Nie chodzi o flirt czy nawet zauroczenie, ale o to,
że nie mnie się zwierzał. Mnie – swojej od lat żonie!

– No. Przepraszam, ale w tym nie było nic, wiesz... Uma-
wiała mnie zawsze jako ostatniego na swojej zmianie, potem
gadaliśmy. Chyba mnie trochę podrywała, ale nieszkodliwie.

– Nieszkodliwie, czyli jak? No i co, udało jej się, poderwa-
ła? Miałeś romans? Jasiek, gadajmy szczerze. Ja zrobiłam ten
pęcherz dla siebie, ale i dla ciebie, żeby ci się podobać, żebym
nie była na stare lata uszczaną babą, co to zamiast perfumami
pachnie uryną.

– No coś ty! Dorota!

– Żadne coś ty. Chciałam o siebie zadbać! Dla siebie samej
i dla męża, bo zamierzasz ze mną jeszcze być, co? – pytam
wesoło, ale odpowiedzi się boję.

– Dociu... – zaczyna i milknie.

Wiem, że ma w zanadrzu jeszcze swoją prostatę, ale chcę,
żeby sam mi to powiedział. Chyba fałszywy alarm z tą ko-
chanką. Nie ma przesłanek! Chyba...

– Dociu, wiesz, tych kilka falstartów, to jest tak, że...

Widzę, że się męczy, więc wypalam:

– A robiłeś badania w kierunku prostaty? Bo impotentem
to jednak nie jesteś! – Uśmiecham się, żeby nie czuł presji.
Prostata i pęcherz! Para konspiratorów!

– Ta wasza intuicja... – Janek oddycha z ulgą i patrzy na mnie z uśmiechem. – Właśnie jestem w trakcie rozmów z profesorem Rykowskim na temat drobnego zabiegu. Naprawdę drobnego, a profesor uważa, że i sikać mi się będzie lepiej, i dla ciebie będę bardziej, wiesz...

– A dla siebie, Jaśku? No to przecież się rozumie!

Jasiek rozkłada ramiona, a ja podchodzę i wtulam się w nie, bo bardzo, bardzo mi to było potrzebne. Dawno się nie przytulaliśmy, żyjąc w osobnych światach, w napięciu i udawaniu. Śmiech mnie bierze i chichoczę mu w tors.

– Konspiratorzy z nas jak z koziej dupy patefon. Kiedy masz ten zabieg?

Przed czwartą

Nie pojechałam do mamy, żeby jej pomóc. Nie dałam rady – najpierw musiałam odtransportować omdlałego rodzica do domu i zmusić go, żeby zjadł choć część deputatu słodyczowego, potem pędem, zaliczając kilka czerwonych świateł, doleciałam jakoś do pracy. Przy biurku zasiadłam koło godziny szesnastej i załamałam ręce. Milion pięćset sto dziewięćset maili – kiedy ja mam się z tego odkopać? Aga, która oczywiście już skądś dowiedziała się o moim planowanym awansie – choć to jeszcze tajemnica i oficjalnie nikt nie ma prawa o tym wiedzieć – powitała mnie szerokim uśmiechem i hasłem „kawusi dla pani ważnej?".

– Idź precz, cukru mi trzeba, nie kawy – odparłam z uśmiechem i zabrałam się do maili.

Nie minęły trzy sekundy, a nad niskim przepierzeniem dzielącym nasze biurka coś przeleciało i trzepnęło z łoskotem w moją klawiaturę.

Baton. Kokosowy, mój ulubiony. Z automatu na dole.

– Ma szefowa – rzuciła niedbale Aga i z tak zwanym szelmowskim uśmiechem zabrała się do pracy.

– Jesteś niezaprzeczalnie najlepsza na świecie.

Jak ja się cieszę, że będę dalej mogła z nią dzielić pokój. To taka dobra, ciepła dusza – nie zadręcza mnie swoimi problemami, nie sączy mi jadu w mózg, rozśmiesza mnie, rzuca we mnie batonami. Jak jej nie kochać! No może czasem mnie męczą jej potoki słów i hiperentuzjazm, ale przez te miesiące, lata już nawet, wspólnej pracy dotarłyśmy się na tyle, żeby sobie z naszymi różnicami w temperamentach radzić.

Starałam się jak najszybciej nadgonić robotę, ale i tak wyszłam z biura dopiero o dwudziestej, zmęczona i śpiąca. Przed wyjściem dwa razy spróbowałam zadzwonić do Radka (znów poczta głosowa), a do mamy wysłałam tylko krótkiego esemesa – zresztą tata jej pewnie nie mówił, że do niej przyjadę, bo przecież nie potwierdziłam, poza tym miał ten swój... incydent okołozębowy. Kurczę, do Ireny powinnam wpaść. Biedna jest z tym gipsem. No nic. Jutro wpadnę... Postaram się... Cholera, naprawdę nie mam siły na te wszystkie powinności! Czy ja nie mam prawa zająć się czasem sobą?

Dotarłam do domu i padłam na kanapę w całym rynsztunku – w butach, w płaszczu, w szaliku. Tylko na chwilkę... Lewą ręką sięgnęłam po pilota, prawą rozpięłam płaszcz i tak tkwiłam nieruchomo, patrząc tępo w telewizor. Telezakupy. Fajna nawet ta prostownica, może zamówię, bo moja się już przepala przy kablu...

Kiedy się ocknęłam, była 2:31, a ja czułam potworny głód – chyba to on mnie obudził, bo cisza w mieszkaniu była niezmącona (telewizor wyłączył się automatycznie o pierwszej). Nic dziwnego! Przecież poza kokosowym batonem i dwoma kromkami chrupkiego chlebka z „żelaznej rezerwy", którą trzymamy z Agą w szufladzie, nic dzisiaj nie jadłam. Przed oddaniem krwi też nie, bo nie pamiętałam, czy trzeba być na czczo, więc na wszelki wypadek byłam. Niezdrowo... Bardzo.

2:32. Usłyszałam piknięcie esemesa. Zastygłam w bezruchu, po czym omdlałą ręką sięgnęłam po telefon.

Radek.

„Śpisz?"

„Nie", odpisałam błyskawicznie. Może niepotrzebnie? Może go trzeba było trochę przetrzymać? Co on sobie myśli! Nie odzywa się Bóg wie jak długo, a teraz nagle w środku nocy mam odpowiadać na jego esemesy? Bezczelny!

Chociaż... w sumie nie tak długo. Pięć dni? Sześć? Nie miewaliśmy ze sobą kontaktu miesiącami i jakoś nikt z tęsknoty nie płakał. Skąd nagle we mnie taki skowyt, kiedy on mi się na chwilę wyślizgnął z rąk? Hę?

A... prawda. Dziewięć liter. Palących, zaskakujących, niewyjaśnionych liter, które leżały na stole jeszcze długo po jego wyjściu. Wciąż mam je przed oczami.

Ściskam komórkę w spoconej dłoni, wpatruję się w ekran i czekam. Czekam. Czekam. Zaraz oszaleję z tego czekania. Na ekranie 2:37.

Nic.

2:39. Zmuszam się do ruchu, zdejmuję buty i płaszcz. Komórka leży na stole tak, żeby było widać jej ekran. Na razie nie świeci.

2:41. Idę do kuchni przeczesać lodówkę, bo żołądek, choć nerwowo zaciśnięty, domaga się jedzenia. Pół camemberta, pomidor i podwawelska. Elegancko! Do tego lekko zeschła bułka i świat znów stanie się piękny. Niech jeszcze on odpisze! Bo zaraz coś stłukę albo... nie wiem co. Jezuuu!

2:49. Siadłam na kanapie z talerzem na udzie i jem. Za chwilę mnie brzuch rozboli – zawsze tak jest po długim poście, więc przezornie zrobiłam też herbaty, powinna pomóc. Kęs za kęsem, łyk za łykiem, mmm... dooobrze...

Jest trzecia, a telefon milczy. Zrezygnowana sunę do łazienki, zmywam makijaż, myję zęby, wrzucam ubrania do kosza na brudy. Nie mam siły na prysznic, chociaż nie znoszę spać „na brudasa". Ugghh... No nic, najwyżej jutro zmienię pościel. Wskoczyłam w ukochany miękki T-shirt, który został mi po pierwszej akcji promocyjnej naszego kisielu, stare legginsy, bo zimno, rozsunęłam kanapę i zapakowałam się w kołdrę po samą szyję. Jest mi źle, trzeba spać! Zmęczone, przesuszone i czerwone oczy kleją się, jakby je ktoś dociskał grubą warstwą piachu. Zasnę szybciutko. Która godzina? 3:17.

Odkąd pamiętam, zawsze starałam się dokładnie ustalić moment, w którym zasypiam. Robiłam to przy zasypianiu i próbowałam odtworzyć tę chwilę po przebudzeniu. Strasznie frustrująca i bezowocna praca, bo ten moment wyślizguje się naszej świadomości, nie sposób go uchwycić. Do dziś próbuję, nie mogę się tego nawyku wyzbyć. Moje ciało robi się ciężkie. Nogą szarpnął tik wywołany jakimś przypadkowym sygnałem z zasypiającego mózgu. Oddech mam lekki i miarowy. Zaraz, za chwilkę usnę, muszę się tylko skupić i to zapa...

Piknięcie komórki. Zaraz zwariuję, przysięgam!

„Przepraszam, że mnie nie było. Muszę Cię zobaczyć. Jest tyle do powiedzenia... Nie umiem bez Ciebie..."

Z mojego serca spada jakieś szesnaście ton ciężaru, na który składają się lęk, niepewność, obawy i nerwy. Trzymam telefon w ręku i cieszę się jak głupia! Ha! Nie umie beze mnie i musi mnie zobaczyć! Kooocha mnie. Czyli nie żartował. Nie uciekł i nie zostawił mnie. I – co w sumie najważniejsze – nic mu nie jest. O matko! Ulga, ulga, ulga! Iiiha! Śmieję się jak wariatka do tego telefonu i sprawnie wstukuję odpowiedź.

„Cicho, śpię! PS Martwiłam się o Ciebie, ty matole! Zadzwoń jutro koniecznie!"

Po chwili namysłu wysłałam jeszcze jedną wiadomość. Elektronicznego buziaka.

„ :-* "

Jak się nie ma, co się lubi...

3:39. Zasnęłam jak dziecko, gdy tylko przyłożyłam głowę do poduszki. Chyba. Nie pamiętam...

———

A słowo...

Podobno powinnam jeszcze pobyć z dobę w tym szpitalu, ale w domu szybciej dojdę do siebie! Wyrwałam się, gdy się tylko dało, i bardzo dobrze zrobiłam. Dom, domek, domeczek! Ten tylko cię ceni, kto musi korzystać z nie swojej łazienki, nie swojego łóżka i być bez Jaśka obok. Koszmar!

Teraz w swojej kuchni jem śniadanie, bo pospałam sobie jak panisko. Jest sobota, Jusia nie przyjdzie, Jasiek pojechał do firmy, a Jagna przysłała wczoraj esemesa: „Mama, jak się czujesz? Mam masę roboty, ale się odezwę – obiecuję. J".

To już coś!

Nagle zatęskniłam za nią bardziej niż dotąd, taka się wydała w tym szpitalu dorosła, kobieca! Już całkiem niezależna ode mnie! Moja Jagusia! Jak ja mam jej wyjaśnić, że przecież... Wzięłam laptopa i napisałam do niej maila, jak nigdy dotąd!

Jaguś,
córeczko, a właściwie córko, bo taka jesteś dorosła, dojrzała. A ja chyba nie chciałam tego zauważyć. Może jako kwoka stale chciałabym mieć nad Tobą pieczę? Chyba dlatego tak Ci zatruwałam życie moimi uwagami, ale tatko (z wielką pomocą naszej kochanej Irki) uświadomił mi, że jestem głupia i że to zawracanie kijem Wisły. Może faktycznie widziałam w Tobie zupełnie kogoś innego? Czasem tak bywa, że sobie coś zaprojektujemy i trzymamy się później tego jak pijany płotu. Przy budowaniu domu taka strategia się sprawdza, ale przy wychowaniu dzieci już nie. Bo przecież dzieci to ludzie, tylko mniejsi. To Janusz Korczak. Mądry, co?
Może zbyt późno sobie to uświadomiłam, ale jak Ty to mawiasz – lepiej późno niż w cholerę za późno. Skracając mój matczyny wywód: ten pobyt w szpitalu i ta... zapaść uświadomiły mi, że mogłam być tym jednym przypadkiem na

miliony i, wiesz, nie wrócić... Wtedy nie mogłabym Ci powie-
dzieć, jak bardzo Cię kocham, jaka jestem dumna z Ciebie, jak
chciałabym wiedzieć, co Ci się udaje, o co walczysz, co masz
w głowie, w sercu.
Uściski.
Mama
PS Masz tu zdjęcie, na którym jesteśmy na jagodach. Drep-
czesz w tych swoich sandałkach, z koszykiem w dłoni, uma-
zana jagodami. Powiedziałam Ci, że jesteś Królową Jagódką,
pamiętasz?
Kim jesteś teraz?

Załączając plik, przypomniałam sobie, że u Ireny jest jeszcze
kilka zdjęć z mojego dzieciństwa, na których jestem podobna do młodej Jagny. Może by jej zrobić na urodziny album
ze zdjęciami, w formie scrapbooka, żeby miała dowód na to,
że ma rodzinę i że ta rodzina ją kocha? Trochę staroświecki
pomysł, ale to nawet lepiej.

Ogarnęłam się i pojechałam do Ireny.

– Cześć – przywitała mnie po swojemu. Spokojnie i bez
krępujących pytań, na przykład dlaczego nie jestem w szpitalu. – Co cię przygnało, Dorociu? Jakieś dzisiaj ciśnienie
okropne, mam zawroty głowy, siądę sobie. Zaparz herbaty,
a tam stoi sernik. Mnie też nałóż. Nie wiesz, czy Jagna dzisiaj
wpadnie? Niewygodnie mi w tym udawanym gipsie, może
powiem jej, że mi się zrosło i zdjęli?

– Powiedz.

– Powiem! – Z wyraźną ulgą odepchnęła gips, podparła
głowę i śledziła milcząco moje ruchy, gdy parzyłam herbatę.

Ospała jest. Ożywiła się dopiero, gdy jej opowiedziałam o moim planie. Kiwała głową ze zrozumieniem.

– A co to jest ten scrapbook?

– Ach, to album, ale z różnymi doklejkami. Wiesz, jakieś bilety z kina, zasuszony kwiatek, koronka od halki, piórko ptaka znalezione w lesie. Trójwymiar.

Machnęła ręką. Wiem, jaki ma do tego stosunek, uważa, że w albumie najważniejsze są zdjęcia i doklejanie do nich czegokolwiek to absurd. Taka jest Irena! I za to ją kocham! Moje hormony znów dają znać o sobie, bo nagle zalewa mnie fala ciepła, ale i przypływ uczuć do Ireny, mojej ostatniej ciotki. Naprawdę ją kocham i Jagnę kocham, i Jaśka, i... co się ze mną porobiło?! Sięgam po chusteczkę i mówię szybko, żeby się nie popłakać z tych wzruszeń:

– Irena, ty miałaś gdzieś takie pudełko ze zdjęciami. Wkleiłabym Jagusi ciebie, jak byłaś w konspiracji, to takie piękne. Siedzisz na gruzach w sukience, w sandałach. I to z twojej komunii. Zdjęcie mamy z komunii też chyba powinno być, bo u siebie nie znalazłam. Dwie strony o antenatach bym zrobiła. Jaśka rodziców, czyli dziadków, mam, po co te zdjęcia mają leżeć w pudle – gadam jak nakręcona.

Irena przerywa mi trzeźwo:

– A z Dziunią w szpitalu też? Swoją drogą, ona mnie niepokoi...

– Ach nie! Wiesz, umyła mi twarz, pomogła i zamieniłyśmy w końcu kilka normalnych słów. Napisała esemesa, że się odezwie.

– Może niechby wpadła jutro na obiad, niedziela jest. Pogadałybyście dłużej. Może ty wyjaśniłabyś, wiesz...

Wiem. Wszyscy ode mnie oczekują, że wyjawię Jagnie prawdę o Kubusiu. Niby banał, ale ja się tak jakoś zakleszczyłam, zaplątałam... I teraz mam się przyznać, że całe życie ją okłamywałam? Nie powiedziałam wszystkiego? Że gdyby nie fatum, miałaby starszego brata, na pewno doskonale by się rozumieli, a ona nie odczułaby tak bardzo mojego kwoczyzmu?

– Może i racja – powiedziałam głucho. – Tylko że jutro to za wcześnie, ona jutro na obiad nie wpadnie.

Widzę, że wkurzam Irenę. I wiem, o co jej chodzi! Ale naprawdę – powoli. Najpierw dotrę jakoś do Jagusi i przekonam ją, że już nie mam zamiaru zrzędzić, poprawiać jej ani prostować. Choć oczywiście chciałabym, żeby jej życie nabrało barw, a nie tylko harówa i harówa! Żeby jakoś odżyła, miała chłopaka, psa, kota, a nie tylko tego ślimaka-głuptaka. A może dziecko... No tak, znów urządzam jej życie!

– Czekaj no – mówi Irena, wstając z krzesła. – Dam ci te zdjęcia, bo je tu mam w szufladzie. Zrób jej to coś... W ogóle zróbcie coś w końcu ze sobą! Nie można już na was patrzeć, tak się miotacie.

Poczłapała do komody i przyniosła kilkanaście zdjęć, swoich, mojej mamy i Felusia. O, Felek! Jaki młody, jaki przystojny! A tu już stary, i nadal przystojny! Irenę czas potraktował gorzej, jest siwa, pomarszczona, ma smutne oczy. A dzisiaj chyba źle się czuje...

– O! Mam coś jeszcze do tego albumu. To ważna rzecz, Dorociu! – Irena poczłapała tym razem do szafy. Otworzyła ją i szperała na górnej półce, a potem wzięła krzesło.

– Ciociu! Ja...

387

– Daj spokój! Nie jestem kaleką – odburknęła i wlazła na to krzesło. – Wycinanki! Pamiętasz? Wasze wycinane lalki i ubranka z pap...

Krzesło przechyliło się i ze zgrozą zobaczyłam, jak Irena przechyla się i spada, chwytając się dramatycznie drzwi i półek.

– Irena! – wrzasnęłam, zrywając się z krzesła..

– Cicho, cicho... – mówi skrzywiona z bólu. – Czekaj, nogę podwinęłam jakoś... O! Już dobrze. Stare te krzesła, patrz, rozjechane nogi.

– O Boże, nie strasz mnie, co ci jest? Ruszasz nogami, rękoma, Irka!?

– Nie wiem, no, oby nie biodro, bo wam życie zmarnuję. Czekaj... ruszam. Wstajemy, pomóż mi!

Upewniłam się, że wszystko w porządku, pytając Irenę w kółko, jak się czuje, wyszłam dopiero, kiedy obiecała, że zaraz się położy i jakby co...

– Tak, tak, zadzwonię. Idź już!

Obsztorcowana...

Obudziłam się o tej cholernej siódmej rano nieprzytomna ze zmęczenia. W takich chwilach, niestety, jestem nieznośna nawet sama dla siebie. Opcji jest kilka.

Zwykle jestem wkurzona i kołtunię się cała jak chmura gradowa, i miotam piorunami przez każdą pierdołę. Wystarczy korek na Domaniewskiej, zacinający się pas bezpieczeństwa albo reklamy w radiu – dlaczego wszystkie stacje puszczają je równocześnie? Kiedyś ze złości rzucałam przekleństwami i tak mocno rąbnęłam ręką w radio, że zrobił mi się krwiak u podstawy kciuka. To idiotyczne, ale się zdarzało. Darcie się na kretynów, którzy wcinają się na chama w korkach, wyprzedzając mnie pasem zieleni albo dojazdówką stacji benzynowej, to już u mnie norma. Oczywiście kretyni mnie nie słyszą, bo krzyczę w zamknięte okno, ale przynajmniej wyzbywam się negatywnej energii.

Bywa też, że jestem markotna, płaczliwa i przewrażliwiona. Zamykam się w sobie, słucham smętnych piosenek i nie odzywam się aż do pierwszej kawy, chyba że naprawdę muszę.

Dziś z kolei jestem w fazie zawieszania się. Nie jest to zbyt bezpieczne, zwłaszcza za kierownicą – zagapiam się w jeden punkt i wydaje mi się, że najlepsze określenie na to, co się ze mną dzieje, to „śpi z otwartymi oczami". Do niedawna uważałam, że to się zdarza tylko bohaterom starych książek. A tu proszę – patrzę w jakiś słupek, nie mrugam nawet, a mózg mi się wyłącza. Nic nie widzę, nic nie słyszę, nic nie czaję... Budzi mnie klakson auta za mną, przejeżdżam kilka metrów, zatrzymuję się na światłach i znów zagapiam. Nie myślę o niczym. Pustka w mózgu zaległa, cisza tam tylko, pająki i kłęby kurzu kosmate...

Nie wiem, jakim cudem dotarłam do pracy, wiem za to, że do ekspresu do kawy dotarłam błyskawicznie, kierowana instynktem przetrwania i siłą kofeinowego nałogu.

Mmm... Zbawienie...

Siadam z kubkiem przy biurku, wokół mnie panuje błoga, kojąca cisza. Agi na szczęście dziś nie ma – wzięła sobie dzień urlopu, cholera wie po co, ale nie zazdroszczę jej. Niech sobie dziewczę kupi nowe buty czy coś. Należy jej się.

Czuję, że się budzę, mózg pomalutku uruchamia kolejne zwoje jak świetlówki w naszym firmowym magazynie, które zapalają się jedna po drugiej, mrugając chwilę, nim odzyskają pełną moc. Nie ma pośpiechu, dziś w biurze nie mam nic pilnego. Spotkanie z finansowym i tak przełożyliśmy na przyszły tydzień. To znaczy ja przełożyłam, bo Karol był „zbyt zajęty, żeby sobie tym zawracać głowę". Za to po pracy będzie co robić. Biorę żółtą karteczkę, długopis i notuję:

Irena – zakupy, poczta

Ginekolog – umówić się

Rachunki – kablówka, prąd, wyrównanie za wodę

Zatankować!

– ...

Długopis zawisł nad kartką. O czymś zapomniałam. Rysuję więc małe spiralki...

Łyk kawy. Drugi.

No tak – rozpromieniam się. Choć pewnie nie widać, bo moja twarz przypomina w tej chwili gipsową maskę, którą jakieś niedbałe dziecko wymiziało pomarańczową farbką. Tak, makijaż to mi się dziś nie udał i pewnie mam na żuchwie zacieki z pudru. A huk z tym... Są rzeczy o niebo ważniejsze niż źle rozprowadzony podkład.

RADEK

Piszę dużymi, ładnymi literami i poprawiam każdą dwa razy: R A D E K.

No. I wszystko jasne!

Nawet nie wiem, kiedy mi dzień zleciał, jakoś wszystko szło dziś sprawnie i lekko. Jak nigdy. Nawet irytujący i protekcjonalny pan Mariusz z agencji eventowej, ten ulizany elegancik jego mać, nie wytrącił mnie z równowagi. A próbował! Najpierw wysłał nazbyt długiego maila, pełnego zawiłych i dyplomatycznych wolt oraz marnych, acz barwnych wymówek, żeby wydusić z nas więcej pieniędzy i więcej czasu na projekt, który powinien był być zakończony z fanfarami i przytupem wczoraj po południu. Literat...

„Jest mi zatem niezmiernie przykro i nad wyraz niezręcznie poinformować, że dotrzymanie wstępnie proponowanych ram czasowych jest obecnie mocno zagrożone z uwagi na niewyjaśnione kwestie finansowo-prawne...". Oj, chłopie, nie można prościej? „Jak nie podpiszeta umowy, to my nie zrobim eventu!" i kropka. Na kij komu te ozdobniki i tona lukru na umiarkowanie w sumie gorzkiej pigułce? Prawda jest taka, że sami z premedytacją wcisnęli w umowę absurdalne warunki płatności, wiedząc, że nasz dział zakupów się na nie nigdy nie zgodzi, a zrobili to wyłącznie po to, by ugrać nieco więcej czasu, bo zawalili obiecany termin. Gra stara jak świat. Ja to wiem, on to wie, nawet nasza pani Anielka, nasz święty i zawsze uśmiechnięty, emerytowany serwis sprzątający, to wie. Wiemy też wszyscy, że ja przewidziałam tę obsuwę i deadline na pliki produkcyjne, który podałam w umowie, jest sztucznie przyspieszony o dobre trzy dni. Elementarz, doprawdy... Chyba przestało mnie to już bawić. Załatwiłam sprawę szybko i względnie bezboleśnie jednym telefonem do ulizanego Mariusza i spokojnie wyszłam z pracy.

Irena i Radek. W tej kolejności, obowiązki najpierw, potem przyjemność!

– Bry! – szczebiocę nieco sztucznie od progu do Ireny i cmokam ją w policzek.

Jest dziwnie markotna i trzyma się za zagipsowaną rękę.

– Co się dzieje? Znów boli? – pytam.

– Aaa... no trochę. Nieważne – odpowiada mrukliwie i sunie w stronę kuchni. – Herbaty ci zrobię – oznajmia. Nie pyta. A jakże.

– Idę z tobą, pogadamy – odpowiadam. Biorę taboret i siadam koło niej, podczas gdy ona parzy mi duży kubas herbaty z mlekiem.

– Co u mamy? – pyta z mety Irena. – Dobrze się już czuje po tym... incydencie?

Spuszczam wzrok. Choć w sumie nie muszę, bo Irena i tak stoi chwilowo plecami do mnie i grzebie niezręcznie jedną ręką przy cukierniczce.

– Aa... dobrze chyba. Tata się nią zajmuje, więc, wiesz, zadbana jest na pewno.

Sokół Irena odwraca się i patrzy na mnie badawczo.

– Czyli nie byłaś u niej, od kiedy wyszła ze szpitala?

– Nie dałam rady...

– Jagoda!

– No co mam ci powiedzieć, ciocia? Pracy miałam masę i spraw, ja mam tego teraz tyle na głowie, że... Zmienili ci gips? – Coś mi się właśnie nie zgadzało już od progu! Wcześniej Irena miała „połówkę" obwiązaną bandażem, teraz ma pełny, kruszący się lekko przy zgięciu dłoni i na oko ciężki.

– Ile cukru chcesz? – pyta Irena szybko, odwracając się ode mnie i chowając rękę tak, że nie widzę już ani gipsu, ani jej twarzy.

– Ciocia!

– Jak Bóg chce nas ukarać, to spełnia życzenia – mamrocze Irena znad cukiernicy, chwyta kubek zdrową ręką, mija mnie (tak po prostu mnie mija!) i idzie do pokoju. – Siadaj, Jagoda, już tyle się namotało, że trzeba to wszystko w końcu uporządkować!

Siadam pokornie, sączę bawarkę i patrzę na ciotkę, w którą jakby coś nagle wstąpiło. Duch jakiś, z zamierzchłych harcerskich czasów chyba jeszcze, ło rany...

– Słuchaj, Dziuniu, ja nie miałam wcześniej żadnego gipsu. To znaczy miałam, ale niepotrzebnie. Gips był stricte strategiczny, ale jak na złość teraz jest poważny, bo Pan Bóg, jak widać, jest w sarkastycznym nastroju. W każdym razie ja nie po to się z tym gipsem tyle naużerałam, żeby się nie doczekać jakichś rezultatów, więc masz przyjść w niedzielę na obiad i skończyć w końcu tę całą dziecinadę! – kończy Irena, soczyście waląc otwartą dłonią w stół.

Nie pojmuję. Przysięgam.

Jedyne, co mi w tej chwili przychodzi do głowy, to stare i sprawdzone:

– Eeeee?

Tyleż bystre, co konkretne... Próbuję więc jeszcze raz:

– Ciociu, ale o co w ogóle chodzi?? Po kolei, jaki gips? Jaki obiad? Jaka dziecinada?

Pochylam się w jej stronę, bo naprawdę chcę zrozumieć. Irena wzdycha ciężko i przewraca oczami.

– Gips miałam sztuczny, bo chciałam podstępem ciebie i Dorotę tu zwabić na częstsze wizyty, żeby wam jakoś w głowach poukładać, bo z tego, co widzę, to wszystko się tam poprzewracało! Nie udało się, niestety, boście obie uparte jak osły. Więc kiedy już postanowiłam pomysł zarzucić, to rymsnęłam z krzesła i naprawdę złamałam rękę, jak na złość...

– Rany, ciociu, ale poza tym wszystko w porzą...

– Obiad robię w niedzielę – kontynuuje Irena, kompletnie mnie ignorując. – Będzie tam Dorota, będzie twój ojciec i masz być ty. I macie się w końcu zacząć zachowywać jak ludzie, bo ja już mam was wszystkich serdecznie dosyć. Jedna bardziej naburmuszona od drugiej! Jedna płacze, druga się rzuca, a żadna ręki nie wyciągnie!

– Powiedz to mamie – mruczę w kubek.

Błąd...

– Jagoda, ani mi się waż! – Irena podnosi głos. Ma ten głos mocny i bardzo stanowczy. Już zapomniałam, jak bardzo... – Czy ty choć przez chwilę pomyślałaś, że może istnieć powód takiego, a nie innego, zachowywania się twojej matki? Że może są na tym świecie rzeczy ważniejsze niż twoja urażona duma, że mama cię nie głaszcze po główce po każdym zorganizowanym utargu?

– Przetargu... – wtrącam cicho, choć mogłam się powstrzymać.

– Nie mogłabyś czasem wyjrzeć poza czubek własnego nosa i uznać, że może warto sobie głowę na cudze nieszczęście otworzyć? Czy może królewna Jagódka pozjadała wszystkie rozumy i wie najlepiej?

Zmroziło mnie. Po pierwsze, ciocia na mnie krzyczy. Znowu! Po drugie, ta „królewna". Kiedy już przywykłam, że w ustach Radka to słowo jest ciepłe i miłe, ciotka tnie nim jak żyletką. Wielką, zimną, ironiczną żyletką. Zabolało. Po trzecie – jakie, u licha, „nieszczęście"? No już nie przesadzajmy, mama miała życie całkiem udane!

Udaję, że dopijam herbatę, choć w kubku nic już nie zostało, ale nie wiem, co innego mam zrobić z rękami i wzrokiem.

– Dobrze, ciociu, obiad w niedzielę – mówię niechętnie. Nie chcę, ale przyjdę. Nienawidzę, gdy się mnie do czegokolwiek przymusza, ale czuję, że tej wojny nie wygram. Ja rozumiem, ciotkę uwiera, że w rodzinie są jakieś niesnaski, ale może gdy zobaczy, jak matka mnie traktuje, jak ze sobą rozmawiamy, to odpuści.

– No – mówi Irena, ponownie waląc ręką w stół, choć lżej. Wygrała.

Reszta wizyty przebiegła poprawnie – rozpakowałam Irenie zakupy, odkurzyłam, śmignęłam na pocztę odebrać listy z awizo, pomogłam zmienić obrus, pożegnałam się i wyszłam. Ledwie wyszłam za próg, sięgnęłam do torebki po komórkę.

Nie ma. Szlag! Zostawiłam w samochodzie w ładowarce! No, zwariuję zaraz!

Dopadłam auta, wsiadłam i spojrzałam na ekran. Trzy nieodebrane połączenia – dwa od Radka, jedno z numeru zastrzeżonego. I esemes.

„Zajęta? ☹ Idę na trening, więc wyłączam tel. Znajdziesz czas w weekend? Muszę Cię zobaczyć".

Cholera...

Chociaż... A co tam.

„Niedziela. Ale pod warunkiem że pójdziesz ze mną na rodzinny obiad do ciotki. Uprzedzam – nie będzie lekko!" Wysłałam szybko. Ostatnio wysyłanie bez zastanowienia raczej działa na moją korzyść.

Mam nadzieję, że się nie wystraszy, ale, jak Boga kocham, nie ma szans, żebym przeżyła tą niedzielną gehennę bez wsparcia...

Telefon

– Cześć, mamo. – Głos Jagody mnie zdziwił. Dzwoni?! Do mnie?!

– Cześć, kochanie, co tam? – Jestem na luzie, choć zastanawiam się z prędkością światła, co się takiego stało, że dzwoni? Miała wypadek? Wychodzi za mąż? Jest w ciąży? Wyjeżdża na rok na Wyspy Owcze i właśnie jest na lotnisku?

– Mamo, Irena ma złamaną rękę! Naprawdę!

– Wiem. I co? – Też mi sensacja! Przecież wiem o teatrzyku z ręką. I ona wie, więc?

– Mamo, kurczę no, ona udawała, ale teraz ma prawdziwy gips!

– Jak to? – Kompletnie nie rozumiem, gmatwa mi się wszystko i faktycznie zgłupiałam.

– Wiedziałaś, że ona udawała, żeby nas jakoś wziąć do kupy?!

Milczę. No co ja mam jej powiedzieć? Że wzięłam udział w spisku? Zresztą kolejnym w moim życiu...

– Halo! Mówi się! – woła Jagoda i słyszę, że żartobliwie, więc nie jest wściekła.

Chrząkam i nie wiem co powiedzieć. Zaraz, zaraz! Ręka? Irena? Naprawdę?

– Jaga, skąd wiesz? Kiedy złamała?!

– Mówiła, że wczoraj spadła z krzesła i niby nic się nie stało. Bała się, że to biodro, zafiksowała się na tym biodrze i nie przyszło jej do głowy, że są inne części ciała do uszkodzenia...

– Która?

– Lewa. I w dodatku zaparła się, że w niedzielę wystawia obiad, żeby nas wszystkich tymże obiadem uleczyć. Mamo...

Urywa, chyba nie wie, co powiedzieć. Ja też nie wiem. Nie wiem, co robić. O Boże, naprawdę złamała! Przy mnie, a ja nic! Obiad? Jaki i po co? Zaraz zadzwonię do niej i wybiję jej to z głowy.

– Jaga? Jesteś tam?

– Jezdem – mruczy moja córka.

– Ja zadzwonię do niej i wybiję jej z głowy ten obiad...

– Nieee, nie wybijaj. Pomóż jej, ale nie wybijaj, ona ma misję i uważa że nas poskleja, bo się żremy.

– A żremy? – pytam nieco zdziwiona tym, że Jaga mówi tak, jakby przestała już stroić fochy.

– Nie wiem. Ja jestem w jakimś dołku, nie chce mi się teraz niczego analizować, ale wiem, że nie możemy tego olać, bo jej zrobimy straszną przykrość, a nie zasłużyła. Tak że, wiesz, pomóż jej. Nie wiem, zamów jakiś catering, zrób gołąbki, *whatever*, tylko miejmy to już za sobą.

Oklapłam, „miejmy to za sobą"... A ja miałam nadzieję, że coś się w niej zmieniło, drgnęło...

Dzwonię do Ireny.

– Halo, Irena?

– Cześć, Dorociu, już wiesz? Wtedy, jak rymsnęłam, musiało mi coś walnąć w nadgarstku. Jak wyszłaś, taką miałam dziwną tę rękę, zwiędłą i spuchła mi. Sąsiad mnie zawiózł do szpitala.

– Który?

– Sąsiad? A taki, co ma ogródek graniczący od czoła z moim. On mieszka na Swarzewskiej! Z Bożenny pożytku nie ma, bo ona panikuje. Ale trzeba przyznać, że tym razem dobrze spanikowała, bo zobaczyła tego sąsiada za ogrodzeniem i zaraz kazała mu obejrzeć moją rękę, a on, okazało się, emerytowany lekarz! Pediatra co prawda, ale lekarz. Zaraz poszedł po samochód i pojechaliśmy!

– Ty to masz luksus z tymi sąsiadami! Przystojny chociaż?

– Dorota, ty się uspokój! W starych domach mieszkają starzy ludzie, my się inaczej prowadzimy niż wy. Wiesz, że w niedzielę widzę was tu wszystkich na obiedzie?

– Co mam zrobić? – pytam gotowa na dyspozycje. – Co ci kupić, przywieźć, zrobić?

– Nic, Bożenna się szarpnęła z pomocą i ten pan Mieczysław jako aprowizator.

– Nooo! – To ja już jestem zbędna?! Aprowizator?

– Nie wypadało spławić go jakimś tam „dziękuję", w końcu był ze mną na Lindleya, a długo to trwało. Głupio mi było jechać do mojego szpitala, wiesz. Więc zaprosiłam go na herbatę, zresztą sam ją zrobił, bo ja w gipsie, pogadaliśmy... Znaliśmy się tyle co z ogródka. Bądźcie na czternastą. Cześć! – Irena urywa rozmowę właśnie teraz, kiedy mam milion pytań.

Głupio mi. Nie sprawdziłam jej ręki!

Jasiek uśmiechnął się na wieść o obiedzie i w ogóle się nie przejął ręką Ireny. Ma jeszcze jakieś badania przed sobą, ale dopiero za tydzień. A dzisiaj... Od dawna tak nie było! A ja, głupia, podejrzewałam go o Bóg wie co. Gdyby mnie nie kochał, toby nie był taki czuły i napalony. Ja mniej, hormony, a raczej ich brak, ale poddałam się chętnie wieczornym karesom. Pan profesor poradził Jankowi pewną niebieską pastylkę robiącą karierę wśród znerwicowanych i podstarzałych facetów i... Brawo! Jasiek szczęśliwy, bo bez żadnego problemu zachował się jak mój dawny Jasiek, ja zdyszana, zadowolona i zmęczona zasnęłam z wiarą w ten niedzielny cud ciotki Ireny.

– Jagna zadzwoniła, wiesz?! – próbowałam go w ostatniej chwili poinformować, ale on tylko pocałował mnie w rękę i mruknął, zasypiając:

– Opowieszmijutro...

No to ustalone

Radek przyjechał w sobotę wieczorem. Niezapowiedziany, niezaanonsowany, tak nagle postanowił się zjawić. Koło dwudziestej pierwszej zadzwonił do drzwi, w rękach miał różę ze stacji benzynowej i smycz, na której końcu radośnie wiercił się Travis.

– Ja potrzebuję szkolenia przed jutrzejszym obiadem, a ten kudłaty chyba się stęsknił – oznajmił, kiedy otworzyłam drzwi.

Uśmiechnęłam się szeroko i bez słowa wpuściłam ich do środka. W świetle kinkietu, który ledwo przykrywa sporą dziurę w ścianie – pamiątkę po mojej próbie samodzielnego montażu oświetlenia – spojrzałam na wyraźną czarną plamę na kurtce Radka.

– Nie sprałeś – mówię, dotykając zacieków z mojego tuszu.

– Takiego suwenira się pozbyć? Przecież bez tego nikt by nie uwierzył, że Żelazna Jago ma ludzkie odruchy – odpowiada z bezczelnym uśmiechem, zdejmując kurtkę i upychając ją pomiędzy moimi płaszczami na wieszaku.

– No wiesz? – obruszam się. – A miało być miło!

Radek uśmiecha się jak głupi, po czym przyciąga mnie do siebie zdecydowanym ruchem, obejmuje obiema rękami jak wtedy w lesie i całuje krótko, ale mocno.

– Nie ma obaw, królewno, to będzie nasza tajemnica. Ale mam na ciebie haka, już mi nigdzie nie uciekniesz – mówi, patrząc mi w oczy. Onieśmielająco szczerze, otwarcie i z dziwną pewnością siebie.

– Nigdzie się jak na razie nie wybieram – odpowiadam lekko speszona, wykręcam się z jego ramion i dopadam Travisa. Wtulam się w niego całą sobą i mruczę: – Tęskniłam za tobą, potworze. Bardzo, bardzo.

Travis z bezbrzeżną czułością wyślinił mi pół twarzy jednym ruchem języka, po czym powędrował do pokoju i uwalił się z lubością koło kanapy. Jakby był u siebie. Co oni tacy tu zadomowieni?

W sumie... podoba mi się, że tak tu pasują. Tak. Tylko łyknę antyhistaminkę...

– Zawiodłam się na tobie – oznajmiłam Radkowi, robiąc kanapki. Tym razem porządnie zaopatrzyłam lodówkę, więc kajzerki będą „na bogato”. Nawet pietrucha na kropli majo-

nezu, jak w reklamie. Ta-dam! Dynamicznym ruchem stawiam kanapki przed twarzą bardziej rozbawionego niż zdu-
mionego Radosława.

– Czym sobie zasłużyłem? – pyta, wgryzając się w bułkę.

– Radek, do cholery, tak się nie robi! Zwalasz mi bombę nuklearną na głowę, potem gdzieś znikasz na Bóg wie ile czasu,
nie ma z tobą kontaktu, nie dzwonisz, nie oddzwaniasz nawet, przecież ja się martwiłam, czy ty żyjesz w ogóle, czy coś
się nie stało, przecież tyle się teraz zdarza wypadków moto-
cyklowych, co rusz gdzieś słyszę... – i tak nawijam bez sensu,
wyrzucając z siebie wszystkie zebrane przez ostatnie dni pre-
tensje. Potok słów jest nieprzerwany i im więcej mówię, tym
bardziej mi wstyd. Nie powinnam pokazywać, że aż tak mnie
ruszyło. Nie powinnam się tak odkrywać, co ja wyczyniam?

Radek siedzi, żuje kanapkę i szczerzy się, wpatrzony we
mnie z zachwytem i jakimś... samozadowoleniem chyba.

– Jak ja cię kocham, królewno! – mówi i dalej na mnie patrzy. Świetliście, pewnie i zwyczajnie.

– Ty mi tu nie królewnuj, ty się tłumacz! – warczę. Potem
odwracam się szybko do lodówki, bo nie mogę zapanować
nad kącikami ust, które ciągną w górę. No ale przecież nie
okażę słabości w środku bitwy, o nie! Wdech. Wydech. Twarz
kamienna. Odwracam się.

– No? Słucham!

Radek odkłada kanapkę, wstaje i bierze mnie za ręce.

– Jaguś, a bo to pierwszy raz się tyle nie widzieliśmy? Toż
to ty zawsze byłaś specjalistką od „poczucia wolności”, „potrzeby przestrzeni” i znikania na całe tygodnie bez znaku życia. Powiedziałem ci, że cię kocham, i wiedziałem, że muszę

dać ci trochę czasu, żebyś to sobie przetrawiła. Znam cię przecież.

Mówiąc to, trzyma mnie nadal za obie dłonie i gładzi je lekko kciukami. Ma rację. Zna mnie.

– A dlaczego żeś mi w ogóle to powiedział? – mówię dość cicho, patrząc mu w oczy, choć bardzo dużo mnie to kosztuje. Ale pytam, bo naprawdę chcę zrozumieć. Chcę, żeby choć raz w moim życiu osobistym coś było jasne i niepopieprzone!

– Bo to prawda – odpowiada. – Kocham cię przecież jak głupi od dawna, tylko potrzebowałem trochę czasu, żeby do ciebie dotrzeć. A musisz wiedzieć, królewno, że nie ułatwiasz facetowi zadania, ooo nie! – Całuje mnie w jedną ze spoconych ze zdenerwowania dłoni.

– Ale ja nie rozumiem... – zacinam się, bo nie wiem, jak skończyć zdanie. Nie rozumiem, dlaczego dopiero teraz mi powiedziałeś? Nie rozumiem, dlaczego wcześniej tego nie zauważyłam? Nie rozumiem, dlaczego dopiero teraz zaczęłam zauważać ciebie? Nie rozumiem, czemu tak cholernie za tobą ostatnio tęsknię?

– Oj, a musisz rozumieć? – Radek rozwiązuje problem, jakby słyszał moje myśli. – Cię kocham i już. Żadna filozofia. I z tego, co widzę, to ty mnie chyba trochę też. – Mruga do mnie, ponownie całuje w rękę, po czym odsuwa się, siada i jak gdyby nigdy nic wraca do kanapki.

– Pyszne – oznajmia z ustami pełnymi buły.

Stoję jak cielę i patrzę na niego oniemiała. Co się właściwie stało? Jakim cudem Radek, pokorny i cichy Radek, zdołał wkraść się na moje podwórko, opanować mój świat i przejąć mnie jak swoją własność, nie pytając mnie nawet o zdanie?

I jak, do cholery, udało mu się przy tym sprawić, że jestem z tego powodu niebotycznie szczęśliwa? Chyba pierwszy raz w życiu ktoś ze mną wygrał... On mnie po prostu sobie wziął, zdecydowanym, nieznoszącym sprzeciwu gestem, zdjął z półki, rozpakował i skonsumował na miejscu. Ot tak! Nie bał się odrzucenia? Że go wyśmieję? Skąd w nim taka pewność? Nie pojmuję... Pojmuję za to co innego – że bardzo, kosmicznie wprost tego potrzebowałam! Sama nie wiedziałam jak bardzo!

Patrzę na tego mojego zdobywcę i czuję przyjemne ciepło rozlewające się po ciele. Czuję rozluźniające się jeden po drugim mięśnie, spokój i lekkość. Oto facet, który mnie kocha i który uznał, że warto zainwestować czas i energię, żeby mnie zdobyć. On naprawdę walczył! O mnie! Mój mężczyzna. Mój! I wiem, jakoś wewnętrznie wiem, że mnie nie zrani. Nie on.

– To gdzieżeś był, łachudro?

– W Bieszczadach z Danielem. Mieliśmy tam spotkanie z takim jednym gościem, guru od szkolenia psów ratowników. Behaviorysta z powołania, natchniony, aż miło. Niesamowitych rzeczy się dowiedzieliśmy o psychologii tego zwierza, wiesz? Zdębiałabyś!

– Nie wątpię. – Uśmiecham się i słucham dalej.

– W każdym razie trochę go z Danielem przeciągnęliśmy, już prywatnie, po szkoleniu. I przy wieczornym piwie urodziło nam się parę ciekawych pomysłów na rozkręcenie tego naszego biznesu. Nie jest to może kopalnia złota, ale kurczę, Jaguś, praca z tymi psami jest niesamowita, wiesz? Musisz ze mną znowu kiedyś pojechać, to ci pokażę, co można osiągnąć, jak się im trochę czasu poświęci!

Oczy mu się świecą. Tak zaangażował się w opowieść, że chyba nawet nie zauważył wielkiego psiego pyska, który oparł się o stół i patrzy tęsknie w nasz talerz.

– Litości, idealista mi się trafił – wyzłośliwiam się, po czym wyciągam w stronę pyska dłoń z kawałkiem szynki.

– Nie! Nie, nie, nie! – Radek z szybkością błyskawicy wyjął mi szynkę z ręki i odłożył z powrotem na talerz. – Pies nie je ze stołu. Travis, nie!

Rozczarowany potwór podźwignął pysk i ponownie uwalił się przy kanapie z miną, która rozdarła mi serce na pół.

– Nawet kawałeczka? – pytam z wyrzutem i wstaję z krzesła. Kręcę się po kuchni. Chyba mam gdzieś saszetkę karmy, którą kupiłam na wszelki wypadek... No przecież nie zostawię go takiego głodnego.

– Ech, Jaguś, ile ty się jeszcze musisz nauczyć... – mówi niby protekcjonalnie, ale ciepło. – Widzę, że dziećmi to ja się będę musiał zająć, bo ty nie masz pojęcia o dyscyplinie!

Dziećmi?... Jezu, jakimi dziećmi?

– No to doskonale – odparowuję jednak spokojnie. – Jakbyś tak jeszcze mógł się zająć gotowaniem i sprzątaniem, bo przy twoim idealizmie to chyba będę musiała sama na ten cały bałagan zarobić. Dobrze, że awansowałam, doprawdy. I nawet sobie nie wyobrażaj, że ja to rzucę dla pieluch i porannych spacerów z psem.

Mimo wszystko bawi mnie, że się tak spieramy jak stare dobre małżeństwo. Z nikim tak nigdy nie rozmawiałam, nawet jeśli to tylko żarty.

– Z rozkoszą! Wychowam, wykarmię, a może i sam urodzę, obiecuję spróbować. Tylko nie pracuj za dużo, bo nie chcę, żebyś znowu kiedykolwiek znikła mi z oczu. – To mówiąc, Radek przyciąga mnie do siebie i wtula się w moją szyję. – Na litość boską, Jaguśka, żebyś ty wiedziała, ile mnie to kosztowało, żeby cię w końcu rozpracować. I jak cholernie się bałem, że mnie stąd wyrzucisz i nigdy więcej cię nie zobaczę...

No! To rozumiem! Nie można było tak od razu? Biorę jeden z moich wspomagających wdechów, zbieram się w sobie i...

– Kocham cię, głupku – mamroczę mu w szyję, cicho i szybko. Po czym wtulam się w jego ciepłe ramiona.

– Powtórz! – mówi Radek, odsuwając mnie od siebie i znów patrząc z tym bezczelnym, radosnym uśmiechem.

– Nigdy! – Odwracam głowę i udaję, że chcę wyrwać się z jego objęć. Cel osiągnięty: zaciska mocniej ramiona i przytula mnie tak, że aż nie mogę oddychać.

Powtórzę. No przecież, że powtórzę. Mój Radzio!

A potem opowiedziałam mu wszystko, co umiałam, o nas – o Irenie, ojcu, mamie, domu, moim dzieciństwie, o Mery, no i tym nieszczęsnym obiedzie... Niech wie, co go czeka...

—

Niedziela

Dzwoniłam kilka razy do Ireny, żeby zaofiarować swoją pomoc przy niedzielnym obiedzie, ale goniła mnie jak psa. Niezbyt lubiana dotąd Bożenna rządzi się w kuchni ciotki, a pan doktor wozi z bazarku i pobliskiego marketu zakupy. Czy Irena chce nam pokazać, że nie jesteśmy jej potrzebne? Że mamy się od niej odczepić?! Zająć sobą? I jeszcze ta Bożenna... Kwękająca, marudna, ale może dobrze sieka i kroi?

– Daj spokój. – Jasiek ma wszystko w nosie. Siedzi w necie i czyta coś, opędza się od moich uwag. Może ma rację, że przesadzam. – Idź się lepiej ubierz, bo już dziesiąta! – wytyka mi mój poranny strój.

– O co ci chodzi? Jestem dopiero po śniadaniu, w dresie, ale czystym, i nie przypominam Dulskiej! – wyrzuciłam z siebie z pretensją i zaraz ugryzłam się w język, bo na głowie mam nakręcone wałki.

Janek patrzy na mnie znad okularów i uśmiecha się, kręcąc głową.

– Idź, idź, Irena chciała się spotkać z nami na cmentarzu.

Zatkało mnie. Resztka kawy z mlekiem zatrzymała mi się w przełyku.

Mój mąż ze stoickim spokojem wyjaśnił mi, że to jest absolutnie warunek normalności w naszej rodzinie, i jeśli chcę wszystko zepsuć, to mam szansę!

Ubierając się, byłam skołowana i zawirowana. Lęk, irracjonalny i dziwaczny, bo przecież nie ja jedna pochowałam małe dziecko, jakaś zazdrość o moją tajemnicę i jednoczesna chęć, żeby już wreszcie wyzbyć się tego uczucia. A może nawet jakaś maleńka nadzieja na to, że Jagusia zrozumie? Obawiam się jednak, że mnie jeszcze bardziej sfuczy, obsztorcuje, parsknie jedną z tych swoich sarkastycznych uwag na mój temat. Ma ostry język! Bo przecież nie zrozumie! No jak?!

Dawno nie byłam na tym cmentarzu. Zawsze czuję jakieś irracjonalne albo całkiem racjonalne uczucie, że to moja wina. Że gdybym wtedy nie zasnęła, tobym zauważyła, co się dzieje, przewróciłabym go na boczek albo wzięła na ręce i płucka by zaciągnęły powietrze! Byłby teraz dorosłym mężczyzną. Byłby.

Im bliżej grobu Kuby, tym bardziej się obawiam, sytuacja mnie przerasta, mam płytszy oddech, w końcu zatrzymuję Janka. Ten robi minę pod tytułem „Dorota, bo cię uduszę" i idziemy.

Nad grobem stoi już Irena z Jagną... Kolana mi mięknią. Widzę z daleka, że Irena jej objaśnia. Ufff, to dobrze, bo ja bym chyba nie umiała słowa z siebie wydobyć. Podchodzę blada, drżą mi kolana. Witam Irenę i patrzę na córkę pełna poczucia winy. W jej twarzy nie widzę spodziewanej agresji, ironii, tylko jakąś powagę, głębię. Szepczę tylko:

– Jaguś, przepraszam...

Jagna obejmuje mnie niezdarnie i wyciąga rękę do Jaśka. Nie wiem, jak długo tak stoimy. Wreszcie Jagna przyklęka i dotyka zielonego marmuru. Milczy. Wstaje i mówi na głos:

– No to witam brata. – Głos więźnie jej w gardle, oczy się szklą. Po chwili wszyscy beczymy już koncertowo, nawet Janek. Scena jak ze łzawej tragikomedii. Irena wyciera nos głośno, jak Mary Poppins, i buczy:

– No chodźmy już, bo chłodno, a w domu mam gorący barszcz i zrazy!

Jagna otrzepuje kolana, wyciera sprawnym ruchem dolne powieki i idzie z Ireną do samochodu, ja z Jaśkiem. On obejmuje mnie i całuje w czoło.

– No widzisz? A ty się tak bałaś! To mądra dziewczyna!

– Ale może to jednak ja powinnam jej powiedzieć, a nie Irena?

– Dobrze już, dobrze. Irena zrobiła to na pewno delikatnie, rozsądnie i tak, że Jagna nie miała szansy na nawykowego focha. Dorociu, ona nie jest zła, tylko ty ją zawsze tak traktowałaś, jakbyś jej nie dowierzała, wątpiła...

– Przestań już. I tak mam poczucie winy jak Himalaje. Ale kamień spadł mi z serca, słyszałeś?

– Słyszałem.

W mieszkaniu Ireny czeka na nas wysoka i smętna Bożenna. Pyta, czy ma zostać i pomóc, ale dziękujemy, zapewniając, że damy sobie radę. Zmywa się dyskretnie. Obie – ja i Jagna – kręcimy się po kuchni. Właściwie nie mamy co robić, bo Bożenna nakryła do stołu perfekcyjnie, więc tylko czekamy, aż z barszczu zrobi się wrzątek, a w piekarniku dojdą paszteciki.

Kasza pęcznieje zawinięta w koc i kołdrę Ireny. Taką kaszę robi tylko ona! Żadnego tam gotowania w woreczkach!

– Siadajcie! – zarządzam, a Jagna mnie powstrzymuje.

– Mamo, jeszcze chwilka, Radek jedzie. Będzie za jakieś pięć, siedem minut.

Milknę.

Po paru minutach słyszymy dzwonek do drzwi i wreszcie mam okazję poznać partnera mojej córki. Jest sympatyczny, grzeczny i ma dobre maniery, nawet kwiatki jakieś kupił. Siadamy i dalej już obiad toczy się normalnie, choć Jagna nadal na mnie popatruje, ale z uśmiechem, którego nie widziałam u niej od dawna, i obie jesteśmy zmieszane.

Spory kieliszek wina przy drugim daniu z lekka mnie uspokaja, gdy nagle Jaga zaczyna temu Radkowi opowiadać, po co spotkaliśmy się dzisiaj na cmentarzu! Zalewam się purpurą, to hormony, ale i jakiś rodzaj oburzenia. Przecież to obcy człowiek! Pod stołem Jasiek bierze mnie za palce. Uśmiecha się. Tak, mam się uspokoić. Oni wszyscy tak uważają. Jagna przerywa nagle i patrzy na mnie wyczekująco. Tak, to ten moment, którego się bałam.

Zaczynam opowiadać, jak to się stało, i naturalnie zaczynają mi ciec łzy. Od dawna na wspomnienie Kubusia nie płaczę, a tu masz! Twarz Radka wyraża zainteresowanie i uprzejme współczucie, Irena wyjmuje wykałaczkę ze zraza i chrząka, Jasiek milczy, trzymając kieliszek wina, a Jagna słucha zachłannie, czerwona na twarzy. Zagryza wargi.

– ...no i tak, jak to mówią: „łóżeczkowa", bo umarł w łóżeczku.

Wreszcie milknę. Zapada cisza. Długa cisza. Patrzę na Jaśka, jest spokojny, on chyba sobie poradził z tym naszym problemem lepiej niż ja.

– To teraz... ja wam coś powiem – Jagna mówi to z widocznym wysiłkiem, patrząc w stół. Cedzi słowa, a więc ma problem, ja ją znam!

– Kilka lat temu – robi pauzę, jakby się namyślała, mówić czy nie, i zaraz dodaje szybciej: – Kilka lat temu byłam, jak wiecie, czy może raczej nie wiecie... byłam w związku. On był żonaty. Wiem, wiem, mamo, nie wchodzi się w małżeństwo, nie rozbija się związków. Tak, ciociu, wiem, dlatego wam nie mówiłam. Miłość jest ślepa, głucha i głupia. Przerażająco głupia. W końcu się rozstaliśmy, a raczej on odszedł, a ja zostałam ze złamanym sercem i... nie tylko. Nikt o tym nie wie. Nawet Wera. Zresztą ja sama zepchnęłam to do piwnicy pamięci i do dziś udawało mi się o tym nie myśleć. Ale skoro już tak się dziś oczyszczamy...

Jagna znów robi przerwę, zatacza krąg wzrokiem, w którym widzę mój strach. Boi się tego, co powie, a może naszej reakcji? Boi się! Jak bardzo mi jej żal! Janek ściska moje palce, żebym broń Boże jej nie przerwała. Jej chłopak patrzy na nią w pełnym skupieniu, jakby w pokoju była tylko ona. Bierze ją za dłoń i mówi cicho:

– No dawaj, dasz radę.

Jagna wzdycha, podnosi głowę i patrzy w jego twarz.

– No więc on zostawił mi po sobie pamiątkę. Z początku nie miałam pojęcia, że jestem w ciąży, przysięgam, że nie zauważyłam. Okresy i tak zawsze miałam nieregularne albo skąpe, a w tamtym czasie nie byłam w stanie zawiązać butów, co dopiero mówić o liczeniu dni w kalendarzyku.

Jagoda przeciąga dłonią po twarzy i bierze wdech.

– Pojechałam wtedy z ludźmi z pracy na jakiś event. Byłam w całkowitej rozsypce, ale zmusiłam się do tego wyjazdu. I wiecie: alkohol, imprezy oraz „doskonały pomysł" jednego z chłopaków – skoki na bungee. Skoczyłam i ocknęłam się w szpitalu. To znaczy, pamiętam chyba jeszcze, jak mnie wypinali z uprzęży, ale zaraz potem zemdlałam, bo miałam krwotok, no i...

Przerywa, oddycha ciężko i zaciska dłoń na kieliszku.

– ...poroniłam. Podobno chłopczyk. Ciąża była, jak sarknęła oburzona pielęgniara, „wysoka". Nie miałam pojęcia przecież, no! – powiedziała ze złością i żalem w głosie. – No i tak to właśnie wyglądało... – dokończyła już ciszej, znów spuszczając wzrok w obrus.

Znów zapadła nieznośna cisza.

– Mamo, chodź! – Jagna wstała nagle i wyciągnęła do mnie rękę. Janek odsunął mi krzesło i poszłam za Jagusią do sypialni Ireny. Tam na jej tapczanie Jagna przytuliła się do mnie i wreszcie rozpłakała głębokim szlochem.

Kołysałam ją w ramionach jak kiedyś, gdy stłukła kolanko. Ileż to ją musiało kosztować! Nie zabrałyśmy z pokoju chusteczek, ale znalazłam jedną koło lampki nocnej, a potem Jagna wycierała łzy i nos w koszulę nocną Ireny.

– Wypiorę jej – szepnęła przez zatkany nos.

Rozmawiałyśmy o tej jej zlekceważonej miłości i poronieniu, o tym, co czuła i co ja czułam. Wywlokłyśmy nasze demony, żeby je pogonić precz.

Pierwszy raz od dawna Jagoda była moją Jagodą! Jakby jej kto wyjął z oka i serca lodowy kolec. Naobiecywałyśmy sobie masę rzeczy, aż weszła Irena i powiedziała spokojnie:

– My tam siedzimy sami, więc chodźcie już, zrazy wystygły!

Radek siedział spokojnie, wodząc za Jagną oczami. Ona podeszła do ojca i pocałowała go w czoło. Popatrzyli na siebie ciepło. Potem podeszła do Radka i wyciągnęła dłoń.

– Chodź, no chodź! Teraz my.

– Co „my"? – zapytał jakoś dziwnie, jakby chciał się upewnić, że to do niego.

Jagna stała wyczekująco, więc wstał i wyszli do ogródka. Zamknęli drzwi i widziałam tylko, jak idą schodkami w dół i zatrzymują się koło krzaka wciąż kwitnących Felkowych róż.

– Jeszcze tylko zapalenia płuc jej potrzeba – sarknęła Irena i wziąwszy z szafy sweter, podeszła do okna.

– Daj im spokój – zganiłam ją. Jagoda zasyczałaby mnie za taką nadopiekuńczość. Ale Irena otworzyła balkon.

– Dziuniu, proszę się natychmiast ubrać! – powiedziała bardzo twardo.

Moja krnąbrna córka z uśmiechem włożyła wielki bury sweter Ireny i posłała jej buziaka. Potem znów zwróciła się do Radka. Nie słyszeliśmy, o czym rozmawiają. To była dla nas pantomima, bo oczywiście udając, że trzeba uszanować ich intymność, każde z nas wlepiało wzrok w okno. Travis siedział koło Ireny, bo wyczuł, że ta pani głaszcze chętniej niż my.

Radek stał *vis-à-vis* Jaguśki i słuchał. Ona gestykulowała i poprawiała włosy, znam ten gest, zawsze tak robi, gdy jest niepewna siebie. W końcu Radek wziął ją za rękę i przytrzymał. Ta chwila ciągnęła się długo. Wróciliśmy do stołu, gdy on ją przytulił i chyba już nic nie mówili.

Irena mruczała coś do Travisa, klepiąc go po głowie, a ja i Janek popatrzeliśmy na siebie i pociągnęliśmy równocześnie nosami. *How sweeet!*, powiedziałaby Jagna teatralnie. Ale akurat teraz gra w innej scenie.

– Trzeba by te zrazy, co? – Irena wstała z krzesła, zerkając za okno.

—

Dwa e-maile. Pierwszy

Mamuś!
Jesteśmy z Radkiem w Bieszczadach. Nie masz pojęcia, jak tu jest pięknie! Pamiętasz, jak byłam w podstawówce i na che-

mii w ramach pracy domowej robiliśmy takie doświadczenie z nitką zawieszoną nad solanką? I ta sól się z czasem tak niesamowicie delikatnie na tej nitce krystalizowała? Tak właśnie wyglądają tu drzewa – kiedy podejdziesz blisko i przyjrzysz się takiej gałązce, zobaczysz każdy pojedynczy kryształek lodu, każdą gwiazdkę śniegu, które na niej osiadły. Coś niepowtarzalnie zjawiskowego! Z daleka wygląda to tak, jakby ktoś obsypał okolicę cukrem pudrem, na gładko, idealnie. Żadnych hałd czarnego, błotnistego śniegu, żadnych kałuż, żadnych wyślizganych butami dziur... I nikt tu sobie nie zawraca głowy strącaniem sopli – ot, wiszą sobie i odbijają światło słońca jak pryzmaty, a dzieciaki zrywają je i liżą jak lody. Oczywiście musiałam spróbować, choć Radek mnie z charakterystycznym dla niego dystansem i spokojem poinformował, że zapewne zasysam ptasie siki. A trudno! Za to poczułam się znowu jak dzieciak! Travis jest wniebowzięty i bryka w tym śniegu jak wściekły, łapiąc w pysk rzucane mu śnieżki.

A właśnie – czy ty wiedziałaś, że skórzane rękawiczki tak naprawdę nie chronią przed zimnem?? Musiałam kupić takie wełniane grube paskudy, inaczej ręce by mi odpadły!!

Mieszkamy w takim sporym schronisku – wyposażone ku czci Gierka chyba, a może i Gomułki jeszcze? Ale uważaj: mają WiFi! Ot, panie, technologia w górskiej chacie! Ja jestem więc przeszczęśliwa – Radek mniej. Mówi, że mieszkam w laptopie, konieczny mi detoks, ale przesadza. Muszę, naprawdę muszę czasem zajrzeć na służbową skrzynkę albo napisać maila do własnej matki, no nie?

Nie wiem jeszcze, kiedy wracamy. Powinniśmy w sumie w czwartek, ale Karol zgodził się na przedłużenie mi urlopu, jeśli trzy, cztery godziny dziennie popracuję zdalnie, więc może przedłużymy... Nie chce mi się jeszcze do Warszawy. Poza tym, wiesz, tu mają kominek i gotują naprawdę przepysznie! Co ja mam wracać do kaloryfera i parówek?

A, mamuś, tylko jedna rzecz – zapomniałam pigułek, a w poniedziałek powinnam już zacząć nowe opakowanie. Doślesz mi kurierem? Nadaj za pobraniem – ja zapłacę tu na miejscu. Adres wyślę Ci esemesem, żebyś miała pod ręką!

Ucałuj Irenę – nie mogłam się do niej dziś dodzwonić, i Tatka, i napisz w ogóle, jak jest... Wiesz. Coś tam mi napisz :)

Całujemy! Ja, mój monsz i Travis.

—

I drugi

Wiesz co, mamuś – może nie wysyłaj mi tych pigułek? A co tam... Będzie dobrze :)

Spis rzeczy

Redaktor prowadzący: Dariusz Sośnicki

Korekta: Małgorzata Denys, Elżbieta Ptaszyńska-Sadowska
Redakcja techniczna: Anna Gajewska

Projekt okładki i stron tytułowych: Katarzyna Borkowska
Fotografie wykorzystane na I stronie okładki:
© Roy McMahon/Corbis/FotoChannels
© Qweek/istockphoto.com
© George Mayer/istockphoto.com
Fotografia Małgorzaty Kalicińskiej: © Magdalena Wiśniewska
Fotografia Basi Grabowskiej pochodzi z archiwum autorki

Skład i łamanie: Tekst – Małgorzata Krzywicka
Żółkiewskiego 7a, Piaseczno
Druk i oprawa: CPI Moravia Books

Wydawnictwo W.A.B.
02-386 Warszawa, ul. Usypiskowa 5
tel./fax (22) 646 01 74, 646 01 75, 646 05 10, 646 05 11
wab@wab.com.pl
www.wab.com.pl

ISBN 978-83-7747-734-2